后巷说百物语

（日）京极夏彦 著

刘名扬 译

南海出版公司

新经典文化股份有限公司
www.readinglife.com
出　品

目 录

红鳐鱼

此鱼常见于大海

身长二十四里余

鱼背囤砂浮于海上

倘有船夫误判

视之为岛屿停靠之

此鱼即没入海中

骤掀巨浪

致船毁人亡

一

　　许久以前，海中有座小岛。岛上住着一群称不上富裕的岛民，大伙儿胼手胝足，共同营生。

　　日子虽穷，但还堪称平静。

　　该岛一隅有座古老的小小土地神社，不知从何时起，神社内供奉着蛭子神。岛民个个以此神社为心灵依托，虔诚膜拜祭祀。

　　不过，岛上有个传说，一个颇为不祥的传说。蛭子神社中供奉的神为一座惠比寿像。此传说声称，当这座惠比寿像的脸变红时，此岛将遭逢骇人灾厄，全岛甚至可能灰飞烟灭。岛民对蛭子神信仰至深，对此传说均深信不疑。岛民朝夕参拜不辍，遇大小事均赴神社祈求神助，对神明心怀敬畏。不过，直到某日——

　　岛上一个血气方刚的小伙子，对岛民深受因习束缚的风气极为不满。乡亲们凡事都唯唯诺诺、毫无抱怨的习性，早已让这过怕了穷苦日子的小伙子生厌。故此，小伙子决定开个玩笑。

　　他竟然乘夜潜入神社，以朱墨将惠比寿像的脸孔抹成一片通红。翌日清早，赫然发现惠比寿像的脸孔竟已转红，对传说深信不疑的岛民个个惊愕惶恐，慌乱不已。号泣过后，岛民便悉数收拾好仅有的家当，携家带眷迁离了这座小岛。小伙子幸灾乐祸地观望同乡离去。神像的脸是他亲手抹红的，哪可能发生什么灾厄？同乡的反应让总是斥责传言为幼稚迷信无稽骗局的他看得捧腹大笑。

但是，在岛民迁离后不久，突然一阵天摇地动，山崩地裂，大海啸随之而来，将整座岛屿连同那个小伙子悉数吞没。一夕之间，整座岛便消失无踪，只留下一片荒凉大海。

二

　　庆长元年丙申闰七月十二日晡时天下大地震，丰亦处处地裂山崩，故高崎山巅巨石悉落，其石互磨发火，既而震止。府内民皆安心身。或有浴者，或有食夕饭者，或有未食者。其时巨海大鸣动响，诸人甚惊奇。走于东西逃于南北。或视海边村里井水，皆悉尽。尔时巨海洪涛忽起，洋溢府内及近边邑里。大波至三时（中略）。如是罹大地震洪波。府城大厦小宅民屋等大半倒破。不知人畜死者其数（中略）。

　　且势家村二十余町北有名瓜生岛。或又云冲滨町。其町纵于东西立于南北三筋成町。所谓南本町中里町北新町。农工商渔人住焉。其瓜生岛境内皆悉沉没而成海底。因之不溺死者仅其七分之一。或漂于小船。或乘流家。或付于浮木。或寄于流柜。五伦离散于互激。然流浮暂时而到西南山岸犬鼻浜。或有至蓬莱山等高地免死者。顷刻而大沙收如奋——

　　如何？虽然途中停顿了几回，矢作剑之进还是一口气读到这儿，转头望向笹村与次郎，问道。

　　这段以汉文撰写的记述既不押韵，亦无平仄，文笔粗拙，仅求达意。再加上这是一份誊来的副本，其中或有错字或误记，就连理应较常人更通晓汉籍的剑之进，读来似乎也颇为吃力。即使如此，当原本静心聆听的与次郎问这是否就是那卷《丰府纪闻卷四》时，剑之进还是一脸得意地回答：没错，这就是你想看到的证据。

　　"不敢相信竟然让我找着了？你也知道，新政府里有许多人是南国出身，

3

因此我们署内的同侪，亦不乏丰后出身者。"

剑之进豪爽地笑了起来。

在幕府时代，剑之进曾于南町奉行所担任见习同心。不知他是如何度过维新期间的纷纷扰扰，但目前已于甫成立不久的东京警视厅担任一等巡查。至于与次郎，原为西国小藩北林藩派驻江户的藩士，目前于一家名叫加纳商事的贸易公司任职。剑之进担任见习同心时，曾频繁出入北林藩邸。不记得两人当初是如何结识的，或许是年龄相近使然，从那时便和与次郎相交甚笃，两人可说是一对臭味相投的好兄弟。

"瞧你怎没我想象的开心？"剑之进皱着粗大的双眉说道，"喂，与次郎。我可是好不容易才找着这东西的，好歹你也该有点表示吧。为了证明你那为人讪笑的胡言乱语并非空穴来风，我可是用心良苦哪。"

如何？这下大家应该都相信了吧？剑之进乘势环视着大家问道。

四名男子面对面地坐在十叠大小的客厅内。房内没有饭菜，也不见任何酒器，丝毫不像一场正式酒席，但与会者个个一脸严肃，还真是一场不可思议的聚会。

"总而言之，若此书上的记载足以采信，灾情似乎颇为惨重。地震、山崩、海啸、洪水等天灾地变造成庞大牺牲，其实并不稀奇。"

这回发言的是仓田正马。他父亲是个旗本武士，同时也是德川家的重臣。正马是家里次子，曾留过洋，是个时髦大少爷。不过，他为人有点不拘小节，感觉不出曾留过洋的聪敏，打扮也称不上潇洒。事实上，他曾是与次郎的同侪。他那曾任幕府重臣的父亲，和与次郎如今的老板过从甚密，因此，他也曾赴与次郎的贸易公司任职。但他的个性实在不适合干这种差事，不出三天就辞职了。至今仍终日游手好闲，是个标准的无业游民。

"若放眼国际，必不乏规模更大的灾害。想必不费吹灰之力，便能找到许多前所未见的惨祸记录。"正马继续说道。但若发生得如此频繁，哪还称得上前所未见？涩谷惣兵卫笑道。

惣兵卫和与次郎同为北林藩出身，年幼时被人收为养子，曾在山冈铁舟门下学习剑术，是个豪杰，维新后在猿乐町开设道场。与次郎不知道惣兵卫的剑术究竟如何，但他看起来的确像个高人。可如今毕竟已是无法靠剑术糊口的时代，因此道场门可罗雀，只得偶尔上警局传授武艺，指导巡查习剑。

"正马，所谓前所未见，不就是指从来没有人见过？哪怕过去有过一次记载，就称不上前所未见了。"

"话是没错，但前所未见不过是个比喻，你就别再抓着这个词找碴了好吗？你们这些使剑的老古董就是这副德行，真是惹人厌哪。听好，我想说的不过是，据说富士山喷起火来，情况可是要比方才矢作朗读的严重得多呢。放眼海外，整座山在一夕之间消失无踪，或整座村子遭到掩埋这种事，根本毫不稀奇。"

"此言的确不假，"惣兵卫说道，"倘若起了大地震，当然可能会导致山崩，产生海啸。淹没一座岛也不是不可能。天地变异展现的威猛，极可能超乎世人的想象，这在咱们北林可是无人不知的道理。与次郎，你说是吧？在我们故乡，北林城后方曾蠹立着一块和山一样大的巨岩。这块巨岩曾位于耸立其后的一座金山的山腹。通常，谁也不会相信如此巨岩竟然会坠落。我在孩提时数次听闻这故事，也总觉得无法置信。倘若如此庞然大物都会崩落，那么岛屿沉没应该也是可能的。"

"一点也没错，"与次郎回道，"这的确称不上稀奇。但不稀奇又如何？"

"所以呀，"正马说道，"根据这记录，反而是本土的灾情较为惨重，岛屿沉没后，不是有八成的岛民获救？虽然失了土地家财，损失金额的确庞大，但想想整座岛都沉了，只有这点损失也属万幸。总而言之，此等灾害的确可能发生过，对不对，巡查先生？真有可能发生过吗？"

管他是否发生过，问题并不在受害的规模吧？剑之进心有不服地回道。

"从与次郎方才朗读的记录中，不也听到岛民因事前察觉不对，及时逃离，悉数获救了吗？与次郎，你说是不是？"

是如此，没错，与次郎回答。

真是如此？正马一脸纳闷地质疑道。

"还有什么好怀疑的？这文字中记载的岛，正是与次郎听闻的传说中的那座岛呀。"剑之进怅然说道。

"与次郎，真是如此吗？你听闻的传说中那座沉没的岛屿，果真就是丰后国的瓜生岛？"

没错，与次郎回答。的确就是那座岛。"这份循线找到的记录不也是这么写的？在下认为这绝非巧合。"

"当然不会是巧合。"惣兵卫应和道，"既然地点一致，至少也有点关联吧。"

"当然有关联。据说该地一座名叫威德寺的寺院里有份文件叫作由来书，其中也有同样的记述。传说当时漂来的一株松树就被种在威德寺里，后来还被誉为名松。此外，只要查阅《丰国小志》一类的书卷，似乎也记载着过去曾发生过同样的事。就连附近的其他岛屿，也有庆长三年夏鹤见山崩毁导致岛屿沉没的记载。由此可见，与次郎听到的这则瓜生岛随惠比寿的脸孔转红而陨灭的传说，绝对真有其事。"

如此推论未免也太唐突了吧？正马说道。

"为什么？"

"哪还要问为什么？因为记录里并没有提及惠比寿呀。"

"不，虽无记录，但似乎真有这么一座神社。根据我的调查，这座蛭子神社后来在瓜生岛对岸一个叫势家的地方再建，时至今日依然存在。由此看来，这传说绝非空穴来风。"

"不、不，剑之进，虽然你说的也有几分道理……"惣兵卫摆出调停的架势说道，"若是先听到一则怪异的传闻，循线追查后找着了可资佐证的记录，或许我也会得出和你相同的结论。不过，剑之进，你也得好好想想，这传说有没有可能是在事后虚构的？"

传说怎么可能是事后虚构的？剑之进反驳道，脸上的神情却变得更为茫然了。

"所有传说，通常必是以事实为根据。传说，就是向后世传述某件史实。若无事实根据，则不可以称作传说，而是无稽谣传或惑众妖言。"

不不，惣兵卫挥了挥手说道："照您说的，传说的确都是在事后才被捏造出来的。不过，剑之进，我质疑的，并非与次郎听来的这则岛屿沉没的传说，而是传说故事中的传说。"

"什么叫传说故事中的传说？"

虽然一脸不耐烦，惚兵卫仍试图慢条斯理地解释道："就是那则岛屿随惠比寿的脸孔转红毁灭的传说。我质疑的，是此种迷信是否真的曾在该岛流传。毕竟从没见到任何与此相关的记述。"

"你的意思是，这传说可能是在岛屿沉没后才被捏造出来的？"

正是此意，惚兵卫说道。

关于此事，可就真的无法断言了，剑之进语带不甘地说道。

惚兵卫一脸为难地说："但这瓜生岛在一夕之间沉入海中，或许是真有其事。不，既然有如此明确的记录，看来应是事实无误。不过，剑之进，我想说的是，与次郎听来的，那小伙子将惠比寿的脸孔抹红导致岛屿沉没的传说，可就不一定是事实了。"

没错，传说往往会被人如此添油加醋，正马应和道。

看来你们都不相信哪，剑之进一脸不服地合上书卷塞入怀中。"别动怒呀，巡查先生。"正马好言相劝道，"我们并不是不相信，毕竟没有证据证明这传说是造假。只是同样的，也没有证据能证明这传说真有其事。涩谷的意思是，这书卷并没有办法证明与次郎听到的这则故事就是事实。对不对？"

"对。"惚兵卫退让了一步，"正马所言的确有理。"

"矢作，你说得没错，问题并非灾厄的规模什么的。但同时，记录里并未提及是否真的发生过这场灾厄，也没提到是否真有膜拜惠比寿一事。"

那么正马，你到底想说什么？剑之进不服地说道。

"最好能拿出什么证据。"

"少安毋躁呀，矢作。我认为令我们质疑的，仅仅是惠比寿像的变化和天地变异之间的因果关系罢了。"

这么说也是，剑之进不由得沉思起来。

这点应该无法证明吧，正马说道。

为何无法证明？剑之进反问道。

"真的没办法呀，矢作。假设真如传言所述，岛上曾有一座惠比寿像。那么，或许真有神像的脸孔变红便会发生灾厄的说法流传，也可能有某个不敬之徒将神像的脸孔抹成红色，不，不，就连不久之后碰巧发生天地变异也不是不可能。但即使如此，仍无法断言这场灾厄是因这起恶作剧而起的吧？"

"你想说什么？"

"这不过是个巧合。"正马斩钉截铁地说道。

"巧、巧合？"

"我是如此认为。矢作，稍早你曾言这应非巧合，涩谷也如此附和，但这只能说明此怪异传言和这份记录的关系并非巧合罢了。一切天灾均循世间法则而起，哪可能把神佛雕像染红便引起天摇地动？不管时机再怎么凑巧，地震、海啸与恶作剧、信仰之间，应该还是毫无关联的。凭人的力量，是绝无可能撼动天地的。"

"惠比寿可不是人哪。"

朱墨可是人抹上去的吧？惣兵卫说道。

不，我认为即使搬出神佛，道理也是一样，正马继续说道。

"为何也是一样？"

"当然一样。正如涩谷方才所说，除非是先有天灾，事后再捏造个理由解释，两者之间理应不会有任何因果关系才是。因此，我认为除了巧合，别无其他解释。"

嗯，剑之进低声应道。

"再者，就我听到的，这故事听来实在太像是捏造的了。不可亵渎神佛、不可欺骗他人，怎么听都像是在说教。虔诚信神者得救，唯有亵渎神明者殒命。这种情节，怎么听都像是为了拉拢信徒而捏造出来的故事。"

"但是，这座神社似乎没有多大呀。"

"是大是小有什么不同？"惣兵卫不甘示弱地继续逼问道，"只要将过去的惨祸当成神明灵验的证据，对提升当地的信仰应该极有帮助。对一座小神社而言，只要能拉拢当地居民，应该就心满意足了。"

正马接着说道："纵使这座岛屿真是因惠比寿的脸孔被抹红而沉没，也是绝对无法证明的。"

大概是看到形势对自己不利，剑之进转头望向至今未提出任何异议的与次郎，说道："与次郎，这些家伙认为你是在吹牛呢。你难道不反驳？"

"不必了。"与次郎没有反驳。

剑之进虽然愤慨，但与次郎并不认为自己被人当成在吹牛。不管怎么想，都觉得正马和惣兵卫的推论是正确的。

半个月前，与次郎在一场酒席上，从朋友口中听说了这则奇妙的传说。就是惠比寿的脸孔变红，导致整座岛屿沉没的传说。对与次郎而言，这不过是个随兴聊起的故事，但正马和惣兵卫强烈否定，而剑之进依然坚信是真有其事，结果就演变成了今天这种局面。说老实话，与次郎完全没想到剑之进会找到写有这种证据的记载。与次郎并非不相信神佛，但整座岛屿沉没则又是另一回事。

"不知大家意见如何，"看到与次郎和剑之进的神情，惣兵卫皱了皱眉问道，"是否该上药研堀找老隐士征询一下意见？"

四人面面相觑，接着齐声回答：好。

三

药研堀的老隐士，一如其名，是位居住于药研堀附近、一户名叫九十九庵的清幽宅邸的老人。

此人年约八十有余，白鹤般细瘦白皙，剪掉了发髻的白发修得短短的，平日身穿墨染的工作服和深灰色背心，看来像个衰老的禅僧。虽不知其出身姓名，此人自号一白翁，仅有一名据称为远房亲戚的女童相伴。

这位老人似乎和与次郎曾奉公的前北林藩有段匪浅的交情。虽然不论怎么看都是个毫无显赫身份地位的寻常老百姓，但藩主对他似乎颇为关照。维新前北林藩曾按月支付恩赏金，每回均由与次郎负责递交。金额并不算高，似乎已经支付多年，若论总额，应该不是一笔小数目。一白翁从未提及自己的过去，但与次郎的前上司曾说过："此人是曾拯救北林藩的大恩人。"即便北林藩再小，区区一介百姓，而且还是个衰老如枯木的老翁，怎有能耐拯救一个藩国？与次郎对此纳闷不已。那似乎是与次郎尚未出生、四十多年前的往事。如今虽是个老翁，当年毕竟也曾是个小伙子。直到废藩后，与次郎才想到这个理所当然的道理。在此之前，与次郎总有一种此人从以前起便是个老人的错觉。因为一白翁看起来已是十分衰老。

五年前，与次郎突然想起这位老人，好奇他如今是否安在。藩国已随大政奉还遭到废撤，按理说，他已不会收到北林藩支付的恩赏。若是如此，不知他日子是否还过得去？因此，与次郎便邀了也曾听说过老人传闻的惣兵卫，相偕造访九十九庵。

老人依然健在。虽然已无发髻，但消瘦的脸颊、朴素的生活，以及让人看不出是乖僻还是和善的言行举止，让一白翁看来仿佛仍活在幕府时代。除了与次郎昔日曾见到的小女童已长成年轻姑娘外，九十九庵里里外外竟一切如昔。

从那时起，与次郎与老人恢复了交情，至今已有五年。如今除了惣兵卫，剑之进与正马也常同去造访九十九庵。老人不仅博学，同时还有许许多多奇妙的经历。与次郎极爱聆听老人聊起这些意味深长的故事。

维新至今已过了十年。虽仍偶有动乱，但大致上世间混乱似已暂告平息。只是上自整个国家，下至与次郎均产生了极大变化，街景民情亦已焕然一新，唯有老人居住的这城中一角仍残存着浓郁的江户风气。与次郎在努力适应新时代的同时，对新事物却仍怀有一丝不信任。对他而言，九十九庵的风景和一白翁叙述的江户故事，总是如此令人怀念。

身为巡查，剑之进却对奇闻异事有着强烈的喜好，尤其酷爱聆听老人叙述的诸国怪谈。惣兵卫则是个和自己的相貌职业颇不相符的理性主义者，喜爱与老人议论各种不可解之异象。至于略带西洋习气的正马，乍看之下对此类议论问答虽不至于毫无兴趣，但与次郎认为是因其对与老人为伴的姑娘小夜颇为钟情。关于这点，与次郎其实也有点可疑，其他两人更是不用说了。

买了豆沙包当礼物后，四人起程前往药研堀。晚饭时分吃豆沙包有点奇怪，但老人不好饮酒，也不知此外还能带些什么。不，准确说来，老人每晚就寝前会小酌一杯升酒①，除此之外，可说是滴酒不沾。但这也不代表老人爱吃甜食。说老实话，这豆沙包其实是买给小夜吃的。

透过树篱，一行人瞥见了小夜的身影。她好像刚洒了点水消暑，只见庭院里还摆着勺子与水桶。正马快步跑向门前。"打扰了、打扰了。"还没走到门前，惣兵卫便以粗野的嗓门大喊。与次郎进门，看到小夜正坐在玄关旁一把破旧的藤椅上发愣。

我们又来打扰了，老隐士在吗？剑之进问道。没等小夜回话，正马便递出一包豆沙包打岔道：这是我们的一点心意。

多谢各位厚意，小夜收下豆沙包。

该说谢谢的是我们，与次郎回道，紧接着便询问两人是否用过晚饭。刚刚吃饱了，小夜回答。隔三岔五过来叨扰，会不会给两位添麻烦？听到与次郎这么一问，小夜回答："哪儿的话。我们正打算喝杯茶呢。况且，各位聊上一阵，他老人家也会比较精神。"

小夜将与次郎一行人请进了门内。四人没被带往客厅，而是被领到了庭院内的小屋里。此栋小屋仅约六叠大小，正中央设一座地炉。虽不见蹦口②，但屋内陈设看似一座茶室。老人端端正正地跪坐在壁龛前，早就摆出了会客的架势。

老人眯起了原本就细小的双眼，一脸的神情看不出是微笑还是不知所措。

"各位全到齐了。敢问所为何事？"

"我们有件事想找老隐士谈谈。"惣兵卫以粗野的口吻说道。接着剑之进询问老人近日是否无恙，最后再由正马说几句客套话。这是这伙人每回造访时的惯例。至于与次郎，则通常是不发一语地跪坐一角。

一伙人一如往常地并肩跪坐。上茶后，剑之进率先开口："老隐士，其实今天也没什么事，我们只是打算就与次郎听说的一则传说的真伪，前来拜听老隐士的意见。"

请说吧，老人点头说道。

---

①盛在方形酒器中的酒，或以方形酒器装盛贩卖的酒。
②茶道中茶室特有的方形小入口，进去须跪着膝行。

剑之进开始向老人讲述瓜生岛的传说。但话还没说几句，便看出老人似乎对这故事颇为熟悉。老隐士也听说过吗？正马问道。这是个有名的故事呀，老人回答。

"有名吗？"

"是呀。濑户内也有类似的故事，但应该还是丰后湾的故事最为有名吧。"老人一脸稀松平常地说道。

"濑户内也有同样的传说？"

"老夫当年造访阿波时，曾听闻类似的故事。总之，这类故事为数颇众。但就规模而言，应该属瓜生岛这则最大了。毕竟，若老夫记得没错，岛上曾住有上千户人家。"

"上千户？"

"没错，而且记得不是座贫穷的岛屿。与次郎先生是否听说此处民生困顿？"

在下的确是如此听说，与次郎点头回答。请问可是个年轻小伙子说的？老人又问道。的确是个小伙子，此人要比与次郎年轻两岁。

"那么，他或许就不知道实情了。在老夫听说的故事里，将惠比寿的脸抹红的，是一个对迷信嗤之以鼻的大夫。想来这也是无可奈何，毕竟是三百多年前的事了。"

这故事果真属实？正马问道。

"这就不清楚了。"老人回答，"老夫虽然如此年迈，毕竟也没活过三百年。至于剑之进先生找到的记录，虽为文字记述，却实难论断其中究竟几分为虚、几分为实。"

唔，剑之进拾起放置腿上的文书端详起来。

"不过，老隐士，倘若连如此记录都不足采信，世上不就没有任何东西可信了？"

"世上的确无事可完全采信。"

"但无论如何，事实终究是事实。敢问这座岛……"

"应该是沉没了吧。"老人说道。

剩下的话被抢先说了，剑之进只能默默闭嘴。

"总之，真相究竟如何根本不重要。反正各位也不是来向老夫查证此事的。"

"老隐士果然是明察秋毫呀。"正马说道，"方才您不是说，这类故事为数颇众？"

"老夫的确说过，"老人回答，"各位是否听说过《今昔物语集》？"

听说过，惣兵卫回答。

"那就好。书中的《卷第十震旦三十六》里有篇《媪每日见卒塔婆付血语》，内容大致也是同样的。从震旦两字，不难看出这是个唐土的故事。话说唐土某地有座高山，山顶立有卒塔婆一座。"

"卒塔婆？"

看来这故事果真怪异，听得四人不禁面面相觑。

"山麓下有个村子，村中有个年龄和老夫相若的老妪，每日均不忘上山参拜这座卒塔婆。"

"这座山，高吗？"剑之进问。

"相当高，"老人回答，"大家都知道，对年事已高者，登山是件十分艰辛的苦差事。换作老夫，便绝不可能办到。某日，一个小伙子向老妪询问登山的理由，老妪回答传说此卒塔婆若沾上了血，此山必将崩塌，没入海中，因此老妪不得不日日上山确认有无异状。"

噢，惣兵卫不禁失声喊道："和那故事果然是一模一样。"

"没错。小伙子斥此传说为迷信，为了作弄盲信传说的老妪，便将卒塔婆涂上了血。老妪一见卒塔婆沾了血，旋即逃出了村子，看得小伙子乐不可支。后来……"

"山果然崩了？"

"没错没错，"老人点头继续说道，"同时，斥此传说为迷信者，亦悉数殒命。《宇治拾遗物语》卷三十中，也有内容相仿的故事。"

"算是一种寓言吧。"正马接着问道，"《今昔》和《宇治拾遗》中的故事，皆出自佛典或汉籍，对吧？"

"没错。应是出自《搜神记》。"

"此类故事也传入我国各地？"

"是的。"

你瞧吧，正马转头对着剑之进说道。

要我瞧什么？剑之进反问道。房内空间极为狭窄，两人的脸差点撞在了一起。

"老隐士方才那番话你也听见了吧？这不就足以证明你听说的故事纯属虚构？"

"老隐士哪儿有这么说？"

"我说剑之进呀，"正马仿佛刚取了恶鬼首级似的，两眼熠熠有神地说道，"此等怪事若在诸国频繁发生，那还得了？这些不过是借唐土传说改编的寓言罢了。世间的确会起天地变异，或许也真有岛屿沉没。但这些都应另当别论。涩谷不也说过，那惠比寿什么的不过是事后捏造出来的故事罢了？"

"怎能说是捏造的？"

"捏造的就是捏造的呀，"正马继续说道，"你该不会真的把御伽草子里的故事当史实了吧？"

"难道你将此事视为骗孩子的故事？"

"没错。瞧你虽然剪掉了发髻，文明开化的钟声却还没传进你的脑袋瓜里。这副德行，竟然还当得了一等巡查？涩谷，你说是不是？"

唔，惣兵卫双手抱胸地说道："或许正马说的没错。相信这则故事，就有如相信世上真有鬼或天狗等妖物般愚昧。总之，答案似乎一开始就见分晓了，根本无须前来叨扰老隐士。"他豪迈地笑着。

"还不知答案究竟为何呢。"一白翁愉快地望着惣兵卫露齿大笑。

"老隐士，您就别再装傻啦。世上哪儿有将木像的脸抹红，便引起天地变异这等不合常理的事？若真有这等事，我可要立刻赶往镰仓，将大佛的脸涂成墨黑。若区区一个惠比寿便能让一座岛屿沉没，大佛不就能让整个国家都沉没了？"惣兵卫又是一阵哈哈大笑。

没错，待惣兵卫笑完后，老人又接了下去："自然天理的确非人所能改变。"

"即便是神佛，亦不可能改变吧？"惣兵卫附和道。

老人神情纳闷地说："噢，若是神佛，老夫可就无从保证了，世间亦不乏将自然天理视为神佛意志产物者。不过，惣兵卫先生，还有正马先生，"老人缓缓环视众人，"地震归地理，大雨归天理，此二者凡人皆无从改变。故此，一如正马先生所言，若推说此类灾厄乃随惠比寿的脸转红而起，这则故事便仅是个寓言。或许真如惣兵卫先生所言，不过是事后捏造添加的解释。不过，一如天地间有地理、天理，人间亦有人理。"

"人理？"与次郎一脸惊讶地问道。

"没错，人世间亦有人理，"老人继续说道，"天归天理，地归地理，至于人，则归人理。人虽无法改变天地，但不代表就无法改变人。世界乃天、地、人三者相互影响而成，天若降雨则大地润泽，地若动摇则大气风起。岛屿若有人生息，则成聚落，凡是人生息之场所，必有人理。"

此言的确有理，惣兵卫说道。

"正马先生曾言，地震、海啸无关信仰是否虔诚，均为自然发生之异变。此言的确不假。光是将惠比寿的脸抹红，绝不致引发地震、海啸或洪水。姑且不论地震和海啸，光是将惠比寿的脸抹红，便足以导致村落俱毁。"老人神色坚定地说道。

"村落俱毁？"

"没错。老夫就曾见过一个村落因惠比寿的脸转红而分崩离析。"

"这又是一桩奇事了，"正马一脸纳闷地问道，"老隐士的意思难道是此村落未遭地震或洪水侵袭，光是将木像的脸抹红，便整个土崩瓦解？"

正是此意，一白翁回道。哪儿可能有这种事？正马神情错愕地望向惣兵卫。此时剑之进将两人往后一挤，探出身子问道："这，该不会是老隐士的亲身经历？"

"没错。是老夫年轻时目睹的。记得那是一座漂浮于男鹿汪洋、名叫戎岛的岛屿……"

四

这应该已经是近四十年前的事了。老夫是在哪儿听见那座岛的传闻来着，对了，是在品川宿的客栈庭院中那株大柳树的怪异骚动结束后，返回江户的旅途中。

当时，老夫和一名绰号诈术师、名叫又市的御行，还有一个名叫阿银的巡回山猫结伴行动。

诈术师这个词，以现在的话来说，指擅长舌灿莲花、诡计诈术者，或指生性狡猾者，并不是个好词，或许与江湖郎中字义颇为相近。只不过又市并不好借诓骗他人牟利，或蓄意谋害他人取乐。除了从事时下的示谈屋或仲人屋①之流的差事糊口，若有以传统手段无法排解的纠纷，又市也能完满解决，并收取些许酬劳。排解此类纠纷时，又市善用种种巧妙至极的手段，或许因此，才换来那个绰号吧。

御行是四处摇铃挥撒辟邪符咒营生者，巡回山猫则是操弄傀儡的卖艺人。

当时，老夫的年纪还和各位相仿，只有二十来岁。当年，老夫梦想巡游诸藩搜集各类奇闻怪谈，意图日后集结成册，出版一卷网罗诸多怪谈的百物语。

你问这梦想是否已成真？这，留待下回再叙吧。总而言之，当年老夫既无定职，亦未曾辛勤劳动，终日如浮萍般四处游荡，为搜集怪谈过着东奔西跑、浪迹诸藩的日子。

自品川宿返回江户的途中，老夫一行人曾与来自越后、贩卖绉绸的小贩同宿。这桩奇事正是由此人所述。

出羽国如今已分为羽前、羽后，当年羽后国那边有个男鹿半岛。据传，在那半岛尖端的入道崎，可以望见一座奇妙的岛屿。怎么不可思议呢，因为

---

① 示谈屋指有冲突或纠纷时为双方调停，收取佣金的行业；仲人屋指以纠纷仲裁或婚姻媒妁为业者。

那岛是看不见的。不知是因海流还是气温影响，这也可归为天理或地理吧，该岛常为浓雾笼罩，因此几乎无人知晓该岛的存在。即便连当地居民，知晓者亦寥寥无几。不过，常出海的渔民当然晓得。虽然晓得，却绝不靠近。因为该岛被视为可畏的魔界或神域，人人避之。

其实，该岛距离海岸并不远。若以陆地距离论，约为十六里，理应不费吹灰之力便可往返。如此近在咫尺，却不可见得，确是不可思议的奇景。不过，这小贩说的可就更不可思议了。

据该小贩说，此不可视得的岛屿，仅能自一处望见。该处位于入道崎，据传为一断崖，由于地势艰险，船只亦难进出。断崖下方有洞窟穿越，洞窟中有个小祠堂。自该洞窟入口的鸟居中央眺望，便能于正前方望见一座不可思议的岛屿。

此说法的确玄妙，是不是？

自鸟居眺望，该岛的确堪称奇景。据传其形颇为奇特，岛屿四周皆为绝壁，岛顶较宽，临海面处却较为狭窄。如此地势，任何船只均无法停靠。即便能勉强泊船岛岸，也得攀上绝壁方能上岸，而此断崖亦非人所能攀爬。形容至此，其实尚不足以称奇。世上原本就有人无法接近的地形，亦有无法攀登的山岭，无人岛屿更是随处可见。如阿苏山、浅间山等火山不时喷火崩裂，山内蕴藏大量地热。倘若此类山岭矗立海中，或许不仅会散发惊人蒸气覆盖岛屿，亦可能改变潮汐流向，使该地化为不适合航行的魔域。此外，至于仅能自一处望得该岛形貌这一点，若是受日照或风向影响，亦非绝无可能。总之，一切还不至于难以置信。不过，教人诧异的是，该岛上看似有人居住。

每年有一两回天晴时，笼罩全岛的浓雾全数消散。这时候自鸟居眺望该岛，岛屿顶上可见一色彩朱红的宏伟宝殿。该小贩表示去年碰巧在场，偶然间望见了该宝殿，赞叹实为一壮绝奇景。该岛名叫戎岛。亦有人以戎之净土称之。被唤为净土，或许正因为该岛非人所能踏及，而岛上却有这样一栋建筑。

自断崖石窟的鸟居方能望及的神秘孤岛，顶上矗立着一座红色宝殿，这是每年仅能拜见数回的奇景。每当想象起该处光景，老夫心中总会涌现一股莫名的憧憬。对，老夫当然想去瞧瞧。

但此人毕竟是个靠招摇撞骗糊口的小贩，所说的话当然不得信以为真。老实说，老夫就曾在行商贩子巧言令色的哄骗下，吃过好几回亏。不过，与老夫同行的巡回山猫阿银小姐，竟然声称她也曾听说过这座岛。阿银小姐坚称的确有这么一座岛。

这座岛的故事，她是从幻术师德次郎那里听说的。老夫应该曾向各位提起过德次郎这个家伙吧？一个专门演出障眼法，也就是时下所谓的灵术、催眠术等杂技的卖艺人。总之，此人是率杂耍团四处巡回演出，靠吞马术、走钢索、吐火术等杂技为生的家伙。事实上，他还是又市的同伙，在奥州一带甚至被唤作妖术师。这家伙懂得一种只消拨拨算盘珠子，刹时便能操控人心的幻术。据传他只消掏出算盘拨上一通，连大商号都会为他打开金库。

犹记得德次郎曾亲口向老夫表示，自己是男鹿出身。如此看来，这故事颇有可能属实，令老夫刹时为之雀跃。阿银小姐表示，曾在德次郎吟唱的戏曲中听过这样一首歌。

海上有一惠比寿岛，
人迹罕至飞鸟难及。
岛上遍地金银珊瑚，
还有那钱财珠宝。
漂流至此者入仓中，
步行至此者上客座，
绝命时面如惠比寿。
凡人至此不复还，不复还——

当时直觉这首歌真是古怪，阿银小姐便向德次郎进一步询问此歌缘由，才听说了戎岛的故事。阿银小姐表示，拨算盘的德次郎虽然说自己孤苦无依、孑然一身，其实却是由那断崖石窟中的神社——据说叫作夷社——的看守扶养成人的。

这是何其侥幸！听闻阿银小姐这番话时，老夫不禁一阵背脊发凉。噢，这并非恐惧使然，而是发现与这偶然听闻的神秘岛屿有渊源的人，竟是老夫的旧识之一。此等巧合，岂不令人心动？心中那股好奇当然更是蠢蠢欲动。

没错。之前也曾提及，当年老夫的兴趣正是四处搜罗诸藩的奇闻怪谈。各位不妨瞧瞧那头，那些堆积如山的文件，正是老夫网罗的怪异故事、奇妙风闻的笔记，悉数是老夫云游诸藩、四处探听来的。不过，当时老夫尚未踏足奥州，仅凭浏览菅江真澄撰写的游记，任由想象驰骋。老夫当然想上该地瞧瞧。

返回江户后，老夫随即开始打听德次郎的下落。德次郎毕竟是巡回杂耍团的团长。据说他总是领着杂耍团，从奥州到西国四处卖艺，欲掌握其行踪当然是一大难事。

某日，老夫于两国某小戏园子内，听闻某团擅长障眼术的杂耍表演者在信州一带演出，老夫旋即打点好行囊，匆匆离开江户。

那时可真是年轻哪，既莽撞又冲动。幸好不久前才在品川帮助那诈术师干完一桩差事，收到了一笔尚为丰厚的酬劳。有了足够的盘缠，的确为自己壮了不少胆。

只不过，老夫没能在信州追上他，甚至看不出德次郎一行人之后究竟是往北走，还是往南走。

噢，老夫当然没有折返。既然都出门了，来到边远的信浓之地，倘若就此折返，岂不是徒劳一场？因此，老夫决定转往出羽。反正就是四处漂泊，出趟门也无须遵循任何期限返家。

那趟路，老夫大概走了一个月吧。还是两个月来着？当然，当年尚无蒸汽火车，一路上不是乘马乘轿，便是徒步。如今已记不得碰上些什么事了，或许老夫还走了比说的更久。

噢，可以帮老夫拿一拿那份书卷吗？里面或许有记载。没错，就是这个，终于让老夫找着了。《出羽国男鹿海中戎岛事》。

"抵达男鹿时正值秋日，天候极寒。"这上面如此记载着。

"菅江真澄翁男鹿纪行文中，未有任何戎岛相关记述，但其他记述大致正确无误。自此将循先人足迹寻觅戎岛。"对了，想起来了。老夫行至菅江真澄《男鹿秋风》中记为朴树三岔路的追分三岔路，发现此路果然如真澄翁所言，不见半株朴树，令人感觉至为奇妙。接下来，沿船川大道朝半岛方向缓缓而行。自胁本转至男鹿大道时，稍稍驻足观赏封蛇石，接着又走了一小段路。对了，后来在北浦一带寻一民家借宿。

沿途，老夫遇人便不忘探听该岛，即戎岛之事，但竟无人知晓。即便老夫借宿的民家，屋主亦从未听闻。老夫当时的确打算死了这条心。照理该岛应已近在咫尺，至今却未见有人曾经听闻，不禁令老夫心想应是被那小贩欺蒙。至于阿银小姐所言，或许不过是对老夫的一番揶揄。

不不，老夫并未动怒，甚至心中未曾有一丝怒气。毕竟原本便热衷云游，走这趟路，当然不觉有什么可后悔的。寄宿的民家款待老夫用膳，席上尝到的鱼肉至为鲜美，加上又自屋主口中听闻当地风闻若干，已让老夫心满意足。

不过翌日，老夫行至海岸，向渔夫稍事探听，却又自渔夫口中听闻确有此处魔域。听闻该处乃漂浮海上、浓雾笼罩之奇地，凡人乘船驶近，皆被吸引而去，故船只均不敢接近。老夫刹时感到兴奋莫名。于是穿越山道，朝入道崎进发。

途中有一陈旧乡间澡堂。老夫于该处驻足入浴，养精蓄锐，接着再度起程，继续前往入道崎。

五

真有那座岛？剑之进兴奋地问道。

老人探出身子正欲回答，正马却突然打岔道："先别急，矢作，凡事都该依顺序进行。老隐士的故事刚说到精彩处，要是先说出结论，岂不是一点乐趣也没有了？"

"有理。"惣兵卫附和道，"根据我的想象，老隐士，这座岛理应是不存在的吧？您虽然抵达了那座石窟内的祠堂，但并未望见鸟居的另一侧有什么东西。然后，走进祠堂一瞧，看见里面供着一座惠比寿像，脸被抹成了红色。

如何？是不是让我说中了？"他一脸自信地说道。

并非如此，老人笑着回道。

"哪儿不同？"

"噢，岛是真的有的。"

真的有吗？剑之进不禁探出了身子。

"是的。不过断崖鸟居中的神社里，倒是没有惠比寿像。唯一供奉的神体就是一面镜子。"

"镜子？"

嗯，惣兵卫两手抱胸低吟了一声。

那么，这座岛是否和传说中描述的一样？正马问道。

"何谓传说中的描述？"

"譬如，为浓雾笼罩，不见其形。"

"的确如此。"一白翁回答，"不论站在入道崎的哪一处，均只能看见云一般的浓雾。老夫造访那天是个晴朗秋日，天上不见半朵云彩，依稀望见了什么，但那头的确笼罩着一团浓雾。不知有什么，绝对猜不到雾中有座岛屿。只是老夫已有听闻，便步下海岸，走过岩山，在洞窟中，其实也没深到足以称为洞窟的程度，找到了那座神社。"

"蒸汽的威力既然足以推动铁打的大车，看来这或许还真有可能。"也不知怎的，正马不服输地说道。

没错，老人感叹道，接着又说："总之，岩山的地势算不上陡峭，但由于石窟无法自上方望见，因此除非前往神社，此路平日应是无人通行。即便是当地居民，平时应该也不会上那儿去。"

"就连渔夫也一样吗？"惣兵卫询问道，"虽然陆路难及，但这地方不是与海相连吗？若是自海上眺望，应该就能望见那座神社了吧？不，倘若自神社能望见该岛，只要航行至直线联结神社与岛屿的海域，从船上不难望见这座岛吧？这说法可有道理？"

"还是望不见。"老人回答。"请问何故？"惣兵卫不死心地追问道，"这岂不就解释不通了？"

"照道理，这的确解释不通。但当地渔夫曾告诉老夫，彼等均极力避免接近浓雾的十六里之内。"

"雾，也就是那座岛吗？"

"是的。浓雾笼罩着整座岛，范围当然要较岛屿大一圈。再加上十六里，范围就更大了，相传这片海域十分危险。要说怎么危险，据传若航行至十六里以内，船只便会被一股强大力量吸引过去。"

"吸引？"

"这只是个比喻，指的其实是一股威力强大的海流。"老人蹙眉说道，"即便是技术娴熟的渔夫，也绝对无法划出这股海流。只能连人带船地被冲向岛上。而神社至岛屿的距离，正好差不多是十六里。"

"即，任何船只均无法驶入岛屿与神社之间的海域？"

"没错。以雾的边缘为中心、半径十六里的区域，所有船只均须迂回绕行，因此任何船只均无法航行至得以望见神社的海域。若自岛屿另一端望来，神社亦为浓雾遮蔽，无法清楚望见。因此，就连这座神社的存在亦是鲜为人知。"

的确有理，惣兵卫以指头在榻榻米上胡乱画着说道："不过，老隐士。若真有这种不可思议的海流，那么一旦被吸了过去，不就永远无法驶离那座岛了？"

"说到这点，老先生，"与次郎插嘴道，"德次郎吟唱的歌中不是唱道'凡人至此均不复还'吗？"

"没错。绝对无法复还。"老人毅然回答道。

听来可真是危险哪，正马说道。

"当然危险，"老人回道，"故此，渔夫们绝不驶近该处，并将该处奉为神域。大家似乎都忘了那座岛是为何物而定的神域，但原本应是戎社的神域。此外，老夫造访当日，还清清楚楚地望见了那座岛。"

"能清楚望见，意即老先生正好碰上了年仅数回的其中一日？"剑之进问道。

应是运气好吧。老人先是如此回答，但旋即又改口说，不，应该是说运气不好。

"为何运气不好？"

"若什么事也没发生，那可就称得上是一趟顺利的旅行了。仅依些许风闻，而且还是一则私下相传的虚假故事循线追溯，千里迢迢来到男鹿边陲，望见了这座传说中的岛屿。穿过鸟居望见的岛屿，看来的确神秘非常，果然是一如传闻，岛屿下方较为紧束，犹如一朵香菇。上方真有一座色彩朱红、状似严岛神社的宏伟宝殿矗立岛顶。"

宝殿……与次郎抬头仰望天花板呢喃道。放眼望去，其他三人亦是同样抬头仰望，大概个个都在脑海中描绘神秘岛屿的模样吧。

"那光景让老夫看得出神，不禁眺望良久。未料当时，竟然有人也和老夫一同眺望那座岛，不，该说是在眺望那座宝殿。"老人啜饮一口茶润了润喉咙。

"石窟中还有其他人？"

被与次郎这么一问，一白翁摆出一脸哭笑不得的奇妙表情。

"老先生可是被神社的看守责骂了一顿？"惣兵卫嬉皮笑脸地问道。"若只是这等小事就好了。"老人一脸难堪地回答，"当时，神社后头竟然躲着三个人。"

"躲着？"

"有三个人藏身其后，而且还是有前科、遭到官府通缉的盗贼。"

"盗贼！"剑之进失声高喊，"是窃贼吗？！"

"该说是强盗吧。"

"强、强盗……"这位一等巡查闻言，不禁激动起来。

"不过，这已是四十多年前的事了。当时那个时代既无警察，亦无巡查。藏身该处的，正是两年前遭官府一网打尽的荼枳尼那帮歹徒的残党。他们杀了捕快，甩脱追兵，竟一路逃到了这天涯海角。这三人是大哥仁王三左和快腿贰吉、山猫与太，个个都是一脸凶残的亡命之徒。"

"老先生稍早说自己运气不好，指的可就是此事？"与次郎问。

可以这么说吧，老人语气暧昧地回答，接着又说："当时，这群家伙似乎自甲州、信州经越后逃至出羽，已被逼到走投无路，仍有追兵紧追其后。

事后方才听闻，成群的代官所捕快进驻老夫曾寄宿的北浦一带，只不过老夫当时对此情势毫无警觉，只晓得出神地眺望戎岛奇景。"

这伙恶徒可对老先生做了什么？惣兵卫问道。

"噢。三人见到老夫突然现身，出于警觉觅地藏身。别瞧老夫如此年迈体衰，在当年也是个年轻小伙子，而且还生得苍白又瘦弱，怎么看也不像个捕快或衙门官吏。看穿这点，这伙人便一跃而出。真是把老夫吓坏了。没错，当时真的是吓坏了。"老人语气不带任何抑扬顿挫地说道。

这口吻，比夸张的形容更能听出当时他有多么惊讶。

"这伙人一现身，便以匕首朝老夫脖子上这么一抵。"

"匕首？"

"真是目无法纪，竟然以刃物要挟手无寸铁的百姓。"惣兵卫咒骂道。老人笑着说："别忘了此三人并非武士，而是盗贼，本来就是凭靠刃物要挟手无寸铁的百姓糊口，目无法纪本是理所当然。该庆幸这伙人并没有不分青红皂白地杀了老夫呢。"

说的也是，与次郎心想。

"不过，周遭不见其他人影，加上老先生又毫无防备，在这种情况下，如此恶徒为何没下毒手……"

旅人身上通常都带着点盘缠，照理说，这伙人应该会取命劫财才是。

"不不，从这伙人以匕首架住老夫脖子的力道来看，只能算是打个招呼罢了。紧接着，这伙人便逼问老夫那座岛是什么地方。"

"那伙盗贼没听说过那座岛？"惣兵卫问道。

"那还用说。"剑之进说道，"就连当地百姓都没听说过，甫亡命至此的盗贼哪可能晓得？想必这伙人不过是沿海岸一路窜逃，偶然发现这座洞窟便躲进去罢了。"

应是如此，没错，一白翁说道："老夫当然得给个回答。因此便告知该处名叫戎岛，不仅飞鸟不能及，当地渔夫亦无胆接近。这伙盗贼一听，竟乐不可支。"

"乐不可支？"

"为何乐不可支？"

"因为当时看得见那座宝殿。"

"噢，难道那群家伙打算逃往戎岛？原来如此，应该是看到上头有一座宏伟宝殿，以为上头住着人吧。还真是愚昧至极。"

不，老人遮手否定道："此等推论绝非愚昧。看到那光景，任谁都会这么想，绝不会想到那儿竟然是那种地方。"老人闭上双眼继续说道，"总而言之，老夫真正的厄运应该是从那儿开始的。老夫的双手让这伙盗贼朝背后一缚，被押到了北浦岸边。想必这伙盗贼应是考虑到一旦被追兵追上，可将老夫当成肉盾吧。"

即，把老人当成人质。

而且，捕快们还真的赶到了海港。

"当时，十名捕快和两名衙门官吏正在北浦海岸进行搜索。被押到这种地方，当然让老夫紧张不已。这伙盗贼以匕首抵着老夫胸脯，高喊快快退开，否则此人性命不保。"

唉，剑之进叹道："还真是骇人的经历哪。我至今还没遭遇过如此可怖的景况。"

"真正可怖的，还在后头。"老人翻阅起记事簿读道，"'十名持棒捕快，伙同渔夫包围吾等。后有头戴阵笠之衙门官吏一名，海边有拔刀出鞘之武士一名，虽然个个开口威吓，但盗贼依然毫不畏怯。'这里面的记述看似平静，但当时可真是感觉生不如死呀。盗贼们架着老夫徐徐朝海边移动，乘上了一艘系在岸边的船，一把将老夫扔到了船上。当时已是入夜时分，老夫仰躺在船上，望见满天星斗和一轮满月。当时心中想的，竟是原来今宵正值中秋。"

看来人在遭逢危难时，净会想些无关紧要的事，老人笑道。

"一行人，就这么逃开了？"

"不，捕快当然也搭乘其他船只追了上来。但过了半个时辰，不，应是仅有两刻钟吧，追兵便突然停船，放弃追赶了。"

"可是因为船只已驶入神域？"

老人点了点头。

接下来，这伙人便将老夫抛入了海中。一白翁语气出奇平静地说道。

六

或许该为自己晕了过去感到庆幸。老夫并未溺水，而是在海上漂流了好一阵子。

老夫并不擅长游泳，因此落海时还以为自己必死无疑。噢，也不是出于觉悟，而是老夫生性胆怯，因此死了心了。但胡乱游一遭，却侥幸捡回了这条命。没错，否则在水中胡乱踢腿，按常理应该不出多久就会溺水。

回过神来，发现自己竟已漂到了岩礁上。岛屿已近在眼前。海潮果然是朝着岛屿的方向流动的。

当晚的满月将四下照耀得一片通明。黑黝黝的大海暗不见底，海面却被照耀得熠熠生辉。只见灿烂光芒随波荡漾，仿佛天上繁星，忽而跳动忽而眨眼，景致美得难以言喻，让老夫出神观赏良久。

身子却在不知不觉间继续漂流。没错，正是朝岛屿的方向漂流。海潮十分强劲。压根不像海，而是宛如一条湍湍流动的河川。再这么下去可要被冲走了，老夫心想。要是被冲回海中，准是死路一条。被抛入海中时事出突然，心里毫无准备，但如此的景况真叫人畏惧。

不想就此丧命，因此老夫死命攀上了岩礁。虽说是秋季，但入夜后的海水实在冰冷。沿途滑落了不知几回。最后终于爬了上去。

眼前的景致让老夫大感惊讶，惊讶得难以形容。海中竟然有一条小径，一条细细的羊肠小道。虽然处处为海水淹没，却仍看得出有条细细长长的岩礁笔直地通向那座岛屿。不对，老夫又回头望去。在另一端，这条海中小径竟然笔直地朝陆地方向延伸。远方的入道崎在夜色中化为一片黑影，鸟居在月光照耀下看来竟是如此渺小。原来这条小径笔直地联结着鸟居和岛屿。

老夫心中满是迷惑。

当然应该走回鸟居去。若走到了岛上，不仅无法获救，还会碰上那伙盗贼。

即便不遇上那几个盗贼，也会一辈子回不去。但当时老夫已疲惫至极，就连站着都得使尽吃奶的力气了。此时，陆地看来是如此遥远，而岛屿则近在咫尺。当时的老夫已无气力再沿着这条难以踏足的小径走向遥远的陆地了。

不对，或许是着了魔吧，已无法冷静判断的老夫就这么被雾气笼罩的迷幻岛屿吸引了过去。

由于体力不支，老夫几乎是爬着过去的。随着时间流逝，岩礁徐徐为海水淹没。看来这条小径冒出海面的时间颇为短暂。当老夫抵达岛屿时，这条不可思议的小径已完全为大海吞没。

东方天际开始泛白。因有雾气阻隔，圆圆的太阳化为数层交叠的光晕。阳光如此微弱，眼前的日出有如梦中景致。紧贴断崖的老夫正置身于这幅奇妙的日出光景中。

强劲的海流沿着岛屿周围朝岛屿后方，即外海的方向流动。老夫仰望断崖，感叹自己已无路可走。眼下是捡回了一条命。但来到此处，距离死亡亦不远矣。岩礁小径已完全为海水淹没。岩礁要比海底高些，站在上面尚能探头出水。但毕竟有强劲海流，靠一双腿根本不可能走得回去。迫不得已，老夫只得步履蹒跚地沿着断崖缓缓移动。

接着，令人惊讶的是，而且令人惊讶至极的是，断崖绝壁上竟然凿有一道石阶——一道一路通往顶端的石阶。老夫爬了上去。毕竟已无其他选择。

石阶拐了好几个弯，一路沿断崖表面蜿蜒而上。当时老夫已疲惫不堪，加上浑身湿透，脚底随时都可能踩空。因此老夫只得尽可能不朝下望，全神贯注地往顶上攀爬。后来，石阶曲度逐渐趋缓，在一块巨岩处朝内侧拐了个弯。巨岩后方长满了低矮的柑橘树。此处便是石阶的终点。柑橘林的正中央铺有一段细细的碎石小道，小道前方是一座圆圆的太鼓桥。

那景致，老夫至今依然历历在目。褪了色的朱红栏杆、略显斑驳的金箔拟宝珠装饰。桥上笼罩着袅袅雾气，看来应是下头的河水冒出来的。一条小河自桥下潺潺流过——当时看不出那究竟是水道还是什么——不过，可以看出河水的温度恐怕不低。事后老夫才发现，这座岛上的河流悉数为高温的涌泉，也就是温泉。而这座桥就坐落于流经全岛的温泉川的源泉上。

老夫过了那座桥。桥的另一端是一座壮观的庭园。园内没有花卉，但看得出有人整理过。园内有桃树、橙树，以及芥草。庭园正中央有一座硕大的涌泉，四周围着铺石小道。泉水中不断冒出浓浓热气。在热气的另一头，没错，矗立在热气另一头的就是那栋朱红色宝殿。如今，这座宝殿近在老夫眼前，显然并非海市蜃楼，亦非缥缈幻影。即便如此，看来依然是如梦似幻，让人感觉不出几分真实。

对了，各位不妨瞧瞧那道水墨画屏风。当时老夫的感觉，就像是突然踏进了那幅水墨画的茅舍中似的。世上真有这种事？任谁都会感到难以置信吧。正因为这种事让人难以置信，即便真的碰上了，想必也不会相信这是真的。当时，老夫的心中正是这种感觉。

老夫使劲睁开自己这对小眼睛，将宝殿仔细观察了一番。噢，原来它实际上并不似远观时那般绚烂。虽然格局堪称宏伟，却已经显得非常陈旧。处处油漆斑驳，梁柱皲裂，随处可见风化的痕迹。

此时，突然有人喊了一声——"呀！"没错。这地方有人！

老夫只感觉浑身发冷。虽然感觉两腿发软，却还站得好端端的。看来，自己是被吓得浑身僵直了。不对，应是当时老夫已经连两腿发软、失声喊叫的力气都没有了。

回廊上站着一个一身女官打扮的女子。也不知女官这形容究竟对不对，真不知该如何形容她那身打扮。那并非武家的装束，当然，亦非百姓行头。总之，当时老夫最先想起的，是上古绘卷中那些贵人的女仆。噢，也就是京都的殿上人吧。对了，这女子就是这个扮相。

她那身衣裳并不华丽，完全称不上绚烂，布料甚至显得颇为粗糙。褪色的程度和密不透风的质感，看来都像是件旧衣裳。对了，仿佛是以旧衣铺子里买来的旧布料拼凑而成的神社巫女的装束。对，就是这种感觉。

只见这女官捧着一个陈旧的漆器餐盘，上面是模样古老的酒器，目不转睛地凝视着老夫。而且，她的神色中看不出一丝惊讶。她竟然面无表情，老夫甚至一度怀疑她是否戴着能乐面具。只见她话也没说神情也没变，转身走了回去，仿佛什么都没发生过。即使未感到一丝惊讶，常人若碰上这种情形，至少也应该有点反应吧。但她却一点反应也没有。老夫不知该如何是好，只能呆若木鸡地伫立原地。也不知该说是呆若木鸡，还是目瞪口呆？

接下来，对，其实应该没过多久，感觉上却像已经过了很长一段时间。数名同样打扮的女官和一名身穿礼服的男子静悄悄地出现在老夫眼前。这并不是比喻，老夫还真是几乎没听见半点声响。或许是因为老夫当时过度紧张吧。不不，应该不至于，即便待老夫心境恢复平静后，那里肃静依然。馆内几乎听不见什么声响。

他们，对了，男子望着老夫的脸，同样不带一丝惊讶。老夫都已经如此吃惊了，他却是连眉毛都没动一下，仅以平静的口吻向老夫问道：您可是贵客？

没错，他竟询问老夫是不是贵客。老夫完全不知该如何回答。唉。

正当老夫不知所措地呆愣着时，男子又问：您可是走过来的？没错，的确是走过来的，因此老夫便点了点头。除此之外，还能做什么反应？

那么，您就是贵客了，男子说道。老夫只得报上自己的姓名。以极度嘶哑的嗓音报上了姓名。

七

山冈百介。山冈百介大人，一听到百介报上姓名，回廊上的男子不带任何抑扬顿挫地复诵道。山冈百介大人，他身后的那群看似女官的女子也齐声复诵道。

欢迎大人莅临本岛，男子语调毕恭毕敬地说道。女子们也整齐划一地行礼如仪。

"斗、斗胆请教……"

"已许久未有贵客莅临，想必主公将甚感欢喜。还请大人在本地安心滞留。"

百介感觉自己像是被狐狸捉来似的。自己如今置身的，难道不是那传说

29

中的岛屿？此处难道不是那仅能自贯穿入道崎断崖的石窟中望见，连当地居民亦不曾听闻的谜样的岛屿？难道不是那终年为浓雾笼罩，从海上、陆上均不可见，受不可思议的海流保护，不仅船只难以接近，就连飞鸟亦不能及的孤岛？百介完全感受不到半点真实感。就连自己被盗贼挟持、抛入海中、九死一生地来到此地的经纬，感觉似乎都是如此虚幻。

等待百介回答时，男子双眼眨也没眨一下，女子们也悉数静止不动。

"我……"虽然开口了，百介最终还是没能继续说下去。毕竟他根本不知道该说些什么才好。

男子再度问道："大人可是走过来的？"

"我为凶贼挟持，并被投入海中……"

"是吗？大人想必是吃了一番苦头吧？请随小的入殿。"

男子指着回廊中央一座阶梯说道。百介按照指示跨出了脚步，已经没有选择的余地了。若要回头走下阶梯，那条海上小径如今应已完全没入海中。不过，才踏出一步，百介便再度驻足，因为他想起自己浑身湿透，哪能直接入殿。

百介望向宝殿。只见那座阶梯颜色泛白，木纹颇为模糊，看来应是以浮木制成的。

"嗯……小弟这身模样，岂敢……"

"请贵客入殿。"男子以同样的平静语调复诵道。

百介开始困惑了。自己浑身湿漉漉的，他难道看不出来？难道是在试探我？若真是试探，究竟意图何在？即便百介依照要求入殿，殿主最多也只能责怪他把宝殿弄脏罢了。除此之外，还能把他怎样？那么，这些人究竟目的何在？百介再度朝一行人望去。

他开始感到一阵毛骨悚然。他们究竟是谁？是人吗？若是人，这反应未免也太不正常了。若不是人……若不是人，究竟会是什么？这是座连鸟也飞不到的孤岛。这种地方根本不会有什么人上岸，不，甚至连接近都不可能，又怎么可能会有活生生的人居住？

男子神情依旧不改。女子们也依然连头也不抬。

若是人，怎么可能是这种反应？总让人觉得他们有哪儿不正常。百介眼前的这群人——究竟是什么人？

"请大人别再为难小的了，"男子说道，"大人若不愿入殿，可就是违背主公的命令了。"

的确如此，女子们附和道。

"若是不从，将会如何？"

"率先发现贵客者。"

"颜面将如惠比寿。"

"颜面将如惠比寿。"

"颜面将如惠比寿。"

站在最边上的女官行了一个礼。原来她就是第一个发现百介的女官。虽然样貌身高皆不同，但由于个个面无表情，这群女官实在让人难以区别。

男子迅速转头望向女子们说："咱们上奉公众①那儿去。"

是，女子们语调毫无抑扬顿挫，接着沿廊下向深处走去。男子也同样转头离去，仿佛浑然忘记了百介的存在。

"请留步。"百介朝一行人喊道，"请问，那位姑娘将受到什么样的惩罚？"

颜面将如惠比寿，究竟是什么意思？

"此乃本岛之戒律。"男子回道。

请稍候，我随各位进去就是了，百介喊道。在一股难以压抑的内疚驱策下，他慌忙跑上了阶梯。

"恭请贵客入殿。"男子回过头来说道，"不出多久，主公就要醒来了。晋见主公前，还请贵客先沐浴净身，换身衣裳。"

说话时，男子的脸颊依然是动也不动，只有嘴巴一张一合。看得出他并不是僵住了。

"这儿……可就是那个戎……"

"此处即为戎家宝殿。"

---

① 日本室町时代的幕府武官官职之一，将军的直属军事力量。

看来应该是一座神殿。外观虽然陈旧，但看得出造型和施工颇为讲究，丝毫不像凡人居住的屋舍。廊下左右两侧均围有细细的注连绳，上头系有人脸状的怪异御币。这些御币和从前在四国看到的颇为相像，但仔细观察，便能看出这些御币是模仿惠比寿的脸孔雕制的。看来这儿应该是祭祀戎神①的神社吧，百介心想。

在一行人移动的过程中，男子始终保持缄默，女子们也是一脸严肃地拖着步伐跟在后面。被领到澡堂的百介带着斋戒沐浴的心境泡了澡，漱了口，接着换上为他准备的单衣。然后，他被请进了一个小房间，里面已备妥酒菜。

一座陈旧的惠比寿雕像坐镇壁龛，房间四角悉数饰有小型惠比寿像，就连酒器都有绘着惠比寿像的细致装饰，举目所及净是惠比寿。

毫无兴致饮酒的百介只能呆坐房内。不出多久，一名女官现身，引领百介来到宽敞的客厅。

纸拉门悉数拆除，宽敞的客厅至少有百叠多大，许多女官等距排列于两侧。客厅外铺有木板的房间中，左右板门、板窗后方各坐着两名头戴彩色礼帽、作神官打扮的男子，全都动也不动地正襟跪坐。客厅深处看似壁龛的区域布置得宛如祭坛，安置着一座硕大无朋、至少有八尺高的惠比寿像。在惠比寿像前方不远处，即祭坛正前方，铺有一块硕大的坐垫，一名男子正盘腿坐在上面用餐。

真是一幅奇妙的光景。

此人年约五十好几，肤色黝黑，头顶光秃。他身披一件棉睡衣，外面还罩着一件渔夫爱穿的长棉袍，双手环抱胸前。两名女官随侍左右，将餐盘上的饭菜送进他的口中。只要他一张口，女官们便战战兢兢地用筷子将菜肴夹进那张满是黄牙的嘴里。

他这身打扮，和这地方还真是不相称。百介原本以为出现在这种地方的，应该是个作朝廷高官或神主打扮的高贵人物，但眼前这名男子怎么看都不像身份高贵，反而还显得颇为粗野。不，这光景看起来古怪，或许是因为这粗

①日文中"戎"的发音与"惠比寿"相同。

野男子的模样与眼前每个人的举动显得如此格格不入。虽然个个面无表情，但女官们的动作像是在喂乳儿吃饭。一个刚毅的中年男子理应不该受如此待遇。但此人脸上毫无羞怯，亦不见一丝喜色，只是一脸理所当然地默默用着餐。

刚才领百介入殿的男子毕恭毕敬地走上前去，行了个叩首礼，将额头贴向榻榻米。

"容奴才禀报。"

"说。"男子以宛如打哈欠的口吻回道。

"容奴才向主公禀报。此位便是这回的贵客。"

"贵客?！"男子高声喊道，菜肴纷纷从嘴里撒了出来，"他可是走过来的？"

"自蛭子泉后方上岸。"

"是吗？"男子拨开朝自己嘴边伸过来的筷子，起身说道，"是吗？他是走过来的？那么，他就是贵客了。而且是本公这代的第一位贵客。"

他踩着坐垫，一脚踢开低头跪拜的男子，手撩棉袍走到了百介面前。"本公乃戎岛岛主，戎家第七代当主，戎甲兵卫。"粗野嗓音一如其扮相。

"我名叫山冈百介，来自江户京桥。"话毕，百介行了个叩首礼。

"欢迎欢迎，欢迎山冈先生莅临本地。自从本公懂事以来，先生是首位来访的贵客。吟藏，是不是？吟藏——"

"主公所言无误。"被喊了几次后，吟藏，即将百介领到此处的男子没抬起贴在榻榻米上的脑袋，只是将身子转了个方向回答。

"是吗？本公果然没记错。那么，山冈先生，就请先生在此地好好地待下去吧。"

"好好地待下去，请问此言何意？"

好好待下去就是好好待下去，甲兵卫略带怒气地说道，接着转了个身，跨着大步走向坐垫坐了回去。

一切又恢复到原来的状态。甲兵卫一张口，菜肴又仿佛理所当然地送进了他的嘴里。没有人吭声。除了甲兵卫粗鲁咀嚼饭菜的声响，四下鸦雀无声。这奇妙的光景持续了好一会儿。其间，吟藏一直保持着屈身叩首的姿势。最后，吟藏头也没抬地往后退，然后才缓缓抬起头来。甲兵卫依旧咀嚼着饭菜。每当汁液要从他嘴角溢出，女官便持布为其擦拭。

吟藏朝百介望了一眼，接着静悄悄地站了起来。看来，这场面会结束了。百介这才赫然发现，自己一直忘了呼吸。

在吟藏的带领下，百介来到了另一个房间。这房间十分宽敞。

"方才那位甲兵卫大人，可就是统治这座岛屿的岛主？"百介问道。

吟藏的表情首度起了点变化。但除了眼中闪过一丝狐疑，变化的幅度可说是微乎其微。

"统治，此言何意？"

"这……就是统领本岛之意……"

"本岛的一切均为甲兵卫大人所有。先生口中的统治，恕小的听不明了。"

"本岛的……一切？"

"没错，一切均为主公所有。"吟藏面不改色地回答道，并保持着同样的姿势在廊下继续前进。

"您方才说，我是个贵客？"

"先生的确是贵客。"

"这……我虽知极少有人造访此岛，来客真有如此罕见？"

吟藏停下了脚步。"自从与海之彼岸断绝交通之后，据说已有百余年未有贵客造访了。"

"百余年？"

"据说交通断绝前，每月一度有商人或和尚造访本岛。从前，戎岛地势较低，相对地，海中小径则较目前高。环流本岛之海潮至为强劲，故若非经由该条小径，均无法抵达本岛。"

"交通之所以断绝，原来是因岛屿隆起，小径遭淹没使然？"

那海潮的确让船只无法航行，除非是小径浮出海面，否则船只必定会被冲走。如此说来——

"如此说来，岛上居民已有百余年未与外界接触了？"

没错，吟藏说着拉开了纸拉门。

房内有个打扮华丽的女子，还有一个孩童。这孩童一如甲兵卫，也是坐在坐垫上。

"贵客前来谒见第八代岛主。"吟藏跪坐在廊下，在门槛前叩了个首。

孩童默默无语地注视着百介。

"此为戎家第八代岛主亥兵卫大人，身旁的则为亥兵卫大人生母寿美。"恭迎贵客大驾光临，女子彬彬有礼地叩首致意道。

百介也鞠躬回礼。

孩童依然毫无反应。鞠躬时，百介微微抬头观望，只见这孩童仿佛人偶般动也不动，两眼根本没瞧见百介似的。

想到似乎该问候几句，百介抬起头来，但话还没出口，便听到吟藏说了句"奴才告退"，旋即拉上了纸门。直到纸门完全合上为止，寿美连头也没敢抬，举止如此卑微谦逊，看起来丝毫不像方才那傲慢岛主的妻子。而且生母这个称谓，听起来也颇为古怪，显得她不像妻子，反而像仆人。但百介还没来得及询问个中详情，吟藏便表示将引领他走访村庄。

与其说是宝殿，这栋建筑或许更接近神社。虽称不上纤细，但施工质量良好，细节堪称细致。也不知是因岁月还是气候使然，油漆剥落颇为严重，处处可见刮损。称不上美观，倒是维持得颇为洁净，看得出经过悉心打扫，就连地板也擦拭得闪闪发亮。随处可见惠比寿的雕饰，并挂有惠比寿的御币。在约十名女官并列的玄关口换上新鞋后，百介战战兢兢地步出殿外。

宝殿坐落于岛屿边缘，位于接近本土的一侧，背向入道崎而建。这就是说，百介透过石窟中的鸟居望见的戎之净土，其实是宝殿的背面。

门上饰有硕大的惠比寿脸孔的雕饰。一跨出门，便是一座高台，百介终于得以望见岛屿全貌。全岛一周约有十六里，背向本土的一侧是辽阔的海湾。岛屿呈磨钵状，海湾外围可见几个旋涡。环流岛屿的海流似乎就是经过这些旋涡旋流入海湾，再从海湾流向大海。同时，还能听见阵阵不祥轰声。听来不似浪涛声，但此声的确发自大海。同时也闻得到海潮的阵阵香气。

此时，百介注意到了一件事。此处气候颇为温暖，暖得让人难以相信自己正身处北国秋日。或许是因为如此，让人感觉不到一丝凉爽寒意，这多少也和古怪的浑浊天色有关。可能这座岛上空从来没放晴过吧。

朝下没走多久，便见到几栋简陋的小屋。吟藏解释这些屋子称为匠小屋，住在里面的人们称为工匠众，生产供戎家宝殿使用的大小器具，修缮建筑物。看来百介穿的木屐也是这些人制作的。不过，这些人似乎不从事任何买卖。只负责制作供甲兵卫使用的器物。

沿途随处祭祀着惠比寿的雕像。再朝下走，可望见海边。此处又有一座村落。散布其中的，是仅在柱子上披着草席，连小屋都称不上的简陋住所。屋内只见神情恍惚的老人和浑身龌龊的孩童。住民们的衣着也十分褴褛，个个几乎半裸着身子。每个人都面无表情，别说是笑声，就连半点谈话声甚至咳嗽声都听不见。总之是一片静寂。

"彼等为黑锹众。"吟藏说道。

黑锹指的是农民，应该代表此处是庄稼汉的聚落。在住所后面，果然看得到荒芜的农田。不过，此处为何如此贫穷？江户也有不少贫民，亦有身份低贱备受歧视者，当然也不乏贫民窟。周游诸藩期间，百介甚至目睹了许多在更艰困的环境下营生的百姓。饥馑或旱灾肆虐后的农村，景况更是悲惨。不过，此处住民为何如此有气无力？从这座岛屿的温暖气候来看，简朴的住所和衣着都不难理解。但这儿未免也太贫穷了吧？与戎家宝殿的落差实在太强烈了。按常理，领民若是生活困顿，领主亦难逃贫困。不管如何竭力榨取，毕竟是巧妇难为无米之炊。无论如何威胁恐吓，终究还是自己的子民。但这儿究竟是怎么回事？放眼所见，岛民悉数骨瘦如柴，每个看来都像冤魂亡灵。

再朝下走，便来到了海边，即磨钵的最底部。其后方与左右均有山峦围绕。

在此处，百介见到了一个比至今见过的任何渔村都要凋敝的聚落。虽有披挂渔网的柱子，却看不见任何小屋。坐在凉席上补渔网的老人们，在百介眼里个个显得有如行尸走肉。

"彼等为福扬众。"

"福扬众？"

"是的。"

"难道彼等的工作不是捕鱼？"

是否因这座岛屿资源贫瘠，因此将海产称作"福"？

"此处哪捕得到鱼，"吟藏缓缓地摇着头回答，"彼等之职务，乃捞获奉戎神召唤漂来之福材，并搬运至御福藏。"

"福材？"

这古怪的字眼让百介甚感困惑。

吟藏以同样的神情和语调说道："若无戎神以神力庇护戎岛，吾等绝无可能在此营生。故一切均为戎神之福德庇荫。"

"我依然不解，"百介问道，"对本岛而言，何谓福德？"

看来本岛毫无可能致富，百介原本想补上这么一句，又连忙把话吞了回去。

"本岛至为贫困，土壤贫瘠、亦无渔获。不过，请瞧，"吟藏手指前方说道，"请瞧那旋涡、那潮汐，不论是流向远洋，流自本土，抑或流于海上，皆自那海湾流入本岛。渔网捞获者并非渔获，乃福材是也。"

"福材……"

难道是漂流物？的确，似乎也有人将海上漂流物称作惠比寿。据说此说法根据远古传说中伊奘诺命与伊奘冉命所生的第一个儿子蛭子神曾乘空穗舟漂流海面的典故而来。而蛭子神与惠比寿神被视为同一个神明。惠比寿即为漂流之神。根据百介的理解，所有漂流物（包括浮尸在内）均可被称作惠比寿。而惠比寿又为福神，或许正是基于这个典故，才将漂流物称为福材吧。

"彼等将捞起的漂流品略事清理，并运至甲兵卫大人之御福藏，便可依福材价值获赐相应粮食。"

"粮食？"

"就是食物。"

"甲兵卫大人以食物向彼等购买福材？"

"购买……"这问题似乎让吟藏大感困惑，"非也。彼等为此获赐黑锹众耕种之谷物，偶尔亦可能获赐剩余的鱼。"

"剩余的鱼？"

"本岛为戎神所有，"吟藏说道，"即代表岛上一切，下至每根草每粒沙，均为主公所有。凡生长于岛上之农作物、漂流至岛上之物品、生息于岛上之民众，当然均为甲兵卫大人所有。此乃本岛之戒律。"

"戒律？"

"拜此戒律之赐，吾等方得以存活。"话毕，吟藏垂下了头。

一切均为甲兵卫所有。就连岛民们也不过是岛主的所有物或财产？百介拭去额头上的汗水。

接下来，恭请贵客参观御福藏，吟藏说道。

"御福藏？"

"是的。据说今晨有稀世珍宝漂至，主公获报至为欢欣，欲邀贵客一同观赏。"

"稀世珍宝……"

究竟是什么样的东西？想到漂浮于江户水道上的多为水草与垃圾，百介虽然绞尽脑汁努力去想，还是只能想象到浮木一类的东西。难不成是溺水死者？死尸多半会漂至河岸。

神情恍惚地往来岛上的岛民个个默默不语，有气无力，让百介越看越感厌烦。见着这些人，只会让人干劲全失。但一股较厌烦更为强烈的怒气亦在百介心中涌现。这令人焦虑的愤怒究竟从何而来？百介不禁自忖。唯一能确定的，是这怒气并非出自对贫穷的歧视。百介不仅天生厌恶阶级歧视和身份歧视，甚至常对贫民生活方式心怀强烈的共鸣与憧憬。前往仓库途中，百介亲眼目击的岛民生活，就百介所知，可说是最为贫贱的生活。男子们个个衣衫褴褛，形同半裸，眼神空洞，动作至为缓慢。动作缓慢多因长期饥馑，可见这些岛民可能都没吃过什么像样的东西。除了撒网、收网，这些人完全无活可干。哪儿也不能去，也没有任何期盼，只是日复一日干着同样的活。既无娱乐，亦不养生。如此度日，当然只能活得像有气无力的亡魂。

百介抬头望着戎家宝殿。

"岛上大概有多少人？"

"约有二百五十人，"吟藏回答道，"工匠众约五十人，黑锹众百人，福扬众亦有百人左右。"

"那么，宝殿内的人是……"

"小的所属的世话众共十人，小的即为世话众头。此外，亦有维护本岛戒律的奉公众四人。另外还有夜伽众的姑娘。"

"夜伽……"

"不论身属何众，只要家中有女，年至十三便须献入宝殿，至二十岁时方得下赐。"

"下赐？"

"是的，意即与某人成婚。"

"噢。"

难道说在那之前，每个姑娘都是甲兵卫的妾？如此说来，先前宝殿内的所有姑娘均为甲兵卫的泄欲工具。

不过，吟藏说道："怀了甲兵卫大人骨肉的姑娘可被奉为生母，留居宝殿。而被奉为生母者，将被下赐世话众。"

"世话众？不就……"

寿美乃小的之妻，吟藏说道。

"这……"

不对，不该这么想。这座岛和百介居住的国家不一样，一切都依照截然不同的规矩运作。就连这等事在此地或许也没什么大不了。那名叫寿美的女子并非甲兵卫之妻，不过是为甲兵卫传宗接代的工具罢了。而身旁的吟藏也不过是甲兵卫的贴身物品之一。不，包括所有岛民在内，岛上的一切均是甲兵卫的财产。因此他完全可以恣意妄为。

两人抵达仓库门前。这是一座门外饰有惠比寿脸孔雕饰的巨大仓库。

乘轿的甲兵卫已抵达仓库门外。抬轿的男子们应该也和吟藏同属世话众吧。此外，还有四名作神官打扮的男子围在轿外，看来应该就是吟藏曾提及的奉公众。此四人职责为维护戒律，看来性质应与奉行相当。

"山冈先生，"甲兵卫高喊道，"你终于来了，进仓库瞧瞧本公的财富吧。"

"是。"

"开门。"

奉公众打开了仓库的大门。在哪儿？在哪儿？一下轿，甲兵卫便边问边走进仓库中。吟藏和百介跟着进去。奉公众守在门外两旁。百介视线低垂，背向四人，步入仓库。

抬起头时，百介不由得咽下一口唾液。

仓库内有金、银、玉石、珊瑚，以及各种如梦似幻的宝物。不，不仅如此，还有形形色色的行李、衣裳、饰品，甚至各类前所未见的珍品。多不胜数的宝藏在房内杂乱无章地堆积如山。

此外，为数惊人的牌位也吸引了百介的目光。仔细一瞧，发现它们的形状与常见的牌位略有出入，但应是牌位无误。数百片经过加工的木片上写有许多名字，在昏暗的仓库中井然排列。牌位旁，还跪着三个颈枷铐首的男子。只见三人口含木丸，双手缚背，正坐于石头地板上。

此三人正是仁王三左、快腿贰吉和山猫与太，将百介抛入海中的三名盗贼。他们乘船驶向这座岛屿，仅能听任海流摆布。即使没翻船，也注定要被卷入旋涡流进海湾，冲上岸边。不过，纵使能安然登陆，看到岛民们活得如此匮乏，根本找不着任何可偷可抢的东西；既无财物可夺，当然也没必要杀人，只得前往戎家宝殿试试运气。想必就是这么被逮着了。

甲兵卫走向被缚的盗贼面前，一一端详每个盗贼的长相后，眼神凶险地朝站在门口的吟藏问道："吟藏，这些就是这回漂至本岛的东西？"

"是的。"

"那么，就烙印吧。"

遵命，吟藏回道，接着便向门外的下属下了命令。甲兵卫依然目不转睛地打量着这伙盗贼。不出多久，两名手提火钵的世话众和四名奉公众走进了仓库。

一名头戴红色礼帽的奉公众走到三左面前，世话众旋即递出火钵。甲兵卫再度朝三左瞪了一眼，问道："你不想被烙印？"

三左两眼瞪得斗大，头戴红色礼帽的奉公众从火钵中掏出一支烙铁。烙铁尖端烧得红通通。三左的脸旋即涨得通红，他剧烈地摇着头。嘴里有木丸堵着，想说也没办法说，只能呜呜呜地死命呻吟。

"什么？不想？那么，就由本公来为你烙个印。"

烙印？百介终于明白即将发生什么事了。

先是听到嘶的一声，随之则是一阵口齿不清的惨叫。鼻子也嗅到一股肉类烧焦的臭味。

百介战战兢兢地抬起头，看到两名奉公众正将火红的烙铁压向三左的额头，碰上额头时还冒出了一缕黑烟。抽开烙铁后，这个盗贼的额头被烙上了一个鲜红的"戒"字。

"你已经成了本公的财产。到死为止都是本公的财产。"甲兵卫说道，接着又望向一旁的贰吉。

贰吉浑身不住颤抖了好几回，接着又呜地呻吟了一声，旋即剧烈地挣扎起来，但不出多久就被制伏了。不忍再看下去的百介只得蹙着眉别过头。

这回又听到了令人不寒而栗的声响。两个盗贼都成了甲兵卫的财产。

"山冈先生。"

听到喊声，百介感到一阵心惊。接着又是一阵恐惧。"我、我……"百介掩着额头躲向仓库一角。"请、请饶了我吧，我、我不过是……"

完了。百介原本还以为自己能逃过一劫。倘若岛上的一切均为甲兵卫的财产，那么百介不也成了甲兵卫的财产？

"山冈先生在怕什么？"甲兵卫一脸讶异地问道。

"请、请不要将我烙印。我不过是……"

"山冈先生为何说这种怪话？本公哪可能对贵客做这种事？"

"贵、贵客？"

甲兵卫两眼圆睁地环视仓库内说道："凡漂至本岛的东西，均是本公的财产。"他张开双臂，"不论是金、银、珊瑚，"接着又转过身子，"抑或是盔甲、小判金币、行李、书画，均是本公的财产。"他一一指着仓库内的收藏，继续说道，"凡是漂流至本岛者，不分人或物，皆为本公的财产。不过——"甲兵卫伸手指向百介，"若是走过来的，就是贵客了。是不是？做人总得讲点道理。被烙印者，即成为本公的财产，但本公为何要在贵客身上烙印？若是如此，岂不是和盗贼没两样？难道山冈先生以为，我甲兵卫已经老糊涂到连这点道理都分不清了？先生说是不是？"

"讲——道理？"

原来他是这么想的。唯有随环流本岛的海流漂流至此的东西，才会被归为甲兵卫的财产。而出于巧合——纯粹是出于巧合——百介随着自己的决定，凭自己的一双腿沿着那条小径走到了这座岛上。因此，就成了贵客。

> 海上有一惠比寿岛，
> 人迹罕至飞鸟难及。
> 岛上遍地金银珊瑚，
> 还有那钱财珠宝。
> 漂流至此者入仓中，
> 步行至此者上客座，
> 绝命时面如惠比寿。
> 凡人至此不复还，不复还——

百介忆起了阿银吟唱的那首歌。

多谢主公开恩，百介叩首回礼道。接着，一股莫名的恐惧开始在他心中涌现。

甲兵卫和奉公众或许都不会对百介施以任何危害，至少人身安全会有所保障。但正因如此，百介才感觉到这股无以名状、深不见底的恐惧。

"山冈先生。"甲兵卫走到百介面前蹲下身子说道，"先生方才也瞧见了吧？从外界漂流至此者何其有趣，竟然胆敢开口拒绝，不听从本公的命令。先生说奇怪不奇怪？"

"噢。那么，岛民们如何？"

"岛民们怎么了？"

"岛民们难道就不会开口拒绝？即便主公命令他们烙上印……"

"拒绝？为何？为何要拒绝？"

"为何要拒绝？这……"

"先生这番话，本公完全无法理解。"甲兵卫站起身来说道，"若是不想，便会开口拒绝。若未开口拒绝，就代表不会不想。因为不会不想，也就不会拒绝。喂，吟藏。"

是，吟藏应道。

"若要被本公烙印，你会拒绝吗？"

"决不拒绝。"

并不会不想？百介惊讶地望向吟藏。

吟藏的神情未有一丝动摇。"为何要拒绝？小的完全无法理解。"

"这……"

"任何人均应奉甲兵卫大人之命行事。若无法达成大人之命，或许感到悲哀、伤痛；若能顺利达成，便应感到欢喜。如此才能让甲兵卫大人欢喜。故岂能有想或不想之别？这道理，大人难道不明白？"

原来此地要求的是绝对服从。不，这算不上是服从。因为这并非出于强制，而是理所当然。岛民们毫无受甲兵卫支配的自觉。或许不该说是没有这种感觉，而是甚至连这种概念也没有。岛民们根本不懂得强制或服从是怎么一回事。如此，当然也就没有任何人认为自己被甲兵卫榨取。不满、违抗，在这岛上并不存在。若是甲兵卫要他们死，他们一定会立刻从命，乖乖受死。无论情况如何，对岛民们而言，这都是理所当然。一出生便在此种环境下成长的岛民们，从来没有忤逆甲兵卫的选择。

就是这点——百介刚刚感受到的愤懑，应该就是出于对这种不合条理的规矩感觉到的焦虑。岛民们活得如此贫苦。但没有人知道自己过的日子是何其悲惨。没有人质疑。没有人不满。他们原本就缺乏这类情绪。这座岛已经在这种状态下孤立了百余年，根本没有任何对象可供比较。岛民们那种有别于倦怠、闭塞感的有气无力态度，或许正是出自没有人对这种生活心怀不满的风气。日子已经过得如此凄惨了，大家却不曾感觉艰苦，从未试图抗拒，亦不懂何谓唏嘘。只不过百介依然猜不透这究竟是为了什么，也说不出到底哪里不好。虽然明确感觉到有什么地方不对劲，却对一切无法断言。

就是这点让百介感到焦虑，也让他倍感愤懑。若当事人不自觉日子辛苦，不心怀不满，旁观者也没什么好追究的吧？的确如此。不过，倘若岛民们不曾感觉艰苦，从未试图抗拒，亦不懂何谓唏嘘，那么，理应也不知欢喜、开怀和快乐为何物。若是如此，这可就称不上幸福了。

百介问吟藏："可否向吟藏先生请教一件事？"

先生直说无妨，吟藏面无表情地回道。

"这座岛上的人是否从来不笑？"

"笑？"吟藏神色不改地朝奉公众望了一眼，接着才回答，"本岛严禁嬉笑。"

严禁……

"为何严禁嬉笑？"

"自古便有此规定，唯有在死时方能嬉笑。"

"死时……"百介朝甲兵卫望去。甲兵卫似乎未曾留意百介在说什么，只是像孩童般兴味盎然地打量着惊惧不已的盗贼们。

一名奉公众说："不可嬉笑。"另外一名接着说道："不可点灯。"此乃本岛之戒律，剩下两名说道。

"岛内一切均为主公所有。"

"主公之命胜过一切。"

"此乃至高无上之戒律是也。"

"若有违戒律，将导致惠比寿之脸孔转红。"

"若脸孔转红，本岛亦将随之湮灭。"

没错、没错，奉公众们异口同声地说道。

此时，甲兵卫突然发出一阵粗鄙的笑声。"这三人究竟想拒绝什么，本公还真是迫不及待想瞧瞧。想必山冈先生也想瞧瞧吧？"

甲兵卫望向百介。闻言，百介低下了头。

"果然也想瞧瞧是吧？那么，今天就到此为止吧。"

话毕，戎甲兵卫转身离去。

八

"真是叫人难以置信。"正马说道,"如此暴政,怎么可能不引起暴动?老隐士,在下虽相信您并非吹嘘,但此事实在让人难以置信,不知老隐士的陈述是否有夸张之嫌?"

老夫仅依实情陈述,绝无分毫夸张不实。一白翁回答道。

"不过,方才老隐士提及的黑锹众,那些农民收获的作物必须悉数上缴宝殿?"

"的确如此。"

这可能吗?正马转头望向惣兵卫说道:"就连五公五民都被斥为苛政了,住民哪可能不心怀愤懑?若以这种比例收取年贡,只怕任何藩国都要被人民起义推翻。而这座岛竟然……这不等于是收取十成年贡了吗?这种制度,哪可能服人?"

没错,惣兵卫蹭着下巴应和道:"若将作物悉数上缴,这些百姓哪可能活得下去?"

"事实上,每人每日均可领受适度配给。"

"原来如此。那么,工匠们呢?"

"工匠们亦是如此。唯有被唤作福扬众的渔民,才以捞获的物品换取相应的谷物。若是捞到一大箱宝物,便可换得数量庞大的稗米和谷子了。"

噢,惣兵卫再度蹭起了下巴。涩谷,你怎么看?正马问道。

"我倒认为硬要说起来,这制度或许也不算坏。这座岛是不是气候温暖,而且稳定?"

"没错。"老人回答,"不仅终年温暖,降雨也适中。最后,老夫在那座岛上整整滞留了两个月,从未见天候有什么变化。"

"如此说来,应该也没有饥馑或突如其来的天地变异之虞。倘若收成稳定,只要人口无增减,或许均等分配这法子比较稳当些。"

"均等？哪里均等了？"正马说道，"每个人都得忍受那名叫甲兵卫的岛主的榨取哩。不管下头的百姓有没有饭吃，这家伙不都同样奢侈度日？"

"这也是不得已。"剑之进说道。

"哪里不得已？"

"统治者与被统治者之间必须划清界限。正马，这并非贫富不均，而是区隔。正因有如此显而易见的区隔，秩序方得以维持。"

"真是如此？你的意思难道是，从前那种把人划分为武士、农民、工匠等阶层的方式是正确的？矢作，眼光放远点，看看全世界吧。幕府时代已经结束，如今我国已循列强的方式治国，四民已不分贵贱，等而视之了。即便贵为士族，如今也仅徒留勋阶，毫无实权。然而，秩序可曾乱过？"

"谁说没乱过？"剑之进说道，"维新前后，社稷难道还不够乱？唉，或许是在异国逍遥度日的你没经历过罢了。况且，正马，如今华族依然健在，被视为现人神的陛下也依然高高在上，这些人不是依然过着与平民有别的日子吗？此等权贵仍须奢华度日，以示与平民有别，但可曾有何人斥之为榨取？"

"没错，异国也有王族，"正马说道，"亦不乏贫富不均。但再怎么说，也不比那座岛上的情况严重。矢作，我并不认为这种制度不好，的确如涩谷所言，那也是一种生活方式。但我在意的，是程度问题。"

"程度问题？"

"我的意思是，"正马端正坐姿说道，"可记得旧幕府时代，受苛刻年贡压迫的农民们做了什么？不是起义劫主子之财，就是放弃耕作远走高飞。不管是什么人，只要被过度榨取，理所当然都会挺身反抗。若为政者统治手段过于残暴，人民必无法心服，暴政终将被迫修正。若不修正，便将灭亡。这难道不是世间常理？老隐士，您说是不是？"

老人点头回答："的确如此。"

"那么，如此暴政竟能统治百年有余，在下当然会感到难以置信。"

"有理有理。"老人再次点头说道，"如此推论当然有理。不过，正马先生年轻时，曾旅居过异国吧？"

是的，正马回答。

"那么，请容老夫请教，在洋人眼中，吾等的国家是否有扭曲之处？"

"扭曲与拙劣之处可谓多不胜数。当然亦不乏优点。"

"瞧你这假洋鬼子说的，"剑之进说道，"日本哪里扭曲了？"

"不就是因为扭曲，才需要维新的吗？就连你干的警察，不也是参照欧美方式建立的制度？全都是学来的。"

"胡说八道。"

"好了好了，"老人调停道，"正如井底之蛙不知天高地远，游鱼不觉己身游于水中，各国均有缺点，亦有优点，只是身处其中者至难察觉。"

"言下之意可是，岛民们就是如此被教育长大的？"

没错，被与次郎这么一问，老人回答："从先祖时代起，戎岛岛民们世世代代都是如此生活。对一切毫无质疑，视为理所当然，从一出生便在如此环境中长大成人。因此只晓得对甲兵卫不可忤逆，若其下令某人受死，此人便应遵从。"

"对死亡亦不抗拒？"

"老夫曾目睹有人听其命受死。"

真是残酷，太残酷了。惣兵卫说道："这戒律什么的，真的彻底到这程度？"

"是的。人人均深信若对戒律有任何不从，岛屿便将湮灭，因此不仅不敢忤逆，甚至不懂忤逆为何物。"

"不懂忤逆为何物？"

"的确不懂。顺带一提，戎岛上并无货币流通，故当然亦无累积金钱之概念，因并无与物品分离之价值存在。不知各位是否能想象？"

惣兵卫双手抱胸，问道："不过，甲兵卫不是搜集了不少宝物？"

"那纯粹是因那些东西漂亮，"老人说道，"该岛与外界毫无交流，故铜钱、小判在该地根本毫无用处。即便坐拥再多宝物，亦无从致富。在那种毫无价值观念的世界中，当然也不会有榨取吧。"

"而且，还没有半点笑声？"与次郎问道。对与次郎而言，这要比没有货币流通更古怪。

的确没有，老人回答："也不知这戒律是何时、为了何种理由订下的。不过，关于不可点灯这一点，倒是不难理解。油在该岛至为贵重，有此戒律也理所当然。但关于不能嬉笑这一点，实在看不出有什么理由。但嬉笑还真被严格禁止，而且的确毫无笑声。"

一个没有笑声的世界——与次郎完全无法想象。

"唉，在一切能运作顺遂时，这一点倒也无妨。"

到头来还是出了乱子吧？正马问道。

"不，虽然是出了乱子，但并非岛民群起违抗甲兵卫，或有人意图谋反。"

噢，惣兵卫探出了身子问道："那么，难道是岛民们发现甲兵卫这家伙的做法错了？"

并没有错，一白翁说道："世上没有完全正确的事，同理，亦无完全错误的事。若依吾等的常识判断，甲兵卫的确是残酷不仁，看起来也的确疯狂。而且，还真是十分扭曲。不过在那岛上，其作为却完全不显得扭曲。这才是此人的不幸。"

"残酷不仁？"

是的是的，老人翻阅着记事簿说道："老夫抵达该岛的翌日，甲兵卫便杀害了那三个盗贼。"

"可是将他们处以极刑？依岛上的戒律将盗贼正法？"

"不对不对，剑之进先生。甲兵卫不过是做了这伙人亟欲违抗的事。"

亟欲违抗的事？四人异口同声地齐声大喊。

"没错。岛民们不仅不忤逆甲兵卫，而且任何命令均会遵从，甲兵卫下令跳舞便跳，下令哭泣便哭，下令受死便死。即便甲兵卫命人杀害亲生骨肉，亦会照办。"

"这、未免也太惨无人道了吧？"惣兵卫高声喊道，"虽然我不懂这是什么习俗，但总有些违背伦常的事，在任何情况下均不可为吧？"

"德川家康不也曾命自己的儿子切腹？此二事不也一样吗？"老人说道。

"不过，武家人有自己的大义名分需要严守。"

"惣兵卫先生，戎岛的岛民们，可是有较武士更为严格的大义名分需要严守呢。"

听到老人这句话，惣兵卫闭上了嘴。

"由于未曾有人违抗甲兵卫，因此甲兵卫大人并不知道被拒绝是什么滋味，毕竟再无理的命令，岛民们也会从顺照办。因此对被违抗究竟是什么样的感觉，甚至是怎么一回事都不懂。因此，才想做点让人亟欲违抗的事瞧瞧。"

老人合上了双眼。

九

那还真是个骇人的光景。至今忆起仍让人鼻酸。

是的，那是翌日发生的事。

事代湾——噢，老夫擅自称戎岛海岸为事代滨，海湾则为事代湾。不知该说是此湾左侧，抑或西南方的尖端，有一处名叫鲷原的草原。被吟藏唤醒后，老夫被带到了此地。当时时值清晨。原本就疲惫不堪，却又彻夜未睡好，也只能迷迷糊糊地步行至此。

四名奉公众在草原并排而立，分别头戴红、蓝、绿、黄的礼帽，手持船桨似的棍棒。前方则是跪在熊熊火堆前的三个盗贼。

是的。三人额头均被烙上了戎字烙印。口中的木丸已被去除，三人却显得十分温顺。大概是出于恐惧吧。毕竟面对的是一群毫不讲道理的家伙。即便被逼问怕不怕死，若回答不怕，可就没戏可唱了。唯有在财物和性命还有价值的地方，盗贼才干得了生意。

老夫在吟藏引领下来到此地时，甲兵卫大人仍未抵达。约莫过了两刻钟，才看到甲兵卫大人乘轿抵达，后面还跟着成群的世话众。

甲兵卫大人先问与太：你讨厌什么？

起初，与太似乎吃了一惊。想必他猜不透甲兵卫大人为何要这么问。接下来，与太就叫闹起来了。没错，喊得十分凄厉。

他都喊些什么？

饶了小的吧，小的什么都愿意做，求求主公开恩。只听到他如此哭喊着。甲兵卫大人看着他哭闹了片刻，才开口说道：本公不需要你做什么，也不会饶了你。

没错，与太哭喊得更凄厉了。饶了小的吧，小的不想、小的不想死——

甲兵卫大人依旧一脸凶恶神情，但眼神突然起了变化，看来心中正暗自窃喜吧。噢？不想？你不想死吗？

不想死，小的不想死！

是吗？不想是吗？那么，就让你死吧。甲兵卫大人说道。接着命人为他松绑，卸下了他的颈枷，下令道：死给本公瞧瞧。

人哪可能甘心就这么死。与太死命号哭求饶。但他越求饶，甲兵卫大人就看得越起劲。是的，神情虽凶恶依然，但两眼可闪闪发亮呢。

接着，他又命人为贰吉松绑。

各位可猜得出甲兵卫大人说了什么？不对不对。并非如此。他向贰吉说的是，这家伙不愿受死，看来就由你送他一程吧。接着命令奉公众将一把船桨递给了贰吉。没错，就是像支长木棍、前端扁平的船桨，大概是宫本武藏在岩流岛上用过的那种。

贰吉想必认为若是不从，自己也将小命不保，因此不知所措地举起船桨走向与太。而与太绝对没料想到事态会演变到这种地步，他抱着脑袋蹲下身子，高喊饶了小的吧。想必换作任何人，在这种时候都会如此反应。唉，与太此时的举止早已超出令人同情的地步，甚至显得颇为滑稽。但在那种情况下，老夫哪可能笑得出来。即便如此，老夫还是无力上前制止，因为自己也早已两腿瘫软，不，甚至被吓到晕过去也不足为奇。即便如此，他的动作还是显得颇为滑稽。

喂，还不快帮他一把？甲兵卫大人催促道。贰吉便举起船桨朝与太劈了过去。

第一棍似乎打得有点手软。但要想蒙混过去，可没这么简单。盗贼亦是有血有肉，哪里干得下如此残酷的事。加上对方又是自己的同伙。但此时的表现毕竟攸关自己的性命，加上甲兵卫大人怒斥这只能把人打疼罢了，因此第二棍可就是猛力一劈了。挥下这一棍后，贰吉开始打红了眼。

之后的情况就让人不忍卒睹了。贰吉失声嘶吼朝着与太猛劈，差点没把船桨打断。就这么打了一棍又一棍。唉，这东西不比刀刃，怎能两三下便取人性命。打了不知多久，与太才被得动也不动。没错，即使已是动也不动，贰吉还是朝与太的尸身上劈，直到真的把船桨打断了方才罢手。其间，甲兵卫大人一直蹲在一旁，目不转睛地观看。最后才说道：已经被你打死了。闻言，贰吉立刻抛下船桨，朝地上一坐。

甲兵卫大人走向贰吉，开口问道：说说你有什么心愿吧，可有什么想要的？已是口吐白沫的贰吉，以布满血丝的双眼望着甲兵卫说道：请饶小的一命吧。

要本公饶你一命？那么，本公就不饶了，甲兵卫大人说道。这下贰吉可就发狂了，是的，他起身扑向甲兵卫大人，但旋即被奉公众制伏。甲兵卫大人走向至今仍是一脸茫然的三左，开口问道：你，也想求本公饶你一命吗？

毕竟目睹了两个同伙的后果。三左摇了摇头。

噢？不想向本公讨饶？那么，说说你想要什么。

三左被问得哑口无言。如何回答攸关着生死，这种反应是理所当然。

快说，甲兵卫大人催促道。三左表示想讨点水喝，想必喉咙真的很渴了，这伙人从被捕至今似乎都没吃喝过。看来为了让自己活命，他做出了一个最妥善的选择。

噢？你想喝水？好吧，甲兵卫大人说道。

三左当时的神情，老夫这辈子都无法忘记。直至那时为止，老夫从未见过如此安心的神情。是的，明显看得出他真是松了一口气。甲兵卫大人下令立刻准备，世话众们便快步离去。其间，三左抛弃盗贼的凶相，亦抛弃了大哥的威严，只晓得一味逢迎讨好。

后来，世话众们带来了一只水桶和一口热气腾腾的锅子。

想喝水是吗？甲兵卫大人以勺子舀了一勺水，凑向三左面前问道。

是的，小的想喝水，三左笑着回答。

看来他真的很安心了，以为自己终于突破难关。已经有个同伙因回错话丢了小命，而他似乎漂亮地赢得了这场以性命做赌注的赌局。

是的。

是吗？这么想喝？甲兵卫大人问道：那么，若是滚烫的水，可就不想喝了吧？

不，不想喝，三左一时大意了，竟然老老实实地如此回答。

不想喝？真的不想喝？甲兵卫大人说着，将盛着水的勺子朝三左面前一扔，命令喂他喝下滚烫的水。

三左霎时被吓得脸色铁青。没错，甲兵卫大人一早就说过，要给他们的，是他们最不想要的东西。

三名奉公众架住三左，一名世话众将一只漏斗塞进了他的嘴里。三左死命将两眼睁得斗大，脸颊剧烈颤抖，使劲浑身气力抵抗。他早已不像曾取过许多条性命的凶狠盗贼，眼前的情势让他吓破了胆。老夫也被这骇人光景吓得双膝直打战，脑子里一片空白。是的，还真是残酷呀。热腾腾的滚水就这么被灌进了他的嘴里。连一声哀号也没听见。

不想喝？不想喝是吗？甲兵卫大人接连问了好几回，但三左一张脸被人紧紧压着，想回答也是无从。

还想多喝一杯吗？第二勺就直接泼到了他的脸上。

三左晕了过去。不，应该是一命呜呼了。只见他的身子痉挛了几回。接着就一动也不动了。见他一断气，甲兵卫大人立刻一脸扫兴地站了起来。看来他对坏了的东西丝毫不感兴趣。接着，他走向还活着的贰吉。

是的。贰吉已经完全不行了。他的脑子应该是废了吧，此时他的模样也不知该如何形容。总之，看得出他已经不是正常人了。超出他所能容忍的紧张与恐惧，就这样将他逼疯了。问话他不回答，喊他也没有回应。不，即便戳他的身子，也没有半点反应。他的双眼应该什么也看不见了。唉。只见他嘴角垂着口涎，微微点着头。

不，当然没放过他。甲兵卫大人勃然大怒。整个人从头到脚都涨得通红。为了什么理由？噢。这不就和岛民们没两样了吗？他如此骂道。

是的，一点也没错。所谓绝对服从，和毫无反应其实没什么两样。听到任何话都只晓得点头，岂不就和岛民们同样无趣了？

把他弄醒，甲兵卫大人命令道。世话众们快步离去，不多久运来了一块硕大的铁板。起初，老夫还猜不透这东西拿来做什么，只见他们在火堆上架起了支架，将铁板朝架上一摆。不出多久，铁板便被烤得通红。

是的，正是如此。

唉，老夫实在不愿再忆起那光景。

是的，没错，正是如此。

贰吉他，被抬到了铁板上。接下来——

十

三个盗贼就这样成了三具让人不忍卒睹的死尸，当天就被葬在宝殿旁的一座墓地里。甲兵卫亲手在工匠众制作的古怪牌位上记下了三人的名字，并摆到福藏中的牌位群最前头。这场酷刑烙印留在了原本就比任何人都怕看见残酷景象的百介脑海里，成了长年挥之不去的地狱景象。

岛上的生活极为单调。

身为贵客，百介在岛上的行动可谓无拘无束。肚子饿了，随时都能享用三餐。饭菜多以稗米或谷子为主的杂粮饭，配上汤、根菜，还有一份海产，绝对称不上奢华，却也算得上应有尽有。虽是乡下的粗茶淡饭，却也不至于不合口味。只不过，添了百介一人，下层岛民们能分配到的粮食想必随之减少了。虽然如此，眼见岛民们如此亲切招待，百介亦不敢婉拒，但总会感到心疼。人要活命，终究得填饱肚子，百介也只能把饭菜吃下。

同时，百介感到郁闷非常。这也理所当然。因为百介找不到任何法子逃离这座岛屿。

岛上没有船。即便找得到，也无法乘船离开。强劲海流沿岛屿周遭注入海湾，故自海湾毫无可能出海，毕竟无法逆流操舟。此外，除海湾内侧，整座岛屿无海滩，几乎都是断崖绝壁。即便能自断崖放下一艘船，亦不可能划得出去，只能任凭环岛海流冲回海湾内。而且自左右两侧注入海湾的海流，还在湾口处形成旋涡。这和我曾在阿波见过的鸣门旋涡同样汹涌，想必十分强劲，绝非小船所能招架。

唯一能走的，只有那条小径。但海中小径一点都没浮出海面。

不分昼夜，百介都会走出宝殿，来到庭园，自柑橘林簇拥的石阶眺望海中小径。的确可见似道路的隆起，想必水深不会超过身高。记得当初登陆时，水深大概仅及腰际。不过，即使如此，倘若小径没浮出海面，只怕也要被海流冲走。根本不可能逃出去。

百介想得到的，仅有三种选择。一是以贵客的身份，在此无为度日，直到老死。二是向甲兵卫投诚成为岛民，选择某个阶层加入，抛开情感、放弃嬉笑、默默劳动只求糊口。三是纵身入海，再次被冲上海滩，成为甲兵卫的财产，然后再像那伙盗贼般遭人百般凌辱折腾，最后垃圾般被处死刑杀害。这情势当然让人郁闷不已。

由于无法下定决心，百介只能郁闷地在岛上四处徘徊。见到贫民们毫无笑容地过着贫困的生活，更是让百介益发郁闷。

至于甲兵卫。这阵子的脾气似乎也不太好。总是抱怨岛民们无趣，随时随地刻意挑人毛病。遭甲兵卫斥责者，悉数活不过翌日。除了奉甲兵卫之命当场自裁者外，其他死者，即激怒甲兵卫者，似乎都由奉公众行刑杀害。只为了保全甲兵卫的权威。只为了维护岛内的秩序。这就是支配这座岛屿的戒律。百介根本无从质疑。毕竟此乃本岛法规，亦为本岛伦理。

受甲兵卫斥责、诘问者，翌朝都会于海滩上的惠比寿祠内曝尸示众。但岛内根本没有什么惹甲兵卫生气的理由。岛民们对甲兵卫绝对服从，因此甲兵卫每次发怒，都可说是刻意找碴，诸如斥责某人走路姿势不对，或是一张脸让人看不顺眼。但即便仅是如此鸡毛蒜皮的理由，被挑上的都是死路一条，而且从未有人试图违抗。

每一具尸体脸上，都是一脸灿烂笑容。岛上唯有死时方能嬉笑，吟藏所言果然不假。这些人大概是在被杀害前奉命摆出笑脸的吧，可说是边笑边死的。"绝命时面如惠比寿，凡人至此不复还，不复还——"原来这首歌句句都是事实。戎岛上的居民，死时悉数是一脸惠比寿般的神情。

约一个月后，甲兵卫开始变得更为残暴。甚至下令以铁板烤杀岛民。即使此时的百介已开始习惯岛上种种不合理的古怪戒律，听闻此事仍大感震惊。为何要烤杀无罪的子民？难道他把这种事当成乐子？不过，听到这道命令时，吟藏依然面不改色地回了一声"遵命"，他的毫无表情又一次让百介感到毛骨悚然。不论在什么样的常识下生活，人毕竟还是有血有泪，按理吟藏也应是如此。遗憾的是，百介丝毫感觉不到半点人情。

当晚，所有岛民群聚鲷原，被迫观看这出残虐至极的古怪戏码。首先，将自生产性最低的福扬众中选出一名牺牲者。环视井然排列的岛民后，甲兵卫指着一名男子说道："你。"此人就这么轻而易举地被定了生死。这名男子并未挣扎，亦未试图逃离，更没有跪地求饶，而是心甘情愿地走上前来，有气无力地鞠了个躬。

铁板已被架到了熊熊烈火上。在烈焰烘烤下，铁板开始冒起腾腾热气。男子动也不动地站在铁板前方。

坐在甲兵卫身旁的百介再也耐不住煎熬，不忍地垂下了头。世上怎会发生这种事？百介一心只想逃离，甚至不惜纵身投海。

"叫这家伙的父母妻小出来。"甲兵卫向吟藏命道。

不出多久，一个年迈的老婆婆和一对瘦弱的母子被揪了出来，跪在甲兵卫前方。

"行了。你，坐到铁板上。"

是，男子低声回道，旋即朝发烫的铁板上一坐，没听见半声哀号。

"如何？烫不烫？够烫吗？"

是，只听见男子如此回答。百介紧紧闭上了双眼。要观看这种场面，真不如死了算了。

"够烫了吗？那就给本公躺上去。你是想躺，还是不想？可记得那个盗贼完全不愿躺上去，还号啕大哭地直挣扎？不想是吧？噢，难道你并不会不想？为何不违抗本公？为何不违抗本公？"甲兵卫怒斥道。

只听到阵阵骇人的烧灼声，男子一句话也没回。同时，一股刺鼻的焦味直朝百介的鼻头扑来。场面直催人作呕。

此时，还听到甲兵卫语调卑劣地说道："喂，儿子就要被烤死了。好好瞧瞧吧，越烤越焦黑呢。"

一个人怎说得出这种话？

"如何？不想看吗？噢，并不会不想？难道想眼睁睁看着自己的丈夫被烤焦？如何？回答呀，快给本公回答！"甲兵卫怒斥道。

没有人回答。想必这一家人全都把脑袋别了过去吧。当然不会不想。

太无趣了！甲兵卫提高嗓音怒骂道，接着站起身补上一句：你们也给本公死！旋即快步走上轿子，说"回府"。

百介再也按捺不住，也站了起来，高声吼道："各、各位还是人吗？这未免也太没有天良了。大家怎能眼睁睁地任凭这种事发生！"

奉公众立刻站起身来，架住百介的两腕。

"凡是人，悲伤时就该哭！开怀时就该笑！遇上不想做或不该做的事就该回绝。为何还要……"

百介硬是被架离了现场。

"为何各位还……"

突然间，百介看见牺牲者的家属回过头来，竟然悉数面无表情。霎时，百介感到万念俱灰。铁板上被烤得通红的焦尸，竟然一脸笑容。

"呜哇哇哇哇！"

百介甩脱奉公众的控制，快步奔驰而去，内心感到一阵锥心刺骨的伤痛。

百介漫无目的地往前跑。对生命已厌倦至极，因为在此地什么道理也说不通。而且，什么人也救不了。不，应该说根本就没有人心怀获救的期望。放弃了求生的期望者，是绝无可能得救的。

百介在沙滩上跑着。到处都饰有惠比寿的雕像。惠比寿。惠比寿。惠比寿。这算哪门子福神！还在笑个什么劲？

百介在沙滩上疾驰，跑上了坡道，跑进了宝殿的庭院，来到了蛭子泉。可憎哪，可憎，一切都显得何其可憎，自己怎么能在这座岛上活下去？一切都显得何其可憎。百介起了投海的念头。

他拨开柑橘林，爬上了石阶。抬起头，睁开双眼，只见雾已消散，一轮硕大满月照亮了天际。

满月。那天，百介来到岛上那天，也是满月。百介徐徐将视线往下移。看到了入道崎，同时，还看到一道直线在海面上浮现。是那条小径。

就在此时，铃，传来一声铃声。

十一

令人惊讶的是，此时步上石阶的，竟然是御行又市。

是的，老夫当然大吃了一惊，甚至不住纳闷这究竟是梦是真。由于过度震惊，老夫停下了脚步。是的，若又市晚一刻才现身，想必老夫早已葬身大海了。毕竟当时心志已动摇到了这种地步。

又市应是来拯救我的吧。眼见我这个傻朋友又犯了好奇的老毛病，担忧会不会遭什么不测，因此不辞千里赶来相救。呵呵，老夫虽想这么说，但又市前来的真正原因其实颇有出入。

是的，这诈术师并非此等会为人情所动的角色。据说他是受人所托前来办事的。是的，委托他的，就是那个告诉老夫戎岛故事的小贩。其实小贩当初造访入道崎，决非为了游山玩水。是的，正是如此。那小贩受人所托，要找一个人，因此才会踏足这穷乡僻壤，甚至来到入道崎这鲜为人知的小地方。

男鹿北方一家船运店曾有艘船遇难，淹死了许多船客，亦有多人行踪不明。而且这家船运店的少东家当天不巧也在那艘船上，随沉船失踪了。根据九死一生的船夫所述，那少东家在船沉没前搭上了小舟逃离，应不至于遇难才是。

是的，正是如此。闻言，当地渔夫怀疑会不会被那怪异的浓雾吸引，随那奇妙的海潮漂走了。因此，不愿死心的船运店老板便委托这个熟识的小贩代为寻人。那小贩就这么找着了那座岛，而且连宝殿也看见了。

倘若少东家漂到了那座岛上，人或许可能还活着。听闻小贩禀报的船运店老板想必是如此推论的。毕竟再怎么说也不愿死心。因此，一筹莫展的小贩于旅途中结识了这诈术师，便委托其代为寻人。

是的。又市曾告知小贩，自己的友人德次郎与戎岛略有渊源。这应该也是原因之一。总之，对这小贩而言，真可谓天无绝人之路。

同样令人惊讶的，是又市先生后面，竟然还跟着算盘德次郎。阿银小姐曾告知，德次郎由入道崎洞窟内的戎社看守人扶养长大。但略事深究，老夫发现真相更令人惊讶。德次郎先生竟然是戎岛出身。

是的，正是如此。万万没想到，德次郎竟然就是循老夫登陆的那条小径逃出戎岛的唯一一个岛民。

是的，正是如此。由于必须通过戎宝殿后庭，方能经由石阶前往小径，故除了戎家岛主、奉公众与世话众之外，岛上无人知悉海中有这么一条小径。岛民中未曾有人入殿，更遑论踏足内庭。当然，这秘密完全不为人所知。

不知德次郎是生性不驯还是怎么的，从十岁时起便对岛上的生活多有质疑。据说其原为工匠众之子。只是，据说其生父额头上亦有戎字烙印，想必是漂至岛上后归化该岛的木工。是的，看来漂流至此者并非悉数遭到杀害。吟藏曾言有一技之长者，于岛上颇受珍视。

某日，年幼的德次郎肚子饿了，趁夜偷偷潜入宝殿。由于自古至今未曾有人潜入该地，因此宝殿周遭似乎未有任何警戒。但是，宝殿十分宽广。即使摸进去了，德次郎依然不知该往何处觅食。就这么迷迷糊糊地走到庭院。

德次郎望见了大海望见了对岸，也看见了石阶和那条小径。犹记德次郎曾言，那已是四十年前的往事了。接着年幼的德次郎走到了老夫意图投海的地方，是的，意图自此处逃离该岛。毕竟他是首度望见对岸。

德次郎坦承，当时在他眼中，对岸看来犹如一片净土。是呀，说来讽刺，对岸竟然也将此岛视为净土。

德次郎步下石阶踏入海中。是的，勇气的确令人嘉许。有勇无谋？噢，或许也可说是有勇无谋吧。一心以为对岸有许多东西可吃，德次郎死命地跑。但当时的他毕竟只是个孩童，那条小径不仅有十六里之遥，而且还寸步难行。

就和老夫当时遭遇的情况一样，才跑了一半，海水就开始将小径淹没。入道崎已近在眼前，因此他死命游完了剩余的路程。没错，要是游得慢了些，他就要被海流吞没了。他就这样千钧一发地逃出了神域。后来，也不知德次郎是顺利游完全程，抑或是途中便体力不支。幸运的是，他并未被凶险的海流吞噬，而是被冲上了入道崎的悬崖下面，被神社的看守人发现了。

是的，正是如此。你们没有猜错。那条小径，唯有在每月的满月之夜才会浮出海面，而且唯有在太阴升上天际到落下之间的时间内，人才走得过去。

不过，从前似乎不是如此。吟藏曾言小径乃随岛屿上升，才没入海中。因此在古时，大概是两三百年前，那条小径曾一直高于海面。后来徐徐下沉，最后于百年前完全没入海中。自此之后，唯有逢满月之夜，方能勉强走过。没错，百年前的访客亦是每月仅能登陆一次。德次郎要比老夫早四十年走过那条小径，或许在当年，那段路要好走得多吧。

德次郎告诉老夫，将其扶养成人的看守曾提及一个与戎岛相关的远古传说。该看守表示，那应是近三百年前的事了。

当时，海中小径完全浮于海上，岛屿本身亦不似今日般隆起，故两岸往来尚属频繁。那一带为秋田藩佐竹大人的领地。但三百年前究竟从属何处，老夫就不清楚了。只知道自古时起，该处就是一座贫瘠的岛屿。既无米可上缴，亦无渔获可食，民生景况至为悲惨。

某日，有一行脚各地的六十六部①来到该岛。是的，正是那种肩背佛龛、手持《法华经》云游诸藩的朝圣者。

六部抵达岛上后，岛屿便为暴风雨袭击，同时尚有地震、海啸肆虐，岛上一片狼藉。当时，六部攀上了岛上最高处，应该就是那座石阶的顶端吧。他站在那儿虔诚诵经，助岛屿安然度过此劫。六部似乎法力很高强，大概祈祷应验了，暴风雨竟然忽然停止。岛民对六部感激至极，赠予家屋，献上一女助其成婚。自此，六部定居岛上，归化为住民。为了替岛民压惊，于岛上各处设惠比寿像，广张结界为岛屿辟凶。不仅如此，他还焚护摩，

---

①简称六部，云游四方朝山拜佛的僧人，身带抄写《法华经》分送全日本六十六处寺院，故名。

诵经文，以求岛民能聚财致富。从那时起，漂流海上的财富便开始源源不绝涌向戎岛。

唉，这毕竟只是个传说，如今民智大开，想必这种说法已不足采信。或许那海流原本就存在岛屿周遭，众人以为六部所镇的天变地异，或许亦是肇因于此海流。是的，看来应是如此。后来，戎岛因地势逐步隆起，小径逐步下沉，再加上热泉涌出，雾气笼罩，从而化为奇妙的传说净土，想必亦是天然变异造成。

不过，三百年前的古人当然不作如是想。是的。拜六部之赐，岛上民生终于开始富足起来。捞获宝物可换为银两，有了银两，便能自他处购买年贡上缴。岛民们原本过的是有一顿没一顿的日子，而今靠漂流物终于得以翻身。后来，孩子出生了，六部完全被岛民们视为自己的一分子。

正是如此。世事本无常，人生怎可能永远如此顺利？

没错。领主大人开始起疑了。一座原本贫穷至极的岛，竟然迅速致富，当然要问清楚财源究竟为何。但岛民们个个守口如瓶。是的，也可能是在六部的吩咐下缄口的。

对六部这位大恩人，岛民们当然是忠心耿耿。不过，与其如此推论，老夫毋宁认为岛民们是出于利欲熏心。若据实吐露财源，必将为领主榨取。如此一来，只怕大伙儿悉数要被打回原形。将漂流至岛上的财富拱手让给领主，富裕的日子必将一去不复返。

是的。正是如此。岛民们再度央求六部，求其以咒术杀害领主。当时，六部想必亦是左右为难，毕竟自己也有责任，但苦恼了一阵，六部还是开始了诅咒祈祷仪式。但是，这计划被领主察觉了。怒不可遏的领主派一名官吏入岛，向岛长下了一道严酷的命令。若不即刻交出六部的首级，岛民们将被视为同罪，于三日内处以极刑。

六部这恩人的首级与岛民们的性命，究竟孰者重要？对岛民而言，这可真是两难。不过，即便是恩人，即便其法力再强大，六部毕竟是个外人。没错，的确是忘恩负义。的确是如此。不过事关性命，也顾不得其他了。岛民们毕竟不是武士，只是些能勉强填饱肚子的贫民。即便懂得做人得讲情讲义，却也无余力顾及一个外人。

　　岛民们倾巢而出，包围了正在祈祷的六部。是的，还个个手持竹枪等，将六部住家团团围起。是的，就连妇孺也不例外。毕竟事关全岛存亡，既然要背上忘恩负义的罪名，就得由所有成员一同承担。

　　如今或许已不再如此。但在往昔，村庄的戒律常常就是这么回事。所有村民均须同生死共患难，凡事但求休戚与共。不过，虽然理由老夫不清楚，但或许是村民们仍心怀羞愧，不敢让六部见到自己的脸孔吧。每个岛民都戴上了惠比寿的面具。

　　六部大概也感觉到了，岛民们要杀他。是的，至少老夫是如此认为。应该是有所察觉了吧？不，一定是感觉到了。毕竟这座岛屿如此狭小、封闭。再者，六部已有妻小，其妻亦是岛民出身。唉。或许正因为如此，六部几乎毫无抵抗地乖乖受死。不过，虽然在竹枪与镰刀的砍刺下浑身是血，六部依然两眼圆睁地瞪着岛民，声嘶力竭地大喊：

　　恩将仇报，恩将仇报，天理岂能容？但这座岛，毕竟是吾妻吾儿之岛。故岛民们若欲取吾性命，吾愿委身成全。条件是，须将吾儿定为岛长。若香火不断，须奉吾代代子孙为岛主，虔心奉侍，并绝对服从，诚心效忠吾世世代代之后裔。若违此约定，岛上所有惠比寿像之脸孔将悉数转红，本岛亦将湮灭。立誓！汝等不得不从！

　　喊完，六部便断了气。据传其殁后，首级被置于戎祠示众，两眼泛异光不辍，七七四十九日方休。

十二

　　"如此说来，"剑之进战战兢兢地问道，"戎甲兵卫，可就是昔日为岛民所杀的六部的子孙？"

　　"是的，正是如此。"老人卷起记事簿回道。

　　"那么，老隐士言下之意，戎岛的岛民们就这样背负着杀害六部的罪孽，愧疚地生息了三百年？"

唉，惣兵卫深深长叹了一口气。

"先祖犯下罪孽后的不安，就这么世世代代地传了下来？"正马一脸阴郁地问道。

噢，看来应是如此，老人说道。

"因此才对岛主绝对服从？这……还真是悲哀呀。"与次郎说道。

老人低低垂下了头。"起初，应是为了赎罪，没错。毕竟岛民们原本如此仰赖六部之恩，事后却忘恩负义地将他杀了。"

"因此，便尽可能善待其遗孤？"

"应该就是如此吧。"

剑之进不禁掩面叹息。

"事后，六部遗孤受到岛民们悉心照料，并依其遗言被奉为岛长，备受岛民崇敬恭奉。不过，传承数代，历经漫长岁月后，这传统也渐失本义，仅剩下源自罪恶感的绝对服从之戒律支配着全岛。随着戒律施行数百年后，岛民们也就变得如此颓丧了。"

"颓丧……"与次郎感叹道。

若是从一出生便活在一个颓丧不已的世界里，这些人便无从察觉自己的传统是何其扭曲。老人方才曾以水中鱼譬之，这比喻可真传神。

"不过，与次郎先生，"老人语调温和地说道，"岛民们的确活得颓丧不已。但最为颓丧的，应该是身为六部后裔的甲兵卫大人。"

"但是，老隐士。"正马不服地质疑道，"甲兵卫不是从一出生，便过着凡事皆听任其予取予求的日子吗？"

"没错。在那种环境中，凡是他下的命令，大伙儿皆会乖乖照办。"

"如此度日，岂有颓丧之理？"正马一脸纳闷地说道，"这……不是得天独厚的礼遇吗？哪能和被困苦逼得颓丧不已的贫者弱者相比？虽然这说法或许欠妥，但通常犯罪者多为身份低贱者。如今四民平等，的确不该有此歧视观念，但放眼诸国，亦是如此。俗话说人穷志短，收入低微者、不学无术者，常会被迫犯下不该犯的罪孽。但家世良好、受过相当程度的教育者则……"

"不不，正马，"惣兵卫打断了他说道，"虽然这的确是可悲的事实，但你仔细想想，可不是所有生活优渥、身份崇高者，都是人格高洁品行端正呀。"

"这的确有理，但……"

唉，老人一脸严肃地说道："甲兵卫大人的生活的确得天独厚，衣食无虞。从更衣到沐浴，皆有人服侍代劳。总之，此人就是在这种任何无理要求都有人听命的环境下长大成人。"

"一个从一出生便得以予取予求、无条件受人供奉的环境……这……这不也形同为人所排挤？"与次郎说道。

"一点也没错。噢，若要说是排挤，这或许正是最彻底的排挤吧。不论下任何命令，旁人皆只能恭敬从命，决不可能有人不服或拒绝。在此种人际关系下，此人与旁人怎可能建立什么交情？"

"有道理。"惣兵卫略事思考，接着又补上一句，"这种日子，我只怕连三天也撑不下去。"

"是吗？但我可是求之不……不，当我没说过。"

正马话没说完，便乖乖闭上了嘴。

"难道在此等关系中，毫无任何真情可言？"

"这……"一白翁一脸迷惑地回道，"何谓真情，老夫至今仍未能参透。但至少感觉得出甲兵卫大人对此至为饥渴，似乎渴望得到些什么。而自己究竟该追求些什么，此人完全不知。因此到了某晚，甲兵卫大人终于以身试法，破了岛上的戒律。"老人神情痛苦地说道。

十三

在石阶上与又市和德次郎重逢，听闻两人道明原委后稍稍安了点心时，百介突然感到一阵强烈的不安。

又市悄悄探出身子，示意别再出声。"似乎出了什么事，先生。"

百介不由得紧绷了身子。

似乎是宝殿内起了什么骚动。

"混账东西！"只听到甲兵卫在咆哮，"你们为何不忤逆本公？"甲兵卫怒骂着，气冲冲地跑出了回廊。

百介赶紧躲进柑橘林中。德次郎也躲到了石阶下，又市则潜身蛭子泉旁。

只见甲兵卫手持一把看似宝剑的长刀，从头到脚都因气愤而涨得通红，奉公众则紧随其后。四名头戴颜色不同礼帽、身着神官装束的男子直喊着"主公息怒、主公息怒"。但甲兵卫丝毫不理会，走到回廊的台阶前停下脚步，朝柱子上猛力一踹。

"为什么？为什么不忤逆本公？！"甲兵卫再次咆哮道。

奉公众们连忙绕到了台阶下，跪地叩首。

"此乃……"

"此乃……"

"此乃……"

"此乃本岛之戒律是也。"

四人异口同声回答道。

甲兵卫迟疑了半响，接着又抛下一句："戒律？"旋即继续说道，"从今以后，你们都不许再听本公的命令。这就是戒律。懂了吗？"

依旧不敢平身的奉公众们反复说道："此乃戒律是也。"

甲兵卫突然朝正中央头戴蓝色礼帽的奉公众脑袋上一踩。"是吗？那么……"他眼神茫然地说道，"若是命令你们忤逆本公，你们要怎么做？忤逆本公，本公命令你们忤逆！"

甲兵卫朝着奉公众们踢了又踢。四名奉公众忍耐了好一阵子，最后，跪在最右端、头戴红色礼帽的奉公众突然抬起头来说道："求主公勿再作弄奴才。"

甲兵卫半眯着眼，宛如梦呓般反复说着：作弄？作弄？接着又使劲殴打头戴红色礼帽的奉公众。"滚！快给本公滚！"奉公众们一言不发地退下。

甲兵卫怒不可遏地走进庭院中，高声大喊："寿美！寿美！亥兵卫！亥兵卫！"不出多久，寿美抱着年幼的亥兵卫，在吟藏引领下现身了。虽然三人火速赶来，但吟藏、寿美，乃至年幼的亥兵卫，神情却丝毫没有任何异状。寿美！寿美！给本公过来！甲兵卫咆哮道。抱着亥兵卫的寿美随即挤开吟藏，走进了庭院。

甲兵卫粗暴地将年幼的次任岛主一把抢来，将他朝蛭子泉旁一搁。接着，他两眼睁得斗大，朝毕恭毕敬的寿美端详了一阵后，旋即粗暴地一把将她搂起。秃头的岛主嘴里嚷着寿美寿美，不断吻着她的脖子、脸颊和嘴唇，同时还上下爱抚着她的身体。看着自己的妻子被如此调戏，吟藏依旧面无表情。

甲兵卫像哺乳中的幼儿般紧紧抱着寿美，磨蹭着她的肌肤，捏揉着她的身子，抚摸着她的秀发。突然，甲兵卫用双手捧起寿美的脸颊，定睛凝视着她那张神情依然不变的脸庞。接着仿佛抛球似的，将她猛然一抛。寿美步履蹒跚地跌坐在地上。

甲兵卫又冷冰冰地朝站在回廊等候差遣的吟藏抛下一句："无趣至极。"是，吟藏毕恭毕敬地回道。主公请息怒，寿美跪地叩首，诚惶诚恐地致歉。

"哼。"甲兵卫一屁股坐在跪地不起的寿美身旁，一把拉起她的脸庞，目不转睛地端详着她那白皙的脸孔。在月光映照下，寿美的脸庞上依旧毫无表情，她默默回望着甲兵卫那双血丝满布的眼睛发愣。"看什么？"甲兵卫低声骂道，"在看什么？"

"这是什么神情？！"突然间，甲兵卫以几乎要扯破嗓子的声音咆哮，"为什么为什么为什么为什么，为什么为什么你们时时刻刻都是这种神情？！本公命令你们，别老是用这种神情看本公！真是叫人作呕。一看见你们这种神情，本公就胸口发闷！这是命令！"

甲兵卫一把揪住寿美的衣襟，将她拉了起来，接着却突然温柔地说："喂，寿美。"

"奴家在。"

"想必应该知道做什么吧。寿美，做点最令本公厌恶的事来瞧瞧。"

寿美闻言大感困惑。虽然神情依然没变，百介还是看得出她心中必定是一阵猛烈的困惑。

"来吧。来，做点令本公厌恶的事。"

"这——"寿美发出细细的犹疑的声音。

什么？难道连这都不会！甲兵卫怒斥道，一把拔出了手中的刀。情急之下，寿美连忙抱起呆立在热泉旁的亥兵卫。

"噢。原来，你不想让这孩子死？"甲兵卫将刀刃凑向寿美的咽喉。

"甲、甲兵卫大人，请息怒。"吟藏说着，快步跑下石阶，"请息怒。"

"什么？"甲兵卫猛地转过身来，掀起了长棉袍，怒目瞪向吟藏问道，"吟藏，你不想看到寿美，自己的老婆死吧？不想是吗？吟藏，快给本公回答！"

"并……"吟藏跪在甲兵卫脚边，毕恭毕敬地回答道，"并非如此。奴才乃担忧亥兵卫大人若是有什么三长两短，恐将殃及全岛。故此，恳请主公息怒。"

"什么？"甲兵卫以满布血丝的双眼狠狠瞪着自己的儿子。

"奴才恳请主公收刀平怒。"

"哼，你，是想忤逆本公吗？"

"奴才不敢。甲兵卫大人至为重要，但亥兵卫大人亦是同等重要。倘若亥兵卫大人有个三长两短，戎家血脉恐将就此断绝，故此事万万不可发生。维持戎家血脉于不辍，乃本岛之戒律……"

吟藏话未说完，刀锋便抵向了他的脖子。

"戒律？"甲兵卫两眼狠狠瞪着吟藏，一张脸因盛怒而涨得通红，额头上青筋暴露。吟藏原本就惨白的脸庞更是失了血色。

"戒律，戒律、戒律、戒律。什么狗屁戒律！本公就是戒律！"

甲兵卫握刀深深一刺，旋即使劲抽刀。只见大量鲜血自吟藏的脖子喷泄而出，四溅的血花在月光映照下闪闪发亮。没等到吟藏的身子向前扑倒，寿美便心切地紧拥住亥兵卫。

断了气的吟藏，脸上不带一丝笑意。虽不带任何笑意，这张脸仍和生前同样毫无表情。这张脸再也不会笑了，也不会哭了。这一辈子，吟藏这张脸终究没能展露过任何神情。

而寿美，则是面带和吟藏一模一样的神情紧拥着稚子。

"为何要保护他？为何要庇护他？是不想见到自己的孩子被杀，抑或也是为了维护戒律？"甲兵卫高声咆哮着，朝寿美冲了过去。凶刀贯穿了寿美的身躯。但寿美并未因此放开孩子。甲兵卫握刀使劲一拧，依然将孩子抱在怀中的寿美像是挨了撞似的倒向蛭子泉旁。

"戒律？什么狗屁东西！全给本公死，全都给本公死！"甲兵卫将刀自寿美身上抽回，咆哮着胡乱挥舞。

数名世话众和奉公众闻声赶来。头戴礼帽的四人奔向寿美，但奉公众们欲救助的并非寿美，而是亥兵卫。察觉出奉公众的意图，甲兵卫便走向寿美，自她怀中将孩子抢了过去。

"甲、甲兵卫大人。"寿美护子心切地伸出了手。

"谁希罕这种东西！"

甲兵卫竟然将亥兵卫朝热泉中一抛。这涌泉的水是滚烫的。百介不禁哑然失声地站了起来。奉公众们也吓得呆立不动。

就在此时，甲兵卫望向寿美，浑身僵硬起来。只见一滴在月光映照下闪闪发光的泪珠自寿美脸颊上淌下。甲兵卫仿佛崩溃似的朝地上一跪，捧起寿美的脸庞，抚摸着她的秀发，吮去了她的泪珠。"果然不想，是吧？"

"甲兵卫大人。"

"甲兵卫大人。"

"甲兵卫大人。"

看到那可怜孩童的尸骸自滚烫的涌泉中浮起，头戴礼帽的奉公众们将甲兵卫团团围住。

"甲兵卫大人自己破了戒律。"

"什么？"

"甲兵卫大人杀害了亥兵卫大人。如此一来，戎家血脉将告断绝。"

"什么狗屁戒律。"甲兵卫抛开寿美的尸骸，抬起头来仰望四名正俯视着自己的奉公众，"什么狗屁戒律！哪有什么好希罕的？本公说的话才是戒律，你们的职责就是服侍本公。给本公闭嘴！"

"非也。"

"非也。"

"非也。"

"非也？你们活着，不就是为了奉行本公的命令？"

"并非如此。"头戴红色礼帽的奉公众以毫无抑扬的语调回答道，"吾等所维护者，乃众人均须奉行甲兵卫大人命令之戒律是也。"他语气冷冽地说明道。

闻言，甲兵卫满脸不解。

吾等所维护者，乃戒律是也，依然俯视着甲兵卫的奉公众们再次异口同声地说道。

"戒律？谁希罕这狗屁戒律？"甲兵卫虽如此怒斥，身子却往后退了几步，"戒、戒律这种东西，改了不就得了？"

"戒律至为崇高，甚于一切。"

"有违戒律，罪不可赦。"

"即便贵为岛主，亦应奉行不违。"

"如此以往，恐惠比寿脸孔将转红。本岛亦将随之湮灭。"

"这说法……不过是个无稽的传说罢了！全是无稽之谈！"甲兵卫高喊道，"神像的脸孔哪可能转红？这不过是迷信罢了。你们竟然还相信这种迷信？神像是木头做的，不过是堆木片罢了，哪有可能转红！这不过是个迷信！"

甲兵卫被奉公众揪住了衣襟。你们这是在做什么？快放开！甲兵卫使劲挣扎，但奉公众们一把夺下了他的刀，联手将他抬了起来。甲兵卫的脸上明显浮现出恐惧的神情。

"主公请起。"

"主公请起。"

"主公请起。血脉万万不可断绝，主公须另添一子。"

"事不宜迟，主公须另添一子。"

"若不另添一子，必将导致神像脸孔转红。"

"必将导致惠比寿脸孔转红。"

"倘若脸孔转红，本岛亦将随之湮灭。"

十四

这场骚动并未持续多久。但吟藏先生、寿美小姐和年幼的亥兵卫大人，悉数在短短的时间内丧生了。的确是一桩令人痛心疾首的惨剧。

唉。不过老夫认为，甲兵卫大人想必也是同样痛心吧。只有亲手犯下这桩惨绝人寰的惨祸，甲兵卫大人方能体验到这种痛楚。只是，这代价也未免太庞大了。

四名奉公众就这样架着甲兵卫大人，将他一路拖回了宝殿。不，四人并未杀害甲兵卫。其实他杀害吟藏先生与寿美小姐的举动，并无丝毫违反戒律之处。是的，甲兵卫大人犯下的罪证仅有一个，就是杀害了戎家的下任岛主亥兵卫大人。戎家已不再有任何承袭其血脉者继后。因此，甲兵卫犯下的可是滔天大罪。

是的，甲兵卫大人被带进了宝殿，正是老夫初次面见甲兵卫大人时那间宽敞的客厅。没错，正是那间祭坛前方铺有座垫的厅堂。夜伽众的姑娘们个个被剥得一丝不挂，成排躺在房内。这正是为了催甲兵卫大人赶紧再添个子嗣。既然杀害了原有的，就得赶紧再生一个补上。

唉，说来还真是惨绝人寰，惨死的亥兵卫就这么被扔进蛭子泉里，实在是让人于心不忍。又市与德次郎只得将遗骸打捞起来，同吟藏先生与寿美小姐的尸首摆在一块儿。

对奉公众而言，维护戒律比任何事都重要。而甲兵卫大人也有点年纪了，因此，奉公众们便分坐于房内四隅，口中直说着"早生贵子、早生贵子"地催促着。四双眼睛悉数瞪着甲兵卫大人，直嚷嚷着：违反戒律，恐将导致惠比寿脸孔转红。倘若脸孔转红，本岛亦将随之湮灭。

甲兵卫大人则不断驳斥这说法不过是个传说，是个迷信，即便破了戒律，也不可能会有任何灾厄降临。

没错。即便这仅仅是个迷信，一个身为此迷信象征的六部子孙，竟然亲自否定了这个迷信。不过，噢，之后也不知究竟发生了什么，毕竟老夫和又市一直藏身于庭院中。唉，后来甲兵卫大人突然暴怒，推开了姑娘们，并将四名奉公众痛殴了一顿，接着便夺门而出。是的，就这样逃离了宝殿。

旋即有人敲响了吊钟，世话众们全部奔向海岸，沿途不断高喊：甲兵卫大人逃走了！甲兵卫大人逃走了！听闻警讯，岛民们悉数自窝身处倾巢而出。而且，个个都戴上了惠比寿的面具，手上都高举着火炬。

是的，那光景还真是吓人。十分吓人，比什么都要骇人。是的，正是如此。头戴笑容满面的惠比寿面具的众人，有气无力地在这怪异岛屿上四处徘徊。戒律分明严禁点灯，如今却处处灯火通明。是的，两百五十名看似幽魂、衣衫褴褛、毫无干劲的惠比寿神，成群结队地跟在宛如恶鬼般四处窜逃的甲兵卫大人后面紧追不放。怎么看都不像是这世间应有的光景。

是的，是的，不出多久，甲兵卫大人就被大伙儿找到了。毕竟这不过是座狭小的岛，而且甲兵卫大人窜逃途中还不断惨叫，又能躲得了多久？可知他为何惨叫？乃因整座岛上惠比寿像的脸孔。是的，岛上每一座惠比寿像的脸孔，悉数被抹成了红色。

是的。全都成了一片鲜红——

十五

甲兵卫后来如何了？剑之进询问道。

"是否为岛民们所杀？"正马则是如此问道。

"且慢且慢，"惣兵卫说道，"正马，难道你认为，岛民们正借此一雪经年积怨？但应不至于如此吧。就老隐士所言听来，岛民们即便境况如此凄惨，却不曾心怀不满。若是如此……"

若是如此，甲兵卫理应不至于被逼到如此穷途末路，与次郎心想。

即便为数稀少，倘若岛上能有几个违反戒律者、藐视传统者，抑或对自己的生活心存疑问之人，那么，甲兵卫或许能够略事思变。

不不，正马竖起食指说道："不不，涩谷。或许岛民们的确未曾心怀不满。不过，若大伙儿对自己过的日子毫无质疑，不就代表那戒律贯彻得极为彻底，不是吗？"

正是如此，剑之进回答道："这应该就是所谓的盲从吧，代表那股随挫折而来的罪恶感已深深根植于岛民心中。"

"但，若是如此，"正马放松跪姿说道，"至今为止，甲兵卫就是戒律的代表。在漫长的三百年间，戎甲兵卫，不，整个戎家一直都是活生生的戒律。如今戎家的岛主自己破了戒律，并因此遁逃。你认为结果将会如何？"

原来如此，剑之进恍然大悟地说道："代表他已是罪该万死？或许真是如此呢。众人若是被自己信赖的对象背叛，势必将掀起强烈的反弹。对此人越是信赖，反弹也将越强烈，感觉就好比猛然跌了一跤。"

猛然跌了一跤。与次郎觉得自己对这种感觉似乎深有体会。

"因此我推测，"正马继续说道，"甲兵卫应该是被大伙儿杀了。甲兵卫的背叛，让岛民们从漫长的噩梦中醒了过来。如此一来，怎么可能让甲兵卫这噩梦元凶活下去？老隐士，不知在下这推论是否正确？"

正马自信满满。

"不是杀人，就是被杀。唉，冤冤相报，何时能了？"

老人叙述了那么多残酷的事，如今却说得如此超然，仿佛忘了自己方才都说过什么似的。

那么，甲兵卫究竟如何了？惣兵卫心急地问道。老隐士，就请告诉我们吧，正马也如此附和道。

"是否被岛民们联手折磨致死？"

"该不会遭到了和三百年前的六部同样的命运？"

"喂，矢作，这种结局岂不是太残酷了？"

"瞧你说的。因果报应本来就是世间常情。种下什么因，本来就是必得什么果。而且，这难道不是最适合这故事的结局？"

"这并不是故事，"一白翁面带困扰地说道，"这，并不是故事。凡老夫所述，一切均为事实。"

一切均为事实。没错，这是老人的亲身经历。这么一句话，霎时浇熄了众人的兴奋之情。

"或许如此陈年往事，让各位感觉与现实多所背离。但对老夫而言，一切均为事实。"

"真是抱歉之至，"惣兵卫低头致歉道，"毕竟听来实在是太……"

"先生无须致歉。总而言之，接下来发生的，就不像故事般顺利了。噢，或许各位最感到难以置信的，是全岛的惠比寿像的脸孔为何会转为红色，是吧？"

没错，就是此处教人起疑，正马搓着下巴说道。

老夫了解，老夫了解，老人面带微笑地说道："或许正马先生认为，这种事理应不可能发生。这也是无可奈何，因为这种事还真是不可能发生。"

不可能吗？与次郎纳闷道。他认为这种事或许真会发生。

"不过，对老夫而言，毕竟曾亲眼见到，"一白翁再次笑道，"即便是如此不合常理，让人无法置信，毕竟老夫是亲眼看到了。噢，或许那仅是老夫的幻觉。要想为此事找出一个解释，最简单的法子就是质疑自己的眼睛。"

"错觉？"

"说不定真是错觉。不过，除了老夫以外，岛民们和甲兵卫大人也全都瞧见了。每张脸孔都被抹得一片深红呢，绝非因阳光映照还是什么的，红得就像被抹上了丹墨似的。各位可知道，甲兵卫大人为何要逃离宝殿？"

"是否因为身边这些深陷因习的愚民让他感到不耐烦？"

应该正如正马所言吧，惣兵卫也说道："不管是什么戒律得遵从，像这样在监视下被迫生子，论谁都会想逃离吧？剑之进，你说是不是？"

"是的。他自己都斥传说为无稽，并亲手破了戒律，手刃了自己的孩子。由此看来，这推论应颇为自然。"

不不，老人断然否定道："真相并非如此。"

"并非如此？"

"是的。或许甲兵卫大人直到那时，才真正体会到岛上戒律果真并非无稽之谈。"老人啪的一声合上了记事簿。

"老隐士，此言何意？"与次郎向老人问道。"这还不简单？"老人回答，"直到那时为止，甲兵卫大人从未将岛上戒律当真。不仅如此，就连有违戒律将使全岛湮灭一说，更是嗤之以鼻。"

这想必是理所当然吧。戒律要求岛民对甲兵卫的命令绝对服从。甲兵卫自己则无须听命于任何人。况且，岛民们对甲兵卫也决不可能有丝毫忤逆，而这正是促使甲兵卫将自己逼上毁灭之途的理由。

"当时甲兵卫大人恐怕是发现了宝殿内祭坛上那座庞大的惠比寿像的脸孔竟然转红了。"

什么？剑之进闻言，不禁失声大喊。

"破了戒律，并斥其为……不，深信其为无稽迷信的甲兵卫大人，被奉公众告知岛民们服从的并非是他，而是务必听从戒律。但破了这比自己还重要的戒律的并非他人，竟是甲兵卫自己。结果，一见到惠比寿的脸孔竟然如传说所言转为朱红，他就这么被吓疯了。"

"想必他当时所感受到的，应是一股无以言喻的恐惧吧。"老人语带同情地感叹道，"甲兵卫大人被吓得惊骇不已，就这么逃了出去。但在夺门而出时，他曾转头回望，看见雕在门上的惠比寿像也同样变得一片鲜红。这——"

想必是相当骇人。

"但不论往哪儿逃，岛上到处都祭有惠比寿像。毕竟甲兵卫大人的祖先，当初就是以这些惠比寿像在岛上布下结界的，因此全岛均为这些神像包围。只见这些惠比寿像悉数……转为朱红……任他再怎么逃，也无法逃出这座岛。到头来，还是被个个头戴被火炬映照得通红的惠比寿像的两百五十名岛民追上了。"

与次郎不禁开始想象起那幅光景。一大群有气无力的岛民，头戴惠比寿面具，在夜色中追来。举目可及，净是满脸通红的惠比寿像。倘若置身其中的不是甲兵卫，而是自己……与次郎便不敢再想象下去了。他发现这光景之骇人，已远远超出凡人所能想象。

"最后，"一白翁将喝干了的茶杯放到膝盖上说道，"最后，甲兵卫大人躲进了海边那座惠比寿祠堂内。"

"可就是当年六部首级示众之处？"

没错，老人先回答了与次郎这个问题，接着又继续说道："而在祠堂里面，甲兵卫大人瞧见了一个骇人的东西。"

"请问，他瞧见了什么？"

这，老夫就不清楚了，老人说道："老夫虽不清楚，但想必是个令人感到无比惊骇的东西。也不知是红面惠比寿、惨遭杀害者的亡魂，还是六部的首级，不不，甚至可能是瞧见了某种更为骇人的东西。总而言之，甲兵卫大人他，就这么断了气。"

"因过于恐惧而断了气？"

"除此之外，别无理由可解释。只见他那张原本红润的脸，在一夕之间变得有如木乃伊，两眼就像这样，睁得斗大呢。"老人使劲撑大细小的双眼形容道。话及至此，老人沉默了下来，双眼茫然地望向与次郎背后的一堵土墙。与次郎心想，或许老隐士此时并非远盼，而是在追忆往昔。

"那么，敢问这座岛后来如何了？"剑之进问道，"难不成真的……"

老人面带微笑地回答："老夫稍早不也曾说过？岛是没有沉，亦未发生地震或海啸。但这座岛毕竟是湮灭了。只因为惠比寿像变了脸色。从此就无人愿意再干活了。由于必须等到满月方能离去，因此老夫、又市与德次郎只得在岛上多滞留了一个月。其间，岛民们个个都成了名副其实的行尸走肉。"

"大伙儿什么活也不干了？"

"没错。福扬众们不再收网，黑锹众们不再下田，工匠众们抛弃了凿子，世话众与夜伽众离开了宝殿，而四名奉公众则是切腹殉死。"

"切腹？"

"是呀，此四人分明不是武士，竟选择了这条路。"老人转头面向惣兵卫说，"后来，又市顺利地，噢，也不完全顺利吧，在福藏中找到了欲寻之人的牌位。那船运店的少东当初果然是漂流至此，就这样命丧戎岛。接下来，又市与德次郎将所有宝物悉数自福藏搬出，将能分的全数分给了岛民。"

"分给了岛民？"

"是的。在戎岛与本土尚有往来时，这些宝物还有点用处，但自交通断绝后，这些东西全都成了无用的破铜烂铁，总不能让它们继续被锁在仓库里吧。此外，储藏于宝殿谷仓中的粮秣，也悉数分给了岛民。否则大伙儿都不愿干活，岂不是全都要活活饿死？"

那么，岛民们可有什么反应？

"依然是毫无反应。老夫一行人只得为他们炊粥配食，否则岛民们依然什么活也不愿意干。日复一日，大伙儿只晓得终日眺望茫茫大海，两百五十人中，无一例外。"

"这——"

两百五十人中，无一例外。

"情势如此，这座岛也就形同湮灭了。不过，容老夫奉劝各位……"老人似乎准备下结论了，他端正了坐姿，接着继续说道，"切勿以为此事事不关己。或许在外国人眼中，我国其实和戎岛根本没什么两样。或许某些事情，吾等视之为理所当然，事实上却根本完全不符合常理。吾等信奉的价值一旦崩毁，或许大伙儿也只能如岛民般，个个感到怅然若失吧。"

"难道……真是如此？"惣兵卫说道，神情变得更加一本正经。

"倒是在安房国，"老人唐突地转了话题，"有一地名叫野岛崎。据传该地曾有两名船艺高超的船老大，操弄起船来可谓神乎其技，任何天候均可驾船出海，丝毫不畏风浪。某日，此二人乘大船出海，却不幸遭遇飓风，船只因而没海。"

好奇老人准备说些什么，与次郎与剑之进不禁探出身子聆听。

老人继续说道："船没时，两人与约二十名生还者乘小船逃生，漂流至一座至为陌生、似乎也未曾有人听闻过的岛屿。一座大岛，却毫无人烟。岩石上长着前所未见的繁茂草木，不知何故树梢却多挂有海藻。亦可见海水流入岩间。走了二十多里，依然不见任何民家，而且仅有潮水，不见任何清水。一行人只得返回原地，乘上小船再度出海。待小船驶离岛屿约千米之遥时，该岛竟于转瞬间没入海中。"

"这又是怎么一回事？"惣兵卫问道，"既无地震，亦无海啸，好端端一座岛为何就这么沉了？"

"惣兵卫先生，其实那并非一座岛，而是一条大鱼。"

大鱼？惣兵卫高声惊呼："该不会是条鲸鱼？不，即便是鲸鱼，理应也不至于让人误认为岛屿才是。"

"并非鲸鱼，其实是条鳐鱼。"

"鳐鱼？"

"是的。鳐鱼中有称红鳐者，据说身长可达二十四里。鳐鱼通常于海底生息，鱼背常为海沙覆盖。为了甩开背部积沙，此鱼不时浮上海面，常被人误为岛屿。一旦察觉有人试图靠近，此鱼便迅速没入海中。据说红鳐在大海中颇为常见。不论是戎岛，抑或是我国，不，或许世上所有国家，都不过是红鳐之岛吧。虽然吾等均以为己身踏足之地为陆地，但实际上，或许不过是堆积于鱼背之沙，随时可能没入海中。待那时，吾人方察觉己身生息之地并非陆地。只是在那之前，决不会有任何人质疑。"老人说道。

"不会有任何人质疑？"

"当然不会有。戎岛上的生活虽是如此扭曲，但直到老夫登陆为止，并未有什么人对其生活心怀质疑。同理，吾等生息之国……"

亦是随时可能沉没？与次郎问道。

"是的。"

这可真是骇人哪，与次郎说道。

"确实骇人……"

当然骇人。若此事果真属实，可就更让人不敢想象了，与次郎心想。或许并非骇人，而是让人不敢想象吧。

"打个比方，如今，德川幕府不就已经沉没了？"老人说道，"直到五十年前，尚未有人认为此事可能发生，当然更无人胆敢提出此类质疑。噢，若是当真说出了口，只怕就要身首异处了吧。而放眼今日，启蒙、维新，听来似乎颇为悦耳。但依然无法证明吾等脚踏之处的确是大地。若是如此，哪还需要什么地震或海啸？或许，吾等与立足于红鳐之上的戎甲兵卫根本就毫无不同。一旦这红鳐沉了，大伙儿就只能惊慌失措。而要让红鳐没海，根本不需什么深奥的理由。"

只要惠比寿的脸孔转红，也就绰绰有余了，老人下了如此结论。

十六

一行人离去后，一白翁，即山冈百介，依然一脸茫然地沉浸于四十年前在那座奇异的岛屿上亲身经历的回忆中。

约莫过了两刻钟，小夜为他送来了升酒。百介先生可真会胡诌呀，小夜瞥了一眼百介，如此说道。

"老夫哪儿胡诌了？"

"当然是胡诌呀。那甲兵卫根本就没死吧？那些惠比寿像也并非转红，而是让谁给抹红的吧？再者，那几名奉公众也不是死于切腹的吧？"

别再说了，百介制止道。

没错，一切都是又市布下的局。受船运店之托登陆岛上的又市与德次郎，目睹了甲兵卫连孩童都无情残杀的模样，顿悟此地的情况已恶化到无以复加的地步。两人发现，若不将这条红鳓沉入海中，别说是甲兵卫，还真的会使得整座岛屿都湮灭。两百五十名岛民也将悉数灭绝。

因此，先由德次郎使出障眼法，将奉公众自宝殿中拐骗出来。虽不知他使的是什么样的伎俩，但据说奉公众的身手决不逊于武艺欠精的武士。事实上，此四人才是以暴力绑架全岛的元凶，甲兵卫不过是个傀儡罢了。

虽已沦为徒具形式，但套一句欧美诸国的说法，奉公众其实是个同时具备司法与立法两种功能，甚至还拥有军事力量的机关。事实上，制定并以强制手段维护戒律的并非戎家历代岛主，而是奉公众。

强逼甲兵卫进行性行为的四名奉公众，应是受了杂耍师的幻术所惑，悉数坠海身亡了。因为数日后，四人的尸骸全都回到了事代湾。当然全是漂回来的。

奉公众一离殿，甲兵卫便乘机逃了出去。不过，这其实又是个陷阱。将惠比寿像的脸孔抹红的，其实就是又市。又市以铃声巧妙地诱导甲兵卫，让他逐一看见自己抢先一步抹红的惠比寿像。这让甲兵卫惊愕不已，只能四处窜逃。布这回的局，其实并未耗费这诈术师多少力气。但星星之火毕竟可以燎原。一口气失去了奉公众、番头和次任岛主，令岛民们大为惶恐，只得四处搜寻岛主甲兵卫，如幽魂般在岛上到处徘徊。岛民们从来没有过一丝杀害甲兵卫的念头。但在甲兵卫眼中，紧追其后的岛民要比什么都骇人，他甚至可能将岛民看作红面惠比寿化身而成的妖物，吓得窜逃了一昼夜。接下来，戎岛便崩毁于一夕之间。事件经纬就是如此。

翌朝，大伙儿在岸边的戎祠中找到了甲兵卫。甲兵卫人还活着，却完全痴呆了。百介赶赴现场时，见其已是废人一个，成了名副其实的行尸走肉。即使被抬到了沙滩上，甲兵卫依旧是动也不动。

又市于其鼻前举铃。铃，摇了声铃铛。

御行奉为。

闻言，戎甲兵卫高声喊叫，旋即开怀地放声大笑起来。当时自己是何等震惊，百介至今仍记忆犹新。甲兵卫放声笑了不知有多久。即便眼神茫然，手脚松弛，甲兵卫还是持续大笑，像是要讨回这辈子没有过的开怀。

闻其笑声，岛民们陆陆续续聚集到了海边。最后，世话众抬轿现身，众人合力将已是有躯无魂的甲兵卫抬入轿内，返回宝殿去了。到头来，到头来，什么也没改变。岛上的情况，一点也没改变。

但自此之后，似乎就没人再无谓地遭到杀害了，至少这也算是件好事吧。阿又，你说是不是？德次郎说这番话时的失落神情，百介至今仍无法忘怀。

而无言以对的又市那一脸落寞，那白木棉行者头巾随海风飘逸的模样，以及自偈箱中抛撒出的大量纸符缓缓飘落海面的光景。百介至今亦无法忘怀。

那座岛，最终，那座岛如何了？小夜问道。百介仅回以一脸苦笑。

"哎呀，百介先生，何苦连奴家都要隐瞒？"

"老夫岂有任何隐瞒？又市将宝物分配给岛民的确属实，平分储粮亦属实。至于后来的情况，老夫可就不清楚了。又市表示，该岛之命运应由岛民自行决定，老夫亦深感赞同。吾等能做的，仅有告知岛民海中小径逢满月便会浮现一事。"

"那么，岛民们后来如何了？"

"完全不知。或许在吾等离去后，岛民们也选择离开戎岛，抑或决定继续留下。不过，小夜姑娘……"百介啜饮了一口升酒，"约莫两年前，老夫曾托人前去造访男鹿。事后听闻戎岛竟已消失得无影无踪。"

据说就连入道崎的洞窟、鸟居和神社，亦悉数不见一丝痕迹。当然，无人记得这些东西曾经存在。仅有几人声称，曾于满月时望见海中浮现些许小径痕迹。

可见，那座岛果真是条红鳐呀，百介说道。

小夜笑了，看来仅将这番话当成了耳边风。

天火

亦名坠火

自地六十米乃魔道

内蕴各色恶鬼

可降灾厄于人世

一

　　从前，于某邑里，有一慈悲为怀、刚正不阿的代官①大人，极受当地民众仰慕、依赖与崇拜。此官年约四十出头，神态和蔼亲切，面容圆润有福相，待人恭谦，对民众至为厚爱，为体恤民心的清官。不论是收取年贡，抑或分配劳役，均不忘力求公正。见百姓有难，必两肋插刀，积极相助。不论遭逢什么样的对手，均不忘尽其所能守护民众。

　　不过，此官有一烦恼。此烦恼即为其夫人。不知基于何种因果，此官夫人极度沉溺肉欲，人犹在世便如坠入色道地狱，境况堪怜。每逢入夜，夫人激情洋溢的躯体便难以按捺沸腾的情欲。为此，只得命家仆每夜为其召来邑里男子做伴。代官为此苦恼不已。

　　不过，某日，有一法相庄严的法师行经此邑里。此法师的加持与祈祷颇为灵验，据传不仅能治愈各种疑难杂症，人格亦颇为高洁，任谁见了都不禁想合掌膜拜，颇为人们敬重。民众见代官深为夫人所苦，处境堪怜，纷纷央请法师助夫人摆脱形同无间地狱的欲海折腾。因此，法师便亲赴代官宅邸。

　　不过，祈祷尚未开始，法师的庄严法相便让夫人为之倾倒。夫人亟欲与法师亲热，为此几乎是茶不思饭不想，并坚称倘若无法如愿，不惜以死殉情。法师则认为此乃己身之不德、修行之不足所致，为此甚感羞愧。代官为此苦恼至极。最终，竟诛杀了这位法师。

---

①江户时代掌管幕府直辖领地的行政地方官，负责收纳年供税赋与掌管地方民政。

法师本无罪，但代官大人出于对夫人的怜爱，竟不惜愤而诛之。代官大人自此坠入无间地狱，终沦为丧智狂人。

最后，失心丧智的代官大人与夫人终遭天谴神罚，同为天降烈火所噬。

二

摄津国高槻庄二阶堂村常有怪火出现，自三月持续至六七月。此火约一尺，停驻于房屋或树梢。细加检视，可见其上眼耳口鼻依稀可辨，有如人面。若未造成灾害，人民对其多无所惧。

昔日，曾有一名叫日光坊的山伏①，于此地修法、助人。村长之妻一度卧病在床，经日光坊入其房祈祷加持十七日，重症即告痊愈。其后，村长怀疑山伏与其妻私通，不仅未感谢治病之恩，还将其杀害。此二恨遂化为妄火，夜夜飞至其宅，终将村长折磨致死。故人称日光坊之火为二恨坊之火。

朗读完毕后，矢作剑之进抬头环视众人。

虽然生得一张白皙瓜子脸，怎么看都像个娃娃，他的脸上却蓄着一撮活像是粘上去的胡子，看着极不协调。或许蓄胡子就是为了彰显自己身为东京警视厅一等巡查的威严，但看起来却像是恶作剧的孩童用煤块画上去的。若少了这撮胡子，说不定反而能有那么点威严。

笹村与次郎将指尖伸向自己的嘴边，蹭了几回。与次郎没蓄胡子，即使蓄了，也仅能生出些日晒不足的豆芽般的细毛，因此只得剃个精光。谁知刚剃了胡子，身边的人似乎都开始蓄起了胡子，教与次郎甚是尴尬。大概是为了代替胡子吧，他试着将脑门上的毛发拉到鼻子下，但似乎没有任何帮助。这么一来，更让人觉得剑之进的胡子仿佛是粘上去的。

---

① 游走于山野间的修行者。

简直就是粘在脸上的异物。就在他直盯着剑之进瞧的当头，剑之进突然向他问道：你应该能理解吧？理解什么？与次郎反问。仰靠在剑之进身旁的涩谷惣兵卫立刻豪迈地笑了起来。

惣兵卫有着一脸浓密的胡子，而且毛质刚硬，看起来极为粗野。

"与次郎都厌烦了。剑之进，难道你以为这种活像狐狸提灯的故事，如今能吓得了谁？真让人难以相信你还曾经是个武士。若是坚称世上真有神佛也就算了，但瞧你为这等妖怪故事着迷成这副德行，未免也太愧对你这一等巡查的头衔了吧？"

惣兵卫是个理性主义者。但从他的语气听来，脑子里似乎也不尽然是近代的理性思考。他的道理中其实还有着浓浓的儒教味，证明他其实不是什么思想新颖的人物，而是从幕府时代起就已经是这副德行了。

"总之，你的剑术实在太差劲了。"惣兵卫离题道，"即便我上你那儿指导武艺，你也只是一脸神气地仰靠一角，轻松观赏着后进挨打，从未真正下场比画过。如此德行，哪有办法指导后进？"

"这与故事何干？"

"怎么无关？瞧这种愚蠢至极的怪谈也能把你吓得一身寒战，不正代表你这人意志不坚？还什么二恨坊之火呢，你这窝囊废根本连根萝卜都砍不下手。"

胆敢骂我窝囊废？剑之进气得倏然起身，与次郎连忙安抚道："少安毋躁，剑之进。还有惣兵卫，你也别老说这种激怒人的话，咱们可不是为了吵架才上这儿来的。这回聚首，不正是为了听听一等巡查大人的意见吗？总之，惣兵卫，你和我同为北林藩出身，应该也听说过天狗御灯①的传说吧？"

我可没亲眼瞧见过，惣兵卫说道。

"但家父曾看见过。难不成你要说家父也是个傻子？"

"噢，我可没这么说。或许有些时候真有自然起火的现象，但这家伙陈述的可是遗恨成火呢。这种吓唬娃娃的传闻怎么可能是真的？"

---

①天狗所点的鬼火，又作老人火。详见《续巷说百物语》。

"不，这二恨坊的故事，我也曾听说过。剑之进，你方才读的书叫什么来着？"

被与次郎一问，剑之进立刻回答是菊冈沾凉的《诸国里人谈》。

"沾凉？不就是那博学多闻、著有《江户砂子》的俳人？"

"想不到与次郎竟然连这都晓得。我任职于奉行所时，所里有个酷爱俳句的公事方①，目前隐居于仲町，这本书就是他的。你也曾读过？"

"我并没有读过。"

与次郎读过的是另一本书。

"这本书是何年付梓的？"

"让我瞧瞧，"剑之进旋即翻起书来，"上头印着，宽保三癸亥正月。"

"是吗？我读过的那本叫作《宿直草》，记得是延宝年间付梓的，这本比我读过的那本早了约六十年。我记得很清楚，后来又读过一本《御伽物语》，虽然书名有别，内容却完全一致，里面称这种火叫仁光坊之火。"

是不同的东西吧，惣兵卫说道。

"不，我记得地点是相同的。那也是津国的故事，正是摄州。而且内容大纲也完全一致。"与次郎继续说道，"此火起于天将降雨之夜。时大时小，四处飞蹿。大小如绣球，若趋近观之，可见其状似和尚脑袋。"

"脑袋？脑袋也会自己烧起来？"惣兵卫不服地说道，"又不是煤球。脑袋若是自己烧起来，岂不马上就烧成灰了？"

"不不，书上写的是那脑袋每呼吸一回，吐出来的气就会化为火焰。上面写着曾有位祈祷法师投靠某国领主门下，地名我不记得了，这位法师是个相貌美得让人叹为观止的美男子，让领主之妻倾倒不已。"

是破戒僧吗？惣兵卫问。

"不，倘若他是个破戒僧，那么这件事就可说是自作自受了。不过这位法师似乎是个品行端正、严守戒律的僧侣。领主夫人多有妄想，他却毫不理睬，让夫人愤恨难当，遂向其夫做了不实密告。听闻妻子遭法师调戏，领主

---

①江户时代负责审判的官员。

没确认是否真有此事，径行逮捕了仁光坊并斩首。"

"真是不讲道理呀。"

一直默不作声、静观事态变化的仓田正马，终于忍不住开口叹道。或许是为了炫耀自己曾经留过洋，他今天穿着一身洋装，却和他那纯然日本人的相貌显得十分不协调。

"这法师根本未与女人私通。领主该惩罚的，应是他自己那迷恋上其他男人的妻子才对吧？"

"正是因为如此，这法师也恼火了。据说仁光坊被斩首时，脑袋飞得老远，化为一团火球。"

"真是愚蠢至极呀。"惣兵卫揶揄道，"没错，色道的确能蛊惑人心，女人的怨念有时真能害男人丧命。但这件事可就不大一样了。即便死时再怎么怀恨在心，被斩下来的脑袋也不可能飞得老远，口吐烈焰吧？若是如此，上野的山峦岂不都要被烧得精光了？倘若放任彰义队到处吐火飞蹿，新政府怎么有法子高枕无忧？"

"我可没说这种事是真的，"与次郎说，"把这当个故事听听就成了。惣兵卫呀，重要的是，我读过的那本延宝年间付梓的书，上面也记载了同样的故事。"

"这哪里重要了？"

"别心急。我的意思是根据某人所言，这二恨坊的故事，不仅之后元禄年间付梓的《本朝故事因缘集》中有记载，还被收录在剑之进方才朗读的这本书中，至少代表了摄津一带可能曾发生过这等怪事。如此而已。"

"管他是摄津还是陆奥，被斩下来的首级不可能四处飞蹿。脑袋一被砍下，就只会在地上滚而已。"

"四处飞蹿的并非首级。"

惣兵卫脑袋并不傻。只是每回同惣兵卫交谈，与次郎都不禁纳闷所谓理性主义是否等同于毫不柔软的思考方式。若要讲求理性，不是应该相反吗？

"而是火，"与次郎说道，"该怎么说呢。与其说是火，或许该说是火球吧。若依这些记述想象，应该是个巨大的萤火般的东西才是。我想说的不过是，这种东西四处飞蹿的现象，或许还真是事实。若非如此，哪可能被持续谈论了六七十年？"

"倘若是事实，有这么些不同的说法，岂不奇怪？"惣兵卫摩挲起粗硬的胡子。

与次郎也搓起了没有胡子的下巴。"传闻原本就是牵强附会的。这种事，噢，虽不知剑之进怎么想，我个人是无法相信真有怨念或愤恨化为飞火这等事。但惣兵卫，光就火球飞蹿这种现象而言，或许还真有可能发生啊。"

"你的意思是，这类故事是虚构的？"剑之进一脸复杂的神情。

"还不知这些故事是否是虚构的。或许真的曾发生过类似的事也说不定。虽然故事不尽相同，但现象的记述不都是大同小异？或许是因为某些附会，故事才会随着时代有所变化。"

"难得看到笹村如此坚持呢，"正马揶揄道，"你平时不都没什么意见？"

"我不过是认为像惣兵卫这般不分青红皂白地否定，会不会反而是更为盲目罢了。"

"胆敢说我不分青红皂白？"惣兵卫拍腿回嘴道，"狐火、鬼火、人魂、天狗御灯什么的，从江户时代起，就没有任何节操之士会相信真有这些妖物。这些东西若不是草双纸的戏作作家为了吓唬小孩写的，就是一些胆小鬼看到灯笼火光或月影，因惊骇误认为妖物罢了。"

"或许并不尽然呢。"

出人意料地，这句话竟然出自正马口中。正马一身异国文化习气，对剑之进这等酷好迷信之人总是嗤之以鼻，认为这等人性喜找理由牵强附会，比只懂得执拗否定的惣兵卫还难讲道理。

鬼火这种东西国外也有，正马说道。

"又牵扯到国外了？你这假洋鬼子。国外也有胆小鬼吧？"

"涩谷，瞧你这副德行，笹村对你的形容果然没错。若是认为像你这般逞英雄就能厘清世间道理，可就证明你比任何人都蠢了。这类的火球，其实是一种依循自然界道理而产生的现象。"

是吗？剑之进探出身子问道。

"没错，就如同刮风下雨。这种东西，该说是火球吗？其实是一种雷。"

"雷？"惣兵卫一脸不悦地说道，"我不信。"

"为何不信？"剑之进面带揶揄道，"惣兵卫，难不成你认为这是菅公发怒，还是哪个妖兽抛下来的？你该不会认为真有什么鬼怪会披着虎皮，背着大鼓前来取你的肚脐眼吧？瞧你一张脸生得像熊似的，一听见打雷还不是吓得立刻躲进蚊帐里。"剑之进摸摸胡子高声大笑。

"别以为我和你一个样，"惣兵卫气得朝自己膝盖上又是一拳，"雷必是从天下落下来的。但雷仅能发出稍纵即逝的光，怎可能忽明忽灭四处飞蹿，甚至停驻在屋宇之上？"

"你还真是没学问哪。"正马耸耸肩说道，"这种东西，叫作电。"他开心地笑了起来。

"有什么好笑的？那又是什么东西？"

"电就是电呀。你难道不曾听说静电的原理？"

"哼。"惣兵卫仿佛踩到蛤蟆似的愤愤喊道，接着又不屑地补上一句：我哪懂这种南蛮魔法？

"魔法？这可是一门技术呀，技术。不不，与其说是技术，应说是自然界的原理。"

"原理？听说这不是靠摩擦什么的吗？不过是一种幻术杂耍吧？"

"可不能把它当杂耍。虽然详细原理我并不清楚，但借摩擦发生的电就叫作静电。因此，这并非什么幻术，而是一种自然现象。猫身上的毛在暗处发光，就是微弱的静电造成的。电似乎有正负两种气，通常正负是均衡的。但当带负气的云在大气中涌现，天上的负气便朝地上的正气落下雷光。而当大气的状态不安定时，雷光便可能碰上某种力量的抵抗，并在这种抵抗之下化为球状。"

"球状？"惣兵卫刻意高声大喊，"闪电像条线似的，从天上接到地上。你难道没见过？雷电分明像一条线，哪可能变成球状？"

"当然可能。而且非但呈球状，还能四处翻飞移动，甚至飘进屋宇之内。

在国外所谓的鬼火，其实指的正是这种东西。绝不可与死人亡魂或狐狸顶着人头骷髅点灯这类无稽之说混为一谈。"

"不过，这……真有可能如此？"惣兵卫歪着脑袋纳闷，"火球通常只会在死了人的家里或墓地出现吧？即便真有这种绣球般大小的雷，而且还是亡魂或鬼火，不就代表雷会选择地方落下？难不成雷仅落在墓地或死了人的民宅上？这么说未免也太愚蠢了吧。况且，落雷可是会起火的，就连木头铜铁尚且会被烧得焦黑，落在人身上就更不用说了。若是如此，刚死了人的民宅或寺庙岂不成天要起火了？与次郎，你说是不是？你应该也知道北林城后面那座巨岩，那不是教落雷劈落的吗？"

与次郎也是如此听说的。根据传说，那座巨岩自古便矗立于山腹，因遭强烈雷击而朝城内坠落。那块岩石的确硕大无朋，难以想象如此巨大的东西竟然也会松动。不过，此事与次郎也仅是听说，虽然无法想象大自然真有可能如此威猛，但无须举这种破天荒的例子，也不难想象落雷真有劈裂巨木、焚毁民宅的威力。

"落雷的威力就是如此惊人。不管它是圆的还是方的，这种威力绝不可能消失。我可没听说过被鬼火烧死的亡魂会把民宅烧得精光。看来，这一切不过是被鬼神之说吓破了胆的孬种看见的幻觉罢了。不可将一切混为一谈，"正马说道，"你这种对自己的蛮横不以为忤的家伙还真是让人困扰。性子再蛮横，也总该有个限度。矢作，你对迷信如此深信不疑，应该较为清楚吧？这种可能是亡魂化成的火球，和狐狸鬼火什么的是否为同样的东西？"

听不出对方这番话对自己是褒奖还是揶揄，剑之进神情复杂地朝与次郎瞥了一眼。"噢。"他伸手梳理起仿佛粘在脸上的胡子，接着语带戏谑地回答，"既然你问到了，就让我好好为大家就民间传承的种种鬼火迷信逐一解释一番吧……"

"若是为数众多，大可不必每个都解释。"正马蹙眉说道。

剑之进皱了皱鼻头，开始解释："其实，诚如正马所言，亡魂与狐火的确有别。亡魂多呈球状，据说后面还拖着一道尾巴。至于宗源火或姥之火等源自死者生前遗恨的，火中多半有张脸。所谓鬼火、妖火等，大致上就属于此类。而名叫钓瓶坠火的、自树上落下的怪火，有时里面也可能带张脸。"

哼，惣兵卫嗤鼻说道："火中怎么可能有张脸？"

"传闻真是这么说的，"剑之进说道，"至于妖兽起的火，可就属于另外一类了。例如鸟火或狐火，多半是在远方明灭，有时也会四处飘移，或群列成行。而在坟地或荒野出现的火，即墓火或野宿火等，火光大多呈蓝白色，飘浮于离地约一尺处。"

那是磷燃烧所致，正马说道。

"嗯，这说法我也听过。"惣兵卫答道，"人骨中带磷，渗出来便可能燃烧成火，记得曾在哪本书上读到过。"

"你也会读书？"正马揶揄道。

"当然，哪像你，老爱吹嘘自己只读洋文，却连假名都看不懂。武士原本就该是文武双全，我的知识比起我的剑术，保证毫不逊色。"

"你只懂得读《论语》吧？"正马笑道，"孔夫子曾云，子不语怪力乱神。你的面相怪，唯一可取之处是蛮力，而且饮酒必乱，还老爱谈论神佛妖怪。看来是一点也不受教呢。"

"想怎么说是你的事。我指的是孩提时读过的一册以心学道话为基础的修养书籍。书中有张狐狸衔着人骨起火的图画。此外，对了，在《和汉三才图绘》中，也提到逢小雨暗夜、四下俱无人声时，可能出现磷火。"

"好吧，姑且依你的。如此看来,矢作稍早提及的怪火中,起于坟地的鬼火、呈蓝白色静静燃烧的火，悉数可归纳为磷火。这类火不会移动，很快便燃烧殆尽。这些东西，只要条件具备，可说是随处可见。只要地下有可能产生磷的东西，例如埋有尸体什么的，再加上大气湿度或温度适中，挥发的磷便可能渗出地上起火燃烧，原理与点瓦斯灯可谓如出一辙。只是这种火很快便烧尽。至于狐火，不仅会移动，还可能聚列成行，因此衍生出狐狸娶亲的传说。但这种现象，只有在下雨时才会发生。"剑之进说道，"总之，狐火不仅不会马上烧尽，还会四处移动，而且大抵都在小雨的夜晚出现。这种火起于地形或其他条件的作用，是一种自然现象。"

"据说不知火也属于此等现象。"与次郎附和。闻言，正马捶了下手，旋即以右手指向与次郎说道："说得好。笹村，我可要对你刮目相看了。那种火的确是某种海市蜃楼，因海面与大气的温差导致空气产生乱流，光线遭扭曲所致。"

怎么可能一切都用同样的狗屁道理解释？剑之进不服地抗议道。

"同样的道理？这些解释哪儿相同了？球状的雷、磷、大气的状态，每一个道理不是都不一样吗？至于你最初提及的什么坊之火的，其实也就是雷。"

"你说那火球是雷？那么，难道亡魂也是雷？"

"没错。"

"但二恨坊之火的形状，和亡魂可是不同的。"

"反正同样是四处飞蹿的火球不是？拖在后面的尾巴，应该就是移动时在人眼中留下的残影吧。不过是发现之处的条件不同，看起来也会有所出入罢了。"

"噢。"剑之进不再反驳，双手抱胸，安静了下来，"那么，这球状雷可会发烫？"

正马点头回答："既然同样是雷，应该就和其他妖火不同，会发烫。人若碰触到了，应该会想闪躲，也会被烧伤吧。"

哼，一等巡查使劲抗议。

你这是怎么了？眼见剑之进这一脸不服的暧昧态度，惣兵卫摇了摇他的膝盖。"还真是想不透。你把大伙儿找来，究竟是为了什么？"

"这——"

仔细想想，与次郎至今尚未从剑之进那儿听到本次聚会的用意。这次聚会因剑之进表示想听听大伙儿的意见，四人才依例聚于与次郎的住所。剑之进率先抵达，却一直默不作声，待大伙儿到齐时，才开始朗读起那个二恨坊之火的故事。众人如此率性直言地争辩良久，他却不说明本意，大伙儿怎么会服气。

"其实——"剑之进以指尖捻着胡子说道。

如此难以启齿？惣兵卫问道。这位生性豪放的剑术师父朝一等巡查剑之进的后背猛力拍了三下。

"你在做什么？"

"剑之进呀，别这么扭扭捏捏的。咱们全是你的哥们儿，哪儿有什么好害臊的？噢，原来如此。看来你是看到了什么亡魂，被吓破了胆子吧？担心会有损你这一等巡查的尊严，才想证明这种怪火真的存在……"

"不不，不是这么回事，"剑之进挺起胸膛回嘴道，"在下，不，本人没有看见什么亡魂，即使看到了，也不会被吓破胆子。绝对不是这么回事。"

"那么，又是怎么一回事？"

"这——"

"都叫你别害臊了。唉，或许你会有点愤愤不平吧，但方才这个假洋鬼子大少爷不也卖力解释过了？这种东西绝不是什么离奇的妖怪。既然如此，你即使看见了，也没什么好害臊的不是？唉，虽然被吓破胆出了糗，说来的确是有点难堪……"

再这么胡乱臆测下去，我可要逮捕你了！剑之进怒斥道。

"瞧你吼个什么劲？有种就说来听听。"

没错，与次郎也附和道。剑之进这才一脸沉痛地开始解释道："好，我就说吧。前些时候，两国一带接连发生了几起原因不明的火灾，大伙儿应该都听说过吧？"

"噢，你可是指那一连串的小火灾？"正马毫不在乎地回应。剑之进神情严峻地反驳道："谁说是小火灾了？大前天卖油的根本屋整栋都烧光了，幸好没出人命。事后调查发现，根本屋老板的后妻涉嫌重大。先前几场火，极可能也是这女人放的。不过……"

"怎么了？"

"这个后妻坚称自己清白，指称火其实是前妻放的。但这前妻，早在五年前就过世了。"

噢，这可就奇了，正马说道："人都死了，竟然还能放火？"

"没错。这后妻坚称有颗带前妻脸孔的火球从窗外飞入屋内，直追着她丈夫跑。屋子就这样起火了……"剑之进又一脸无奈地再度捻起了胡子。

三

"噢噢，原来是这么回事。"药研堀老隐士一白翁搔着剃得短短的白发说道，"这名叫二恨坊之火的怪火，应是真的存在。"老人蜷着背，和蔼地点头说道。

这日，众人齐聚老隐士位于九十九庵内的一栋小屋。

一如往常，完全聊不出头绪的与次郎一行人，再度前来造访这位学识渊博、过着清心寡欲的隐居生活的老人。深谙古今东西奇闻怪谈的一白翁，如今虽已是个身材矮小的和蔼老人，但昔日似乎也曾为搜集诸藩的奇闻异事云游四海。

"老隐士。"剑之进探出身子问道，"如此说来，难道您曾亲眼见过这二恨坊之火？"

老人开怀地笑着回道："老夫的确是一把岁数了，但如此久远的事还真没见过。延宝要比元禄距今更久，若老夫曾见过，如今岂不是已有两百岁了？"

的确有理。只是不管是五十年前还是两百年前，对与次郎而言似乎同样久远。因此，与次郎才会有这种错觉，曾亲眼见过五十年前的事的一白翁，应该也曾见过两百年前的事。老人虽见多识广，但许多事也仅止于有所听闻，并不代表曾亲眼见过或亲耳听过。

"关于此怪火，除了各位读到的几册书以外亦有记述。例如山冈元恕编纂的《古今百物语评判》中便有记载。该书付梓时间为贞享年间，应是晚于《宿直草》，早于《本朝故事因缘集》。书名虽称百物语，体裁却并非搜集普通怪谈加以编纂，而是记述编者之父，即一名叫山冈元邻的学者召集门生，讲述古今怪事，再逐一加以评论的过程。"

"加以评论？"

"是的，此则纯属捏造，此则纯属诓骗，此则乃基于某种缘由……一如各位常举行的怪谈议论。不过，本书毕竟撰于往昔，在此文明开化之时读来，部分评论已显得颇为粗杂，但仍有部分评论颇有见地，令人对著者之慧眼赞叹不已。可惜本书并非戏作，读来少了那么点趣味便是了。"

"亦即本书对怪谈持否定态度？"正马问道。

"并非全盘否定。"老人回答，"元邻并未顽固否定一切，只表示世上绝无无中生有之事，谎言即为谎言，误判即为误判。遇有不纯然为虚构者，便试图阐明此类不可解之现象乃因何而起，可谓极为理性。可惜著者为一儒学家，因此文中不时有八股说教之处，实属遗憾。"

哇哈哈，即便是两百年前的儒学家，都要比你明理呢，正马朝惣兵卫笑道。

"那么，该书中记述的是什么样的内容？"与次郎问。

"大抵与《宿直草》大同小异。"老人回答，"舟幽灵的章节内，曾提及丹波的姥之火与津国的仁光坊。"

听来果然还是被否定了呢，惣兵卫洋洋得意地说道："著者若是儒学家，哪可能相信世上真有此等愚蠢至极的怪事。"

"不不。"老人挥了挥瘦如枯枝的手说道，"元邻并未否定怪火存在，仅认为水上若起怪火，亦不值得大惊小怪。"

这可就令人费解了，惣兵卫纳闷地说道。

"何处令人费解？"

"当然令人费解了。堂堂一位儒学家，为何要谈鬼论神？"

"此人并未谈鬼论神。若不谙世间原理，便指其为不可解之妖物，即为谈鬼论神。但若能成功解释某事乃因某种原理而起，便不再是谈鬼论神了。元邻将起于汪洋之上的火推论为水中阴火。一如高山顶峰能有水，水中亦能有火。凡曾有多人丧生、遗下强烈执着怨念之处，均可能出现此类怪火，并举姥之火、仁光坊之火为例。即便于唐书中，亦不乏此类遗恨之火的记述。"

"水中阴火？"

没错，老人颔首说道："元邻的主张，乃盈天地间皆有阴阳五行之理。例如其他章节中曾提及的钓瓶坠火，便可用木生火来解释。凡树木均散发状似火球的精气，白昼因阳光照射而不可见，入夜后便可于树下暗处见之。如此而已。"

"树木真有精气？"正马惊呼道。老人以安抚的语气回答："其意应为，所谓精气，绝非不可思议之妖物，不过是众生生息之证据。"

"不过，"正马惊讶地说道，"倘若树木起火符合自然原理，为何并非每株树下均可见此火？"

老人再度开怀笑道："有理有理。不过元邻亦云，阴阳之变与五行相生，均与四季推移相似。此火不见于幼木，一如春去夏来、秋去冬来，乃初始之气尚未盈满，无可产生后续之气使然。初生小树虽也符合木生火的道理，但因木气未满使得火气难生。此种解释，的确有些许牵强之嫌。"

闻言，正马与惣兵卫大笑不已，而与次郎似乎视此解释为理所当然。

"元邻进一步推论，世间之火可分为三类。星精飞火、龙火、雷火为天火；燃木击石所生之火为地火；心火或生命之火则为人火。此三类火，又可分为阴火与阳火。"

"阴火与阳火？"

"阳火可燃物，阴火则不可。阳火遇阴气则熄，阴火遇水不能熄。总而言之，此等现象或许真符合自然之道。"

"这，或许可归纳为物理？"正马抬高下巴说道。虽留洋仅区区数年，不知究竟学到了多少，但正马的确拥有不少此类知识。

"某些火不可燃物。若雷可解释为阴气与阳气碰撞所生，那么阴阳五行之说，或许与西洋自然科学亦属吻合。"

"当然当然。"老人说道，"物本有其形，不论自外或自内观之，均为同物。一个碟子自侧面观之呈扁平，自上方观之呈圆形。扁形与圆形大不相同，但毕竟是同样一个碟子。东洋与西洋之别，仅在于观察点之不同。例如这只茶碗……"老人指着方才端来的茶具问，"在洋文中如何称呼？"

Cup，正马回答。

"Cup？噢，读法截然不同，但指的不都是茶碗？可见阴阳五行与西洋学问，叙述方法有别，结论仍是殊途同归。"

原来如此，这说法也不无道理，与次郎心想。

"如此说来，"剑之进耸了耸肩，向前探出身子说道，"稍早正马曾言，亡魂亦属雷一类。依老隐士方才的解释，可归类为天火。不过，亡魂亦可以生命之火视之，如此一来，岂不应归类为人火？"

"有理有理。"

"那么，究竟应属何类？"

老人脑袋微倾，回答道："首先，宜先探讨人火是否为人眼实际可见。人有生命，心中可能有火燃烧，亦可能有气散发，故生命常以火喻之。但这生命，是否真可以双目可见之形出现？"

听您这语气，似乎是不可见？正马回应道。

"不，遗憾的是，老夫已活到这般岁数，至今仍未见过此类物体自临终人体脱出。但也不可因此便全盘否定。即便此物的确存在，譬如，倘若真有自人体脱离的火球，而正马提及的球状电光亦的确存在，此类雷火便可能被误判为亡魂。"

"即两者难以区别？"

"大致上均可谓远观而非近观。此火球究竟为何，均是依观者自行判断。观者要做何种结论，可能依观时心情而异。许多时候便可能是鬼怪露真形，原是枯芒草。"

"对对。"剑之进对老人这套说法更是信服了。

"如此说来，噢，剑之进，你曾提及的出现在两国卖油店的火球像雷，是吗？"

但它怎么会引起火灾呢？剑之进问道。

"当然会。那不就是老隐士说的阳火？这火是热的，碰上纸或木头当然会燃烧。"

"有理。不过老隐士，即便这东西是一种电光，其中是否可能带张人脸？"

"人脸？"

"是的。根据仆役、邻人的证言，怪火出现一事应是不假。不论此火究竟为何物，有个火球自屋外侵入店内引发火灾，似乎是事实。该店老板的后妻表示，火球乃其夫前妻的怨念，火中清晰可见前妻面孔。此外，还表示火球紧追老板不放，导致其受伤送医，至今尚未恢复意识。"

"噢。"老人双眼圆睁，津津有味地听着。看来他不仅年轻时酷爱奇闻怪谈，至今对此类故事依然难以忘情。

"不过，想必老隐士也略有所闻，两国一带接连发生了几起原因不明的小火灾，而且数度有人目击这位后妻出现在火灾现场。这位后妻名叫美代，似乎不乏纵火嫌疑。否则，未免也太凑巧了。"

整栋店铺都烧了？老人问道。

"烧得一干二净。尤其碰巧是卖油店，烧起来可旺了。未殃及其他民宅，也没出人命，已是不幸中之大幸。没出人命，是因为仆役等人眼见火球飘入屋内，纷纷惊慌失措直往屋外逃。邻人于火势向外蔓延前，便已通报消防单位。再加上当夜降雨，而且是在消防员镇火时降的，火势才没殃及周遭。倘若当夜天干物燥，想必烧掉个五六栋也轻而易举。火是从屋内开始烧的，因此仅有老板逃生不及，惨遭烈焰灼伤。"

"火球紧追着老板不放？"惣兵卫惊讶地吊起双眉说道，"听来甚是有一番因果，着实让人难以采信。"

"姑且不论是否值得采信，但亲眼看见火球者为数甚众。当然，这火球是否为妖物，可就是另一个问题了。"

"看来这东西该称为雷球吧？否则，灵魂哪会四处飘移？"正马问道。

"诚如老隐士所言，无人能断定此火球是否为亡魂。不过，若真为亡魂，在下认为理应不致引发火灾。毕竟从未听闻亡魂可能引火。由此推论，应是有人刻意纵火，故姑且逮捕了这位后妻。但此女一味否认涉案，坚称不论其他，哪有人会干放火烧掉自家店这种傻事。此言的确不失道理，为此，在下方思或许可自古代文献中搜得线索。"

"纵火的亡魂……"

"不，与其说是亡魂，或许该说是妒火。循此推论，在下找出了二根坊之火的故事。虽不至于引火燃烧，却同样出现于小雨之日，火中也同样带张人脸。因此，才打算向各位征询意见。"

"你可真会拐弯抹角呀。"惣兵卫高声笑道，"将这女人绳之以法不就解决了？"

"哪可能如此简单？就连那几场火是否是她放的，也缺乏确切证据。起火的不是空地、坟地，就是河岸，均为人迹罕至的地点，无人目击火是她放的。或许美代不过是碰巧去到现场附近罢了。"

"这就够可疑的了。否则一个商家老板娘，为何要上这些人迹罕至的地方？而且还是在夜里。"惣兵卫一脸恼怒地说道。

"话是没错，但你仔细想想，在那样的地方纵火，哪会有什么意义？而且众目睽睽之下在自己的店内放火，岂不是太疯狂了？"

"想必她是患了什么心病吧。"惣兵卫冷冷地说，接着又转头向老人问道："老隐士，您不是曾向我们提过一个得了心病、纵火成瘾的女人的故事？"

没错没错，老人笑容可掬地回答："的确有人患有这种纵火成瘾的性癖。这种心病十分棘手，虽尚不致无法可医，但要治愈的确十分困难。这等人难以压抑纵火之欲，人生被迫步入歧途。老夫的确曾见过一女毕生恋火成痴，在烧杀数人之后，自身亦无法摆脱火气诅咒，于烈焰中殒命。"老人神情悲怆。

"你瞧瞧。"惣兵卫眯起双眼说道，"这个老板娘，八成也是这副德行吧？即便不是如此，人不也常说纵火会成瘾吗？"

她似乎不是这种人，剑之进回道。

"不是吗？"

"应该不是。据说美代自烈焰中仓皇脱身时，情绪至为激动。若是恋火成痴，据说这种人性喜远眺自己所纵的火，理应不至于如此慌张吧？当时美代被吓得语无伦次，即使自己的丈夫被严重灼伤，也无暇注意。"

"难道不是做戏？"

"我也不知道。"剑之进再度双手抱胸。现场陷入一片静寂。

突然间，老人开口说道："看来，这应该就是正马所言的天火。"

"天、天火？"

"没错。剑之进先生，或许几场小火灾，与卖油店的大火之间并无直接关联。易于起火之日，大抵有大气乱、湿气重等易于产生雷电的条件。若是如此，这些火就是由自然产生的雷球引起的。不过，这或许有可能是天谴。"

"天谴？"

众人不约而同地转头望向老人。

"上苍偶尔会佯装偶然，向人施罚。"

接着，一白翁开始讲述一段往事。

四

记不清那是什么时候的事了。对了，记得是老夫甫自京都归来不久。噢噢，就是在许久以前曾向各位提及的那桩发生在帷子辻的怪奇事件之后。没错没错，就是那桩岔路口突然出现女性腐尸的事件。唉，那件事说来也真是离奇呀。

是的。当时老夫与御行又市同行。在那起事件后，又市突然变得沉默起来。由于从未见过又市这种模样，老夫不知该如何与他攀谈，甚至不知该说些什么。完全不知该如何同他打交道。

老夫上哪儿去了？噢，当时老夫受一位名叫林藏的笔墨文具商家招待，前去京都游历。京都内值得看的地方可多了。没错，老夫对神社佛阁的确是兴趣浓厚。在老夫四处观览期间，又市则独自于京都郊外一栋荒废的寺庙内栖身。应该就这么过了个把月吧。噢。当时大坂一名叫一文字屋仁藏的出版商刚买下老夫撰写的戏作，因此不缺盘缠。

对了，犹记岚山的红叶可真是美极了。老夫造访时，叶子才刚转红不久呢。就在此时，又市突然开始收拾行囊准备动身。老实说，原本见他一直是灵魂出窍般静悄悄的，这突如其来之举还真把老夫吓坏了。

噢，又市并不是可依常规判断的人。总是让人感觉有点超乎常人，不对不对，如今回想起来，倒算得上是饶富人情味。总之，他属于某种如今已不复存在的奇人。唉，如此形容可能要惹各位大笑，该如何说呢，此人似乎还维系着某种令人怀念的特质，唉，或许当时就是这么一个时代吧。

是的，他似乎是接到了大坂的什么消息。没错，就是向老夫购买戏作的一文字屋仁藏送来的。其实，此人真正的身份是在京都大坂一带统管又市那类混混的头目。是的，又市似乎是接到了什么差事的委托，得去大坂一趟。老夫也随其同行。

噢？不不，老夫当然不知又市接到的是什么样的委托。就连问也问不得，因为依往常的规矩，是不得过问的。没错。有时老夫的确会帮点忙，但几乎从未听闻经纬缘由，有时甚至连结果如何亦是无从得知。不，老夫对此毫无怨言，还担心若是知道了不该知道的事，反而要令老夫更感困扰。

那些人对这道理十分执着。没错。非常执着。

噢，不不，老夫不过是对某件事颇为在意。是什么样的事？噢，说来羞愧，其实纯粹是想听听大家对老夫的戏作有何感想。是的。老夫当时撰写的作品经过改写，最终得以付梓出版。

是的，这都是拜一文字屋仁藏的明确指导之赐。为了听取自己的戏作获得了什么样的评价，老夫便决定与又市同行。

大坂可真是个生机盎然的地方。相较之下，东京如今虽热闹非凡，但当时的江户仍是一片贫乏困顿，毫不悦目。街景杂乱无章，毫无都会规模可言。相较之下，京都一带可就富饶了，看到屋宇如此宏伟，即使才闹过饥馑，食物依然颇为豪华，果不愧为天下珍馐之都。唉，都得怪地理条件失调。同样濒水，但江户排水不良，可谓是一座水路切割而成的都会，再加上火灾、地震频繁，屋宇多难持久，以致屋宇损坏被视为理所当然。江户人今朝有酒今朝醉的习气，或许就是由此而来的吧。

是的。老夫再度成为一文字屋仁藏的食客。

落脚翌日，又市先生便不知上哪儿去了。不过，这回老夫并未随行。毕竟即使欲与其同行，也难以开口。因此，老夫便在一文字屋仁藏的盛情款待下，在大坂度过了大半个月。在其安排下欣赏了不少画，也结识了几位戏作者。不过，依然无法不挂心。

是的，仁藏当然也发现老夫静不下心。某日，他将老夫召至厅堂，询问老夫是否愿意上某地瞧瞧。

某地？是的，至于何地，恕本人无法详细告知。总之，此地位于摄津国境内。据传，该地发生了一桩不可解的怪事，出现了不可思议的怪火。此物腾空约三尺，状似四处飞蹿的火球。或许正是大和国、近江国人人相传的小右卫门火。仁藏解释道。

噢，此类怪火，我曾有听闻。马琴的《兔园小说》中便有此类阴火的记述。应是文政时期以前的事。此外，《御伽厚化妆》中亦有类似记载。地点虽有出入，两者均被称为小右卫门火。

出现于大和的火，即《兔园小说》中记载的，据传常出现于细雨霏霏的雨夜，逡巡于墓碑之间。某日，有一名叫小右卫门的百姓巧遇此火，以杖击之，于是怪火分身数百，将小右卫门团团包围。不过，此为书中记述，我并不曾亲眼看见。事后小右卫门开始发烧，不出数日便一命呜呼。此类故事常有听闻，因此此类怪火便被唤作小右卫门火。

至于《御伽厚化妆》中记载的小右卫门，则是近江人，与前者甚有出入。根据书中记述，此火为一名叫小右卫门的贪婪村长所留遗恨化身而成。此村长因恶行败露而遭处死。死后，其执念化身为火，四处扰人。是的，原形正是亡者遗恨。据传火中可见一张人脸，容貌酷似小右卫门，神情颇为凶悍。没错，据传此火中带张脸。

一样的情况。亡者遗恨幻化而成的火，好像其中有人脸。是的，早在当时，老夫便听说过二恨坊之火的故事。因此今日一听见各位提及，便立即忆起。毕竟地点颇为接近。或许两者是同一种东西，老夫如此心想。唉，这下老夫可就坐立难安了，一股好奇不禁油然而生。

没错。老夫当然去过那村子。直至去年那儿仍闹饥馑，当然是一副穷困景致。不过，老夫曾周游日本大小村镇，各地均是一片凄惨。相较之下，那村落景况堪称良好。或许也是气候风土使然，居民生计尚属富足。虽然生活困顿，态度尚属亲切。怪火在何处？噢，是的，事实上，据说是处处可见。老夫沿途向各村落打探，方得知此火是这种习性。

噢，各地村民均表示，每逢深夜，山上坟地便会出现不可思议的怪火，朝河川方向飘浮而去。是的，据说自远方亦可看见此火光移动。亦有不少人就近目击。

火中是否带脸？有人坚称火中带脸，亦有人表示火中无脸。声称火中带脸者，则表示此脸为一盗贼的脸什么的，意见颇为分歧。其中亦有不少人显然将此火与二恨坊之火混淆。是的，亦有人表示此脸为一山伏或一修行者。但无人清楚个中典故，仅记得此亡者于古时含恨而死。

没错，这类故事通常仅有断片残存，个中姓名与故事性质多为事后牵强附会拼凑而成。诚如与次郎先生所言，此类故事多为事后掺杂各类解释拼凑而成。大抵均是如此。不过，绝不至于是完全虚构。即便是事后拼凑而成，其中亦有些许部分属实。事实上，此类怪火的名称与相关记忆并非以文字记载流传，而是借由口耳相传，残存于当地居民心中。是的。看来，此地古时曾发生过此类事件，而事发时曾有怪火出现，理应是正确无误。是的，没错。

当老夫四处打探时，发现这已不是古老的故事。众人并未将此视为传闻或故事，而是表示自己也曾亲眼目击或亲身遭遇过。是否为误判？这，老夫可就不清楚了。即便纯属错觉，但曾经的目击者对己身亲眼所见均是深信不疑。噢，老夫探听消息的地域范围颇广，依理众人不大可能串证撒谎。况且，对老夫这般云游者撒谎，又有什么利益可图？

当然，老夫当时是满怀期待。没错没错，当然是亟欲亲眼一睹。遗憾的是，那时已无任何机会。因为此怪事业已止息。的确，目击者为数颇众。但越是接近现场，居民越是异口同声表示，此怪火已不复出现。虽然自己曾见过，但此怪事业已结束。有人表示其已遭收服、封印，亦有人表示其业已成佛。

看来此类推论，或许是依叙述者对此火性质解释不同而有出入。视为亡灵冤魂者，便推论其业已成佛。视为妖魔鬼怪者，则推论其已遭收服封印。难以推论其究竟为何物者，便仅表示此怪事业已止息。总之，此火已不复出现。

据传，此异象约于老夫游览京都时开始，虽无人明确记得准确时间，但此火毫无预警突然出现，不分昼夜为人目击，自数日前起，便不复出现。是的，这当然有个原因。据传某日，有一法力高强的六部突然现身村外，以祈祷降伏了此怪火。没错没错，一如各位所知，六部即为六十六部略称，指的是半僧半俗、周游各藩灵地的修行者。

据说，此六部某日突然造访。噢，称之为造访或许有失允当。六部云游各藩，说是碰巧经过，或许较为准确。没错，正是如此。他当然不是为了定居而刻意前来。然后，此六部展现了某种神通法力。接受村民布施后，此六部曾数度略施小惠，诸如助布施者觅得失物，或预言些许日后应验之事。

是的。村人表示众人心怀感激，便央求其住下。没错没错。噢，倘若只是个四处行乞的小和尚，理应不会受到如此款待。六部先前曾造访檀那寺，受到了住持的招待。噢，这可是大事一桩。毕竟当地居民无从分辨来者是否值得信赖。若见其与当地最受信赖者相识，便可能成为判断此人值得信任的一大依据。信仰的场合尤其如此。

村民对六部极为信赖，便央请其暂时滞留当地。当然，这般央请与当时村中闹得满城风雨的怪火亦不无关联。虽然怪火并未造成任何灾厄，既无村民丧命，亦无家族遭逢灭门。但魑魅魍魉终将为恶，各种臆测亦导致村中人心惶惶。是的，住持似乎也为此颇感痛心。

唉。据传，和尚们曾为此诵经祈祷，但也未见任何效果。噢？不不，您误会了，剑之进先生。佛祖虽是法力无边，但佛德仅能造福信仰虔诚者。唯有诚心念佛者，方能受佛祖功德庇保。至于狐狸妖怪，与佛祖可就是毫不相干了。噢，没错。拯救村落免于灾厄之劫，或封印来路不明之妖魔鬼怪，可就需要另请高明了。毕竟驱除荒神或附体鬼神，原本便不属于寺庙管辖范围。当然，欲寻找失物或治疗疾病，的确可委托法师代为祈祷。借由祈祷，或许可让众人免受怪火危害，至于降妖除魔，佛寺可就有欠专精了。是的，村民为此大感心安。六部为庙方信赖一事，就这么传了开来。

噢，事实上，老夫抵达当地之前，沿途亦听见了不少流言蜚语。众人岂可能放过这个机会。因此，村民便向此法力无边的六部求助。是的，当然是为了驱除怪火。据传，六部立刻接受了众人的请托。是的，打铁得趁热。故本村总代①、村吏与佛寺内的和尚齐聚一堂，相偕前往据传为怪火涌现的坟地。

虽说是坟地，但此处实非普通墓地。老夫亦曾亲自造访，发现此地位处山中，距离村落颇为遥远，仅有数座腐朽不堪、为荒草遮掩的五轮塔。原有

---

①原指某团体或组织的代表人，此处指村中神社或庙宇信众的代表。

刻印已模糊不清，也不知埋葬墓中者为何人。

至逢魔时刻，四下已是一片漆黑。不似街头，在山中，灯笼火光完全无用武之地。毕竟非瓦斯灯，灯笼微弱的烛火，几乎全为黑暗吞噬。是的，几可说是伸手不见五指，教人感觉仿佛自己的身体都已融入了黑暗之中。入夜后的山中，就是如此无色无形。是的，此景当然骇人。

入山后，感觉星霜似乎变得较近。这绝非因高度上升，而是四下实在过于黑暗，即便是微光也显得至为明亮。是的，因此，即便是正马先生提及的磷光，原本应是极不显眼，若于山中观之，则显得极为耀眼了。

是的。山冈元邻所言果然不假。当时在场的总代宣称，此怪火极为明亮，甚至可将书上的字映照得清晰可读，或许正是于此种情况下目击此火所致。噢，不不。此火的确是十分明亮。噢？不不，这一点就稍后再提吧。

总之，四人在六部带领下，于戌时相偕前往坟地。据说当时有种不妙的感觉。即便不少人亲眼看到怪火飞蹿，但至今仍无人主动前往怪火涌现之处。唉，别说是因为这怪火。日暮后，有谁胆敢入山造访此类亡者身份不明的坟地？

当时，据说似乎是感觉到了一股气。噢，惣兵卫先生想必认为是疑心生暗鬼了，正马先生想必认为这不过是迷信。至于剑之进先生，想必会推论此乃妖魔发散之气吧。噢？您并不如此认为？是吗？失敬失敬。不过，这些推论无一正确。他们绝非因疑心生暗鬼而有此感觉，而且绝对是感觉到了什么。尤其是在山中，此种感觉至为强烈。不过，这并非基于某种特殊能力。绝非心灵感应或第六感什么的。

这股气，凭常人的五感便能感觉到。只不过，并不似看得见或听得见等感知般容易形容。若以时下的用语言之，应可谓是一种综合性的感觉吧。这种感觉，是以眼、耳、鼻、肌肤等感知外界的器官接收到的感觉，加以综合比较，可能未经头脑思考，而仅凭这些感觉做出的综合性判断。因此，与清楚听见或明确看见是有所出入的。总之，就是感觉到了一股气。

就是这么回事。人在山中，五感常会变得更为敏锐。山中有许多东西是看不见的。山中有树、草、流水、虫兽，但并非一切均清晰可见。许多时候，树荫下有着什么，土中躲着什么，山峦后方藏着什么，光凭双眼是看不出来的。许多东西，还得借由声音、气味、温度、湿气或风向方能察觉。这不就等于需要倾浑身之力方能探知？

老夫于四国山中，也曾有过极为骇人的体验。那回老夫感觉到的，噢，真不知这应如何形容，该说是一种远超乎常人所能理解的恐怖形体的存在吧。故此，当时感觉到了一股不寻常的气氛。

是的，据说果真有火自石塔后方出现。是否带张脸？噢，总代声称火中的确有张可怖的人脸，但村吏坚称火中无脸。和尚则表示由于火光过于耀眼而难以辨识。村吏笑称总代一见到火，便连忙抱头蹲下，应该没能看仔细吧。不过，根据和尚转述，村吏也同样被吓破了胆。

据说，当时此火看似活生生地直在空中打转。噢，应该是吧。可能像是被猫追急了的耗子四处逃窜似的。或许正像是这种模样吧。年迈的村吏表示，当时还听见一阵古怪的嗖嗖声。此种未曾听闻的声响，听来颇令人不快。此怪火，与其说是火，以光束形容或许较为贴切。当时宛如一条蛇朝众人冲来，沿途还在空中不住扭转。唉，虽然三人彼此调侃对方的胆怯，据说当时悉数被吓得两腿发软。

是的。据说六部毫无畏惧地挺身面向怪火，诵了一段难解的咒语，旋即朝旺盛的怪火举起手中摇铃。

"御行奉为——"

诵完后，摇了一声铃。

铃。

于是，出人意料地，这怪火竟于转瞬间消失无踪。四下恢复了原本的黑暗。怪声也于同时止息，仿佛什么事也没发生过似的，周遭再度充斥起阵阵虫鸣。天边还泛出了淡淡的月光。

总代犹记当时自己依旧双手抱头，缓缓抬起头来，看见太阴沉稳地高挂天际，心中原有的不祥之气立刻烟消云散，甚至怀疑方才所见的一切是否不过是一场梦。和尚亦表示，当时也有同样感触。村吏亦表示，当时直纳闷是不是被狐狸捉弄了。

事后，一切异象便骤然止息。是的，老夫抵达时，此怪火，有人称小右卫门火，亦有人称二恨坊之火，早已不复出现。唉，说来可真是遗憾呀。即，老夫离开一文字屋时，异象已不复发生。噢，据传怪火是在老夫开始滞留京都时发生的，看来应持续了个把月吧。

当然，不论此传闻是真是假，还是得会会这位六部。即使换成各位，想必也会做如是想吧。酷爱此类故事如老夫者，更是迫不及待地前去造访。是的。幸运的是，六部当时尚滞留村中。没错，村民对六部当然是感激不已，极力央求他继续停留。因此，六部便借宿村外一栋小屋，为患病者举行祈祷等法事。

是的，此人，老夫当然见到了。

五

当时，山冈百介完全不知该如何打开话匣子。至于又市脑子里在盘算什么，百介根本无从理解。

即使化名天行坊，百介还是马上猜出那人就是又市。又市最得意的伎俩，便是混入群众间博取信任，随心所欲操弄人心。只凭着三寸不烂之舌，便能以欺瞒、诬骗、胁迫、劝说行威胁利诱之实。凭这诨名诈术师的御行的一口舌灿莲花，要将纯朴村民玩弄于股掌之间，根本是易如反掌。又市曾有过顺利诓骗整个藩国的经历，虽然不过是个小藩。看来这回又市为了某个目的，打算混入这村中操弄村民。不过，就百介所见，这村里堪称和平。

当然，村中必定有些百介这类局外人难以察觉的问题。村庄这种聚落，总会有某些地方带点封闭，若不深入探究必难以发现真相。不过，也有些地方只有从外面才能瞧见。譬如人窝在家中，是根本无法发现屋梁歪了。像那种情况，只消步出屋外便能察觉。或许那也算得上是一股气氛吧。有时周遭出了问题，即便不谙详情，亦能隐约感知。痛苦、伤悲、失落等情绪，即便再如何掩饰，也会为人察觉。毕竟此类情绪，有时可能转化为看不见的气味或听不见的悲鸣。

不论生活如何贫困，只要心智健全，便难以为外人所察。这回又市潜入此处，究竟是为了什么目的？没错，借由耍弄巧妙手段，又市的确有能力修补人心破绽。但一块原本就没穿孔的布，根本无须修补。唯有金钱物资能够解决贫困，而这并非又市能提供的。难道这村中其实潜藏着某种难以察觉的问题，只是百介无法感知？

经过一番深思熟虑，百介敲下了这栋村外小屋的房门。

"先生好。"出乎预料的是，虽然百介并未预料什么，又市仅回以一个普通的招呼，而且似乎还普通得过了头。

先生怎会在此处？为何来到此地？又市并未如此询问，只是应了一句"先生好"，一副早就料到百介会来访的态度。

"果不其然，真是又市呀。"百介一脸纳闷地说道。果不其然？又市笑道："难道小的如此好认？"

"也不知算不算好认。对了，你为何来到此地？"

"还不是来耍些除魔降妖的伎俩？"又市回答，"这儿的村民要我留下。有道是心诚则灵，只要心怀信仰，哪怕是泥菩萨也能当成神。别看小的如此不信鬼神，在信众眼中，也可以是个法力高强的六部法师。倘若对方深信不疑，只要筹措得当，寻回失物或治愈疾病都不会是难事。小的这回不过是来充当一个即使毫无法力，也能为人消灾除厄的六部法师罢了。"

"充当……"

"也可说是来赎罪的吧。"又市笑道，"平日凭这张嘴把人骗得团团转，还干了不少龌龊勾当。这回想到人生苦短，偶尔干些令人感谢的事，或许也不坏。噢，请进请进。"

又市邀百介入屋。只见铺有木地板的屋内空无一物。

"虽说这回仍是诓骗，但至少能让小孩夜里不再号啕大哭，甚至让老妪再度挺直了腰杆，总之，让人心怀感谢，至少不算是坏事吧？"

"这，的确不算坏事。"

当然不是。若是向人收取高额银两，即便真的有效，也算是郎中勾当。看不出又市曾向村民收取过任何酬劳。不，又市绝不是靠这种勾当诈财的恶棍。

不消说，又市毕竟是个不法之徒，有时当然不惜诈欺、勒索、强夺。但他这么做时，不过是将这些勾当当作达成某种目的的手段。时至今日，百介未见过他凭借此类郎中勾当敛财。想必又市若有意愿，也不必设下多么复杂的局，光凭舌灿莲花便能赚进填满好几座仓库的银两。但不知何故，他从不这么做。别说是仓库，又市就连个像样的窝身之处也没有。从他过的日子来看，和金钱几乎可谓无缘。

不过，这并非又市生性清心寡欲，或不擅长算计钱财使然。这诈术师每回都不忘收取相应的酬劳，绝不白费工夫，总记得要拿到自己该拿的。这群不法之徒，要比百介更了解钱财是何其重要。只是又市绝不干仅动张嘴便能挣钱的勾当。

只不过，这回的差事，看不出他是受谁所托，目的也让人无法参透。其实，若又市秉持的，果真是此等不法之徒罕见的助人为善之念，倒也不是一件坏事。虽然仍是诓骗，但若真能救人，那么说这类谎也不失为一个权宜之计。

不过，百介依然无法全盘相信又市这番解释。又市这人理应不至于为恶，虽不为恶，肚子里也不可能没在算计着什么。一如村众，百介也常为又市欺骗。

"可是深信不疑呢，"又市说道，"谁不愿相信？此处先前的惨状，先生应该也有耳闻吧？饥馑席卷了全国，不只北林藩，这一带的景况也相当悲惨。甚至连大坂街头都有饥民饿死。"

"就连大坂也无法幸免于难？"

"整个上方都是如此，"又市眼神沉痛地说道，"相较之下，江户可就幸运多了。通常不至于如此，但先前大坂一带可是成了让人不知如何才能活下去的炼狱。稻谷歉收、渔获匮乏，都可让人饿得生不如死。但在大坂一带，却仍有一小撮人过着好日子。"

"一小撮人，指的可是武士？"

"武士亦是其中一部分。这些家伙宣称为了收取将军下诏征收的回米①而大肆搜购稻米，而平民百姓仅仅储存只足以填饱肚子的分量，便要被指控私

---

①又作输送米，大量自产地输送至其他地区的米。江户时代幕藩体制确立后，各藩领主为了张罗江户藩邸的开销，常将征收得来的年贡米贩卖至大坂、江户等米市以筹措经费。

藏黑米而投狱。生意人也忙着囤积稻米，漫天喊价，继续过奢华的日子。天下闹饥馑大家都晓得，这等人非但见死不救，还一味强取豪夺，这让百姓如何活下去？"

这些情况百介的确是略知一二。为政者对饥馑毫无因应政策，曾引起不少诟病抨击，甚至曾为幕府臣子的大盐平八郎也为此举旗造反，此事至今仍令人记忆犹新。

"本国越来越松散了，"又市说道，"高知那船手奉行所言果然不假。看来，本国政体即将土崩瓦解。较之为政者，平民百姓反而更能察知。此地栽种油菜籽、木绵，酿酒颇为盛行，这类东西均可上市销售，不管如何艰辛，百姓理应也能熬过去。不过，其他藩国也不是傻子，近日开始有仅限藩内专卖的物产，大坂市场上销售的货品因此减半。长此以往，若是继续依原本的法子做买卖，获利也会减半。就连百姓都不难察觉出商贸的道理已在改变。"

原来如此。这国家已是形将瓦解。外侧情况越是危急，内侧的健全更是与之形成强烈对比。

"人人内心均是惶恐不安。"

"因此深感应该有所信仰？"

又市并未点头，只是摸了摸脑袋。"正是这么回事。"这个假六部坐在设于木头地板正中央的地炉旁，一脸看似羞怯的神情。

"也请先生千万别让村民们知道，小的在江户是个名声响亮的诈术师，擅长诈术的不法之徒。否则好不容易灵验的法术，也要完全失灵了。"

"这我知道。"

一如往常。这回话也不能多说。

"他们可是深信不疑呢，"又市说道，"在此地，小的就是天行坊。还请先生务必助小的圆这个谎。"

"圆谎？"

先生会在此地滞留一阵子？又市问道。

"噢，的确有此打算。"

好不容易来到此地，若就这么折返，似乎有点奇怪。而且，也实在不好意思再回头叨扰一文字屋了。倘若此时返回一文字屋，应该只好打个招呼就回江户。毕竟百介已经无所事事地返回大坂，当了好一阵子食客了。

"此地虽无客栈，"又市继续说道，"不过，小的可与村长商量一下。村长的父亲对奇人特别感兴趣，只消告知先生是在江户对小的多有关照的戏作者，其父亲肯定乐意为先生提供住处。"

"难、难道是说我……"

失敬失敬，竟然形容先生是个奇人，又市再度笑道。

他现在可真爱笑。在京都时却是那么消沉。真不知他的心境是在什么时候发生了什么样的变化？抑或他只是为了什么目的在强颜欢笑？反正百介绝不可能参透。

"小弟撰写的不过是些儿童谜题，称不上戏作者吧？"

这哪有什么分别？又市说道："在这一带，哪有人听得懂何谓谜题？以戏作者自称，较能获得众人景仰。再者，不似小的永无可能成为法力无边的行者，先生哪天终将成为如假包换的戏作者不是？这至少比小的撒的谎要真实得多。"

"不不，至今就连文章能否付梓都还不知道呢。"

"谦逊至此，可就显得见外了，"又市挥了挥手说道，"一文字那老狐狸直夸先生写得好呢。还说文章极有可能大受欢迎。"他隔着悬在地炉上方的吊钩凝视着百介。

看来他又抛开了一个包袱。百介心想。每当又市设一个局时——也就是需要窥探人心缝隙时——总会抛开自己心中的部分包袱。这一点百介可就办不到。百介总是会小心翼翼地呵护自己心中的某些莫名的东西，深恐这些东西被削除，为此畏畏缩缩的，无法活得如又市般自在。倒是——

"又市。"百介问道，"请问，又市你与那怪火可有关系？"

"怪火？"又市时露出一脸讶异神色，"噢，先生是指那火呀。"

是的，百介凑身向前问道："又市你的诈术师伎俩，我也是略知一二。你常说，这种事并无任何不可思议之处。但，那火该如何解释？"

"该如何解释？先生所言何意？"

"还不就这么回事。据传该怪火已遭一浪迹天涯的六部封印，想必就是又市你收拾的吧？难道这怪事，不是又市你解决的？"

"是小的解决的。"

"解决……但那火从你我尚滞留京都时便已开始出现，可见应是如假包换的妖物才是。若是如此，又市你又如何能收拾？"

"先生果真让人佩服呀。"又市抓起一把堆积在地炉内侧边缘的稻草屑，凑向自己眼前朝地面撒下，"那东西哪是什么妖物。"

"若非妖物，请问是什么？"百介锲而不舍地追问。不就是山鸟嘛。又市回答。

"山鸟？哪有这种可能？鸟儿不可能在夜里飞，身子更不可能发光吧？"

"不，鸟儿是会发光的。夜鹭会发青光，山鸟则发红光。这类鸟儿飞起来，看着就像鬼火。山上居民多以鸟火或坠火称呼。"

"坠火？"

"想必是因为那火看似飘摇，故得其名吧。"又市漫不经心地回答，"也就是小右卫门火吧。"

"古时小右卫门火，世人亦猜测其真面目为飞鸟。"

这小的就不清楚了，又市搔了搔剃得精光的脑门说道："总之，既然是鸟儿，也就无足畏惧，只要出点声便能驱除。翌日，小的又仿效捕鸟人将其活捉。从此，怪火便不复出没。不过是鸟儿罢了。"

"但是又市。鸟羽发光，可是因为某种反射使然？应该不是羽毛本身会发光吧？根据目击者证词，那怪火似乎颇为明亮。虽不知是月光映照鸟羽还是磷火燃烧使然，但再怎么亮，理应也不可能亮到能读书的程度。"

"那是个错觉。"

"错觉？"

"先生应不难想象，入夜后山中会有多暗。周遭越暗，火光看起来岂不是更明亮？"

"不不。"

百介无法接受这种说法。的确，真有光藓、萤火虫、水母等发光物，但禽兽是绝无可能发光的。兽眼发光，是因光线反射。而毛皮发光，则是因空中阴气阳气蓄积其上。本身是绝无可能发光的。至于鸟类，则就更不可能了。

哼，又市嗤鼻回道："若是如此，那火是否可能是雷电之类的东西？"

"雷电之类的东西……"

这一点百介也曾思索过。虽不知是基于何种原理，但传闻中的怪火，似乎的确有一部分是可能发生的自然现象。倘若天上有雷电，地下有火泥，那么天地之间岂不也可能有火球、雷球？不过——

"这说法似乎还是有点不对劲。"

如此解释似乎也说不通。

"若真是如此，又市，那怪火便与刮风下雨同属循天地自然原理发生的现象。那么，一如人无法随心所欲降雨止风，身为人，你理应也不可能镇住这怪火。自古虽有不少祈雨祭山等试图操弄自然的法术，但均未见任何实效。即便真的生效了，亦是纯属巧合。你说是不是？"

"的确纯属巧合吧。"又市回答。

百介感觉自己还真是白费力气。

"先生所言甚是。小的的确没什么法力，因此这怪火消失，或许不过是出于巧合。"

"巧合？这——"

难道真可能如此凑巧？

"噢，小的深信那不过是鸟儿，便认为那是自己以鸟黐①捕获的山鸟，但或许事实并非如此。或许那东西不论小的做了什么，或即便什么也不做，也会自己开始自己结束吧。唉，若那东西真是天然气象，或许真是如此。"

"那么，为何，会发生这种现象？"

"或许是天候使然？"

"天、天候？"

"当时不是曾下过好长一阵雨？"

---

① 捕鸟木胶，用细叶冬青茎部的内皮捣碎制成，可以粘住鸟毛。

百介刚离开京都那阵子，的确是雨天。

"但当小的前往那山上的坟地时，不知怎的雨竟然停了，成了晴朗干爽的秋日。或许，那怪火是随湿气或别的什么而出现的。若是如此，这不就是巧合了？若是天候又变了，或许会再度出现呢。"这御行说道。

"若是再度出现……"

"唉，若是再度出现，小的这天行坊的法力可就要露出破绽，只得立刻卷铺盖走人了吧。"

这说法的确有理。不过，又感觉似乎哪儿说不通。从又市这口吻听来，他似乎认为这东西绝不可能再度出现。

看来，先生认为小的这番话不足采信？这诈术师凝视着百介说道："先生可真是多疑呀。"

"这阵子，我的确变得多疑了。"

百介并不信仰儒学或佛学，而且生性好谈论怪力乱神，巴不得能相信世上真有鬼怪。正因宁可如此相信，对造假便格外痛恨。必先懂得分辨孰者为假，方能学会分辨孰者为真。不过，自从与又市一伙人结识后，百介便无法判断孰为怪异孰为合理了。当然，这是因为百介发现了背后总有人在操弄。不论是虚中有实，还是实中有虚，均让百介感到晕头转向，无从判断。总之，凡事都无法再轻易采信了。

"那么，先生认为这推论如何？"又市问道。"那怪火，其实是遗恨之火。"

"遗恨之火？"

这还真不像又市会说的话呀，百介还没来得及把这想法说出口。又市笑着补上一句："错不了。"

"但，又市你不是不信鬼神吗？"

"是不信。不过先生，姑且不论小的信还是不信，倘若亡者遗恨真可能化为火光，想必是古时孤魂野鬼的遗恨所化。此等死者姓名为人所忘，凭吊者亦告途绝，遭弃经年的怨念，难道不可能化为火光现身？"

这番话怎么听都不像是认真的。百介刚说完，又市便向他问道："先生为何认为小的不是认真的？"

"因为又市你分明不信世上真有妖怪。"

"小的不信，并不代表妖怪就真的不存在。"

"这话是没错。但若是如此，那东西是怎么消失的呢？又市你从心底不信鬼神，哪可能驱除真正的怨灵？"

话可不能这么说，这御行回答："小的虽不信鬼神，但一如先生所见，祈祷还果真灵验。毕竟亡魂也曾为活人，此类东西对活人有效，对付亡魂也可能同样有效。或许，小的这假六部的假经文与假御行的假符咒，突然间全都灵验了起来也说不定哦。"

这么解释，话就说得通了。不，该说是这么想较能让人安心。认为世上真有鬼神，还真能省去不少麻烦。看来鬼怪这两个字，还真是神通广大。

偶尔何妨试试这么想？说完又市站了起来，透过板窗望向屋外。"哎呀，果然来了。"

"噢？"

又市此时的神情还真是异于往常。

"谁来了？"

"先生瞧，看热闹的三三两两地冒出来了。不出多久，村民们就要全数到齐了。"

"噢——"

"对了，届时还请先生配合小的把这戏演下去。先生可千万别忘了，小的这回是六部天行坊。"又市从怀中掏出一块天竺白木棉头巾，朝头上一绑。"这些家伙接二连三造访，实在令人应接不暇，小的只得将会面时间限制于午时至戌时之间。但即便如此，那些根本没事的人也会鱼贯前来。想必村长也会露脸，就乘此机会将先生介绍给大家吧。"话毕，又市端正了坐姿。

果真来了一大群人。头疼的、腰痛的、两眼朦胧的、没气力的，频频尿床的孩童、脑筋糊涂的老翁、腰杆挺不直的老妪，乃至求良缘的、求安产的……前来造访又市的村民走了一个又来一个，着实让人惊叹世人原来有这么多苦恼。来者不仅限于附近村民，亦不乏听闻风声自远方赶来者、欲一睹行者大人尊容者、仅碰个手便心满意足者、见群集者众而前来凑热闹者，把此处挤得门庭若市。据说这阵子天天都是这幅光景，不，来访者是与日俱增。

又市还真是了得，简直成了活神仙。江户居民即便再多爱一窝蜂凑热闹，只怕也没这些民众热心。此处人潮汹涌，比起祭典时的喧嚣光景简直毫不逊色。

只见又市，不，应说是天行坊，对待每一位来者均亲切之至。即便碰上再愚蠢的要求，也会神色和蔼地侧耳倾听。而且，他果真未收取分毫酬劳。虽不收分文，村民们依旧会为昨日或前日获得的帮助献上供物。又市为众人的盛情致谢，接着又请求大家将供品分赠予需要帮助者，而且还会亲自将供物分配给看似饥肠辘辘的来客，看起来真像个堂堂大圣人。

一如两人先前约定的，又市向村中有力人士介绍百介，表示他是来自江户的戏作者。一位自称村长父亲的老翁对百介似乎颇感兴趣，不仅力邀百介滞留一阵，还承诺会热情款待。

呆立一旁聆听众人诉苦也帮不上什么忙，百介便步出小屋。只见不仅屋外大排长龙，较远处还聚集了不少看热闹的群众。跨出门之际回头一望，碰巧望见又市一脸微笑地为一位老妪按摩背部。神情至为柔和。原来如此。百介静静地关上了门。

突然发现，或许对又市而言，这种生活其实也不坏。只要留在此地，又市大可化身一名神棍，永远为人感激崇敬。村民们实在太需要又市了。拜又市之赐，许多事都有了意义，就连鬼神也应运而生了。对人而言，鬼神绝对是缺之不可的。

这诈术师的伎俩果然高明。仅凭一张嘴，便可能毁灭一国，反之，亦可能造福众生。较之行遍诸藩冒险设局，留在这穷乡僻壤，化身一介神棍度过平稳余生，当然要更安稳。或许又市也作如是想吧，百介心想。结束京都那桩差事后，又市看起来是如此郁闷。难道他累了？即便他真的累了，也不足为奇。

百介望向大排长龙的村民。还真是个不可思议的光景。众人对又市竟是如此深信不疑。百介确切感觉事到如今，即便向众人揭露那怪火的真面目，只怕也不会起任何作用。不论其究竟为何，众人均已深信那个是骇人鬼怪。同时，不论又市采取的是何种手段，众人亦深信他将之驱离。

百介向远方望去。

就在此时，百介发现有个异物出现在树林后方。那看来似乎是顶轿子，乘坐者位高权重的轿子。周围还见得到几名仆役和肩挑行李的小厮。不对，似乎还有几名武士。此人究竟是何方神圣？

轿上的门似乎微微开着一道缝。百介直觉车中乘客——看来应是位贵人——似乎正窥探着这边。是在旅途中发现这边人声鼎沸而前来看热闹的吗？不对，不论从哪儿来、上哪儿去，应都不致走在树林里。难不成是专程为了窥探情势，才待在那儿的？

轿上的门倏然关上了。或许是察觉到百介的视线了吧。最后，轿子终于消失在山的另一头。

队伍依旧绵延不绝。

错失了离去的时机，百介走也走不得，又不能返回小屋，只得在屋旁一株柿子树的根瘤上席地而坐。

村民们个个骨瘦如柴。大概是饥馑所致，不过大伙儿脸上的神情竟称不上阴惨。这些村民的表情，与百介曾于海中孤岛上见过的岛民们、深受妖魔作祟所苦的某藩国内的领民们截然不同。那些昔日见过的人，均是筋疲力尽、无精打采。但排在小屋前的村民们可就不同了。当然，既然来到这儿，代表这些人个个心怀苦恼。倘若询问他们日子过得是否幸福，这些村民保证会回答不。若要问人饱受饥饿折腾、时常与死亡为邻的日子能有多幸福，答案当然可想而知。

百介一脸茫然地眺望着这条人龙。有人捧着寒酸的农作物，也有人提着酒壶，个个都迫不及待地盼望着能尽快轮到自己。看着看着，百介竟然在里面发现了一张熟面孔。那就是曾参与驱除怪火的总代。记得此人名叫茂助。

一看见百介，茂助也是略显惊讶。不出半个时辰，便轮到茂助进小屋了。从小屋出来，茂助满面笑容地朝百介走来。

"哎呀，原来是这么回事呀。"茂助说道。

"请问，您指的是什么？"

"还会指什么。您这人也真会隐瞒呀，怎不早点告诉我您就是六部大人的旧识。倘若当时未曾好好款待您这位六部大人的好友的消息传了出去，我可就要遭众人严刑拷打啦。"

"噢，其实——"

百介还真不知该如何解释，却又不能说出实情。

"失礼失礼。其实，当时还无法确定此人是否就是我的旧识。毕竟名叫天行坊的也不止他一个，因此——"

是吗？茂助一脸狐疑地回道。

这种胡乱找出来搪塞的借口，任谁听了都要质疑吧。

"虽不知其本名为何，但法力高强如六部大人者，保证世上没几个。方才，我为家里的婆婆请了个驱除中风的符咒。"话毕，茂助亮出了一纸百介见惯了的纸符。

这纸符非常灵验，百介说道。

"是吗？那可真是谢天谢地了。倒是先生，我这就领您上村长家去。村长父亲方才先回去了，想必正在准备款待先生的事宜。"

"准备款待我？我没理由接受任何款待呀。"

"先生就甭担心了。"茂助说道，"村长父亲是个怪人，一听说能听到什么奇闻，恐怕连饭都不想吃了。先生不是搜集了不少这类故事吗？只要说出一两个，保证能哄他开心。"

"不过，这——"

这位村长父亲还有余力款待外人吗？

敏感的茂助看出了百介的为难。

"甭担心，今年情况没这么坏。大家似乎都还有点东西吃，也没再听说有人饿死了。"

先生就快起身吧，百介在茂助的催促下站了起来。

"这一带其实挺麻烦的。"也没被问起，茂助便径自说道，"虽统称摄州，其实并非一个正式的藩国，而是包含了好几个郡，原本就是由许多庄园凑集而成的。其中既有天领、旗本领，也有大名领、寺庙领地，甚至不乏远方藩国的大名领地，算得上是其他藩国的境外疆土。只不过由于大坂就在附近，尚能维持某种程度的完整。举例来说，这一带就是土井藩的领地。"

"是吗？"

没错，茂助说道。

只不过，百介既不清楚土井藩的规模有多大，亦不知其位于何处。

唉，该怎么说呢，茂助皱起眉头喃喃自语道，接着不急不徐地叹了口气。"据说上头曾打算将大坂八十里四方划为天领，也不知现在情况如何了。唉，反正咱们这等小百姓，哪懂得上头这些大人物打的什么算盘。如今村长正为了应付阵屋代官大人的召唤，忙得七荤八素呢。真不知是为了什么事。"

这样我岂不是要叨扰到人家？百介问道。

反正忙的是村长，茂助回答道："村长父亲可就闲得发慌了，成天只能放放屁睡睡觉。不论其他地方是什么情况，咱们这村子可是一片祥和，就连村长都不爱摆架子，村长父亲就更没什么好怕的，不过是个皱纹满布的老翁罢了。"茂助快活地笑了。

百介回头望向又市的小屋。队伍已经短了许多。

六

那可是大盐之乱后的事？剑之进问道。"没错、没错。"一白翁语气和蔼地回答，"记不得是乱后翌年，还是两年后的事。"

"那么，百姓应尚未摆脱饥馑造成的打击，治安想必也十分恶劣。摄津一带幕府直辖地的德政大盐党人，不正是因此掀起的暴动？"

老人仰天说道："老夫造访的村落，当时倒是十分平静。至于村名为何，恕老夫无可奉告。噢，即使能说，其实老夫也早就忘了。当时有种种顾忌，因此刻意不记下村名。若是记下了，哪天被谁瞧见，恐有祸殃村民之虞。"

"但从老隐士的陈述中，倒是听不出有什么好担心的。"惣兵卫捻着胡子说道，"难不成这六部，即天行坊，后来煽动村民起义了？"

"倒是没听说曾发生过这种事。"剑之进说道。由于酷爱研读古书，他对这种事特别清楚。"摄津曾发生过的起义，似乎仅有安政四年的冈部藩领起义和延享二年摄河泉天领起义两桩。时间上，两者均不吻合。"

"这家伙还真是多嘴呀。"兵卫怒斥道，"没看见我是在向老隐士请益吗？"

好了好了，一白翁为两人打了个圆场。

"倒是，老隐士。"正马开口说道，"那位六部是否真有法力？"

"这……老夫就不清楚了。"老人一脸故弄玄虚地说道，"不过，六部以祈祷驱除怪火，博得村民信任毕竟是事实。或许这怪火一如正马先生所言，不过是一种雷。那么，怪火自此销声匿迹，可就是出于巧合了。但虽说或许是巧合，六部也因此博得了信任。只要为人所信，要办什么可就都易如反掌了。如此一来，不也等同于六部的祈祷果真灵验？"

"但若真是巧合，不就证明其法力是假的？"惣兵卫说道。

没错没错，老人复以和蔼语气回答："不过，这种事还真是巧合。就好比人以为祈雨应验，却不过是碰巧遇上老天爷降雨。若未降雨，祈雨灵验的传闻便无人流传了。"

"无人流传……"

"或许，这不过是一种话术罢了。倘若作法后仍未降雨，作法便可谓失败。既然谓之失败，便代表作法原本就是以能够成功召雨为前提。倘若原本的前提是作法亦无法召雨，一遇降雨，便将被视为巧合。"

有道理，与次郎心想。"但既然祈雨等同于祈求老天爷赏脸，这前提似乎也是理所当然。"

先生这话或许没错，老人继续说道："不过，若将未降雨视为失败，此失败便能证明作法并不具任何法力。作法多半无法成功召雨。但屡经失败后，有一回真碰上老天降雨，可就要被视为法力灵验了。相信仪式具有法力者，便是如此想法。但若有不信者以作法亦无法召雨为前提，无法成功召雨便就视为理所当然，如遇降雨，便是罕见的巧合了。遇此罕见巧合，人们便将为文记述或凭记忆传诵。非者，便不会留下任何记述。"

"不论是信或不信，问题终究在于祈雨后是否真会降雨，不是吗？"与次郎说道。

答得好，老人一脸开心地说道："祈雨不灵验时虽占压倒性多数，但不知何故，失败的例子却总为人忽视。到头来，唯有真碰上降雨时，祈雨才为人注意，并为此议论究竟是灵验，还是纯属巧合。但此种议论怎么可能有任何结论？毕竟既无人能判断，亦无人能证明作法是否真有效用。老夫认为既然如此，不如端出未降雨的例子，议论祈雨为何不灵验较为有益。只可惜，似乎无人做如是想。"话毕，老人合掌，搓揉起干枯的双手。

"即，大家只在意召雨应验时？"正马问道。

没错，老人回答："那怪火是如何消失的，已无从知晓。欲调查古时记述的真相，更是注定徒劳。不管如何费心推理，也无从做出结论。但六部作法后怪事便告止息，毕竟是事实，故此，村民对名叫天行坊的六部才会如此信赖。噢，老夫也曾见过这位六部，果真是一位堂堂伟人。"

"不是个诈术师吗？"

"不，是个热心济世救人的大善人。"

"此人必定是个诈术师，一切不过是场骗局。"正马说道，"英国亦有通灵师，但悉数是卑劣的江湖郎中。"

"若仅是表演献技，或许真能造假。但这六部借此济世救人，即便是欺诈，也不过是拉拢人心的手段。这手段也的确消弭了众人心中的恐惧。更何况此人生性和蔼可亲，为人完全无可挑剔。"

"果真不收半点银两？"惣兵卫说道，"那还真是没话可说。"

"没错没错，因此，此人备受众人爱戴。老夫也是在这位六部的引介下，方得以前往村长宅邸寄宿。村长父亲名叫权兵卫，亦隐居宅邸内，是个酷爱奇闻异事的老翁。噢，老夫当年还是个年轻人，故此——"

"这下，老隐士岂不是得以大显身手？"

"没错，老夫与这位老翁当然是臭味相投，当下便讲述了伊豆的舞首和淡路岛的芝右卫门狸两桩奇闻，听得老翁很是兴奋。该地与淡路相距不远，此事的传闻亦曾流传过来。"

这故事与次郎也曾听说过。一狸猫化身为将军的私生子，一再拦路斩人，最后于德州公眼前为犬所噬。死后，斩人凶手的遗体竟化了一只狸猫。虽然听来令人难以置信，但这位久居江户的老人声称曾亲眼见到。虽不知其他三人做何感想，与次郎个人认为是信之无妨。

"老夫于宅内逗留数日，"老人转回话题，"发现当时村内一团忙乱。"

"为何忙乱？"

"噢，其实是为了应付年贡。"

"上头增征年贡了？"

"是的。该地实为关东某小藩的领地，该藩财政严重恶化，不得不如此。虽是个仅一万五千石的小藩，但事后调查发现，该藩积欠的债款已超两千贯银。"

"听来果然窘迫，"剑之进问道，"敢问该藩于摄州领有多少石高？"

"噢，各郡相加共十五村，约为五千石余。从一万五千石的规模看来，领地应有三成位于藩国之外。"

"如此听来，可真是困顿了。"剑之进露出一脸愁容说道，"绝非紧缩财政便可解决。"

"是的。不仅发行了藩札①，亦用尽其他各种手段，财政均未见好转。困顿至此，唯有增收年贡一途。"

"的确别无他法。"惣兵卫颔首说道，"要不，可就要亡国了。"

"没错。但不仅要求的年贡远远超乎常理，同时还强逼村民赶制草鞋上缴、参与藩国举办的互助会，都是强人所难啊。"

"噢。"闻言，惣兵卫皱起了眉头。

"只见返回村落的村长急得满脸通红。唉，村落原本和平宁静。闹饥馑时虽曾有人殒命，但村民们团结一致，还是熬了过来，谁知就在众人正欲开始休养生息时，竟遇此窘况。"老人蹙着淡淡的双眉说道，"被怪火吓坏了的村吏、那个名叫茂助的总代，还有其他村民齐聚村长宅邸，情况是一团忙乱，让老夫这外人甚感尴尬。唉，也不知该说自己是来错了时候，还是来错了地方。"

这也是理所当然，与次郎心想。毕竟村民们在议论一桩攸关生死的大事，

---

①各藩自行于藩国领内发行的纸币。

老人则只是为瞧瞧那怪火而前来游山玩水，哪有受人款待的资格？设身处地想想老人当时的心境，就连与次郎也为他感到尴尬。

"幸好有村长父亲的关照，老夫方能放下心来。"一白翁语带着愧地继续说道，"唉，即便村民们再怎么习于吃苦，过于苛酷的命令毕竟让人难以承受。故有人提议或许该与他村磋商，一同去大坂奉行所进行箱诉①。"

"去奉行所？"

直诉不是会更妥当些？正马问道。

"噢，摄津一带领地归属至为纷杂，各村落依法均享有向奉行所，即幕府径直上诉的权利，亦称为国诉。虽有人如此提议，但村民多半不愿上诉。"

"为何不愿上诉？"

"噢，此地的代官大人，是个广为人众爱戴的清官。此官为人和蔼恭谦、开通明理，相较于他藩无恶不作的代官，可谓敬乡爱民。事实上，的确不乏乘饥馑之机大肆搜刮侵吞、中饱私囊的代官遭到国诉，幕府不是派来巡检官员调查，便是将之解任。"

"稍早曾提及的冈部藩便是一例。"剑之进探出身子说道，"遭国诉后，查明确有渎职之事，派驻阵屋的藩士悉数遭到撤换。但即便如此，百姓的待遇不仅未获改善，反而还每下愈况，便纷纷揭竿起义。不过，这是老隐士离去后发生的事了。"

"原来如此。如此看来，的确真有这种事。"老人继续说道，"但困扰此地的并非地方官渎职，而是藩政问题，更何况还是尚未施行的法令。此外，代官不过是代藩国传达政令，本人并无任何压榨之事。村长表示，代官甚至认为此法过于无理，欲向藩国提出抗议。唉，单凭代官一人，毕竟难以改变藩国既颁的政令，但众人认为与其徒增事端，暂时静观其变似乎较为妥当。"

"村民反而对代官心怀期待？"

"是的，一如正马先生所言，的确有这种气氛。众人皆期盼此官能为乡

---

①江户时代，8代将军德川吉宗于1721年设立的直诉制度。在评定所门前设直诉箱（名叫目安箱），投入箱内的诉状须由将军亲自开启。

里做些什么。其人望之深厚，由此可见一斑。"

"以一介代官而言，此人还真是个罕见的人才呀。"正马语带揶揄地说道，"这原本不是个于任期内竞相中饱私囊的职务吗？"

"身为幕府要职之子，你哪有资格说这种话？"惣兵卫瞪着正马说道，"并非所有当官的都是天下乌鸦一般黑。不，毋宁说腐败的是幕府自身。不正是因为过于藐视地方官，幕府才会被推翻的吗？"

"这应与此事无关吧？"

剑之进打断了两人的争执，催促老人继续说下去。剑之进想听的，其实是接下来的事。

"好的好的。总之，这位代官大人的确人品高洁，为人绝无任何值得诟病之处。只不过，虽然此事无关村民生活，但其夫人却有个难言之隐。"老人说道。

"什么样的难言之隐？"

"是的。这位夫人，这还真让人难以启齿，好事者传言，夫人其实患有淫病。"

"淫病？就是恋好男色吧？"正马说道，"花癫，也就是淫乱症。据说患此病者，一夜不与男人共眠，便感痛苦难耐……"

这种低俗的事就甭再说了，惣兵卫制止道。

"不过，正马先生所言的确无误。或许这传言，反而助代官大人赢得了更多人望。"

"因此招致更多同情？"

"没错。据传此代官出身赘婿，夫人为藩内某要职千金。此事大多领民亦知情，唉，当然不至说出口或为此议论纷纷，但人人均理解此官或有不得忤逆其妻的苦衷。有传言称其妻挟此威势，每夜均与下贱男人勾搭。"

"老隐士连这也打听到了？佩服佩服。"与次郎说道。

村内这类流言蜚语，通常不会向外人传述。俗话所说的坏事传千里，是指在封闭的群落中发生的事。不能外传的事外人听不见，旅人基于礼仪也不应闻问。要探听出这种事理应是万般困难，但既然一般听不见的事都被外人知道了，就证明这个群落已然濒临瓦解。

"是村长父亲告诉老夫的，"一白翁回答，"老夫讲述了几桩故事后，村长父亲便告知此事以为回报。噢，不过村长父亲并不是在说这位代官大人的闲话，而是在褒奖其为人时，不经意说漏了嘴。"

"而老隐士却没有听漏？"正马插嘴道，"老隐士果真好凑热闹呀。"

"诚如先生所言。"老人颤动着满脸皱纹笑道，"总之，该交代的也都差不多了。接下来，就该提提老夫亲眼看见的天火了。"老人恢复一脸严肃神情，环视着与次郎一行人说道，"翌日，阵屋代官便遣使造访这位六部，即天行坊的小屋。"

"噢？"

一行人悉数探出了身子。

"使者表示，欲邀六部为代官夫人医病。看来天行坊的名声，如今已经传到阵屋那边去了。这，就是这桩悲剧的开始。"

老人继续述说起这则故事。

七

是的，当天小屋前也排起了长龙。

看到武士到来，村长与村吏联袂赶往小屋。老夫当然也去了。没错，一如正马先生所言，老夫生来就爱凑热闹。唉，村吏似乎以为武士是前来取缔的。六部虽有寺庙撑腰，但并未获得阵屋的许可在此滞留。

对官府而言，六部毕竟不过是个浪迹天涯的祈祷师，属于淫祠邪教之流，其祈祷越是有效，就越是个扰乱世局的不法之徒，岂有可能轻易纵放？因此，村长只得出面解释。毕竟再怎么说，六部都是应村民要求留下来的。

六部本无罪，若被冠上罪名，邀其滞留的村民们可就得内疚了。若只是被判逐出藩界或许还好，要是被判了更重的罪，情况可就难以收拾了。当然，六部甚至不乏被判死罪的可能。身为一个无宿人，若是在江户被逮着了，下场不是被送进寄场①，就是被送往佐渡。没错没错。如此一来当然是大事不妙。毕竟天行坊是村民们的恩人，这么一来，大伙儿岂不就成了恩将仇报的大罪人？故此——

沿途，一行人还在议论若是说明因怪火一事而邀六部滞留的经纬，想必代官能明理。倘若还是徒然，就只能邀寺内和尚与所有村民一同请愿了。没错，没错，大伙儿都料错了。使者的确不是为这来的，而是奉代官之命前来邀请六部祈祷医病。噢，大伙儿当然吃惊了，老夫也是大感惊讶。

当老夫抵达时，奉命来访的武士正准备打道回府。是的，的确是一身正式的使者装束。但天行坊似未立即承允。是的。他仅回答使者自己不过是个食客，并非获得上头许可前来祈祷，故应先与村众议论过后再行答复。这说法不无道理。使者亦未有任何异议。

噢，不。对村众而言，这反而是件好事。是的，一点也没错。让代官欠众人一个人情，毋宁是件好事。这攸关着大伙儿的年贡。

没错，正是如此。由代官出面向藩国解释，岂不是最稳当的得策？是的，一如前述，众人虽不认为仅此便能让藩国打消念头，但无人比代官更了解领民状况，若代官能呈报领民无此财力，或许可能促使藩国重新考虑。总而言之，村众便是如此盘算的。不不，即便向奉行所提起国诉进行抗争，结果又将如何？若事情闹大了，势必将招致相应的惩罚。即便算不上惩罚，想必也得付出不小的代价。此举虽属合法，但毕竟等同违抗国命，后果绝对将是惊天动地。因此，任谁都认为若能央请代官出面代民陈情，是最为妥当。因此，众人均以为借此卖个人情，对大伙儿或许能有所帮助。

没错，六部深受村众信赖。一如前述，村众对其法力均深信不疑。故此，天行坊大人拥有神通法力，早已是村众们的共识。一点也没错。倘若六部医好夫人的病，便等同于代官欠众人一份人情。噢，至此时为止，大半村众均认为夫人患的便是，没错，便是那淫荡的心病。

村长向天行坊询问这病是否可医。若可医，无论如何都期望天行坊能将

---

①人足寄场的简称，1790年设于江户石川岛的无宿人或轻度罪犯收容所。

之医好。但天行坊闻言一脸纳闷。不，并非如此。天行坊并未断言此病无药可医。让他纳闷的是，使者宣称夫人患的是热病。据说夫人病倒后毫无康复迹象，就连大夫也束手无策。

是的。不论夫人患的是什么病，其实都没什么差异。不管热病还是淫荡的心病，这人情都卖得成。不，倘若夫人患的是攸关生死的热病，卖成的人情甚至要更大些。噢，这纯粹是村众的判断。

天行坊大人则表示此事无关人情，夫人若是命在旦夕，当然要竭力抢救。不分武士百姓，人命同等重要。噢，同时他还表示，他十分清楚夫人的性命已宛如风前残烛。是的，或许真是如此。或许他这番话不过是信口搪塞。但村民对这话均深信不疑，纷纷赞叹其法力高强。是的，就连老夫也为众人信念所感染，隐约相信其真有法力。甚至有人声称目击天行坊背后射出万丈金光。

当日，天行坊先生在村长引领下前往阵屋。阵屋内似乎一片慌乱。是的，夫人卧病在床的确属实，天行坊立刻被引领到夫人的卧房。

是的。听闻此病仅祈祷一两日尚无法治愈，村长便于深夜先行返回村落。七日后，是的，村民们亦各自于大小佛坛神龛前祈祷，祈求夫人的病能早日痊愈。

这也是理所当然。当时，众人均以为夫人能否病愈，攸关年贡问题能否解决。此举看似愚昧，但切勿斥其无稽。事到如今，村众已是急不暇择。与咒人丧命相较，这想法毕竟要健全得多。虽是为了自身利益，但祈祷的目的终究是驱除病魔。

是的。过了七日七夜，天行坊终于返回村落。唉，此时的他已是骤然消瘦，看来憔悴不堪。天行坊宣称，夫人的病已痊愈。村内刹时一片欢腾，宛如祭典般热闹。但不知何故，唯有天行坊一人显得默默寡欢。噢，众人还以为历经数个日夜加持祈祷，天行坊或许是被折腾得疲惫不堪。

正是如此。记得事情发生在翌日。村长与其他村的代表进行协商，是的，当然是为了年贡的事。众人决定既然夫人业已痊愈，不妨再次前去请愿。因此，便由老夫寄居的村落的村长代表各村前往阵屋。没错，就结论而言，这却是个严重的误判。

　　是的。事实上，首度召集各村代表通达政令的翌日，代官便立刻起程返回藩国，打算直接同堪定方①大人或家老大人谈判。此举是为了避免村民忧心。代官向藩国说明领民力有未逮，增征年贡实为无谋之举。但藩国似乎仍不甚体恤。是的，该说的都说了。没错。正是如此。遣使邀天行坊前去时，代官其实不在阵屋。是的。此事代官当然是毫不知情。事实上，一切均为夫人的计谋。一点也没错。

　　据传听闻村长禀报后，代官大人当场勃然大怒。平日待人温厚的代官大人，此时竟语气粗暴地破口痛斥。夫人从未罹病，自本官行前至归宅后均身体无恙，此说根本就是一派胡言。村长虽被吓得惊慌失措，仍战战兢兢地试图解释。这下更将代官大人激怒到了难以收拾的地步。为了汝等领民，本官心怀切腹、左迁之觉悟前往藩国提出异议。然而，汝等竟做出此等胆大妄为之举。村长被吓得脸色铁青，仅能一味致歉辩解。没错，当然只能如此解释。夫人罹病、六部受邀前来、疾病因此痊愈，均是千真万确，其中绝无任何不轨之事。

　　是的。代官大人将夫人召来。孰料，夫人竟如此陈述。

　　奴家未曾召唤，但这村长却不请自来，还不知从哪儿找来一个龌龊的乞食和尚，欲为奴家进行怪异祈祷。奴家因夫君外出，力申不宜，但这无礼狂徒却径行登堂入室，滞留凡七日夜，至昨日方才离去。其间，这和尚数度意图侵犯，奴家搏命抗拒，虽得以守住贞节，但仍饱受其不堪羞辱。身为武家妻女，此等屈辱实不可忍，虽知不应保持缄默，但亦不知该如何是好。夫君归宅后，奴家不知该如何辩解，打算不如以死明志。

　　是的。这说辞当然是瞒天大谎。这下村长更是被吓得不知所措。不论如何解释，代官均是震怒难平。村长被折磨得生不如死，当场遭捆绑羁押。

　　没错，消息立刻传回村中。村吏连忙赶往天行坊寄宿的小屋。老夫也一并同行。只见天行坊在屋内正襟危坐，似乎早有觉悟。没错，没错，似乎早

---

① 江户时代负责幕府各部门金钱出纳事务的官员，又称胜手方。

料到会发生这种事。

噢？是如何料到的？事实上，夫人的病原本就是装出来的。听闻有此法力高强的六部之后，夫人曾前来窥探，目睹天行坊相貌时，唉，这还真是教人羞于启齿。原来传言果真不假。瞧见天行坊后，夫人便亟欲与其共度春宵。

故此，代官大人离开阵屋后，夫人便将天行坊召去。形同乘夫婿外出之机，召来娇夫行淫。孰料，这娇夫竟是如此不解风情。是的，天行坊为人知书达礼，当然不为夫人之色计所诱。是的，就连夫人一根指头也没碰着。夫人难耐焚身欲火，当然不愿轻易放人，因此，就这么挨了七日。

是的。眼见不论如何诱惑，天行坊均不为所动，夫人也只能打消邪念。没错，虽得以于七日后返回村落，但天行坊坚决不向村民透露真相。毕竟不论如何解释，这都是难堪丑闻一桩。

倘若此事为世间所知，不仅是夫人，只怕连代官大人也要蒙羞。这么一来，岂不是要让武家颜面无光？故此，天行坊只得三缄其口。是的。再者，倘若真相为代官大人所知，只怕夫人要比任何人都困扰。故此，为顾及夫人的立场，天行坊选择保持缄默，仅宣称夫人业已痊愈。

是的，其实就夫人的淫荡欲火已消看来，这也算不上是个谎言。总之，这情势真让人束手无策。村民们立刻明白了，怪罪天行坊，根本是找错了人。是的。罪责理应由淫荡的夫人来扛。面对诱惑却仍保坚定不移的天行坊，反而该受到褒奖才是。

是的，即便是对方主动诱惑，倘若与代官之妻发生了关系，不论再怎么解释，也绝无可能全身而退。普通百姓尚且如此，身为无宿人的天行坊就更不用说了。不，这无关身份问题。本身就已是不义私通。加以婉拒本就是理所当然。除了婉拒，岂有其他选择？

不过，夫人她可不作如是想。是的。夫人的个性正是爱之切，恨之深。诱惑遭拒，想必让夫人感到了屈辱。出于对六部的憎恨，才会撒下这瞒天大谎。

是的。当老夫与众村民正聆听天行坊细说经纬时，大批武士正好赶到。没错，这伙武上声势十分吓人，整栋小屋都被他们捣毁了。是的，村民们纷纷仓皇逃窜。手无寸铁的百姓，怎可能与武士们为敌？在这等情况下，即便遭斩杀也无从投诉。天行坊也当场被捕。

不，情况可没这么简单。当时，武士们的行径可是异常肃杀。是的，根本由不得人做任何辩驳。由于事前便认定天行坊为罪人，武士们立刻以棍棒等将之强押。天行坊并未抵抗，但突然遭受此种待遇，任谁都要惊慌失措吧。是的，当然是毫无辩解的余地。天行坊就这么在武士们的重重包围下，遭到五花大绑。说老实话，老夫自己也被吓破了胆，完全不知该如何是好。

村民们也被吓得狼狈不堪。唉。所有村民都赶来了。对村民而言，天行坊是全村的大恩人，其地位更是无人能取代。这样的大恩人，竟然被人五花大绑了。大人们逮错人了，还请留步听小的解释清楚，村民们悉数缠着武士不住央求。即便如此，武士们却无人愿意聆听缘由。

就在此时，代官押着同样被五花大绑的村长来到了现场。唉。眼见就连村长都被五花大绑，村民们个个被吓得脸色铁青、哑口无言。

你可就是那天行坊？快说！代官一脸凶相放声大喊。

不知小的遭押所为何事，但无论如何，均与村长无关。天行坊两眼直视代官，以洪亮嗓音如此回答。

这由不得你决定，代官怒斥道。

从这情况看来，天行坊已是毫无可能脱身。代官持鞭朝被部属们五花大绑的天行坊抽了几下。

接下来，便当场昭告天行坊将被处以死罪。是的。丝毫不留任何申辩的余地。唉。

天行坊双眼直瞪着代官，说道："要杀就杀。切记，汝终将为吾之遗恨焚烧殆尽。"

八

这光景，看得百介哑口无言。有谁能想象到，又市竟然会被人五花大绑？

又市是个浪迹诸藩、布出许多巧局的高超妙手。不分富商巨贾抑或恶棍魔头，不分流氓无赖抑或抢匪盗贼，即便连高高在上的大名，只要遇上这滑头的不法之徒，都只有任他舌灿莲花玩弄于股掌之间的份。一路走来，百介已多次见识其手法是如何高超玄妙。

虽也曾多次被逼入险境，但就百介所知，又市至今还未曾让自己被逼入绝境。无论情势如何凶险，一切均不出这老谋深算的诈术师的掌握之中。不仅又市自己绝不出面，还不忘在遭逢危机前，为自己打点好巧妙的安身之处。时至今日，还未曾见过又市遭逢难以掌控的情势。至少百介从没见过。因这诈术师的布局是那么巧妙，从未显露一丝破绽。如今却——

是算计出了什么差错吗？不对，他并未将此视为一桩差事。这回又市并非来设局的。他那满足的神情，理应不是在做戏。若是如此——

一阵骚乱中，百介一路步履蹒跚，闪躲往来奔走的村众，直到背部碰上一株柿子树，才有气无力地跌坐在地上。五花大绑的又市，以严峻的眼神直瞪着阵屋代官鸿巢玄马。

百介不由纳闷，又市是否早就识破玄马之妻雪乃的病是装出来的？只是碍于村落所处的复杂情势，才没将真相说出来？他识破了夫人不过是在装病，也识破夫人患的根本不是热病，因此才向村民保证必能将夫人的病医好。又市前往阵屋之前，早已知悉一切。这并非设局。当然，也不是一桩差事。到头来竟——

给我押走！玄马喊道。

事到如今，已无村民胆敢抵抗。毕竟任何抵抗均注定是徒劳。对百姓而言，反抗武士形同舍命求死。不管是村落的恩人还是自己的恩人，眼见事态如此，任谁都不敢出手相救。不论是茂助、村长父亲权兵卫还是百介，都只能眼睁睁地目送六部被代官一行人押走。

当夜，村落毫不平静。这问题并不仅攸关此一处村落。既然代表土井藩领十五村落前去阵屋交涉的村长权左卫门和六部均遭逮捕，事态已发展成攸关整个摄津土井领的问题了。

村长父亲权兵卫立刻遣使其他村落，召开紧急集会共同商议。庭院内焚起了篝火，村民们悉数忙成了一团。

而百介，只能枯坐一旁。毕竟他什么忙也帮不了。倘若能设个什么局，那么只要有办法潜入阵屋，或许还有法子挽救，但眼看如今这状况，根本是什么力也使不上。百介根本想不出任何既能救出又市，又能挽救村民的计策。只能静观其变。只能静待又市凭一己之力自行脱困。

在空无一人的村长小屋内，百介就这样在屋外村众的阵阵喧嚣中躺平身子，静候翌朝来临。只觉今夜漫长得让人难耐，但百介依然梦想着又市如朝阳般神采奕奕地平安归来。

翌日清晨。只见天色宛如尚未睡醒般一片灰蒙蒙的。篝火依然在庭院一隅燃烧着，在阳光照耀下，微弱的篝火朝天际吐着一缕醒醒黑烟。

百介步出庭院。只觉一阵冰冷。多云的天际呈琉璃色，让人感觉不到一丝晨间应有的清爽。百介望向洗水钵旁被践踏成一团凌乱的泥地，看见茂助推开后院木门，忧心忡忡地走了进来。一看见百介，茂助也没打声招呼，便告知百介大伙儿已决议提出国诉。

"向奉行所吗？"

"没错。如今，邻村的村长正在为大家撰写诉状。"

"敢问，可是为年贡之事提诉？"

"这事只能先搁着了。"茂助说道，"年贡之事的确让我们为难，但目前仅打算为遭到逮捕的两人提诉。"

"可是打算恳求上头放人？"

"没错。此事未免也太不讲法理了。原本大伙儿都认为鸿巢大人是个好代官，但这回可就不同了。天行坊大人根本是清清白白，村长亦是无罪。如今鸿巢大人没开庭审议，便欲将两人处以死罪，这难道不过分吗？"

"不过——"

"甭再说了，"茂助摇头说道，"咱们虽是百姓，也不能见死不救吧？十五个村子一同提出诉状，奉行所也不可能拒绝审议。这件事任谁看了，都会认为是毫无法理。奉行所若是听说了，也不可能允许这种荒唐行径。婉拒一个好男色成痴的淫妇色诱，竟然要被判死罪，这道理哪说得通？"

这说法的确有理。但事情真能这么顺利？即便真能顺利达到目的，但若是在奉行所还没来得及着手审议之前，又市便被人——

百介仰首望天。只见天际笼罩着一层乌云，看来活像蘸湿了的丝绵。远方传来一阵喧嚣时，一滴水珠滴在了百介的额头。

"发生什么事了？"茂助说道，自后院木门飞奔而出。

出于一股不祥的预感，百介打消了跟上去的念头。不，此时的念头已不再是预感，而是化成了由不得质疑的确信。

为时已晚了吧。

百介从一开始就不认为能有什么好消息。从又市被捕时就认为大势已去。

不知又市究竟如何了？

不好了！不好了！突然听见有人高喊，村长回来了！

回来了？权左卫门回来了？百介连忙奔向屋外。

只见正门前已是一片骚然。村长跌坐在地上，被为数众多的村民们重重包围着。挤进去一瞧，只见村长父亲正不住摇着一脸憔悴的权左卫门的肩头。

"村、村长。"

"权左卫门，你怎么了？为何能回来了？天行坊大人如何了？快醒醒。"

不管父亲如何呼唤，村长一张嘴只是不断颤抖，抖得连牙也合不拢。

水珠从一滴增加为无数。淋了好几滴雨后，权左卫门终于开始恢复了神智。

"他、他们，把我放了。"村长开口说道。接着，权左卫门说出了众人想象中最严重的噩耗。"天行坊大人他今早被他们斩首了。"

"斩、斩首？"

"就、就在天明前——"

"岂有可能？哪可能这么快？"茂助怒喊道。

不可能吧？怎么有这种事？村民们也开始七嘴八舌地议论起来。

"这绝非胡言！"村长的一句话让村名门全安静了下来。

"绝对是千真万确！"权左卫门从地上抓起一把泥巴，"我们俩先是被关进了阵屋内的牢里。但没等天明，天行坊大人就被他带走了。接下来、接下来，大人的脑袋就被他们……"

"被他们斩了？"

"没错，被他们斩了。"权左卫门说道，一把将手中的泥巴抛撒而出，"斩首的同时，传出一声惊人巨响，整座阵屋仿佛都随之震动……"

"是什么样的巨响？"

"还、还能是什么？不就是天行坊大人的怒吼声？天行坊大人的脑袋被斩、斩下来后，突然张嘴诅咒道，若不立刻将我放了，便将焚毁阵屋。"

"什么！"

闻言，村民间起了一阵骚动。

"权左卫门，此话可当真？"

"当然属实。是我亲耳听见的。现在我人都回来了，不就是个证据？代、代官一行人见状，个个面、面色铁青，便将我放了。我方才得以……"

"天行坊大人真的被他们斩首了？该不会只是去求他们放你回来吧？"村长父亲再度摇起村长的肩膀问道。

"是真、真的。曝晒于阵屋前的首级，那首级竟然……"村长说着，浑身直打哆嗦。

"那首级怎么了？"

"那首级竟然腾、腾空而起。"

"什么？"

"飞到了阵屋的屋顶上头。"

这岂不是成了舞、舞首？村长父亲望向百介，一屁股跌坐在地上。

又市的首级竟然……又市他……又市他竟然死了。

刹时，百介感觉自己的意识朦胧起来。不过，他并未就这么昏过去。

因为村民间响起了一阵啜泣、号泣、怒号交杂的声响，在潮湿空气的共鸣下化为一股异样的呢喃。不知不觉间，众人口中开始不断喊着国诉、国诉。

"没错，如今非提起国诉不可。权左卫门，你被拘捕后，老夫曾召集土井辖下十五村村长磋商，打定主意提起国诉。如今，邻村的金左卫门正在积极准备，原本打算明日动身，但眼见情况已是如此，可不能再等了。老夫这就动身前往大坂。"

"咱们上阵屋去吧。"茂助喊道，"六部大人可是咱们的大恩人，若是任其首级曝晒荒野，六部大人可要当咱们是恩将仇报了。如今就去将其遗骸讨回来吧。"

好！众人齐声附和道。村民们开始成群结队地移动起来。

百介只能呆立原地。如雾细雨从天而降。百介仰首，望向一片惨白的天际。

又市被人斩首了。这诈术师竟然被人……而且是如此轻而易举地……

百介试着回忆又市的面容和仪态。但记忆竟是如此模糊，难以描绘出清楚的轮廓。想必是因结束得如此轻而易举，才会让人难以忆起。

百介完全无法想象，被斩首的又市会是什么模样。更甭提其首级竟还能开口诅咒，飞腾升空。岂有可能——

不。绝不可能有这种事。一定是哪儿弄错了。

对了。

百介使劲晃了晃脑袋。自脸颊上滑落的水滴随之左右飞溅。

不管又市如何神通广大，遭斩首后岂可能开口说话，甚至飞到屋顶上头？这些年来，又市已数度向自己证明世上根本不可能有这等怪事。到头来，总是发现妖魔鬼怪的背后，不过是这诈术师藏身其中装神弄鬼。瞒骗人的狐狸、幻化为人的狸猫、化为幽魂的马、抱着婴孩的妖怪、忽隐忽现的骸骨、心怀仇恨的妖魔、不死之身的鬼怪、发散火气的魔缘、漂浮洋上的妖物，甚至覆灭藩国的冤魂……不全都是这又市所设的局吗？

那么，又市既已不在人世，理应不可能再发生这等怪事才是。绝无可能。

百介再度晃晃脑袋，拭去面颊上的雨滴，接着步履蹒跚地追随在村民们身后。

不过，阵屋的屋顶上，果真可望见又市的首级。错不了，那正是又市的首级没错。

百介站在阵屋前的山丘上，哑口无言地凝视着屋顶上的首级。在百介身旁，则挤满了成群自土井藩辖下各村落赶来的村民百姓，个个也和百介一样，朝着首级举头眺望。

阵屋周围的几名武士，也同样浑身僵硬地仰望着屋顶。

"又市。"

百介好不容易张口吐出了这两个字，旋即就地蹲了下来。他心中当然不平静，但也并不感到多么悲伤或惶恐。惊讶是仅发生于一瞬间的情绪变化，若是能持续下去，就算不上是情绪了。

"山冈先生。"

转头一瞧，只见茂助正一脸憔悴地站在后面。

"方才前往奉行所的父亲与邻村村长遣使来报，表示今天深夜将有与力来访。"

"与力？"

"是的。奉行所判断此事已不是单纯的法理问题。因此，决定派人前来，向代官询问经纬。"

"看来，此事已到了超乎寻常的程度。"茂助说道，"虽有咱们努力制止，还是无法避免这桩惨祸。若天行坊大人地下有知，想必也是死不瞑目。要不，哪可能会发生这种奇事？只是，这光景还真是不可解呀。"

的确是如此。不论如何推断，都找不到将首级摆到屋顶上的理由。斩首的理由可以随意搪塞，但将首级摆到屋顶上，可就没任何意义了。倘若这首级是自己飞上去的——虽然百介感到难以置信——那么就绝对有什么理由了。否则，哪可能无缘无故地发生这等奇事？

天色越来越昏暗，聚集的百姓也越来越多。

百介跑下山丘，只为就近观察那首级。山丘下亦有百姓聚集，不仅男丁，就连老弱妇孺也一同围在阵屋外面。有人合掌膜拜，亦有人念佛颂咒。凑得更近点，还能见到几名小厮与一名年轻武士正朝屋顶仰望，浑身颤抖不已。

来者何人？一看见百介，年轻武士便皱眉喊道。毕竟百介这身打扮，看来完全不像个村民。

"我乃来自江户的旅人。"百介回答。

"旅人，在我藩领内做什么？"

"不，我原欲前往大坂，顺道滞留此地游山玩水一番。只不过，我与此六部是旧识。"不知何故，百介竟说出了实情。

"什么——此话可当真？"闻言，武士先是大吃一惊，接着又转为至为悲怆的神情说道，"其实此人……唉。"

武士含糊其词地说到此处，便闭上了嘴。接着眺望了屋顶好一会儿，才将视线徐徐移往百介说道："先生应该也知道吧。村众们似乎已提起国诉。"

似乎是如此，百介回答。

"不出多久，奉行所派遣的巡检官员便将抵达此地。"

"是吗？似乎是难以解释了。"

"即便想解释，见到这首级，只怕也是徒劳。"武士转头回望首级说道。

百介亦仰望屋顶。天色已黑，首级的五官也泰半融入夜色中，变得暧昧模糊。

"此人，果真是我熟识的六部天行坊？"

"错不了，"武士回答，"这的确是那六十六部的首级无误，是代官大人于本日未明时，亲自斩下来的，而且还亲自——"武士以下颚指向一座赶工搭架的枭首台说道，"将首级摆到了那上面。至此为止，在下均亲眼瞧见了。未料——"

"未料，这首级却自己飞了上去？"

"没错。也不知是何时飞上去的。如此一来，吾等可就不知该如何是好了。"武士回道。

"不知如何是好？"

"其实——"一名小厮正欲启口谏言，甭再说了，为武士蹙眉制止。

"先生若是该六部的旧识，在下便无须隐瞒。该六部是否曾图谋不轨，在下亦无从得知。但即便真有任何不法之事，这判决也难以令人心服。"

"此话何解？"

"吾等亦知悉该六部乃奉夫人之召前来。当时的使者，正是在下。在下亦曾向代官大人提及此事，但大人却未加理睬，似乎是患了什么心病。"言及至此，武士拭了拭额头。

午后一度止息的雾雨，又开始下了起来。

"那呻吟声，似乎又响起了。"一名小厮一脸惶恐地说道。

这不过是风声，武士说道。

"那首级会发出呻吟声？"

"没错。那六十六部，果真拥有高强法力？"

闻言，百介不由得眯起了双眼。那的确是又市的首级。丝毫不信天谴神罚的又市，死后竟会化为这等妖怪，实在让百介难以采信。

"对此，我深感难以置信。"百介回答道，"这六部的确曾以强大法力救济村民。但其首级竟腾空而起，发出呻吟一事——"

"并非只是呻吟。"武士在额头上挤出几道皱纹，环视着小厮们说道，"这首级甚至声称，吾等必遭天谴。其嗓音甚为骇人，驻守阵屋者闻声纷纷蹿逃。吾等虽为武士，亦非妖魔敌手，故如今仅余吾等三人，内心万分惊恐。但代官大人却丝毫不为所动，如今阵屋中仅余代官大人与夫人据守。"

不知不觉间，天色更转昏暗。秋日于倾刻间迅速滑落，四下旋即为黑暗笼罩。

或许是因整整一日未曾饮水进食，百介微微感到晕眩。静坐夜空中的惨白首级，看来越显朦胧。

就在此时，山丘上传来一阵悲鸣。年轻武士猛然回头，旋即再度望向屋顶。小厮们亦抬头仰望，发出一阵惊呼。只见屋顶上冒起一道火柱。

"起、起火了——"

火柱宛如猛兽般不断蹿升，于空中蜿蜒起舞。四处传来阵阵惊呼。

"这、这火是——"

没错，正是二恨坊之火。

噢，此事经纬，不正与二恨坊之火完全相同？只见这火犹如一条翻转的巨龙飞上天际，拖曳着一道光在阵屋顶上不住翻腾。

百姓们个个惊惧不已，开始齐声念起佛来。

怎会有这种事？眼前的一切，究竟是虚是实？

此时，雷鸣响起。

接下来——

九

"后来情况如何了？"剑之进语带兴奋地问道，"此事果真属实？一切都是老隐士亲眼看见的吗？"

"当然是老夫亲眼所见。"一白翁神情平静地回答，"其中绝未有任何夸张、分毫捏造，亦未有任何错认或误判。再者，目击者亦仅非老夫一人。当时在场的百姓们，依老夫约略估算，应不少于两百人。"

"不少于两百人？"惣兵卫一脸感叹地捻着胡子说道，"为数如此众多？即便想揭竿起义，也是轻而易举了。"

"没错。若没起那怪火，或许当时的情况还真可能转为起义。毕竟那六部的人望是如此深厚，再者，村众们对年贡增征的愤懑亦是已臻沸腾。不过这股气势，也被那怪火……"

"被打散了。"正马代老人把话给说完。

"唉，想来这也是理所当然。"

"不过，"正马一脸纳闷地问道，"那腾空飞蹿的怪火，噢，或许该说是个雷球吧。那么，敢问那首级可真的是既会呻吟，又会飞蹿？"

"这老夫就没瞧清楚了，"老人回答，"老夫并没瞧见那首级飞蹿，也没听闻其发出任何呻吟。因此，这些应不过是传闻罢了。但那怪火，老夫绝对是亲眼瞧见了。"

"噢。想来人若是心怀畏惧，说不定风声什么的听来都像是妖魔怪声了。若是个胆小窝囊废，只怕自己放个屁，都会吓破自己的胆呢。"惣兵卫语气豪放地说道。

"那么，首级飞上屋顶一事要如何解释？"

"这，不就是谁给搁上去的？"

听到惣兵卫如此回答，剑之进一脸不服地噘起了嘴。

"好了好了，或许并非如此，也或许真是如此。总而言之，那六部的首级还真是镇坐在屋顶上，一道怪异的光拖着尾巴四处飞蹿。"

"当时可是下着小雨？"听到正马这么一问，老人使劲颔首回答："从一大清早便忽下忽停的。那是场如雾般的细雨，由于当时未携任何雨具，老夫浑身都被淋得湿透。"

"如此听来，条件似乎悉数具备，看来这应该就是一种雷了。敢问老隐士亲眼瞧见这异象时，认为那东西看似什么？"

噢，应该就是一种雷吧，老人回答。

心中真是如此感觉？剑之进问道。

"是的。唉，火亦有形形色色。那怪火形状不似烈焰，与戏曲演出时的喷火或孩童燃烧樟脑丸时所起的火亦不甚相同。虽说与火同为发光物，若要问看似什么，或许就是——"

就是雷吧。正马代老人把话说完。

"没错，看来应该就是雷的一种吧。"

接着，剑之进问道："那么，火中是否真有张脸？"

"里头哪可能有张脸？"惣兵卫说道，"老隐士不都说那是雷了吗？雷里面哪可能有张脸？又不是小孩画的太阳。"

"但老隐士亲眼瞧见的东西，不正与二恨坊之火的描述相符？"

"的确。大半目击者宣称，的确看见火中有张脸。"一白翁回答道。你瞧瞧，剑之进乘机朝顿时哑口无言的惣兵卫揶揄道。

"不过，老夫并未亲眼瞧见。虽曾定睛观察良久，均不见火中有任何异物。但老夫周遭的百姓们则是异口同声，坚称那火正是六部大人的首级。"

"首级不是镇坐在屋顶上头？"

"原本是没错，但不知何时突然不见了踪影。起初老夫还以为是天色暗了看不清楚，稍后却发现——"

"是消、消失了吗？"剑之进双手撑地，迫不及待地探出身子问道，"那首级可是消、消失了？"

"不，依老夫之见，首级或许是被撞落，或是被烧掉了。"

"烧掉了？"

"是的。若那怪火真是雷，依理——"

"噢，原来如此。那怪火是在首级周遭出现的，还绕着首级飞蹿。若真是雷，这推论当然合理。"正马附和道。惣兵卫则一脸不服地说道："不过，那阵屋又该如何解释？若真是如此，依理阵屋也该被烧掉才是吧？老隐士，您说是不是？"

"这是因为，"老人说道，"依老夫所见，那怪火并未触及阵屋。每当飞近阵屋，便会自行弹开。唉，老夫才疏学浅，对此事的知识尚属不足。但方才正马先生亦曾提及，电气有正负之分，时相吸时相斥。故老夫或可推论，此现象便是因此而生吧。"

电气？惣兵卫惊讶地说道。

"是的，或许此道理一如阴阳，既可相乘亦可相克。因此，那怪火虽于阵屋周遭飞蹿绕行，却未触及阵屋。但如首级等体积不大之物，便可能为其力反弹掉落，倘有火苗触及，亦可能遭焚毁。"

"老隐士所言甚是。"正马说道，"那么，村众所见的脸又该如何解释？"

"那应是错觉。"老人斩钉截铁地回道。

剑之进与惣兵卫面面相觑，同样是一脸期待落空的神情。你瞧瞧，正马则一脸开怀地模仿着剑之进的口语揶揄道。

"错、错觉？"

"那绝对是错觉。村民们当然不认为那仅是寻常的火，而将之视为六部大人的仇恨怒火。即便是老夫，当时也是如此认为。虽不见火中有脸，但当下并未意识到这或许是碰巧发生的自然现象。"

"碰巧？"剑之进喃喃说道。"难道这真是巧合？"

"绝对是巧合。"老人以罕见的严厉口吻说道，"以为人可凭一己之灵力左右天地自然，或许有过于傲慢之嫌。虽贵为万物之灵，但人亦是有情众生，即便聪明，其实并不伟大，绝无可能如神佛般对天地自然操弄自如。因此，或许此现象不过是偶然发生，亦或可说是于人心想时碰巧发生。不，甚至不过是人对偶然发生的现象擅自做出的解释罢了。"

"意即，火中并无脸，不过是人自以为看见了脸？"与次郎说道。

"说得好，"老人说道，"于火中看见人脸，可能让人感觉安心，或能令人心生恐惧，自以为得以凭一己之意志灵力影响自然原理。人性毕竟怯弱，有时还真是非得作如是想不可。故此，一如正马先生所言，这应是雷的一种。证据即是——"

"证据？有证据吗？"剑之进压低身子问道。

老人颔首回答："正马先生曾言及，此如雷球的怪火，多随落雷出现不是？"

"是的。大气中电气偏向正极或负极，状态有失安定时，便会产生此等现象。如此，应强将不安定恢复均衡。海外亦有云，鬼火出现前后常见闪电。看来当时或许也是如此。"

"是的。"

不知为何，一白翁突然端正坐姿说道："也不知过了多久。村民们个个合掌膜拜，武士们则悉数调向山丘的另一头。出于恐惧，老夫也同样朝山丘方向退却。此时，突然一阵天崩地裂。"

"天崩地裂？"

"是的，一道刺眼闪光顿时将四下照得通明。同时，还传来一阵震天巨响。"

"可是打雷了？"

"是的。唉，毕竟这现象来得如此突然，在场的两百多人悉数被吓破了胆。原来是一道巨雷击中了阵屋。"

"击、击中了阵屋？"

"是的，刹时将阵屋打得烟消云散。虽名叫阵屋，但也并非武家宅邸，屋子本身不算大。一眨眼的工夫，整栋屋子便丝毫不见了踪影。"

"这，可真是厉害呀。"惣兵卫开口说道。

当然厉害。整栋屋子瞬间灰飞烟灭这等事态，可不是人人有机会目击。说是奇事，或许更该说是大事。

"没错。围观者如此众多，竟然未有任何伤亡。待众人回过神来，才发现宅邸业已消失无踪，仅存几根梁柱于余烬中燃烧。众人哑然围观约两刻钟，接着竟异口同声地开始念佛。即便奉行所的官员们下令离开，众人不仅不为所动，聚集人数还持续增加。"

"奉行所，可是指大坂奉行所的官员？"

"是的。正是接到国诉后赶来的与力大人。"

"噢，这些巡检官员已经赶到了吗？"

"是的，是与邻村的村长、本村村民的父亲一同赶来的。一行人抵达现场不久，便见到那怪火出现。眼见围观者甚众，一行人无法进入阵屋，只得于一旁窥探形势，怪火正于此时出现。见此异象，官员们同样甚感惊讶，就在此时……"

"又见到那落雷？"

没错，一白翁颔首说道："欲向代官盘查也是无从，只得立刻令小厮折返，翌朝有多名奉行所官员前来收拾善后。同时，亦以快马传令土井藩，骚动持续了约有十日方告平息。就连老夫，亦数度接受盘问。"

"且慢，"剑之进打岔道，"那、那位代官和代官夫人如何了？"

"没错。事发当时，两人应是在屋内吧？"正马也问道。

"此二人，当然都命丧黄泉了。"

"都死了？"

"当然死了。镇坐屋内，哪承受得了那震天雷击？遭击后，宅邸瞬间灰飞烟灭，连一具尸骨也找不着。就连六部的首级与躯体也悉数被燃烧殆尽。雷击的威力还真是惊人哪。"一白翁感叹道，"可见自然的猛威，是何其令人慑服。不过……"

"不过什么？"

"噢，此事就这么被断论为六部的亡魂寻仇。奉行所的调查记录，应该也是如此记述的。"

奉行所竟也相信亡魂寻仇之说？正马惊讶地说道。

"不，这已非信或不信的问题了。调查记录这东西，记载的不就是事实陈述、再加上盘问得来的说法？"

"没错，"剑之进回答道，"不过，老隐士，这情况又该如何？"

"关于这情况的事实陈述，首先，是六部遭斩首，首级被搁到了屋顶上，旋即，怪火出现。接下来，是一阵震天巨响的落雷，将阵屋破坏殆尽。如此而已。与力大人亦曾目睹部分事发经过，因此，这应可被视为事实。"

当然是事实。而且，还是不容扭曲的事实。

"至于事发前的经纬，便只能询问村民、阵屋内的武士和小厮。各位可知结论怎么着？"

"结论应该就是亡魂作祟吧？"剑之进语带揣摩地回答道。

"大致上是如此。总括双方的陈述，结论便是，被村人视为法力无边的六部，于代官离家时奉夫人召唤前往阵屋，七日后方才归返。待代官返宅，六部即遭擒捕被斩首。"

这也是不争的事实。

"至于阵屋中曾发生了什么事，唯有夫人与六部知晓，武士与百姓完全无从得知，故仅能依据想象和风闻，判定一切错在代官。夫人早有不雅名声，代官实不该未经审议查明道理，便径行将六部斩首。即便是阵屋内的武士，亦是如此认为。"

"再加上又发生了那桩怪事？"

"是的，还有那桩怪事推波助澜。若是什么也没发生，亡魂寻仇一说便仅止于巷说流言层次，无须记入调查记录。但不论理由为何，应作何解释，阵屋是真的在瞬间被夷为平地，故众人均齐声证言必是亡魂寻仇，奉行所也只得如此记载。"

"原来如此，这的确有道理。"

姑且不论这是否真是亡魂寻仇，但既然坊间已是如此传述，便不得不被视为事实。

"幕府亦不论亡魂寻仇一说的真伪，将此事判为土井藩错施恶政，并以此为由将摄津一带的土井藩辖下十五村悉数没收，或分发他藩，或纳为天领。土井藩此举失三成石高，众村落因此得以免除苛酷的年贡增征。自此，对牺牲小我的六部更是感激不已。故此，"一白翁转头面向剑之进说道，"此事是否真是亡魂寻仇，老夫亦无从断论。唯一可论定的，是这应是正马先生所言的自然现象无误。若是如此，此事便可被视为大自然偶降天火，恶人为天诛所灭。"

多谢老隐士开示，剑之进致谢道。

十

约莫过了十日，与次郎只身前来药研堀造访。来访的理由无他，正是为了禀报两国那桩案件业已侦破，一等巡查矢作剑之进立下彪炳功绩。

虽不为世间所知，但剑之进得以破案，实乃拜当日面会一白翁之赐。原本应由剑之进亲身造访，但这位一等巡查正为此案的种种善后事务缠身，与次郎便莫名其妙地受托代理前来。虽不知自己为何会被相中，但剑之进坚决表示无人更为适任，或许是不愿委托惣兵卫或正马吧。看来，剑之进对给予贵重开示的老人深怀谢意，还特地呈上一份上等的点心盒，委托与次郎代为转交。

与次郎抵达时，小夜正伫立在九十九庵门外。

小夜是个负责照料一白翁生活起居的姑娘。据称两人是远门亲戚，但与次郎并不清楚这姑娘与老人是什么样的关系。

小夜正在修剪庭院内的树木。还真是个勤快的姑娘。

看见她那雪白的脸蛋，也不知怎的，一股抢得了头香的得意竟在与次郎心中油然而生。与次郎虽认为自己对小夜并未怀抱什么特别的情愫，至少不似正马或剑之进般对她心怀思慕。不，虽然常强装刚毅，但惣兵卫似乎也颇有爱慕嫌疑。

与次郎立即上前打招呼。"噢，是笹村先生呀。"小夜转过头来开朗地致意道，"奴家正纳闷您怎还没过来呢。"

"姑娘怎会知道，在下要来叨扰？"

"消息不是已经传遍天下了嘛。天降火球惩妖妇，两国纵火案出人意料的原委。这下矢作大人可是风光极了。"

"噢。"

原来已经听到消息了。但为何知道来访的会是自己？与次郎一问，小夜像只小猫般笑着说道："笹村先生不正是矢作大人的使者吗？涩谷先生铁定会拒绝此类请托，而矢作大人也不可能委托仓田先生吧？"

的确有理。看来唯有自己这个傻子，才会每回都接下这类请托，与次郎不由得感到一阵害臊，面带苦笑地将点心盒交给了小夜。

"老人家在家吗？"

"哪儿也没去，就在小屋内。"小夜笑着招呼与次郎进门。

老人与十日前一样同样坐姿，端坐在同样的位置。与次郎彬彬有礼地致意，接着便跪坐在老人面前。平时都是一伙人相偕造访，许久没机会像这样与老人独处了。

"据说案子侦破了？"老人说道。

"是的。据说原因乃天谴。"

"天谴？还请详述。"

"是的。这还得从头说起。"

两国一带一连串原因不明的火灾，乃油商根本屋之老板娘美代所为。不过，美代并非为引起火灾而纵火，当然亦未罹患嗜火成性的心病，只是为了烧却某样东西。这东西就是杀害根本屋老板前妻——阿绢的证据。根本屋老板考三郎与后妻美代两人，实乃杀害前妻的共犯。

噢噢，老人一脸佩服地感叹道，敢情是还没听说过案情。

"原来是这么一回事。唉，由于深感时下的印刷物读来过于吃力，老夫鲜少阅读。小夜倒是经常浏览。"

"事实上，考三郎是个赘婿，据说原本就是觊觎前妻家产，而接受招赘进入根本屋的。此人与美代从入赘前开始，便已是这等关系了。"

"噢。意即，其意图于入赘后杀妻，再纳自己的女人为后妻？"

"是的。据说这亦是美代献的计。故此，报纸、锦绘或瓦版方称其为妖妇。"

"原来如此，"老人颔首说道，"这下老夫了解个中缘由了。原本还直纳闷为何此女被说成是妖妇呢。那么，此女想烧却的是什么？"

"是尸体。"

"尸体！"老人半开半合的双眼顿时睁得斗大，"是何、何人的尸体？"

"噢。前妻阿绢似乎遭到了两人毒杀。所用毒物，似乎是饱含大量水银的剧毒。"

"水银？"

"是的。接下来的情节，听来可就像一桩怪谈了。"

"请直说无妨，"老人说道，"先生也知道老夫对奇闻怪谈，要比对点心更有兴趣。"

"犯案的契机，正是那鬼火。"

接下来，与次郎开始说起了这么一段因果意味十足的警世故事。

据传，埋葬阿绢的坟地每夜均有磷火出现。虽然仅是一则无足痛痒的传言，但美代与考三郎对此可无法等闲视之。当然，这是出于杀害前妻的罪恶感作祟。天性胆怯的考三郎认为可能是阿绢的冤魂在作祟，为此甚感惶恐。但美代可就不同了。美代推论，或许不过是阿绢生前饮下的大量水银从尸骸内渗出燃烧而已。

"这女子，可真是让人佩服呀。"

"是的，听来和正马还真是一个样。姑且不论其推论是否正确，这女子似乎颇擅长理性推论。的确，水银常用来炼金，有时常温亦能起火燃烧，但被害人生前饮下的水银要自尸骸内渗出燃烧，可就难以想象了。只不过，美代似乎不愿相信幽灵鬼魂之说。"

"因此，才意图找个理由解释？"

"是的。但看到只懂得害怕的考三郎那副胆怯的模样——"

美代决意着手驱鬼。她乘夜潜入坟地，掘出了阿绢的尸骸，试图真正将尸骸焚毁。但对一名弱女子来说，这着实是桩不易的差事。

"唉，时过五年，尸骸已完全化为一堆白骨。但美代还是毅然将它挖了出来，并谨慎地将坟墓恢复原状。毕竟若是为人所察，可就要成了名副其实的自掘坟墓了。"

这女子还真是大胆呀，老人说道。与次郎亦有同感。较之目击鬼火或撞见亡魂，入墓盗骨更要骇人得多。

"后来，美代试着将这副骸骨烧成灰烬，却怎么也烧不干净。"

"都成了陈年骸骨，想必要烧干净也难吧。"

"没错。不管生了几回火，骸骨都烧不干净。到头来，美代只好将骨头带了回去。但丈夫原本已经够害怕了，总不能老是将这种东西留在家中。埋在庭院里，只怕又要起鬼火。美代担心这只会更吓坏了丈夫。因此——"

美代只得带着这副骸骨，上人迹罕至的地方悄悄焚毁。

"原来如此，这就是那几场小火灾的真相？"

"没错。骸骨毕竟不是薄纸，不管添多少油加多少柴，想烧掉都不是那么容易。到头来，不是烈焰殃及别处得赶紧扑灭，就是被人目击，抛下余烬逃离。只要在一处引起火灾被人注意，便难以于同地再次起火，因此才被迫四处迁移。"

"因此，才被误以为是纵火惯犯所为？"

"是的。某日，那雷球出现了。"

"噢？"

"关于那东西，剑之进判断应是自然现象的雷球，不过是碰巧在当日出现。但美代和考三郎可不认为是偶然。考三郎原本就害怕亡魂鬼火，当下就大惊失色，四处逃窜。美代见状也只能服输，毕竟自己连墓都挖了，看来是将阿绢的魂魄给引了回来。至于不知情的小厮们，则个个惊慌失措地逃了出来。不过——"

"心虚者则以为自己看见火中有张脸？"

"没错，"与次郎回答道，"火中并无脸，两人不过是自以为看见了脸。"

俗谓魔由心生。原来人自认为眼里看见了什么，全看自己心中的想象。承蒙老人讲述的那个摄津怪火的故事，众人这才理解这个道理。

"本案——"与次郎说道，"诚如老隐士所言，数场小火与卖油店火灾其实有别。一如老隐士所述，乃碰巧发生的自然现象，被视为降于罪人之天谴。"

几场小火灾乃美代所为，雷球则为自然现象。一方人为，另一方则起于偶然，两者之间原本就没什么直接关系。让两者产生关联的唯一因素，便是隐藏于美代与考三郎的恐惧背后的罪恶感。而当发现两者其实无关，并透视出两桩毫无关联的事象背后的因果关系时，美代与考三郎的罪行也就无所遁形了。

"面对剑之进的盘问，美代与考三郎只得将罪状全盘托出。在化为灰烬的商家遗址中，起出了阿绢的骨骸，既然两人罪证确凿，案情就此水落石出。剑之进巡查因此被誉为慧眼铁腕，大受褒奖。一切均得拜老隐士的开示之赐。"

与次郎致谢道，老隐士也不住点头回礼。

十一

与次郎离去后，一白翁，即山冈百介拉过来一只灯笼，开始读起与次郎留下的报纸上面有关两国事件的报道。他眯起双眼，一张脸一下凑近报纸一下拉远，但就是怎么都看不清报上的小字。只得打开灯笼上的纸罩，试图就着蜡烛的火光阅读。

小夜见状劝阻道："不成不成，百介老爷该不会是想连这栋屋子都烧掉吧？"

"甭担心，老夫的手可还不会打战哪。"

"奴家哪信得过老爷这双手？"小夜说着，为百介送上与次郎带来的点心，同时换上一杯新茶。

"天尚未暗到这种地步。要是如此都看不清，朝火凑得再近也是徒劳。只怕老爷将火越拉越近，一会儿果真失火了怎么办？"

瞧你说的，百介回嘴道。

不过，恐怕小夜的忧虑还真的有道理。小夜笑问需不需要为他朗读，百介婉拒了。反正与次郎已描述得那么详细了，再让小夜读来听听也没多大意义。

"对了，百介老爷，这还真是弄假成真呀。"小夜收拾先前的茶具时说道。

"什么弄假成真了？"

“难道不是吗？之前老爷说的，不过是表面上的情况吧？后头分明还有什么内幕不是？”

“内幕——”

“百介老爷叙述的只是个单纯的巷说。至于后头有什么内幕，却一点也没说穿。笹村先生和咱们也算是熟人了，让他知道应是无伤大雅吧？看来，老爷还真是坏心眼呀。”小夜说道。

其实，的确有个内幕。那桩惨祸——阵屋消失以及代官夫妻之死，对摄津土井藩辖下十五村而言，竟成了好事一桩。

杀害六部引起的国诉后来虽是不了了之，但这场发生于天下珍馔之都大坂附近的大灾祸，竟演变成了招致民怨的神鬼奇案，幕府可就无法坐视不管了。毕竟自大盐平八郎之乱后，摄津一带便成了幕府眼中的是非之地。在大盐的影响下，领民们纷纷长了智识开了眼界，哪天碰上什么契机，难保不会有人再度揭竿起义。因此，幕府立刻将土井藩彻底调查了一番。

辖下十五个村落多半被转配其他藩国，邻近大坂的区域则被划为天领，为幕府没收。此一裁定让土井藩的财务更形困窘，不出两年便遭废藩。百姓虽与藩国撤废、武士切腹等大义名分无干，但众村落毕竟长年为土井藩所辖，在废藩前的短期内，领民们理应还是被课征了苛酷的贡租。若是如此，真不知这段时间内民心是否安定。

只不过，问题似乎并不在此。

情势回归风平浪静后，百介返回大坂的一文字屋。直到此时，他对又市的死才开始有了感觉。阵屋消失至今半月已过，百介这才感到一股失落在心中油然而生。这种感触持续了好一阵子。

不过，一文字屋大内厅里，竟有个人物正在等候百介归来。没料到竟有人在等自己回来，这让百介着实纳闷。

此人是个头发灰白、蓄着一脸刚硬胡须的老人。不仅个头高大，同时还一脸威严。百介至今依然清楚记得，当时老人那慑人的视线，曾让自己何其畏惧。当一文字屋仁藏说出这老人的名字时，更是令百介大为震惊。原来，这老人正是御灯小右卫门。

昔日，小右卫门曾是一名雕制逼真傀儡无人能出其右的名人头师①，但骨子里却是个擅长操弄火药、叱咤江户黑暗世界的大魔头。多年前业已金盆洗手、隐居他乡的小右卫门，不久前才在笼罩北林藩的妖异乌云的召唤下返回黑暗世界，与又市一伙人携手挑战大名权贵，成就了一桩惊天动地的大差事。

那桩差事，百介也涉入极深。不过，虽身为成就那桩差事的重要人物，小右卫门却一度也不曾在百介面前现身。直到这次在一文字屋的安排下会面为止，百介都不曾见过他是什么模样。

小右卫门打量了百介的样貌好一会儿，这才露出一丝微笑，并朝背后高声喊道："还想躲到什么时候？"

他这举动让百介看得一头雾水。

接着，有个人拉开小右卫门背后的纸拉门走进了内厅。看见这人，真令百介震惊得无法自已。此人头裹白木棉行者头巾，身穿白麻布衣，胸前挂着一只偈箱，全身上下一身御行装束。不消说，正是诈术师又市。

让先生操心了，又市面露一副目中无人的笑容说道。

也没等百介思索出该说些什么，两名跪坐在又市身旁的百姓打扮的男女也向百介低头致意。这令百介更是丈二和尚摸不着头脑。

待这对男女抬起头来，又着实令百介吃了一惊。男人虽然换了一身行头，但正是土井藩摄州阵屋代官鸿巢玄马。

百介终于开始了解事件真相。

出人意料的是，鸿巢玄马实为大盐平八郎的同党之一。玄马原本便是个农政造诣深厚，勤习阳明学，对待农民毫无架子的清官。正因为人如此，玄马也曾于大盐门下求教。当饥馑侵袭村落之际，由于对农民窘状深感忧虑，亦对幕府与藩国的无能深恶痛绝，玄马对大盐更是倾倒，终于承诺将助其谋反。

不过，阵屋上下别说是仆佣小厮，即便是派驻此地的藩士，亦无一人知晓此事。阵屋中并无任何对大盐思想有所共鸣的同志。玄马未向众人宣扬谋反大计，并非因其对藩士有所猜疑，毋宁是为了避免殃及藩国所做的考虑。

---

① 专职绘制傀儡人偶头部的工匠。

不过，玄马倒是曾与领民商议。也曾向各村村长传达谋反的意图。领民对大盐平八郎虽不熟悉，但对鸿巢玄马至为信任，纷纷承诺起事时将与玄马携手响应。决意不打起大盐的名号，亦是为了顾及起义失败后的考虑。就连大盐送来的檄文，玄马也未向众人出示便加以烧弃。

不过，由于遭人密告，大盐未能依原定计划起事。原本预定一见烽火便趋身响应的玄马，一发现事迹败露，立刻判断形势不利，谋反注定将以失败告终。若于此时响应，即便能助大盐于一时，到头来仍将同遭镇压。因此，玄马立刻召集众村长，厉声宣布起义气运未熟，今后切勿提及反乱之事，遇盘问时也须坚称自己与大坂起事的大盐毫无关系。欲保护村民，除此之外实无他法。

结果证明，此判断完全正确。最终，大盐之乱未出天满便遭镇压，与役百姓百余名悉数平白牺牲。经过一番严厉审问，首谋及响应者依序受刑，其中亦不乏自决者。大盐父子亦于乱后四十日自决身亡，骚乱表面上已告平息。不过，仍有大盐余党或弟子门生继续潜伏，情势依然称不上安定。

由于此事攸关幕府威信。故此，大坂奉行所不得不对嫌疑者严加取缔。若打算助大盐起义之事为奉行所察觉，别说是玄马，就连领民们亦将难逃其咎。此外，还注定要祸殃藩国。只不过，与大盐有关系者仅玄马一人，土井藩与身为幕府旧臣的大盐表面上并无任何关系。就连派驻阵屋的武士们对此亦是毫不知情。那么，只要领民们三缄其口，便无形迹败露之虞。故此，乱后数年间，土井领得以安然度日。

但即使如此，玄马仍为两件事担忧不已。其一，是兵粮问题。与各村村长密谈后，玄马对贡租稍事调整，背着藩国积蓄稻米。虽然看似与他藩代官中饱私囊的行径毫无不同，但屯粮并未进入玄马私人财库，而是为筹划起义作准备。为防范万一，就连阵屋内的藩士对此事亦不知情。众村长与玄马亦计划倘若起义失败，屯粮将被秘密发还各村落。但只要奉行所稍加调查，不难察觉账簿曾遭篡改。

其二便是大炮之事。大盐平八郎举事时曾携行大炮一事广为人知。其实玄马亦曾调来大炮。虽不知此物来自何处，入手经纬亦属不详。玄马秘密将大炮运进阵屋，藏于仓库中。当然，除玄马以外，别无他人知晓此事。只不过，此物处理起来至为麻烦。搬进仓库是容易，却无法堂而皇之地搬出来。故此，玄马只得继续将大炮封藏于仓库内。

未料，又一难关突然降临。由于藩国财政窘迫，不仅开始向领民增征贡租，还强加上参加互助会等义务。若是依政令行事，领民们势必难耐苛政，甚至恐有导致领民付诸国诉之虞。当然，玄马心系领民，认为倘若国诉能助领民免于压迫，试试倒也无妨。

只不过，国诉并不可能逼迫藩国将政令悉数撤销。虽不可能，玄马也无法坐视这些无理要求被付诸实行。故决意一旦领民有所主张，便将助众人提起国诉。只是，若付诸国诉，自己便将遭到盘查。如此一来，囤积兵粮一事便可能为官府察觉。即便如此，若单纯被视为侵吞贡租中饱私囊之举，仅导致自己职务遭撤，玄马认为这倒也无妨。

不过，阵屋中还藏有大炮。无论如何，这东西必定将为官府发现，届时不管如何解释，终将注定徒劳。如此一来，自己可就要被冠上谋反罪名了。不仅如此，领民们亦将遭到波及。虽曾召集众人演练串供，结果究竟不尽人意。再者，玄马亦不认为百姓的说法会为官府采信。

玄马已无多少选择。当务之急是在增征政令付诸实行前加以阻止。但即便这一点也是难上加难，毕竟藩国之财务情势已然进退维谷。故此，玄马一方面力图劝阻藩国撤销增征政令，同时也暗中与执上方黑暗世界之牛耳的一文字屋洽商。

有鉴于情势进退维谷、无法两全，玄马便委托一文字屋代为设一个两全之局。于是，又市这诈术师又得以大显身手了。这回所设的局，目的有二。其一，不论情势如何演变，务必避免土井藩辖下十五村曾意图谋反一事为幕府察觉；其二，倘若情况许可，务必助领民免于增征与课役。

为达此两大目的，必得先将藏于阵屋内的大炮以及阵屋代官鸿巢玄马自世上抹除。

这绝非借一出小小的戏码便可一蹴而成。不管是悄悄将大炮搬出仓库销毁，或让玄马一人自世上消失，对事态均不可能造成多大改变。当务之急，是让村民主动切断与玄马的联系。欲达成此目的，最快的方法便是将玄马塑造成一名恶棍。不过，若是散播代官施政不公的谣言，可能将招来官府盘查。如此一来，可就万事休矣。因此，一文字屋便想出了一个迂回妙计。

即散播代官夫人生性淫荡的传言，并设局重现二恨坊之之火的传说。

为此，还得央请小右卫门拿出其拿手绝活。小右卫门不仅能将火药操弄得十分娴熟，还深谙以火药将整座山峦夷为平地的远古绝技。原来，怪火的真面目，便是小右卫门的火药绳。百介这才忆起仁藏曾称那怪火为小右卫门火。百介贸然断定此火即为古文献中的怪火，不知不觉竟让自己也中了这伙人的计。

此外，他还请来又市共襄盛举。又市驱除了怪火，又以口才博取村众信赖。一切均是为演出抹杀代官之戏码所做的铺陈。历经一段时日的口耳相传，夫人生性淫荡的传言也在此时开始生效。代官本人虽有人望，但村民们对夫人并不熟悉。故此，较之中伤代官的恶言，诋毁夫人的传闻传播起来要容易许多。夫人生性淫荡之说，让各村落对颇具人望的代官更是同情。于是，又市得以乘虚而入。

当然，驻守阵屋的武士们对此计策同样毫不知情。又市佯装为夫人陷害，并为此命丧代官刑刀下。不消说，代官与又市其实是串通做戏。村民们对代官鸿巢玄马的信赖，自此完全土崩瓦解。因此，村民们便针对代官的暴虐提起国诉。较之对藩政提诉，此提诉内容要单纯许多。

接着，异象发生了。那个首级，其实是小右卫门雕制的逼真傀儡。至于怪火，亦为小右卫门以火药模拟的障眼幻术。当然，夷平代官宅邸的雷击亦如是。此一可将整座山夷为平地的绝技，使得屋内的大炮也被炸得丝毫不留痕迹，于倾刻间化为散布余烬中的铁屑。玄马夫妇早已在又市帮助下逃离阵屋，奔向了一文字屋。

如此一来，玄马于村众眼中，便成了一介贪官。事到如今，已无任何村民愿意挺身为玄马辩护，当然更不可能提及协议谋反一事。众人一度听信其谗言，如今哪可能傻到说溜了嘴，再受此人牵累？到头来，官府判定私下增征贡租之举，乃玄马为中饱私囊所为。派遣此等恶霸担任要职，藩国亦遭到幕府盘查。恶贯满盈的代官,与生性淫荡的夫人一同杀害六部,为此招致冤魂寻仇,双双为天火所灭。此一煞有介事的巷说,就此应运而生。但这巷说却拯救了摄津土井藩辖下十五个村落。

老爷还是没将真相全盘托出呀,小夜说道。

"何以见得?"

"哪可能看不出?"小夜面带微笑回答,"那天行坊其实正是又市先生。但百介老爷就连这一点都没让几位先生知道不是?这种事可瞒不了奴家呀。可别把奴家给看扁了。还什么巧合、自然现象的,听老爷说得如此天花乱坠,却还是骗不过奴家的耳朵。也不想想奴家都照料百介老爷几年了。"

"不,此事以巧合解释便可。"百介说道,"小夜难道不认为,一人之功过不该由他人裁定?不论是什么情况,均应由老天爷裁定才是。律法什么的,不就是这么回事?若不如此,一切可都要没完没了了。"

小夜亦点头同意:"如此一来,坐拥权力者便有权裁定一切。是吧?"

"没错。如此一来,情况可就不妙了。此人只要看哪个人不顺眼,便动辄斩之、监禁之,这还了得?故此,那伙人才坚决从不露面。"百介一脸怀念往昔的神情说道,"总之,此案被视为天谴,怪火亦被视为天降神火,其实最为妥当。倘若被人察觉一切均为人为,后果就难以想象了。因此,此事应到此为止。至少连凶杀事件都解决了,何须进一步深究?"

听完这番话,小夜追问道:"此案背后是否也有内幕?要不,那桩火灾该作何解释?"

不不,百介摇头回答:"内幕想必是没有。那时代已是一去不复返了。"

又市,同样是一去不复返了。

"如今这时代还真是无趣呀。"

百介吩咐小夜打开玻璃窗。满天晚霞顿时映入眼帘。一阵风吹动了悬挂经年的风铃,

铃。

"天下无奇事,但也无奇不有呀。"百介喃喃自语道。

小夜再度笑了起来,看来还是将这番话当成了耳边风。

负伤蛇

使蛇负伤后未加照料

此蛇于夜里寻仇

若遇蚊帐则不得而入

翌日蚊帐周遭

可见此蛇所留之鲜红血书

扬言此仇必报

一

许久以前，某村有对年迈夫妻，育有一独生女。老夫妻生活至为贫苦，其女也生性俭朴，终日勤奋干活，从未有丝毫怨言。一家人日子虽与富贵沾不上边，但也堪称幸福。

某日，其女上山砍柴。这姑娘干起活来十分专注，一丝不苟地专注劈柴，出了一身汗，镰刀都滑手难握，劈起来稍稍失去了准头。

就在此时，突然听见一声异响。只见脚下淌着滴滴鲜血。姑娘连忙拨开木柴，发现一条蛇浑身浴血，痛苦挣扎。原来镰刀从这条蛇的脖子下方斜斜划过。姑娘吓得惊魂失色，连忙抛下蛇逃回家中。

隔天夜里，有一负伤青年卧倒姑娘家门前。虽然因伤衰弱不堪，但身形端正，容貌俊美，老夫妻与姑娘将他搀扶进门，为其疗伤。

由于一家人费心照料，青年终得以康复，并与姑娘坠入情网。姑娘恳请青年留下。老夫妻亦如此期盼。毕竟是救命恩人，青年也不得不从，便成了这户人家的女婿。

此后，财运开始降临这户人家。好运接二连三，财富滚滚而来，不出一年，老夫妻便成了巨富。日子十分幸福。富足的日子，过起来当然畅快。老夫妻与姑娘，终于得以顺心享受如意人生。

不过，财富引来欲望，欲望引来邪念。邪念导致心术不正，心术不正使人与幸福渐行渐远。渐渐地，忌妒、羡慕、怀疑、轻蔑一一涌现，争执、藐视、谩骂、嘲讽时时蔓延。

待这家人回过神来，姑娘与老夫妻这才发现，自己虽是家财万贯，却也坠入了不幸深渊。而姑娘这时发现，自己的夫婿原来就是那时的负伤蛇。原来那条蛇为了复仇，召来金银财气，借此夺去了姑娘的幸福。

二

渡边有一老祠，名叫药师堂，乃源三左卫门翔的祖先宗祠。翔任马允①时曾修缮此堂，见木板屋顶年久失修且多处腐朽，欲除旧换新。拆除旧板时惊见一巨蛇，身躯为一大钉所刺，无法动弹，却仍一息尚存。此堂搭建至今已有六十余年，其间此蛇竟能负伤存活，其寿命之长实令人啧啧称奇。而此蛇贴身之木板内侧，宛如曾抹油清理般光滑油亮，原因费人疑猜。此乃根据翔本人亲口叙述，绝非杜撰。

"翔，是何许人？源三左卫门翔，可就是鼎鼎大名的渡边纲的子孙源翔？"矢作剑之进问道。

应该是吧。由于对此人家谱并不熟悉，被矢作这么一问，笹村与次郎也只能漫不经心地搪塞。

"想必是的。源三左卫门翔乃泷口大夫官传之子，四代前的先祖应该就是赖光四天王之一，也就是曾收伏妖怪的渡边纲。"

剑之进虽是东京警视厅的一等巡查，却精通古典文献，对此类传闻知之甚详。至于与次郎，则不过是对此类故事——怪异或不可解的奇事——多少有点兴趣，虽爱好浏览古书，但论及历史却完全是个门外汉，根本弄不清谁是谁的孙子儿子。

渡边纲可就是金太郎？仓田正马问道。

喂，那是坂田金时吧？涩谷惣兵卫面带怒色地说道。

---

① 又名马头、马寮、马助，7 世纪至 10 世纪日本律令制时代的官阶，源自唐朝的典厩。

正马仿佛是为了炫耀自己曾留过洋，今日也穿着一身与脸型毫不匹配的西洋服装。或许是大伙儿看惯了，他这身行头如今看来似乎显得相称了些。不过如今在榻榻米上盘腿而坐，仪态仅能以滑稽形容。而担任剑术师父的惣兵卫，虽已剪掉了脑袋上的发髻，依然不脱一副武士风貌。挺直背脊的坐姿看来颇具威严，但也格外暴露出此人与时代是何其脱节。

"就别管渡边纲还是金太郎了，"与次郎说道，"咱们今天不是来谈蛇的吗？"

没错没错，剑之进说道："咱们的确是来谈蛇的。瞧你们一副事不关己的，弄得咱们都岔题了。"

"岔题的是你自己吧？金时不就是你自己提起的？"

"我提起的是渡边纲。傻傻地提到金太郎的，可是这个傻愣愣的假洋鬼子呀。"

"瞧你说的什么。"被剑之进如此揶揄，正马不服地驳斥道，"矢作，看来被笹村抢了风头，还真让你恼羞成怒了。"

"我怎么恼羞成怒了？况且，哪来什么风头？"

"找这种老掉牙的历史故事来旁征博引，不正是你这一等巡查大人的得意伎俩吗？开口闭口净是些往昔传闻、远古记述的，还笑我是个傻愣愣的假洋鬼子，你自己不也是个装疯卖傻的假圣贤？"

正马乘机报了一箭之仇。

与次郎呀，你瞧瞧，一对傻子和疯子正吵得不可开交呢，惣兵卫开怀笑道。

随他们去吧，与次郎回答。

一伙人就这么闹哄哄的，丝毫无法回归正题。

"剑之进，我可是看在你再度为难题一筹莫展的份上，才费神为你找来这些史料的。为何不能好好听听？"

没错没错，惣兵卫起哄道："喂喂，与次郎可是费了好大的劲才找来这本艰涩古籍，大家若不洗耳恭听，岂不是太亏待他了？"

这番话根本是又一阵揶揄。

"谁说我们没洗耳恭听了？喂，与次郎，你方才朗读的，可是《古今著闻集》？"剑之进一脸不悦地抚弄着胡子问道。

没错，听到与次郎如此回答，剑之进又语带迟疑地说道："果不其然。《古今著闻集》是没什么帮助的。不过，看你深谙古籍，以前是否读过这篇东西？"

"噢，即使读过，也不记得了。不过，谁说《古今著闻集》没什么帮助？若硬要挑剔……"

"你也同意此书过于古老吧？"

这一点与次郎的确同意。这回剑之进想必又是为了某桩难解案件伤神。若是如此，欲以此书佐证，这资料的确是太过时了。

"不过，剑之进，你自己不也说过，资料是不分新旧的？记得你曾言，若这类自然原理自开天辟地以来皆是永世不变，那么不分古今东西，理应都适用才是。"

当然适用，剑之进回道："我不过是认为这《古今著闻集》是所谓的说话集①，是一册以教化众生为目的的文献，可信性或许略嫌稀薄。其中不少故事甚至可能源自唐土或天竺。"

说话和普通的故事有何不同？正马问道。

嗯嗯，剑之进不禁双手抱胸思索了起来。"还真不知该如何回答你这问题——"

"这文章记载了何年何月发生了什么事，看来并不像是纯属虚构的戏作。"

"没错。"剑之进依旧双手抱胸地同意道。

"原来如此呀。"正马颔首说道，"矢作，你的意思是，这种东西写得唠唠叨叨的，所以不足采信？"

"我可没说它不足采信。"

"你这家伙可真是别扭呀。"正马舒展坐姿，伸直了双腿说道，"这篇东西毕竟是在迷信充斥的时代写成的。我并没有贬低信仰的意思，但倘若一切都得牵扯上神佛法力或因果报应，可就不该轻易采信了。"

"这全看如何解释吧？"与次郎插嘴道，"难道你认为这篇文章的内容是

---

①神话、传说、故事、杂谈等具有文学性的故事或传奇的合集。

否属实，与记述者对这件事的解释毫无关系？"

"喂，与次郎。"惣兵卫高声说道，"乍听之下，你这番话似乎有点道理，只是照你这道理，咱们对鬼魂或妖怪跳梁的传言不就都得全盘采信了？"

"为什么？"

"因为有类似的记载。"惣兵卫说道，"突有暴雨袭来，某坟地不住鸣动，又见天现龙踪，均为某山某神降怒于人间使然——看到这种记述，咱们读者真不知该相信几分。作者的用意，想必是为了昭告神佛灵威，即使虚实混淆，也不以为意。但虽可能突降暴雨，哪可能跑出什么龙来？至于坟地鸣动一项则是虚实难判。倘若写成突如降雨，坟地鸣动，并相传天现龙踪，那么或许坟地鸣动一项，也就不至于难以采信了。倘若作者撰文时未抛神佛信仰，是虚是实，岂不是让人难以判断？"

"只能说是虚实不分吧，"正马下结论道，"总之，我国已是文明开化之国，时下的有识之士，不应再以《今昔物语集》或《宇治拾遗物语》一类古籍来充当数据左证。笹村，我想说的是矢作奉职之处乃东京警视厅，而非奉行所。堂堂一介捕快，岂能以虚构故事充当办案参考？"

且慢，剑之进伸手打断了正马的发言。"在下可没说要全盘采信。再者，要说此类古籍上的记载全是胡言乱语，不足采信，未免也过于武断了点吧？"

"哪儿武断了？"

"噢，姑且不论撰写此类记述的动机或用途，难道这类记载完全不具任何历史价值或资料性？以方才惣兵卫所举的例子来说，姑且不论飞龙现踪和坟地鸣动两项，至少记载了某年某月某日降雨的史实不是？降雨这一点应是毋庸置疑，难道这则记述完全算不上资料？"

"知道古时某月某日的天气，有什么用处？"

"这些记述可没写得这么露骨。"剑之进瞪向惣兵卫说道，"尤其是与次郎找来的这册《古今著闻集》，与其他故事集相比，是以较为平素的简洁文体记述的。不仅载有年号和地名，甚至就连亲身经历者的出身都记得清清楚楚。因此，在下才认为……"

"亦即，由于上头写有根据渡边纲之子孙亲口叙述，便代表它值得采信？"

惣兵卫那张生着刚硬胡须的脸孔随着怒气不住抖动，"哼，这种东西不都是随便由人写的？"

"虽然此文内容，以今日的眼光看来似乎是迷信，但并不代表就是子虚乌有，甚至还应将它视为先人留下的珍贵记录。难道你不认为，知道几百年前的天候是件很了不起的事？"与次郎老老实实地附和道。

对与次郎而言，比起前去遥远异国一游，回溯往昔之旅绝对更令人心动。虽丝毫不怀正马那般对外游的向往，但若有机会一窥往昔，可是绝不会错过。

珍贵记录？惣兵卫语带揶揄地说道，"倘若是载有藏宝地点，或许真称得上珍贵，但蛇可长生不死的记载，哪儿珍贵了？"

"不，当然珍贵了。在下原本也以为此类故事不足采信，但此文既然记载得如此明了，难道不足以佐证的确是真有其事？看来，蛇果真能长生不死。"

剑之进说完，向与次郎致谢道："这资料可真是帮了我个大忙。或许这下就能省了麻烦的审讯。不过，若是能再添点旁证就更好了。"

旁证？惣兵卫可不甘心就此罢休。"你有完没完？难道你们这些当官的，非得拘泥于这些无关痛痒的细节不可？"

"这哪是无关痛痒？"

"当然是无关痛痒。不管是哪册书上如何写的，这点道理不必详究陈年古籍都该知道。蛇是绝无可能活上数十年的。想不到，你竟然愚蠢到这种地步。"惣兵卫痛斥道。

这番话的确有理，与次郎也不得不同意。虽然似乎和与次郎起初的态度略有矛盾，但不论对《古今著闻集》中的记述是信还是不信，这的确是个不争的事实。不管是蛇还是蜈蚣、虫鱼之类是绝无可能活上数十年的。俗传龟有万年寿命，但又有谁看见过哪只龟活到了这岁数？依世间常理，这类生物的寿命皆属短暂。

当然，与次郎并无可兹证明此一常理的学识，但也认为既然这类生物大多短命，这常理应该就是八九不离十了。总而言之，世上是不可能有蛇能活到这等岁数的。不过，与次郎心底还是期望世上真有这种奇事。不，与其说是期望，不如说正是出于这份殷切的渴盼，才会促使他特意找来这则故事。

因此，对惣兵卫的一味否定，与次郎多少还是心怀抵抗。不过，再怎么说，蛇能活上数十年这种事毕竟让人难以置信。

即使一脸怅然若失，剑之进还是奋力回嘴道："竟敢骂我愚蠢？非得告你辱官不可。"

"万万不可呀。将他这种莽夫关进牢里，岂不是要把囚犯们吓坏了？"正马起身制止了两人的争执："好了好了，此处狭窄，不宜喧闹。涩谷，你生得粗野也就算了，别连话也说得如此下流。至于矢作，你该不会是因为上回那桩案子尝到了甜头，这回又一心想立功吧？"

正马指的案子，就是不久前那桩两国油商的杀妻案——在巡查同侪间称之为"雷球事件"的案件。当时，大家也曾为了那是鬼火还是妖火的真面目多加推敲。剑之进就是以那时获得的结论为契机，一举看破案情真相。事后，一等巡查矢作也因此立下彪炳功绩，博得了办案有如快刀斩乱麻的美誉。

这位著名巡查抚着一撮整齐的胡须说道："在下在乎的，并非是否能立功。"

"那么，会是什么？"

"身为一等巡查，在下肩负官府人员之义务，非得以合理手段尽速解决此案不可。"

"这义务和蛇又有什么关系？"正马问道，"你还是没触及重点。"

没错，惣兵卫也附和道。

继上回的雷球事件，这回剑之进提出的疑问便是关于蛇的生命力的问题。

三日前，剑之进邀来与次郎等三人，询问：大家可知道，蛇的寿命大抵多长？他暗示蛇可能十分长寿。但长寿两字可谓十分暧昧。也不知这形容究竟是指十日，还是一年。仅凭话题的内容会有所出入。

大伙儿一问，剑之进便回答七十年。顷刻间，一行人的对话便起了怪异的转变。若是七年或八年尚且能接受，但若是七十年，可就让人难以采信了。以理性主义者自诩的惣兵卫对这答案嗤之以鼻，正马这假洋鬼子闻言也只能耸耸肩。但与次郎却声称记得曾在哪儿读过类似记述，经过一番追溯，便找出了这册《古今著闻集》。

"你这是碰上什么样的案子了？"惣兵卫问道，"捉贼与蛇的寿命长短能有什么关系？我看你就别再胡思乱想了，不如好好磨练剑术比较正经。"

"在下和你都已不是武士，无须再披挂长短双刀。如今还花工夫挥舞竹刀，哪能有什么用处？"

"我至今仍是个武士。"惣兵卫回道，"只要骨气尚存，即便剪掉了发髻，武士依然是武士。"

"光凭骨气哪能办案？重要的是这里有什么东西吧。"剑之进指着自己的脑袋说道，"如今，蒸汽火车飞快疾行，瓦斯灯终夜大放光明，更有电报机接收远方音讯，武士只晓得砍砍杀杀的骨气，老早就无用武之地了。在这时代，凡事都得动脑才能解决。"

"矢作所言甚是。"大概是害怕在西装上留下绉褶，正马端正了坐姿说道，"欧洲的警察机关可是十分有绅士风度的。文明国家的捕快绝不会野蛮地以利刃威吓，或以棍棒捕人。不过，他们可不会在意蛇能活多久呀。"

话毕，正马又盘腿坐了回去。"喂，矢作。"

"够了够了，在下已经受够你们的揶揄了。"

"我可没半点揶揄的意思。除了迷信传说之外，我倒曾听说过蛇可能极为长命的说法。"

原本准备承受又一句嘲讽的剑之进，刹时露出了一脸错愕的神情。

"只要不加屠宰，龟鳖通常均能长命百岁。只要妥善饲育，便能长得硕大无朋。据说唐土天竺便有长得和洗衣盆一般大小的鳖。"

"噢？难、难道龟寿万年这句话，果真属实？"与次郎惊讶地问道。

就连虽不知究竟学到了几分，但喝过点洋墨水的正马都这么说了，或许这还真是足以采信。与次郎不由得开始兴奋了起来。

但正马的回答是，既然无人活过万年，又有谁能确认这说法是否属实？

这么说，的确有理。

"再怎么说，万年也不过是个比喻罢了。不过，异国时有巨蟒相关的传说，留洋期间，我曾数度浏览一种名叫博物志的书刊，其中有不少蛇类的图画，有些甚至硕大到令人误判为漂浮大洋的巨木。这种蛇要比异国的船只都庞大，若没个数十年，哪可能长到这等大小？此外，亦曾听闻南洋有长达数尺的巨蛇生息。不少异邦因蛇的形象与习性而将其视为圣物。就这一点看来，或许蛇果真要比其他虫鱼禽兽更长寿。"

噢，一等巡查问道："看来活个七十年应该不成问题吧？"

"这我无法断言。但或许蛇真能活这么久。不过，为何是七十年，而不是十年或百年这类整数？"

"这是因为……"

"若不解释得详细点，我们怎么帮你？"

"没错。瞧你嘟嘟囔囔地说得这么不干不脆，即便与次郎费神找来数据佐证，咱们的对话不还是沦为无谓清谈？"惣兵卫气呼呼地说道，"你是说还不说？虽不知是真是假，就连咱们这位曾留过洋的大少爷都说蛇能活个七十年了，哪还需要计较与次郎找来的东西究竟是否可信？这回办的究竟是什么样的案子？我看你就招了吧。"

生性粗犷的惣兵卫粗鲁地拍着剑之进的上臂。剑之进则一脸嫌恶地支开了他的手，接着，若有所思地说道："噢，与次郎带来的《古今著闻集》中的记述，似乎不容忽视。"

"为什么？因为里面写着和你说的七十年相差不远的六十余年？"

"并非为了这点。"

"那是为了什么？依我推测，想必是什么说出来会笑掉我们大牙的蠢事吧？"

此事可是一点也不蠢，剑之进皱眉回道。

惣兵卫夸张地皱起了眉头说道："你这家伙还真是别扭呀。总而言之，与次郎叙述的故事虽不至于全然是创作，也绝对不是真有其事。不，作者或许是依自己所见所闻撰写的，但这部分毕竟仅是传闻不是？不管作者是什么身份，这都不过是篇乡野奇谈罢了。"

"你怎么知道这绝不是真有其事？"

"我说啊……"这下轮到惣兵卫端正坐姿了，"蛇可能活个六十余年这种说法，我或许还能接受。但是，剑之进你仔细想想吧。与次郎为咱们朗读的这则记述中的蛇，可是在六十余年里都不吃不喝，还动弹不得呢。"

"没错。"

"你认为这可能吗？我说剑之进呀，俗话虽说人生短短五十载，但还是有不少老翁老妪活到七八十岁。人虽长寿，不吃东西还是活不了的。即便是断五谷、断十谷的修行，也不是完全不进食的。即便完全断食，至少也得喝水。若是不吃不喝，任何人都撑不过十日就得活活饿死了。"

"但惣兵卫，难道你忘了蛇是会冬眠的？冬日间，蛇不是只要不吃不喝地睡顿觉就行了？"

"听你说的。但不也得先大啖一顿才能睡？"惣兵卫说道。

"那是熊吧。"正马立刻插话说道，"蛇与兽类的冬眠习性不尽相同。蛇属阴性生物，并无体温。由于无法自体内发散阳气，故只要气温下降便感到寒冷。因此蛇的冬眠与其说是睡眠，毋宁说是假死较为恰当。"

"假死？"

"也就是暂时死亡。"

原来如此，剑之进恍然大悟地说道。

"可别凭一点推论就贸然断定呀。"正马说道，"那可能假死六十年？若是如此，可就是真的死了，绝无可能复生。"

"真的绝无可能？但这可是源翔的——"

"所以，咱们这位使剑的才要说，这不过是则乡野传闻罢了，根本当不了证据。看在你爱听这类故事的份上，与次郎才找来这则东西，但有哪个傻子会不分青红皂白地相信这种事？除了这种虚构故事之外，你可曾听说过蛇被封了七十年还能活命的？"话及至此，正马眉头深锁地望向剑之进："你说是不是？"

一等巡查矢作剑之进板起了脸，接着颓丧地点了点头。

三

这回剑之进调查的案件，案情大致如下。

池袋村有一姓塚守的望族世家。

即便称不上第一，塚守家在这一带也算是数一数二的大户人家，维新后家势依然盛况不改，家境颇为富裕。塚守这姓氏的由来，似乎并非某大人物所赐，而是因主屋后方有座古冢，故冠此姓。

不过，论起塚守家族成员的关系，可就有点复杂了。原本的家主名叫伊佐治，在三十多年前的天保年间随夫人一同亡故。之后，家务便由伊佐治之弟粂七接手执掌。塚守粂七为人寡欲耿直，虽已是年逾花甲的老翁，仍备受乡亲景仰。其子正五郎，个性也一如父亲般踏实认真，即便遭逢改朝换代的乱世，一家男女老幼依然胼手胝足卖力干活，方能安度乱局，保家势于不衰，直至今日。

问题出在已故伊佐治的遗孤伊之助。伊佐治亡故时，此人还是个五六岁的娃娃，算算如今应已是四十好几了。伊之助终日游手好闲。也不知是生性懒惰，还是父母双亡使然，他变得桀骜不驯，从没干过任何活。为他安排婚事，不是因看不顺眼立刻离异，就是动辄施暴将媳妇吓走。故虽然已年逾不惑，至今仍是孑然一身。

养父粂七生性耿直，即使伊之助并非己出，亦与其子正五郎一视同仁，不至于虐待这兄长遗孤。但伊之助似乎就是对此不满。通常，这类人可能会因备受冷落而变得愤世嫉俗，于迷惘中步入歧途，但伊之助的情况正好相反。

此人似乎认为家中之主理应为已故伊佐治，如今不过是委由早该分家迁出的弟弟代为执掌。故此动辄向粂七与正五郎父子口出不逊，坚称自己才是承袭正统血脉的家主。塚守家并非武门，何须在意血脉是否正统？更遑论时代早已物换星移。即便叔父曾供自己衣食无虞地长大成人，此人却不仅不知报恩，还动辄咄咄相逼，行状之恶劣可见一斑。即便如此，粂七父子似乎仍未有任何抱怨，只任凭兄长这不成材的遗孤四处为害乡里，盼其有朝一日终能理解彼等用心良苦。

伊之助终日为非作歹。虽不曾窃盗杀人，但挥金如土，饮酒无度，终日与一群恶友放纵玩乐，不仅吃喝嫖赌样样精通，甚至曾因恶行恶状而遭捕入狱。不论用餐乘车均恣意赖帐，施暴伤人亦有如家常便饭。甚至曾意图染指正五郎之妻室。一切作为令人发指，但又让人束手无策。

但这样一个恶霸，却于五日前猝死。

据传伊之助颈部遭蛇咬而死。咬死伊之助的蛇已逃逸无踪，但根据目击者证词及遗留其体内毒物的检验结果判断，致死的应是一条蝮蛇。

咽喉遭蝮蛇使劲一咬，的确是不死也难。就连脚部遭轻轻一咬，若未妥善处理，也能让人魂归西天。若是死于蛇吻，这就是一桩意外，无须官府差人处理。不过事实上，令一等巡查矢作百思不解的，正是这条蛇究竟来自何处。

"是哪儿不对劲了？"

正马脱去上衣外套，解开了衬衣领口的扣子。狭窄的房内至为闷热。但正马这番举动想必并非因为怕热，而是出于不习惯如此穿着吧。

"难不成，你想逮捕那条蛇？"

"开什么玩笑。若是想嘲弄我，我可就不说了。"剑之进赌气说道。

"这哪儿是嘲弄你了？我只是觉得这实在令人难解。为何为了区区一条蛇，得劳烦你这位东京警视厅的巡查大人前往池袋这等穷乡僻壤？"

有道理，惣兵卫附和道。

正马与惣兵卫总是如油和水般不和，唯有攻击剑之进和与次郎时意见才可能一致。因此，剑之进常揶揄他们俩活像萨长①。

"就你的叙述听来，那百姓根本是个不值一顾的混账东西。既不孝又无礼，既不仁又不义，是个四处为恶的坏东西。这等恶棍死于天谴也是理所当然吧？"

"若靠天谴两字便可搪塞，社稷哪还需要警察？"剑之进说道，"惣兵卫，你不是一向厌恶迷信？如今怎又抛开平时的儒者风范，攀附怪力乱神之说？这番话听了，还真是令人错愕呀。"

"且慢。涩谷口中的天谴，不过是个比喻。指的是凡遭狗咬马踢、掉落洞穴溺死河中等灾祸，皆非外力使然，而是受灾者自己遭遇的不幸。"

但案情并非如此，剑之进说道。

---

①萨摩藩与长州藩原本一直敌对，后在坂本龙马的斡旋下结成同盟。

看来死者的死因并不自然。

死前一日，伊之助因轻薄了一农家姑娘而引起争执。据传，最后此事演变成一桩塚守家雇用的庄稼汉悉数前来声讨的大骚动。

弄伤了未婚的姑娘，虽是有恩的主家塚守家的正统血脉，也不可轻易纵放。再加上实在看不惯伊之助平日的为非作歹，以及他对粂七老爷的言语胁迫，庄稼汉们终于决意一同挺身反抗。由于这场骚动的规模过于庞大，接获通报后，曾为本地游商的冈引①——即幕府时代掌有官府授与捕棍的百姓——也出动了。

伊之助原本准备以惯用的威吓蒙混过去，但这回的对手并非一两人，光凭这招已是无法收拾。平日言行温厚的粂七眼见情况如此严重，也不得不亲自出面，当场制伏伊之助，严厉斥责了一番。此外，据传粂七还向庄稼汉们下跪致歉，并逐一支付和解金以示歉意。庄稼汉们个个对粂七心怀敬意，本就没有任何怨恨，看在老爷的情面上，这场骚动便就此宣告平息。如此一来，冈引也不得不撤手。既然骚动业已平息，如今已不再有理由将伊之助逮捕。

但伊之助依旧是忿恨难平。虽然当时眼见情势不利于己，只得被迫保持缄默，但伊之助心思如此扭曲，当然无法接受如此结果。伊之助的想法是，自己贵为塚守家之主，怎可听任地位于己之下的粂七训斥？况且，粂七支付庄稼汉们银两以求和解一事，亦让伊之助极为不快。塚守家的财产理应归自己所有，怎可不经自己同意便径行使用？此人就是如此无理取闹。

死亡前夜，伊之助召来一伙恶友豪饮，并乘酒意大发牢骚。

据传，伊之助当时曾这么说：世间似乎以为塚守家坐拥万贯家财，是粂七那臭老头和正五郎那臭小子卖力挣来的，但实情根本不是如此。塚守家有一大笔隐秘财产。老子曾听言有一笔永远挥霍不尽的金银财宝被藏匿某处。这原本是一家之主才知悉的机密。想必是老子亲爹过世后，这笔宝物被那臭老头据为己有了。而那贪得无厌的家伙竟然一文也不分给老子。

①在奉行所的与力、同心旗下协助调查刑案或逮捕嫌犯的人员，性质与今日的私家侦探大致相当。

据说伊之助忿忿不平地说了这番话。

但这种说法似乎并非空穴来风。其实，这个传闻老早便已传遍这一带。家宅后方的古冢——这座代表一家人姓氏由来的古冢，邻近居民称之为口绳冢。口绳，即为蛇之意。据传任何人碰触到这宛如一座小山的古冢，便将为蛇魂所害。加上古冢又坐落于塚守家的土地内，外人通常难以接近。

这座可怖的妖冢上，有座小小的祠堂。据传祠堂内祭祀的，是塚守家的地主神。这座祠堂的由来似乎颇为不祥，不过详情似乎没几个人知道。也不知因谈论这由来是个禁忌，还是正确情况早因年代久远而失传。只是流言依然悄悄流传，据说塚守家的祖先曾因杀蛇而招来蛇魂作怪，还有传言说远祖曾杀了盗贼夺来财宝。但此类说法均仅止于传说，无人将之视为事实。

总而言之，这座古冢给人一种不祥的印象。似乎任何人均不敢接近，谈论起来是多所忌讳。不过，有一人并不做如是想。那就是伊之助。

冢内藏有黄金。伊之助如此告诉他的酒肉朋友。

毕竟是祭祀这一带首屈一指的望族家神所在地，哪可能任凭闹鬼、诅咒一类的传闻四处流传却不闻不问？因此，伊之助推测正因其中藏有黄金，家人才刻意散播此类传闻，意图藉此掩人耳目。

于是——

"伊之助便与五个同伙相约，于翌日——也就是五日前，攀上了那座古冢。"

"噢！"正马惊叹道，"竟然不相信迷信？这小无赖可真是进步呀。乡下人大多对迷信深信不疑，通常应会刻意避开这类据传闹鬼的地方。"

"哪有什么好佩服的？这家伙不过是利欲熏心罢了。"

"与次郎说得没错。"剑之进说道，"同行的五人似乎是惊恐不已，想到要上那种地方，便一肚子不舒服。"

人通常会趁夜晚潜入那个地方。但对伊之助而言，这是自己家的土地，不必顾忌他人眼光，要攀上去何须偷偷摸摸的？因此决意在堂堂白昼进行。倘若是挑在入夜后行动，或许这些喽啰们就不敢同行了。

一伙小喽啰在伊之助的引领下，攀上了古冢。上头果然有座小祠堂。

"还真有座祠堂？"

"这座祠堂在下也检查过了。"

"你也攀上了那座闹鬼的古冢？"

"那可是案发现场，当然得上去。否则案子哪办得成？"

"噢，想不到害怕妖怪，一想到亡魂就直打哆嗦的剑之进大人，竟然也敢攀上去。"惣兵卫冷眼瞄向剑之进说道。

剑之进可没把他的揶揄放在眼里，一脸严肃地继续讲述："根据那群家伙的证词，当时祠堂的大门上着锁，上头还贴有一张纸符。"

"是张什么样的符？"

"或许可说是护符吧。一部分还残留在门上，剥落的部分则被在下当证物查收了。至今仍不知这张符是哪个寺庙或神社印制的，但上头印有某种咒文。向对此较有涉猎者请益后，方得知这种符叫作陀罗尼符。"

"不就是药研堀的老隐士常提及的那种符？"

隐居药研堀的博学隐士一白翁，在述说昔日种种故事时，的确常提及这种符。

"这张符破破烂烂的，看来年代相当久远。在祠堂外风吹雨打，理应早就毁坏掉落了，看来所用纸张还颇为强韧。"

"符贴在门上，可是为了将门封住？"

与次郎这么一问，剑之进回答说："但此符并非近日才封的。"

"并非近日才封的，何以见得？"

"噢。即使是张陈旧的纸符，也有可能是近日才贴上的。但在下曾观察门上贴有纸符的部分，至少看得出符并非近日才贴上的。不仅贴有纸符的门板未见褪色，也看不出任何加工的痕迹。看来门上至少贴了十余年了。"

"这回才被这名叫伊之助的家伙剥下来了？"

竟然搞这种小把戏！根据小喽啰们的供述，伊之助见状曾如此大喊。

但这群小喽啰似乎不认为这仅是个小把戏。纸符在门上可是贴得十分牢靠，似乎是有人极力想把里头的什么封住。伊之助踢开祠堂前摆放的供品，接着开始剥纸符。但这张符贴得牢牢的，要剥除似乎颇为不易。

"门前的确曾摆有一座三方①。大概是被伊之助踢坏了吧,残骸散落一地。三方上面似乎曾供奉着盛了神酒的酒壶与杨桐枝条。据说塚守家家主——正确说来不是家主,而是代理家主粂七老爷,每日均不忘于天明前献上供品。据说,兴建祠堂时,塚守家曾邀来一行者,立下此约定。"

"这约定可是粂七老爷立下的?"

"似乎是如此。古冢似乎自古便有,而祠堂则是粂七之兄伊佐治,即伊之助之父过世时兴建的,建于三十余年前。据说原本是没有祠堂的。"

"总觉得哪儿不对劲。"正马说道,"在那之前,没有祭拜过任何东西?"

"详情在下并未询问,但据说兴建祠堂前,该处仅有一空穴。前代家主伊佐治,据说同样是死于蛇吻。当时便认为必是受到了什么诅咒,为了避免殃及他人,才在空穴上建了祠堂,以供奉蛇灵。"

果不其然,正马说道。

"怎么了?"

"当初建这祠堂,就是为了掩盖那个空穴吧?这不是被伊之助猜中了?"

"完全没猜中。"剑之进说道,"在下曾朝祠内窥探。祠堂极为狭窄,仅容得下一人入内。地板中央有座地炉,下头便是地面。地上的确有个空穴,但大小也仅容放入一只茶具箱,什么也藏不了。事实上,里头摆着一只箱子。"

"什么样的箱子?"

"这……是一只看似道具箱的东西。与其说是箱子,毋宁说是一只凿空石头、加了个盖子的龛。"

"听来还真是个怪东西。"

"没错。据传这只石箱自从有祠堂前就摆在那空穴里了。当然,从没有人打开过它。"

任谁在妖魂肆虐的古冢顶上的一个空穴中看见来历不明的石箱,想必都没胆打开来瞧瞧吧。别说打开,据说就连那只箱子本身,都未曾有人看见过……

---

①供奉神佛或为贵族献食时使用的木质方盘,下方垫高的底座前、左、右三面有孔,又名三宝。

不知何故，话及至此，剑之进突然欲言又止了。

怎么了？惣兵卫催促他继续说下去。

"这……在下方才说未曾有人看见过，其实这说法不尽准确。事实上，据传约七十年前，伊佐治之父，即伊之助的祖父，就曾掀开过盖子。"

"噢？为何打开？"

"这在下不知道。似乎当时曾有过妖魂寻仇的怪事。"

"那位祖父也过世了？"

没错，剑之进隔了半晌才回答。

"死于蛇吻？"

"毕竟年代久远，死因完全不明了。只不过……"

"只不过什么？"

"据传那位祖父曾言，看见箱内有蛇，便连忙将盖子盖了回去。"

"箱内有蛇？"

"据传——就是如此。之后，便不曾有人再碰触过那只石箱。此言想必不假，应是无人再碰过了吧。"

"应该是吧。没事何必碰它？"

"没错。正马曾揶揄乡下人多对迷信深信不疑，即便对迷信不全盘采信者，理应也不会去那种气氛骇人的地方。毕竟去了也没什么好处。再加上先代家主伊佐治也曾为了印证此一传说而殒命。当时表示要去瞧瞧箱内有什么，但尚未瞧见便丢了性命。且据传此人死于蛇吻。众人见状，便决意兴建祠堂，供奉蛇灵。籴七等人对蛇灵极为畏惧，每日均不忘献供，经年不辍。"

正马两手抱胸地沉思了半晌。

"喂，矢作。"

"怎么了？"

"这回该不会也是……"

"正是如此。破门而入的伊之助步入祠堂，一发现石箱便嚷嚷'找着了，找着了'，将盖子打开，结果……"

石箱里——

"石箱中果真有蛇。据说，当时伊之助蹲下身子朝箱内窥探，那条蛇猛然袭来，刹时咬上了伊之助的咽喉。遭蛇咬后，伊之助发出一声短促哀号，旋即仰身倒在祠堂前，不出多久便断了气。"

且慢，这下轮到惣兵卫开口打岔。但他只说了声且慢，便没再吭声了。

"门上不是贴了张纸符吗？"

"没错。若粂七所言不假，那张符是三十余年前贴上的。方才也曾说过，那张纸符在下也曾审慎检视，的确像是至少贴了十年以上。看来粂七的证词并无任何不妥。"

且慢，惣兵卫再次打岔道。"那只石箱与盖子之间，是否有缝隙？"

"并无任何缝隙。在下曾亲手将盖子盖回去。盖子也是石头凿成的，盖上后不留任何缝隙。此外，盖子本身沉甸甸的，即便碰上地震，也绝无可能松脱。"

"盖子是何时盖上的？"

"若传言足堪采信，应是七十年前盖上的。"

原来如此——

"难怪你要问我们蛇是否活得了七十年！"惣兵卫高声喊道，"不过，剑之进，这未免也太离奇了吧？"

"确实——极不寻常。伊之助的确是被蛇咬死的。一如正马所言，这的确是桩意外。不过，石箱内有蛇这一点，实在太离奇了。"

真有人可能被密封于石箱中七十年的蛇咬死？此事的确离奇。也难怪剑之进如此困惑。

"在下完全不知此事该作何解释。"剑之进以屡弱的语调说道。

"不知该作何解释？这种事还能怎么解释？"

"难道只要记下一恶徒惨遭蛇咬殒命，此案便有了交代？"

"即使无法交代又如何？噢，除此之外，还能如何交代？不管咬他的是条多么离奇的妖蛇，只要是遭蛇咬而死，这就是一桩意外。凶手可是条蛇呀，堂堂一介巡查，何必被区区一条蛇搞得如此为难？"

"且慢。伊之助广为村众嫌恶，不仅对塚守一家而言是个眼中钉，庄稼汉们对其也是恨之入骨，生前想必曾让许多人敬而远之。即便是一同去扰乱古冢的狐群狗党，也并非因仰慕其人望而为跟班，不过是群乌合之众，想必从没将伊之助视为同伙吧。"

真是不懂，正马说道。

"哪里不懂了？"

"大家想想。依此状况判断，欲将伊之助除而后快者，想必是为数甚众。"

"你认为——他是遭人杀害的？"

"看来不无可能。"

"但凶手可是条蛇呀。"

"的确是条蛇。但难道不可能是有人握蛇藏身其中，乘机将蛇朝他的脖子……"

剑之进佯装手握蛇头，朝与次郎的脖子一凑。

"如此一来，可就是如假包换的凶杀案了。大家说是不是？"

若是如此，的确就成了桩凶杀案。

"若是凶杀，必有凶手。哪能含糊办案，轻易纵放？"

"煞是有理——"

"否则的确难以解释。"剑之进这位一等巡查一脸愤慨地说道，"古冢上净是裸土，几乎寸草不生。若有蛇爬上来，要发现根本是轻而易举。再者，若伊之助遭咬的部位是脚，尚不难解释，但被咬到的却是脖子，未免就太不自然了。难不成是蹲下身子时，恰好碰上了这条蛇？"

这未免过于凑巧。不过，如此说来——

"假设案情并非如此，那么，便只能相信众人证词，的确有蛇藏身于石箱之内。根据遗骸与案发现场的调查结果，这的确是最自然的结论。但若是如此……"

代表了这条蛇的确是在密闭的石箱中活了七十年——

剑之进停顿了半晌，又开口道："倘若蛇真能不吃不喝地存活七十年，那么此案便是一起单纯的意外。但若蛇的生命不可能如此强韧……"

那么，就得找出真凶了——剑之进如此下结论。

四

这天，一白翁的神态稍稍异于往常。

虽然如此，其他三人似乎没察觉出什么异状，或许仅有与次郎如此觉得。

似乎有那么点心神不宁。

与次郎如此感觉。即便如此，老人并不显得焦虑。神态依旧翩翩飒爽又泰然自若，说起话来依然语气玄妙又趣味盎然。若硬要说老人有哪儿与往日不同，与次郎认为或许是眼神添了几许光辉吧。

一行人再度来到药研堀，造访这栋位于九十九庵庭院内的小屋。

这儿是与次郎一行四人最喜欢的地方。开敞的拉门外，可以望见一片艳蓝的绣球花，小夜可能就在那丛绣球花的叶荫下。

这位姑娘负责照料老人起居，干起活来十分勤快，方才还在为绣球花浇水。

老隐士觉得如何？惣兵卫问道。"原本我们也以为是一派胡言。但越听越感到离奇，看来剑之进怀疑其中有怪，似乎也不是没有道理。"

"怀疑其中有怪？"一白翁搔了搔剃得极短的白发问道，"难不成各位推测，可能是村里的某个人杀害了伊之助？"

不，剑之进率先否定。"此三人并未亲赴现场。仅有本官曾前往该地，也曾面会村人及枭七、正五郎父子。坦白说，当时在下的感想是……"

是何感想？老人面带微笑地问道。

"噢，就是这些人绝非杀人凶手。个个态度和蔼恭谦，悉数是善良百姓。"

"岂可以第一印象论断？"正马说道，"你这根本是先入为主。或许你要嫌我唠叨，但你毕竟是个巡查，而不是同心。近代的犯罪调查，绝不可以义理人情为之。首先，必须找到证据。只有找出一连串证据，方能还原真相，依法量刑。"

"不过，法理不也是以正义为依归？"老人说道，"老夫毋宁期望支持正义者并非权力，而是人情。"

"此言当然有理，但老隐士……"

"警察既为执法者，老夫也期望巡查大人多为深谙人情之仁者。就此点而言，矢作先生不失为一位好巡查。想必矢作先生认为村众中并无凶手，应是凭直觉所下的判断吧？"

"与其说是直觉，或许诚如正马所言，凭的是第一眼印象。"

凭印象也无任何不妥，一白翁笑道。"俗话说人性本恶，但世间也并非如此凶险。虽说人心险恶，世上其实也有不少善人吧？"

"不过，老隐士，"惣兵卫探出身子问道，"那么，难道真是蛇……"

蛇怨念极深。老人打断了相貌粗鲁、一脸胡须的惣兵卫说道。

"怨念极深？"

"是的。或许各位认为这等畜生理应无念，这种说法不过是个迷信。但不分古今东西，从远古时期，蛇便广为人类膜拜。理由则形形色色。"

诸如，蛇会蜕皮，老人说道。

"噢，的确会蜕皮，但这有何稀奇？"

"有一种神仙，名叫尸解仙。"

"噢？"

"据传此仙可蜕去旧躯重生。"

"重生？"与次郎问道，就着跪姿往前挪了几步。

"是的。这也算是长生不老吧。依老夫之见，这传说或许是自蜕皮衍生而来。部分爬虫可抛弃衰老躯壳汰换躯体，此习性虽非重生，但在古人眼里等同于新生，也可能因此认为借由反复汰换躯体，可保永生不死。亦即对古人而言，蛇是能死而复生的不死之身。"

"原来如此。不过……"

"这老夫也了解，"老人打断正马的话说道，"故此，与蛇相关的传说可谓多不胜数。蛇以虫、鼠、鸟等嗜食谷物的害虫为食，属有益动物。或许是为了劝人切勿杀蛇，因而杜撰出某些传说。"

"噢，的确有理。"正马恍然大悟地说道。

"即便劝人见蛇勿杀，但其形貌毕竟令人望而生畏，多数人见之，应会感觉不快。"

的确，应该没几个人喜欢蛇。

"难怪俗话说厌之如蛇蝎，妇孺对蛇尤其厌恶。"

况且，蛇还带毒。老人继续说道。"不过看似凶恶，蛇其实生性温顺。除捕食之外，并不好攻击。除非是人主动袭之，噢，或许也可能是不经意踩着或踢着，否则蛇并不会主动咬人。但多数人见蛇扭身爬出，通常会被吓得惊慌失措，在这种情况下，人便有可能遭袭。"

有理有理，这下轮到惣兵卫恍然大悟了。"畜生就是这么一回事。姑且不论狼或熊等习于掳人吞食的猛兽，即便是生性再狰狞的畜生，也不喜做无谓攻击或杀生。"

"没错没错。"老人一脸笑意地颔首说道，"总而言之，要取蛇性命并非易事。不仅生命力强，还生性执拗、怨念极深，再加上冬眠与脱皮等习性，赋予人不老不死的印象。若是个生性执拗的不死之身，便代表其世世代代均可寻仇。因此，才有了招惹蛇可能祸殃末代的传说。"

"有理。古人的确可能如此推论。"

"因此，相传若须杀蛇，必应断其气。"

"必应断其气——此言作何解？"与次郎问道。

一如文意，一白翁回答。"老夫曾周游诸藩，广搜形形色色的故事，对此倒是知之甚详。例如……"

一白翁自壁龛旁一只书箱中取出一册看似账簿般的记事簿。

"让老夫瞧瞧。口绳蛇蟒相关迷信，老夫这就为各位朗读一番。嗯……蛇执念甚深，故若斩杀时未断其气，其灵必将肆虐。北自奥州，南至艺州，此说几可谓遍及全国。除此之外，各国均有蛇灵寻仇、招来灾祸之说，故常言欲杀蛇，必须确实取其性命；未断其气，将化为妖孽或死而复生。"

"死而复生啊……"

"噢，或许正是基于老夫先前提及的理由。肥后一带相传蛇魂宿于其尾，杀蛇时应将其尾压溃。骏河一带亦有类似传说。老夫推测，古人应是见到即便斩其首，蛇身仍能蠕动，方有此说。的确，即便遭斩首，蛇或鱼仍能活动好一阵。看来，这说法应是形容其生命力极为旺盛之譬喻。"老人说道，"此类传说，想必是起源于蛇执拗的生性。相模一带甚至相传，蛇死后，仍可凭怨念活动其躯。"

凭怨念活动其躯？若是如此，的确骇人。

"越中则相传，杀蛇时，务必将之斩成三截。房总一带亦有杀蛇后，不管弃尸多远，蛇都将回返寻仇之说。至于最为离奇的妖魔传说则是——想必与次郎先生亦曾听闻，就是铃木正三所著的《因果物语》中，与蛇相关的诸篇故事。"

"关于该书，在下所知无多。"与次郎回答，"是否就是那有平假名与片假名两版……"

"没错。该书载有多篇诸如死时心怀怨念之僧侣幻化为蛇、或忌妒成性的女子化为蛇身等故事。生性执着者大多蜕变为蛇。佛说系念无量劫，执着乃难以计量之重大罪业。如此看来，蛇被视为邪恶化身的情况可谓不胜枚举。但就现实而言，蛇毕竟为益虫，因此仍广为人类膜拜。故亦有蛇乃水神化身、神之御前、毘沙门天或弁财天之召使乃至金神化身诸说，劝人绝不可杀之。"

"金神化身？"

与次郎倒是听说蛇对金气避之唯恐不及。

蛇畏惧的是铁气，老人说道。"铁气泛指金属。金神之金，指的则是财产。某些地方甚至有为蛇咬必将致富、或地下藏蛇则家势必旺之说。"

遭蛇咬不是会要人命吗？惣兵卫纳闷地问道。正马则澄清并非所有蛇类均具毒性。"蛇似乎以不具毒性者居多，敢问老隐士是否如此？"

"诚如正马先生所言，"一白翁回答，"蝮蛇或南国之响尾蛇，的确带有致命剧毒，但具毒性之蛇种甚少。虽令人望而生畏，然多数蛇实属无害，反而对人有益。想必欲杀蛇必断其气之说，实为劝人切勿杀蛇之反喻。尤其是窝身家中的蛇，万万不可杀。"

"窝、窝身家中的蛇，不是反而该杀吗？"惣兵卫纳闷地质疑道，"让这种东西潜入屋内，岂不要引起一阵骚动？"

"噢，与其说屋内，或许该说是土地之内较为妥当。此言之本意，乃现身房屋周遭或耕地之内的蛇绝不该杀，反应将之视为家神。杀之可能导致家破人亡或家道中落；任其存活，反能成镇家之宝。"

"镇家之宝……"

"没错。毕竟蛇乃金神，某些地方甚至视其为仓库之主。勿忘蛇虽好盗食仓中囤米，但亦好捕食老鼠。"

"原来如此。"

总而言之，言下之意乃见蛇绝不该杀？与次郎心想。看来正如老人所言，杀蛇须断其气之说，实乃不可杀蛇之反喻。

"不过，老隐士，"剑之进打岔道，"听了这么多与蛇相关的有趣故事，但关于蛇乃不死之身、至为长寿之说……"

"老夫知道，老夫知道。"老人挥舞着皱纹满布的消瘦手掌说道，"蛇蟒多被视为神秘或具神性之生灵，故常与禁忌有所联系。此外，基于其褪皮与冬眠之习性，亦常被视为不死之身。听闻老夫的叙述，各位对此应已有所理解了。是不是？"

是的，四人异口同声地回答。

"那么，方才提及的《因果物语》中有如下故事。相传此事发生于上总国，一人名叫左卫门四郎，于田圃中见一雉鸡为蛇所捕。眼见雉鸡即将为蛇所噬，左卫门四郎便将蛇自雉鸡身上剥离。不过，这绝非一则雉鸡遇人解围，图谋报恩的故事。左卫门四郎救出雉鸡后，却将之携回家中，烹煮而食。"

"此人吃了雉鸡？"

"没错，还不忘邀来邻家友人分食。"

"救了只雉鸡，却吃了？"

"可见左卫门四郎此举并非为雉鸡解危，不过是抢夺蛇之猎物罢了。"

真是个龌龊的家伙呀，正马说道。"傻瓜，任谁都会这么做。"惣兵卫驳斥道，"这哪是抢夺？强者原本就有夺取猎物的权利，不是吗？"

"没错，这本是理所当然。但此举却引来该蛇上门追讨。"

噢？惣兵卫惊呼道："解救雉鸡时竟然没将蛇杀了？这家伙还真是糊

涂呀。"

"甭傻了，别说是杀，根本连打也没打一记。通常遇上这种情况，谁会打算杀了蛇？"这下轮到正马反击了，"如此一来，不就成了无谓杀生？若目的仅是夺取那雉鸡，又何须杀那条蛇？"

"没错，常人只会剥离缠在雉鸡身上的蛇，朝一旁一抛，事情便告结束。但此举会招来什么样的后果呢？"

"什么样的后果？"

"见猎物遭夺，便紧追其后极力追讨，本身并无任何不可思议之处。老夫认为就畜生的习性推论，这举措并没有任何不自然之处。"

"这推论……的确有理。"

"当时，众人眼见蛇自悬挂烹煮雉鸡之汤锅的自在钩攀爬而下。宾客纷纷惊慌逃窜，左卫门四郎则怒不可抑，便将那条蛇杀了。"

"这下终于将蛇杀了？"惣兵卫战战兢兢地问道。

"没错。接下来的情节可就像怪谈了。杀了蛇后，左卫门四郎打算开始享用烹煮好了的雉鸡，此时，蛇竟然再度现身，还紧缠其腹不放。"

"这蛇是死、死而复生吗？"

"噢，这文中并未详述，仅言蛇再度现身。于是,左卫门四郎又以镰刀斩之。但不管斩了几回，均见蛇一再现身。"

"可是未断其气使然？"

"或许是吧。但与其说是不可思议，毋宁说这本是蛇的生性。蛇之生命力如此强韧，欲断其气绝非易事。为了永除后患，左卫门四郎便将蛇抛入锅中，同雉鸡一并烹煮。"

此人可真是个豪杰呀，剑之进惊呼道。

据说蛇肉可是道鲜美滋补的珍馐呢，惣兵卫揶揄道。

"若事情就此结束，便成了一则寻常的豪杰奇谭。但故事没结束，左卫门四郎最终还是被蛇绞死了。"

"这回真的死、死而复生了？抑或是化为蛇灵寻仇？"剑之进惊慌失措地问道。这巡查还真是胆小如鼠。

文中并未提及究竟是死而复生、还是化为蛇灵寻仇，一白翁斩钉截铁地回答。"仅记载此人为蛇绞杀。"

"是否可能——蛇其实不止一条？"

"若此则记述属实，想必应不止一条。"言及至此，一白翁环视了四人半晌，方才继续说道，"总而言之，或许因与蛇起了多次冲突，左卫门四郎也变得敏感起来。看到蛇一再现身，便可能反应过度。稍早老夫曾提及，蛇若遇袭必极力反击。结果，左卫门四郎就这么丧了命。有趣的是，据传左卫门四郎死后，坟前众多蛇蟒聚集，久久不散。本篇记述就此结束。由众蛇聚集可见蛇并非仅有一条，而是为数众多，想必都来自同一族群吧。由此看来，一再现身的，的确不是同一条蛇。"

"敢问，这代表什么？"

"代表本篇记述中并无任何光怪陆离之事。"

"看来……的确是如此。"

上门追讨猎物。难以断其性命。遇袭则极力反击。这些都是蛇的习性，的确无任何光怪陆离之处。不过，若将上述习性对照各种与蛇相关的迷信，听来可就像则光怪陆离的怪谈了。

不知各位是否明白了？一白翁问道。

与次郎感觉自己几乎明白了，但似乎总有哪儿还参不大透。其他人则一脸迷惑地直发愣。

"好，"老人说道，"容老夫再为各位叙述一则。"老人端正跪姿，说起了另一则异事。

"此故事传自武藏之东某一穷乡僻壤。某村为迎稻荷神兴建神社，掘地时竟掘出一条长约一丈的大蛇，引来村中孩童群聚围观。孩童虽无邪念，但毕竟天性残酷，将蛇捕获置于石上，以小刀斩成多截，每截约两三寸，以竹刺串之把玩……"

还真是野蛮呀，正马蹙眉说道。

不不，干这种事，哪有什么大不了的？惣兵卫却理直气壮地为这种行为撑腰。"把蛇斩成几截、划破青蛙肚子这种事，咱们从前干的可多了。与次郎，你说是不是？"

两人虽是同乡，但并不代表就干过同样的坏事。不过，与次郎也不是没有这类回忆。

"唉，记得许久前——久得似乎都记不清了，自己似乎也干过这类残酷的事。不过，倘若干这种事会引来妖魂寻仇，世上许多孩童不就无缘长大成人了？"

"这倒是有理。瞧瞧我，不也平平安安地活到了这把岁数？"

鬼魅真该把涩谷害死，才算造福人间呢。正马骂道。"竟然任凭你这野蛮的家伙遗害人间。"

"少啰唆。那么，这伙将蛇碎尸万段的孩童，想必同我一样，也没碰上什么灾祸吧？"

"没错。"

"可还是因为他们断了那条蛇的气？"

听到剑之进这驴唇不对马嘴的问题，老人不由得垂下眉稍。

"应是与此无关吧。若硬要解释，老夫毋宁认为，是因孩童心中未怀邪念使然。"

"邪念？"

"是的。孩童们有此举措，不过是图个好玩，但成人可就不同了。先前提及的左卫门四郎，即便无心为恶，但毕竟知道蛇极易记仇，见蛇现身，一股恐惧便油然而生，更何况这回又多了几分心虚，后果当然更是严重。"

老人几度颔首，复又说道："当时，村长于一旁目睹孩童们的残酷游戏，甚感惊恐。毕竟蛇乃神明召使，而此蛇现身之处，又是预定兴建稻荷神社的神域。如此一来，后果怎么了得？"

没办法，剑之进说道："在下若目睹此事，只怕也要如此担忧。"

"不过，这村里的孩童全都无恙不是？"

正马问道。老人点头回答："的确是悉数无恙。但那蛇灵，却在村长那头现身了。"

"为什么？这村长什么坏事也没干呀。"

"虽未曾为恶，但毕竟心怀恐惧。当天深夜，村长发现一条长约一丈的蛇现身自己枕边。惊吓之余，村长连忙唤人助其驱蛇，但其他人却连个蛇影也没见着。"

"是幻觉吗？应是——魔由心生导致的幻觉吧？"

"不不，正马先生，即便是幻觉，这也是一桩如假包换的妖魂寻仇。事后，村长便卧病不起了。"

"就这么死了？"

命是保住了，老人立刻回答。"据说请来大夫诊治，又略事养生，后来便康复了。"

"看来，若仅止于目睹，受摧残的程度较为轻微吧？"与次郎推论。

"不过，妖魂并非霉菌。"老人说，"其产生的影响，无法仅凭看见与实际碰触这种程度差异来判断。老夫毋宁认为，村长得以痊愈，乃是因看见孩童悉数无恙。"

"看见孩童无恙，发现自己不过是白担心了？"

"不不，是因为村长放下了心。看见孩童们杀蛇，村长担心的并非一己之安危，而是担忧全村为此遭逢灾厄、或孩童们为此惹祸上身。由于思绪过于紧绷，正对上了蛇发散的气。村长的忧心并非出于私欲，亦非出于悔恨邪念的焦虑，因此一旦发现全村平安无事，便认为蛇的怒气应已平息，妖魔降下的病痛便就此不药而愈。总而言之，妖魂寻仇，大抵就是这么回事。"

"是怎样一回事？"

"妖魂这东西，并非随妖物发出的意志，而是随接收者心境而生的。"

"噢。"惣兵卫两手抱胸地应了一声。正马磨搓着自己的下巴。剑之进胡子都歪了。与次郎则是一脸恍然大悟地感叹道，原来是这么回事。

"这就是文化。"

老人继续说道。闻言，三人一脸不解。

"举例而言，倘若某人生活在不认为蛇有任何特别之处的文化之下，当他杀了蛇，没过多久又见到同样的蛇现身，仅会认为这不过是另一条蛇。即便觉得和之前的是同一条蛇，也仅会当成是自己未断其气。但生长于视蛇为生性执拗、难断其命的神秘生物之国度者，便不会如是想，而会认为这条蛇死而复生，要不就是同一族群的其他成员为同类寻仇。与妖魂或诅咒相关的传说，便是自这类推论衍生而出的。"

从三人的神情看来，似乎是听懂了。虽不知他们是否真懂，老人面带微笑地继续说道："再举个例。现在若捕条蛇来，将之钉于屋顶内侧。蛇命难断，想必不会立刻断气。但想必十之八九，不出数日便将死亡。要活个六十余年，机率绝对近乎于零。"

"这可是……"

"这不是《古今著闻集》中的记述吗？如此听来，老隐士似乎也不认为这记述属实？"

"那倒未必。自然原理的确是恒久不变，但除原理之外，世上仍有其他种种道理。世间便是由各种道理组合而成的。有时某些组合可能产生令人难以想象的后果。常人视其为偶然，实际上虽是偶然，但若湿度、气温等种种条件完备——即在诸多偶然累积之下，此蛇于假死状态下存活数十年，或许不无可能。"

"果真可能？"

"仅能说是或许可能，可能性也仅是千中有一，甚至万中有一。因此，古时的源翔，或许不过是碰巧遇上此类稀有巧合之一。只不过，问题出在那对象是条蛇。"

"噢，因蛇生性执拗，难断其命……"

"没错。有此说法为前提，后人便以如此观点解释此事。若对象是匹牛或马，即便曾有如此前例，也不至被视为特例吧。"

"的确有理。"剑之进仰天感叹道，"诚如老隐士所言，倘若对象非蛇，后人应不至如此解读。即便曾有相同前例，想必亦是如此。"

"既见过真实的蛇，亦知悉蛇于文化传承中的风貌。若仅凭其中一方论断，未免有过于武断之嫌……"

不过，剑之进先生，一白翁弓起背说道。

"是。"

"蛇绝无可能于密闭石箱中存活数十年。或许真有此类罕见的案例，但逢此境况，蛇即便还活着，想必也仅是一息尚存。理应不会见人掀盖，便猛然咬人一口。"

想想的确是如此。与次郎仅一味纳闷蛇是否可历经如此年月依然存活，但依常理推论，即便真能存活，恐怕也已是气若游丝。《古今著闻集》中那则记述的作者，也仅惊叹此蛇竟可以如此长寿，并未提及其事后是否可正常活动。

与次郎猜想，《古今著闻集》中那条蛇，想必为人发现后不久便告殒命。倘若事后依然存活，应不至于毫无事后叙述。至于今回这桩案子，或许那蛇是用尽最后一丝气力，咬上这么一口，这也不无可能。但根据目击者的供词，那蛇咬了伊之助后，便逃逸无踪。在矢作一等巡查的指挥下，此地经过详尽搜索，却未发现任何蛇尸。

"如、如此说来，代表这应是桩凶杀案——"

不不，没等剑之进把话说完，老人便打了个岔。"先生不也宣称，村众看来丝毫不似杀人狂徒？即便石箱中原本无蛇，仅凭此便怀疑村众，似乎有欠周延。"

"但若非如此，此案应如何解释？"

"此案……应是妖魂寻仇所致。"一白翁断言道。

"妖、妖魂寻仇——"

"但老隐士……"正马说道，"这推论绝非解决之道。总不能让矢作在调查记录上写下'此案乃妖魂寻仇所致，绝非自然天理所能解'吧？"

"不不，老夫并非此意。"老人摇头回道，"方才老夫亦曾言及，妖魂寻仇并非超乎自然天理，是理所当然的现象。人们定义为妖魂寻仇，是文化使然。相传踏足该蛇冢便将为妖魂所扰，某人意图毁坏，因此死于蛇吻——这难道不是如假包换的妖魂寻仇吗？"

"噢，不过……"

如此一来，不就让人一筹莫展了？与次郎与其他三人面面相觑。

蛇绝无可能存活密闭石箱中数十年，即石箱内原本无蛇，但此案绝非凶杀，不应怀疑村众。那么，难道仅能推论成妖魂寻仇——

"至于口绳冢上那座祠堂——"老人的语气突然和缓起来，"那古冢的确近乎寸草不生。诚如剑之进先生所言，若有蛇爬近，理应看得清清楚楚才是。"

"这是当然。即便是跑来一只老鼠，也绝对是无所遁形。毕竟事发时间并非黑夜，而是村众于田圃忙着耕作的堂堂白昼。按常理，死者应能在遭咬前发现蛇踪。"

老夫了解，老夫了解，老人颔首说道。"即，那蛇若非原本就窝身石箱中，就是某人为陷害死者，刻意于事前置于箱内，是不是？但倘若真是蓄意行凶，此人亦无可能事前将蛇放入。因为伊之助决意破坏古冢的时间乃前日深夜，不，说是黎明时分更为恰当。实际登上古冢的时间，则是天明之后。若凶嫌欲于事前预设陷阱，时间上恐怕是……"

"虽不至于完全赶不上，但至少是极为困难。"剑之进说道，"再者，祠堂内外亦不曾见有人出入的痕迹。看来此推论无法成立。"

"尤其是祠堂门上，还牢牢贴有一张三十几年前的纸符。由此看来，此门的确未曾打开过。是不是？"

按理是没有，剑之进满脸确信地回答道。"一如老隐士所言，纸符应是贴于数十年前，案发当日才被伊之助撕毁。其遗骸指尖尚留有纸符碎片，可兹佐证。"

原来如此，原来如此。闻言，老人再度颔首。

但在与次郎眼中，老人这模样似乎显得有几分开怀。

"由此可见，事前未曾有人进入祠堂。再者，祠堂穴中那只石箱又是牢牢紧盖，毫无缝隙，依理蛇应无法自力出入。"

"没错。那只盖子沉甸甸的，或许连孩童也无法独力掀起。对了，在下当然也曾检视过石箱内侧，并未发现任何裂痕破孔。若覆以箱盖，蛇绝无可能钻入。"

"毫无可能钻入？"

"是的，除非有人掀开箱盖，否则蛇绝无可能自行钻入。因此在下方才……"

老人伸手打断了他这番话，说道："不过，剑之进先生。"

"怎么了？"

"这并不代表蛇必是藏身石箱内。"

"噢？"剑之进惊呼道。

惣兵卫和正马也僵住了身子。难不成——

"或许，那蛇就连祠堂也没进过。"

"祠堂……噢，这——"

"倘若祠堂大门真以纸符牢牢封印三十余年，那么，其间应不可能有人踏足堂内。但即便如此，祠堂封闭程度，应不至于滴水不漏到连一条蛇也进不去吧？"

是不至于如此严密，剑之进回答。

"如此看来，或许蛇的确钻得进去。"

的确，理应钻得进去。

"记得这座祠堂外设有棂门，门上门下还留有缝隙。年代久远，想必门板也穿孔了，蛇要钻入，应是轻而易举。各位可曾想过，蛇并未藏于石箱中，而是潜身堂内某处，这并非毫无可能。"

的确有理。

"此外，蛇性喜置身边角狭缝。或许可能藏身祠堂一隅、石箱旁、石箱后或洞穴边缝隙。若是藏于上述场所，皆不易为人所见。若真有蛇藏身其中，死者破门而入时，便可能无法察觉。案发时虽为白昼，祠堂内毕竟是一片漆黑，谁能察觉有条蛇藏身屋隅？"

的确不易察觉。

"再者，祠堂内甚为狭窄，仅容一人屈身入内，入堂后更是难以动弹。此外，箱上还覆有沉甸甸的盖子。倘若有蛇潜身箱旁，掀盖时或许可能砸撞其躯。如此一来……"

"受到惊吓，蛇或许可能朝人一咬……"

有理有理，剑之进频频叫绝，朝自己腿上一拍。

"噢，竟然没料着。"惣兵卫朝自己额头拍了一记，"我还真是傻呀。竟然傻到没料着。"他又补上一句,"若是如此,此案根本没任何离奇之处呀。"

"没错,咱们全都是傻子呀。"正马也一脸汗颜地感叹道。

"这道理连孩童也想得透。想不到咱们的脑袋竟是如此不灵光。"

"不不,最不灵光的,当推在下莫属。为这桩案子绞尽脑汁,竟仍盲目到连这点道理都参不透。在下还真是……"

老人开怀笑道:"别把自己说得如此一文不值。毕竟案发地点为蛇冢,素有蛇灵盘据之说。何况尚有七十年前,先祖伊三郎掀盖之际曾见箱中蛇踪之传言,种种因素,皆可能误导各位下判断。"

"没错,一点也没错。老隐士,原来此案毫无光怪陆离之处,一切均是理所当然的道理。真相原来是如此呀。"

太蠢了,在下真是个蠢材呀,剑之进敲着自己的脑袋频频自责。接着他猛然抬头,两眼直视老人问道:"不过……"

剑之进一脸纳闷地问道:"老隐士对这户人家怎会如此熟悉?"

闻言,一白翁再度面露微笑。

"在下经办此案,尚不知塚守家三代前先祖何名,老隐士怎会知道?"

一白翁摊开另一本记事簿,凑向四人回答:"其实,粂七兴建祠堂时,老夫也曾在场。"

记事簿上的标题为"池袋村蛇冢妖异纪实"。

五

好的,此事该从何说起呢?

看来还是依先后顺序陈述,各位较易理解。那么,就从三代前的伊三郎先生开始说起吧。

事情是这样的。七十年前。

不不,这哪有可能是亲眼所见?老夫可没老到这种地步。七十年前,老夫仍是个娃儿呢。总而言之,此事实为老夫造访该地时,自数位村中耆老口中听来的。

是的，如今应已无人记得此事。没错，老夫造访该村时，距事发已有三十余年，对村众而言，那是陈年往事了。是的，古老到几近传说的地步。恐怕得以"许久以前，在遥远的某个的……"起头了。

据传，伊三郎原本并非该村出身，某日，不知自何地漂泊至此。抵达此村时，伊三郎已身负重伤。幸有塚守一家善意收容，悉心照料。

噢，不过，当时百姓尚无姓氏，他们一家尚未冠上该姓。众人仅称其为口绳冢一家。

噢，当时宅邸似乎便已颇具规模，但尚称不上富裕。虽不至于三餐不继，却仍称不上是富豪。至于之前的家境是什么景况，老夫便不知晓了。

离奇的是，救了伊三郎后，家运竟开始蒸蒸日上。接下来，流言蜚语也随之而起。

这本是人之常情。

众人相传伊三郎乃蛇幻化。而口绳冢一家则为蛇乩。乩——意为易诱灵附身的体质。并传若有蛇入蛇乩之家，全村财富将为其吸尽。总之，此类传言接踵而起。

唉。

想来，此类传言或许自古便有之。毕竟蛇乩或蛇灵附身一类传说，自古便多有流传。不过，称人为乩，多少带有歧视意味，且绝非单纯的蔑视。若家境清寒，或许不至于成为问题。

没错。问题出在，此户人家竟突然致富。

何以致富？这老夫就不清楚了。当然，亦不乏有人臆测伊三郎原本便身怀巨款。

噢，亦有流言称伊三郎实乃蛇神召使。姑且不论真伪，既有此类传言，可见伊三郎已被视为口绳冢一家成员。

于是，疗伤期间，伊三郎与此户千金相恋。两人生下了伊佐治。

这下——

没错，这下，境况便起了转折。见到娃儿出世，伊三郎感觉自己该开始图个安定了。

这是理所当然。依常理，当然是如此。毕竟这户人家对自己有救命之恩，再加上天生的父爱本性，见到这户人家的姑娘连孩子都为自己生了，任何男人都不可能就此一走了之。

如此一来，那些流言蜚语就让他耿耿于怀了。而且，还得顾虑到孩子的将来，总不能任其在村内遭人白眼。

因此，伊三郎只得卖力干活，竭诚地为全村贡献一己之力。即便遭人嫌恶，依然奋发不辍。据传其曾言，不仅这户人家对自己有恩，全村都对自己有恩，并表示愿在此地终老入土。

情况终于开始好转。但要博得全村众人信赖，实非易事。

唉，正马先生不也常说，旧弊难改，积习难断？没错，由此可见，这说法的确有理。

就在此时，村内开始有人殒命。不知因何而死。亦不知死者何人。

唉。各位不难想象，村内为此又流言四起。又有人开始臆测，死者乃为口绳冢一家所杀。唉，俗谓恶事传千里。这流言立刻如迅雷般四处传开。

情势好不容易稍有好转，刹时又急速恶化。

如今想来，那应是疫病使然吧。似乎有不少人丢了性命。

情况益发难以收拾。后来，某月明之夜，为数众多的村众闯入了口绳冢屋舍。

是的，此举的确是愚蠢无谋。

当时屋内尚有稚子，伊三郎想必是极为难堪。但也仅能极力否认，可惜无人愿意采信。想必他极力澄清自己既非蛇所幻化，亦非蛇神召使，而口绳冢一家更非蛇祟。同时，他亦试图解释口绳冢乃此村之护冢，口绳冢一家镇守此冢，自是有功于全村。是的，当时这户人家的确是如此深信。

理所当然，这番解释并不为人信服。众人均认为此冢乃封印蛇灵的妖冢，哪可能是村落的护冢？此外，众人还认为口绳冢一家借蛇灵之力，如今已吸尽全村财富，将来必也将召唤蛇灵诛杀村众。

没错，有些人就是如此蛮横。这下可是有理也说不清了。

接下来，有人开始动手施暴了。为了保护孩子，伊三郎奋力抵挡，但寡不敌众。毕竟有此气力者仅有伊三郎一人，其他均为老弱妇孺。伊三郎就这么被逐步逼退至宅邸后方。没错，就是古冢那边。这下已是无路可退。

面对村众重重包围，伊三郎被迫朝古冢上爬。村众视其为妖冢，当然无胆追捕，只能在古冢旁围了个圈干瞪眼。不过，还是将伊三郎逼上了绝路。

唉。

伊三郎先生立于古冢之上，眼神坚毅地凝望四方。

是的，一位事发时正好在场的耆老向老夫表示，当时的景况至今依然历历在目，亦坦承至今仍为这件当年干下的傻事懊悔不已。

后来，村众甚至将其妻小押赴现场，要挟伊三郎乖乖就范。

伊三郎终于燃起了满腔怒火，于古冢上高喊：倘若各位真认为本人是条蛇。那么，本人即使捣毁这座古冢，也不会为蛇灵所害。若各位胆敢动本人无罪的妻儿一根寒毛，本人便将捣毁这座古冢，放出蛇来诅咒众人。

接着，伊三郎将手探入冢顶穴中，掀开了那只石箱上的盖子。

唉。

有蛇！据传他当时高喊。"里头果真有蛇！"

想必是大吃一惊吧。看来伊三郎也没料到，冢顶穴内的石箱中，竟然真藏有蛇。

是的。据说在明月照耀下，众人清楚瞧见伊三郎的脖子被蛇咬住，神情何等的痛苦。

濒死前，伊三郎高喊："蛇呀，若汝真为盘据此冢之蛇灵，切勿向守护此冢之人家寻仇！愿以吾之牺牲，换取汝守护此村！也勿忘守护吾妻儿！"

话毕，伊三郎使尽最后一丝气力将蛇剥离，并塞回原本藏身的石箱中，还将箱盖盖了回去。

唉。用尽这最后一丝气力后，伊三郎自古冢跌落，就此断了气。

没错。如此一来，不就证明村众全都错了？倘若伊三郎果真为蛇神召使，哪可能为蛇所咬？眼见其死于蛇吻，就足以证明伊三郎既非蛇所幻化、亦非蛇神召使了。

再者，村众悉数瞧见，冢上果真有蛇。如此足可证明蛇灵盘据的传说果然不假。而且，一个被自己逼上绝路的无辜男子，竟然还愿牺牲一己性命如此请托。这可真是说不过去了。

唉。村众只得向口绳冢一家赔不是。但区区歉意，哪可能挽回一切。众人厚葬了伊三郎，为自己所犯的过错致歉，并立誓往后对口绳冢一家绝不排挤或以异样眼光看待，甚至决定将口绳冢视为该村的守护冢。

那已是七十年前的往事了。是的，没错，当时石箱中便已有蛇了。确实有。

不过，请各位仔细想想。众人的确看见了咬住伊三郎脖子的蛇，但无人亲眼瞧见蛇原本就藏身石箱中。村众不过是采信了伊三郎的说辞。没错，也不知伊三郎这番说辞究竟可信几分。毕竟人已辞世，无人能确认此事真伪。

当时，古冢上尚无祠堂，仅有一空穴。此外，虽说明月映照，事发当时毕竟是夜里。冢上虽寸草不生，但即便有条蛇藏身其中，想必也不易为人所见。因此，老夫对当时箱中是否真有蛇藏身，一直多有存疑。

真相究竟为何，老夫还真是不清楚。这是因为当时村众皆避讳谈及。虽说已是陈年往事，但不少当事人依然健在，伊三郎之子伊佐治也尚在村中。人言可畏，故与其说是禁忌，称为顾虑或许较为恰当。

往事就是如此。只要长年未经提及，真相终将为人遗忘。

不过，老夫造访该地时，当年的证人仍有几名尚在人世。随着岁月流逝，证人们也较敢于开口了。故此，老夫方才有幸听闻此事。

是的。当时，伊佐治已辞世。

没错。老夫造访该村时，伊佐治业已辞世。不，毋宁该说，正是由于伊佐治的辞世，老夫方才造访该村。

没错。起初，老夫仅听闻有人死于蛇灵诅咒。当年老夫就是爱看热闹，只要听闻某地有什么古怪传闻，随即动身造访。如今想来，当年丝毫未顾及当事人的感受，还真是缺德呀。唉。

自此事之后，老夫便未曾再离开过江户了。噢？理由为何？说到理由，老夫自己也不记得了。总之，当年老夫仍是个坐不住的小伙子。一听闻此类传言，便立刻赶赴该地。

传言称，此事乃蛇灵逞威使然。

根据当年的枀七亲口陈述，事发当时，伊佐治试图捣毁古冢。

枀七乃伊三郎亡故后入赘此户人家的女婿善吉之子，与伊佐治是同母异父兄弟。善吉早已于多年前亡故，而其妻——伊佐治与枀七之母，亦于事发前一年辞世。当时，伊佐治年约三十五岁。枀七则年约三十岁。

噢，稍早老夫亦曾提及，当时此事被村众视为陈年往事，几已无人议论。任凭老夫如何努力打听，均无法判明古冢由来。

枀七称，事发当日，曾有一僧侣来访。据传，那僧侣曾向伊佐治询问许多事。至于问了些什么，枀七也不清楚，仅听闻僧侣曾提及蛇。

没错，蛇。曾提及负伤蛇。没错，负伤蛇。

噢，从那一身行头来看，那僧侣似乎是个虚无僧①。因此，也不知是否真是个和尚。听来还真让人毛骨悚然。

之后，伊佐治便开始向村众打听当时的真相和自己出生后的事。老夫这么个外人，能简单地问出些许结果，或许也得拜伊佐治先前的询问所赐吧。许多话只要说开了，事后再提起便非难事。

不过，面对伊佐治时，众人想必仍是难以启齿。对此事，众人依然是心怀愧疚。毕竟自己是将伊佐治之父逼上绝路的元凶。不过，伊佐治亦属当事人之一，若是问起生父当年殒命的经纬，村众毫无借口隐瞒。唉。

不久之后，伊佐治竟宣称将捣毁古冢。枀七表示家人曾极力劝阻，但伊佐治似乎已失去了理智。只见其一脸悲壮神情。

如今，其子伊之助亦于近日辞世。当年伊之助仍是个孩童，想必虽见生父亡故，心中也是懵懵懂懂吧。反而是泪眼相劝，仍无法制止悲剧发生的妻子阿里，境遇最为堪怜。

据传当时伊佐治的模样，仿佛是被什么东西附体了。即便如此，伊佐治为何非捣毁古冢不可，众人怎么也找不出理由。

没错，老夫当然也不清楚。究竟是为了什么理由，着实费人疑猜。

---

①日本禅宗支派普化宗的僧侣，不剃发，头戴深草笠，身披袈裟，沿途吹奏尺八游走诸藩。江户时代几乎为无主武士，即浪人。

村内并未遭逢任何灾害。至今为止，堪称平安祥和。

对了，当时冢顶尚未兴建祠堂。若老夫记得没错，当年古冢周遭仅以数条注连绳围之。

噢，这便是老夫当年画下的景致。画得不大好，还请各位多多包涵。大致上就是这副模样。

没错。一如剑之进先生所言，最终古冢并未遭到破坏。

据传，伊佐治于某夜悄悄离家，直到天明尚不见其踪影，只得动员村众外出搜寻。最后，在附近的沼泽边找到了他的遗体。

噢？

没错。据说是被蛇咬死的。但老夫未曾见过遗体，实情究竟是如何，也就无从得知了。

为何村众认为是被蛇咬死的？据传遗体上并无任何明显外伤。无刀伤缢痕，亦不见任何曾遭殴打的痕迹。看不出死前曾与人起过争执。唯上臂遗有小小的咬痕，看来的确是遭蛇咬而死。

噢？你问阿里夫人怎么了？事后不久，阿里夫人便……

是的，阿里夫人亡故时，老夫仍滞留该村，故曾亲眼见过夫人遗体。唉，想想当时尚在襁褓的伊之助还真是境遇堪怜，着实令人于心不忍。

总而言之，伊佐治之死，尚堪以蛇灵寻仇解释。毕竟其生前曾口出不逊，声称将捣毁传有蛇灵盘据的古冢。但阿里夫人之死，又该作何解释？

噢？阿里夫人死于何处？同样是死于沼泽旁。至于夫人何时失踪、为何离家，老夫就不清楚了。

总而言之，老夫在枭七的亲切招待下，于冢守屋舍滞留了一段时日。如今想来，此举还真是厚颜无耻呀。

噢，阿里夫人的遗体被发现时，脖子上也有着同样的咬痕。这老夫可是亲眼瞧见的。

没错。这下就无可辩驳，显然是古冢蛇灵所为。如此下去，只怕连伊之助都将难逃一劫。

虽然是兄长遗留下的孩儿，枭七对伊之助仍是疼爱有加。

唉，只是真没想到。那么个惹人怜的孩儿，长大成人后，竟然成了为害乡里的无赖。

一点也没错。稍早老夫亦曾言及，神鬼之说的成立，乃寻常的偶然加上偶然以外的理由使然。没错，此事实为一个不幸的偶然。对伊佐治和阿里夫人而言，皆是如此。唯有伊佐治欲捣毁古冢的动机，着实让人难以参透。

是的。这下逼得众人非得做些什么，以兹补偿不可。

而老夫不仅在这么个兵荒马乱的时节不请自来，还四处询问村众避讳提及的往事，想必为全村添了不少麻烦。于是老夫认为至少也该略事回报。因此，便从江户召来一位修行者。

没错没错，老夫唤来的正是那位撒符御行——人称诈术师的又市。老夫亦曾数度言及，此人不信神佛，但法力之灵验却是毋庸置疑。

不消多久，又市便赶赴该村，说服村众于冢顶兴建祠堂。

一点也没错，那座祠堂正是又市——不，几乎可说有一半是老夫发起兴建的。自江户请来木工后，转眼间，祠堂便宣告落成。接下来，又市邀来村众齐聚一堂，举行镇魂法事。并为祠堂贴上那纸护符——据称有烧退百魔之效的陀罗尼符。护符还是又市亲手贴上的。此外，又市还吩咐枭七，往后每日均须供奉神酒香烛。

这起不祥之事，果真就此平息了。

六

敢情这回似乎没帮上什么忙呢，一白翁搔着脑袋说道。"似乎净提些无关痛痒的事，还请各位多多包涵。"

"老隐士客气了。"剑之进率先低头致谢道，"原来是在下看走了眼。若未向老隐士请益，在下可能错怪无辜，恐怕还有逮捕善良百姓、强押进行无谓审判之虞。能及早发现，堪称万幸。身为东京警视厅一等巡查，在下这番表现，还真是愧对自己的头衔。竟然连如此简单的道理都无法参透……"

"剑之进，你就别再自责了。论丢人，我不也好不到哪儿去？"惣兵卫也致谢道，"唉，老隐士，说老实话，我也是深感汗颜。分明只须壮起胆子细心检证，轻而易举就能辨明此案真相。唉，看来我的道行果然太低，老是为无谓细节左右，搞得自己看不清真相。"

老人笑道："真相是否真是如此，尚未判明呢。"

"当然就是如此，哪能有其他推测？"正马说道，"我认为真相已经判明了。"

噢？老人惊讶地张嘴应道。

正马继续说道："矢作、涩谷、笹村和我，全都被自己的愚昧逼进了死胡同。若懂得合理思考，早应得到一个合理的结论，也无须再做其他推测了。"

"无须再做其他推测……"

"矢作，你说是不是？"

"没错。"

"一如老隐士方才所言，"剑之进说道，"此案真相，不过是蛇原本就藏身祠堂内某处，根本无甚离奇之处。"他两手置于大腿上，一脸颓丧地低着头。

一白翁眯着双眼，语带试探地说道："意即，各位均认为此案绝非人为谋害？"

没错，绝非人为，正马说道。"听了老隐士与矢作稍早的一番问答，我这才发现真相。这绝非一桩谋杀案件，绝无可能。"

"何以见得？"

"噢，矢作方才亦曾提及伊之助想要捣毁古冢的时间，与其说是深夜，毋宁该说是黎明。矢作，是不是？"

没错，剑之进回答。

"那么不就真相大白了。捣毁古冢的计划，除了当时他那群狐朋狗友，应是无人知晓。即便有人听见了，再捕来一条毒蛇放入祠堂内，也应是至为困难。不，即便真能办到，也应是将蛇藏入石箱中，若仅将蛇放入祠堂内，岂不有失算之虞？难保伊之助人还没到，蛇却逃了。不，蛇即使没逃，也无法保证届时会见人就咬。若这是桩计划谋杀，设想得也未免过于粗糙了。"

"你是指其中未免有过多不可确定的因素？"

"一点也没错。"正马将身子挪向前说道，"倘若我是个欲以毒蛇取人性命的凶手，应会撕开纸符进入祠堂，并将蛇藏入石箱中。毕竟伊之助原本对门上贴有纸符并不知情，凶手于事前将之撕除，理应不至于坏事。不，甚至该说撕去纸符，反而更能引诱受害者入内。"

"有理有理，"一白翁说道，"毕竟伊之助一心认定祠堂是个藏宝处，粂七老爷就是从中取出钱来的。若是多年来未曾有人出入，反而显得更不自然。"

"没错。"这下又轮到正马开口了，"再者，即便真能将蛇藏入石箱中，这仍是个赌注。毕竟即使如此，仍无法断言蛇绝对会咬向掀盖开箱者。即便真咬了，也无法确定遭咬者是否真会丧命。"

有理，剑之进垂头说道。"欲操蛇行凶，仍应如矢作最初思及的，直接将蛇凑向受害者的脖子，效果最为确实。不过，这似乎也是无法办到。正马，你言下之意应是如此吧？"

"没错。"

真的无法办到？老人问道。

当然办不到，正马断言。

"那伙狐群狗友自始至终都在伊之助身旁。其中哪有人能半途抽身，事先找条蛇来？"

"原来如此。"惣兵卫说道，"看来这假洋鬼子所谓的理性主义还真是有效呢。不论如何推想，此案都是一桩意外。"

"与其说是意外，或许该说是妖魂寻仇吧？"剑之进感慨道。

与次郎也同意。

"伊之助遭蛇咬一事，或许真是出于巧合的意外。不过……"

话及至此，剑之进沉默片刻才开口继续说道："方才听到老隐士一番话，在下的想法又有所改变。大家想想，死者伊之助之父伊佐治、母亲阿里、祖父伊三郎，死因均与古冢不无关联，而且悉数死于蛇吻。"

的确是如此，但这并非任何人的意志造成。

乍看之下，伊三郎、伊佐治、阿里，乃至伊之助，分别于不同的局面中死亡，彼此之间可谓毫无关联。不过，彼此相隔数十年的死，却悉数与蛇相关。而这三代人的死亦与长年相传有蛇灵盘据的古冢脱不了关联。

即便如此，这仍不过是个巧合。但虽是巧合——

"或许他们的之死均出于巧合，不过……"剑之进说道，"这未免也过于雷同。祖孙三代皆死于同样原因，看来此事绝非寻常。若不是妖魂寻仇，还会是什么？"

与次郎也同意。借用一白翁的一句话，毕竟与次郎也生活在这种相信妖魂寻仇的文化中。

以妖魂寻仇视之，当真稳当？老人问道。

"老隐士言下之意是……"

"噢，老夫不过是纳闷他们的死，是否真能以妖魂寻仇视之？这种说法，正马先生不是曾斥之为迷信，惣兵卫先生不也曾斥之为虚妄之说？至于剑之进先生，不也曾为调查记录无法以此说作结而深感困扰？"

不不，剑之进摇头回答。"听闻他们死亡之经纬，在下岂敢再有任何抱怨。思及三人之死，还真让人感到神伤。不论是伊之助违逆伦常、伊佐治心神错乱、伊三郎于古冢上含怒冤死，均让人感到伤悲莫名。"

这种感觉不难理解。与其说是神伤，或许以失落形容更为恰当。

若以妖魂寻仇视之，的确也不为过。

原来妖魂寻仇并非莫名的恐怖，亦非难以抗拒的神秘，不过是世人为了承受让自己束手无策之事而准备的说法，与次郎心想。

当然，这等事并无确证，亦无道理。有的仅是印象，或者情绪。由于此类事件并非某人所为，因此令人束手无策。既无法回避，亦无法挽回。既无法补偿，而且由于毫无理由，甚至让人欲后悔也无从。如此这般，岂能不教人神伤、失落？因此——

"想来——"

老人举目望向庭院内的绣球花，仿佛在眺望远方。

与次郎也循其视线望去。

小夜已不见踪影。仅见到被夕阳映照得一片鲜艳的绣球花。

突然间，一阵风吹进圆窗。

铃。

吹得风铃摇晃作响。

"还真是不可思议呀。"老人说道。

哪儿不可思议？与次郎问道。

"当然不可思议。方才剑之进先生不也说过，吾人如今身处有蒸汽火车飞快疾行、瓦斯灯终夜大放光明的文明开化之世，竟仍得采信妖魂寻仇之说。"

"难道不得采信？"

"不不，"老人颤抖着枯瘦脖子上的筋脉说道，"老夫并非此意，不过是感叹值此文明之世，妖魂寻仇这等陈年传承、古老文化，竟仍不失其效。想来难道不让人感到不可思议？"

毕竟曾经存在过呀，老人又补上这么句令人费解的话。

"曾经存在过，敢问老隐士指的是？"

"老夫指的不过是，毕竟妖魂寻仇确曾存在。"

妖魂寻仇——

"确曾存在？"

老人这句话似乎别有寓意。与次郎心想。

"真没想到竟然又……"老人神情开怀地说着，笑得挤出了一脸皱纹。

"真没想到什么？"

"噢，真是对不住，如今有人殒命，老夫竟然还笑了出来，失礼失礼。老夫不过是感觉仿佛见到了一位久违了的故友。"

"久违了的故友？"

"是的。这不过是我这个老糊涂的自言自语，还请各位别放在心上。"

话毕，一白翁顺手合上了记事簿。

"对了，"剑之进抬头说道，"倒是——在下这回也碰上一件让自己感到极不可思议的事。"

什么事？老人睁大双眼问道。

"噢，这也是在下听了老隐士一番话后才想到的。难道在下检查的那张纸符，正是老隐士曾数度提及的又市贴上的？"

剑之进吐了一口气，凝视着自己的双手。

他这种感受，与次郎也理解。这就活像在路上遇见一个想象故事中的角色，感觉当然奇妙。

难道又市这号人物果真曾存在于人世？虽不想怀疑一白翁那些故事的真伪，但就连与次郎也不觉得他是个真实人物。

一白翁神情开怀地啜饮了一口凉茶。

铃，风铃再度响起。

七

数日后。

黄昏时分，一白翁——山冈百介于檐廊纳凉时，小夜端来凉茶，一脸淘气地说道：

"瓦版上提到了那妖魂寻仇一事呢。"

"瓦版？"

该说是报纸吧，小夜说道。

"记得上面写着'池袋村奇案，遇害者于传有蛇灵盘据之蛇冢惨遭蛇吻'。而伊之助的平日恶行，以及往昔的几桩悲剧，可就丝毫未提了。依这写法看来，似乎读者既可视之为意外死亡，亦可视之为妖魂寻仇。"

噢，是吗，百介啜饮了一口茶。

这哪是一句是吗就能应付的。小夜说着，在百介身旁坐了下来。

"指的是……"

"老爷就别再装傻了，行吗？"

"装傻？"

"哎呀，老爷这是把我当什么了？您也别成天扯谎了，都这把岁数了，还是多积点阴德吧。"

"我哪里扯谎了？"

扯谎就是扯谎，小夜说道。"即使是出于善意，谎言终究是谎言。要想唬人，也不必连我都想唬，老爷就快些把真相说出来吧。"

"真相——"

百介举目望向益发黯淡的夕阳余晖。

当日，百介首度委托又市设局。

如此下去，娃儿恐小命难保。当时是这么想的。看见阿里的遗体时，百介一眼就看出人分明不是被蛇咬死的，显然是遭人毒杀。而且，凶手还不是门外汉，使用的是注入毒物的特殊凶器。乍看之下，的确极易让人误判是死于蛇吻。

不过——

阿里身上的咬痕竟是在脖子上。除非事发当时她躺卧屋外，否则理应不可能被蛇从那种角度咬伤那个部位。依这咬痕判断，若不是有人悄悄从背后逼近，就是正面强拥再以凶器刺入。

不论是伤口的形状，还是皮肤变色的模样，都明显异于毒蛇咬伤。如此看来，不久前才过世的伊佐治似乎也是遭人杀害的。百介如此判断。

那么，下一名牺牲者，不是伊佐治的稚子伊之助，就是其弟粂七。

阿里的葬礼尚未结束，又市便出现在百介眼前。

听闻先生召唤，小的立刻抛下手头杂务，飞快赶来，又市说道。

聆听百介叙述全事经纬，又市似乎立即掌握了案情。略事思索后，马上开始设局。

设局？小夜问道。

"没错，设局。就在那座祠堂内。"

"设的是什么样的局？"

"这回设的是……"

一个引蛇前来的局。

又市说道。

也可说是个以毒攻毒的局。蛇若负伤，便将极力寻仇。

"蛇生息于阴地，好阴气，亦习于报复。尤其身受重伤时，更是有仇必报。当时，又市如此向村民解释这起妖魂寻仇事件的真相。"

"这说法，众人真能接受？"小夜一脸讶异地问道。

"是呀——"百介开始复诵起又市当年的一番话。也不知何故，虽已是陈年往事，回想起来竟依然记忆犹新。

蛇自古便为执念之化身。遇人将之驱出草丛，便朝其眼吐毒气，使人卧病不起。遇人将之斩首，便钻入锅中，以食毒加害于人。凡此种种，皆因未根绝其命使然。蛇可察人心中遗念，循此念前来。即便知其道理者，亦难根绝此患。不仅蛇可循念报复，人若心怀恶念，必将遭逢恶报。

"又市向众人解释，伊三郎遭蛇咬后，曾奋力将蛇自脖颈扯离，将之再度塞回石箱盖上盖子。彼时，蛇身便为箱盖夹伤。此后，由于为箱盖所夹动弹不得，此蛇在无人救助无人斩杀的情况下，活了三十余年。"

"即，这条蛇并未成为该村的守护神？"

"不，此蛇的确遵循伊三郎遗志，庇佑了村落。只不过，依然未忘却让自己身负重伤之恨。"

哎呀，小夜神情更形讶异，一脸不解地说道："我怎感觉这道理似乎说不通？"

这感觉老夫也懂，百介笑道。

当时，百介也曾如此纳闷。但此事一开始就毫无道理可言。御行又市表示蛇虽庇佑了村落，同时又从未遗忘对伊三郎的恨意。

"蛇寻仇之心足可祸延七代。又市曾言，蛇虽困于冢顶，但仍静待伊三郎之子伊佐治有了子嗣，待伊佐治长大至与伊三郎同样岁数时，再施妖力杀之。若置之不理，三十多年后，伊之助有了子嗣，并长成至与亡父同样岁数时，祸端必将再起。"

粂七当时的神情，百介至今仍无法忘记。

本人绝不愿再痛失任何至亲，粂七泣诉道。

伊之助虽为家兄之子，但本人对其视同己出，亟欲妥善扶养，以慰家兄在天之灵。无论如何，还请法师为本人想个法子，粂七向又市恳求道。

果真是个憨直的大善人。

又市自江户召来一位佯装木工的同伙——事触治平。接下来，便建造了那座藏有设局玄机的祠堂。

我就是在问老爷，其中设的是什么样的局呀，小夜赌气说道。

"什么样的局？其实这玄机也没什么大不了。那祠堂不过是在正面右侧的墙壁近地表处，设有一扇小小的暗门罢了。"

"暗门？难不成——"

不不，没等小夜把话说完，百介便否定了。"那扇暗门，人是过不了的。门极小，约仅容个头矮小者探入上半身。说是道门，毋宁说是扇窗较为妥当。其实合上时看似壁板的一部分，乍看之下极难发现。若未经绵密探查，不知情者必难察觉此处实有蹊跷。毕竟在那种地方安插那种机关，通常是无意义的。"

"是呀。那道暗门是做什么用的？"

"噢，像这样。"百介回想着当时的情况，比画了一个探手入门的动作说，"只要如此一探，便能将手伸入穴中。"

"穴？就是那原本就存在的空穴吗？"

"没错，就是嵌有那只石箱的空穴。如此便能掀开箱盖，亦可将石箱自祠堂内搬出。"

"为何要将石箱搬出祠堂？"

"不搬出来，便无法照料。"

"照料？指的是供奉神明吗？"

"是的。事实上，那道暗门是为了照料藏在石箱内的蛇而设的。"

蛇？小夜时哑口无言。

这姑娘的确聪敏过人，但真相似乎仍远远超乎她所能意料。

"箱内果真有蛇？"

"不，箱内本无蛇，是被人放进去的。"

"放进去——谁放的？"

"又市放的。想来原本石箱内放的，其实是其他东西。又市还向籴七下了如下指示。"

此符乃可驱妖封魔之陀罗尼护符。尔后，必将蛇神封于祠内供奉之。除塚守一家外，任何人均不得接近此祠堂。塚守一家则须于来迎的同时日日供奉神酒香烛。此外——

"除神酒、香烛之外，春分至冬至间，每日均需放置生饵于石箱内。此事绝不可为他人所知。此外，期间每逢巳日，便须将箱中之蛇神释于沼泽。又市私下向条七如此嘱咐。"

释放？小夜惊呼道。"意即，把蛇神放走？"

"没错，正是如此。并且，还得于当日捕来另一条蛇神置入石箱中。"

"另一条蛇神——"

小夜双眉扭曲，一脸苦思神情。"也就是换上另一条蛇之意？"

"没错，正是换上另一条蛇。"

"如此做的理由是什么？"

"为了让蛇神永远存活。"

"噢？"闻言，小夜不禁两眼圆睁。

"又市宣称，唯有将负伤之蛇封印其中，诅咒方能收效。故此，一旦伤愈便应释放。但如此一来，冢内便无神守护村众及塚守一家，故此，释放后须以另一蛇神替换——"

呵呵，小夜罕见地露出了年轻姑娘该有的神情，问道："意即，百介老爷至今说的，净是……表面上的解释？"

"不，这哪是表面上的解释。老夫可是把实情都说出来了。"

但实情的背后，还另有内幕吧，小夜揣测道。

百介垂下了视线。看这神情，他似乎也不知该如何隐瞒了。

还真是拿你没辙呀，百介说道。

小夜脸上泛起一丝微笑。

"许久以前，江户曾有一伙盗贼，名叫口绳党……"

口绳党，据传是一群以蛇为名、专事洗劫武家宅邸的奇妙盗贼。武家宅邸看似气派，里头并无多少银两。同时，不仅戒备森严、追兵甚众，失风被逮时的处罚还极为严峻。即便如此，也不知是何故，口绳党仍专挑武士宅邸下手。

据说，乃因该党与武士结有宿怨。但虽是如此，此党也称不上是义贼。

不同于人来人往的商家宅邸，入侵武家宅邸本身已是难过登天。要潜入低阶武士的住处已非易事，更遑论只要在外徘徊便可能遭人逮捕的组屋敷[①]。不仅如此，若与武士起了冲突，使起刀来也绝不可能是武士的对手。毕竟胆敢与佩戴大小双刀者拼命的人，若不是不要命，就是傻过了头。

因此，据说口绳党绝不乘人熟睡时夜袭。当然，亦不取无辜家人性命。仅如蛇般乘夜色悄悄潜入宅邸，于无声无息中窃取财物后悄然退去。下手时不过度贪求，亦是口绳党的特征，每回绝不窃取过多银两。

武家虽无财，但毕竟讲究体面。实际遭窃多少，并不值得追究。但任宵小入屋行窃得逞，对武家而言可是奇耻大辱。据传不少武家有鉴于此，被迫将财物存于不易觅得处。

口绳党一如其名，下起手来不仅静悄如蛇，同时还奉行细水长流之原则，但八年来仍窃得了近两千两黄金。

此党头目，名叫野槌伊平治。

依又市所言，伊平治原为靠卖艺乞讨为生的江湖艺人。同时并透露：

"伊三郎，乃野槌伊平治之子，即口绳党的二代头目。"

该事之发端，乃党内徒众内哄。

行窃得逞后，伊平治仅派发部分所得予党徒，蓄积剩余黄金，与徒众协议将于解散时再行分配。但某些党徒对此甚感不满，例如花蛇矢太和蝮蛇大吉。为此，花蛇与蝮蛇向武家宅邸密告，密谋陷害口绳党。

"全党十一人，五人遭斩。残存六人中，有四人参与出卖，仅头目伊平治与伊三郎父子两人得以脱身。不过，不出多久，两人便被捕。"

捕获伊平治父子的，并非奉行或火付盗贼改[②]，而是花蛇、蝮蛇及其手下。

黄金藏于何处？还不快招！

---

①江户时代配子与力、同心等的宿舍。
②负责取缔抢劫、纵火、赌博等犯罪的捕吏。

为此，两人惨遭一番严刑拷打。

"不过，伊平治不愧为名闻天下的大盗贼，哪可能轻易屈服。不管背叛者的拷问多严酷，伊平治就是不吐露黄金究竟藏于何处。这群卑劣的叛徒，只得放弃拷问这宁死不屈的老贼，转而向其子伊三郎下手。一番拷打，着实让伊三郎痛苦难当。当晚，伊三郎便在杀害父亲伊平治后，只身逃离了恶徒们的魔掌。"

"杀害了自己的父亲？"

"没错，又市推测，或许是伊平治自己要求的。这头目宁死也不愿让黄金落入这群令人发指的恶徒手中，再加上士可杀不可辱，见自己已被折磨得只剩半条命，还不如断了自己的气来得痛快——"

断了自己的气？

伊三郎逃脱后，仍数度为追兵夹击，虽然均能奋力逃脱，但也因此负了重伤——

"就在此时逃到了池袋村？"

"似乎正是如此。伊三郎虽非蛇神召使，但可是条如假包换的负伤蛇呢。"

蛇冢一家似乎是个理想的藏身之处。

与一家之女坠入情网，难道也是出于算计？不，或许两人真有了感情。

"其间，两人产下了娃儿，过了约莫一年，蝮蛇与花蛇一伙人才觅得伊三郎的藏身之处。不过，两人担心仅将其掳来拷问，恐不足以逼迫伊三郎吐实——"

就连伊平治死前是否曾告知伊三郎黄金埋藏何处，其实都无法确定，不过这伙恶徒似乎确信，在伊三郎断了伊平治性命之前，想必多少听说了些什么。

事实上，伊三郎的确曾自其父手中拿到了一张纸片。

毕竟是近两千两的黄金，平时不见伊三郎恣意散财，如此巨款也不可能在短短一两年便挥霍殆尽，故这伙恶徒深信黄金依然原封不动地藏于某处。

不过，即便不拷问伊三郎本人，而是掳来家人要挟其就范，也难保能有什么成效。倘若娶妻生子原本就是个伪装，如此胁迫，哪可能有任何意义？

为此，这伙恶徒想出了一则奸计。

该不会是策动村众一同要挟吧？小夜语带愤慨地说道。"如此恶毒，还真是卑劣至极呀。"

"毕竟是盗贼，这点卑劣手段，哪算得了什么？"百介回答道。

这伙恶徒向村众散布了恶毒的流言。暗中秘密煽动，导致伊三郎为村众孤立。待时机成熟，便毒杀村民数名，以此为契机，一鼓作气地将伊三郎逼上绝路。

如此一来，伊三郎势必被迫窜逃，行前必将取出黄金或载有黄金藏于何处的指示，蝮蛇一伙人如此盘算。假若村民们失去理智，导致伊三郎性命堪虞，届时亦只消斩杀村民，救出伊三郎便可。

不过，伊三郎并未选择逃脱。而是——

"在众人要挟下，攀上了冢顶。如此一来，不就证明伊三郎的确在冢顶的穴中藏了些什么？"

"穴中曾经藏了些什么。"

"曾经？"

"没错。当时原本藏在里头的东西竟然消失无踪，取而代之的是——"

"百介老爷想说的是，里头藏的是蛇？"

没错，百介抬头仰望。

月儿已在天际露脸。

"当时，伊三郎想必是大吃一惊吧。噢，不，或许他当真相信那妖魂寻仇的传说——"

有蛇！里头果真有蛇！蛇呀，若汝真为盘据此冢之蛇灵，切勿向守护此冢之人家寻仇。愿以吾之牺牲，换取汝守护此村。也勿忘守护吾妻儿。

想必是真的相信吧，百介心想。而与蛇冢一家之女生下骨肉，并表示愿在此终老入土，不就全非伪装了？

真是的。

真是个傻子呀，百介说道。

哪儿傻了？小夜问道。

"怎会不傻？暗中替换石箱内所藏的，想必并非外人，正是伊三郎之妻——蛇冢一家之女。"

闻言，小夜惊讶得哑口无言，但仍强装镇定地将一张白皙脸庞转向百介，问道："暗中替换的理由为何？"

"想必是……发现了夫婿在其中藏了些什么吧。见其刻意将之藏于据传有蛇灵盘踞的古冢上，任谁瞧见了，都要推论此物内容绝不寻常。"

"原本究竟藏了什么在里头？"

"依老夫推测，该处显然无法藏金，故应是载有黄金埋藏处的指示什么的。看来担忧将被叛徒追及，伊三郎得知该处为人迹罕至之禁地后，为防万一便将该指示藏于其中。外人虽传说此冢有蛇灵盘踞，但对口绳冢一家而言，想必根本就是个无须畏惧的地方。"

"但也不该就这么……"

"不，错不在其妻，毕竟有所隐瞒的，其实是伊三郎。或许其妻起初并无贪念，只不过是见夫婿行径有异，而欲探查真相罢了。不过，蛇冢一家之女终究是找到了那纸诡异的指示。起初或许纳闷这纸片究竟为何物，便将之从石箱取出，最终真的找到了黄金。"

"这下便起了贪念？"

"或许正是如此。于是便将黄金悉数搬回家中。当然，也未让伊三郎知情。"

原来口绳冢一家致富，原因并非伊三郎辛勤干活，亦非蛇灵庇荫。

到头来，伊三郎死于冢顶，金银埋藏处的线索就此断绝，蝮蛇与花蛇的盘算也悉数付诸流水。大笔黄金，就这样在伊三郎也不知情的情况下，悉数被转移入口绳冢家的财库中。事后——

"事后过了三十余年。不管日子过得多阔绰，口绳冢一家毕竟仅是寻常百姓，平日开销无多，故两千两黄金也不至于就此散尽。再加上伊三郎死前一番怒言，口绳冢一家至今仍堪称富足安泰。此时，却有位虚无僧造访该村。"

"此人可是那群叛徒——蝮蛇、花蛇的余孽？"

"似乎是如此。依治平所言，那虚无僧实乃一曾与蝮蛇狼狈为奸的盗贼，别号钻地蛇，实名为加助。蝮蛇死后，原本与其勾结的恶徒开始蠢蠢欲动。

此人意图觅得传说中口绳党埋藏的黄金。"

"其实此两千两藏金，早在三十余年前便为百姓盗取，并移地藏匿。但这恶徒想必连做梦也没料着，以为黄金至今仍原封不动地埋藏原地，同时也深信载有埋藏处的指示亦仍被藏于某处。"

钻地蛇循线找到了口绳冢一家宅邸，并与伊三郎之子伊佐治有了接触。

想必钻地蛇告知毫不知情的伊佐治：汝父实为一条蛇，其真面目，乃以蛇为名之盗贼，同时，还是条窃走同伙黄金逃亡的醒龊负伤蛇，并将窃得的黄金藏匿于某处，正因有了这笔醒龊黄金，汝家方得以致富——

结果如何？小夜问道："伊佐治听了，是否就此性情骤变，开始四处询问往昔真相？"

"唉，发现自己的爹其实是个盗贼，当然是难以释怀，也不免要引发些许联想，毕竟财库中有堆积如山的小判。而这些小判究竟是从哪儿来的，想必伊佐治自己也毫不知情。"

"他原本大概以为这笔黄金不过是正常的家产吧？"

"想必是如此。绝无爹娘会告知孩儿关于自己过去不堪的真相。而且其祖父母均已辞世，养父善吉对此也应是毫不知情。就连其母都已于前年亡故，因此只得四处向乡里查询。这下察觉——"

冢顶似乎有什么蹊跷。

伊佐治认为，上头似乎藏有什么足以证明父亲曾为盗贼的证据。但那钻地蛇则认为藏在冢顶的，应是载有黄金埋藏处的重要信息。若是被伊佐治捷足先登，可就要功亏一篑了。

"因此，便将伊佐治……"

"就这么将他杀了。愚蠢，真是愚蠢，此事根本是愚蠢的连环。钻地蛇甚至怀疑阿里夫人可能也知道这秘密，便连同夫人也杀了。接下来，便虎视眈眈地意图攀上古冢——"

"但还没来得及攀上，便遇上了百介老爷的拦阻，是吗？"

"出手拦阻的，可是又市呀。"

当时，又市一脸悲愤地说道："切勿再取百姓性命。小的对视人命如蝼蚁的混账，可是恨之入骨。"

又市这回所设的局，其实单纯至极。

今后，意图前来夺取口绳党藏金者，想必十之八九均将以那古冢为目标。那么，只消让那穴变得更为醒目便可——

欲盖弥彰地在冢顶盖座祠堂，四处流布此地有妖魂盘据、生人勿近之传言，又经刻意安排，使来者隔着以纸符封印的棂门，便能清楚窥见堂内有口穴，以及穴中那只牢靠的石箱。凡知悉此事者，想必都要认为堂内必有蹊跷。不知情者，则不至于起任何疑念。

此外，石箱内还藏有一条由慈厚认真、信仰虔诚、对一家关怀备至的枲七日日投予生饵喂食的蛇神，还是毒蛇。而且每十二日还会换上一条新蛇。

胆敢潜入祠堂、掀开箱盖者，注定是死路一条。

事实上，祠堂落成翌日，钻地蛇就一命归西了。又市换上一张纸符，掩埋了钻地蛇的尸骸，就这么轻而易举地报了伊佐治和阿里的仇。

当时，又市吩咐枲七：

日后，仍将有外人闯入祠堂，命丧此冢。届时护符将遭损毁，仅需替换新符即可。掩埋尸骸后，宜视同客死他乡之无缘佛供养之。

设想得还真是周密。

事后，老夫耳闻此后数年间，计有六名以上的外人客死口绳冢旁。看来思虑欠周、有勇无谋的盗贼们依然宛如飞蛾扑火，摇摇晃晃地飞向藏宝的幻影，接二连三地为负伤蛇的怨念吞噬，果真应验了祸延子孙世代的说法。但在维新后，一切纷扰便告止息。

百介深深吐了一口气。"至于——"

至于什么？小夜问道。

小夜也跟着望向月亮。百介接了下去：

"至于伊之助，亦是……"

"老爷指的是伊佐治的独子？"

"亦可说是伊三郎之孙吧。"

是呀，小夜回答。"亦是为这陷阱所害？"

"没错。也不知此人是如何误入歧途的。枭七先生是个大善人，如今遭逢此祸，想必是伤痛难耐。思及至此，还真是让人于心不忍呀。"

这也是自作自受罢，小夜说道。

"百介老爷，这——不也可说是因果报应？"

"天下无奇事，但也无奇不有呀。"

百介说道："看来枭七先生的为人，竟要比又市想象的还要憨直。真没想到设局三十余年后，那陷阱依然有效。"

想必就连又市先生，也没料到这陷阱竟能如此长寿吧。小夜赞叹道。

"这就无从得知了。又市如此神通广大，或许早料到会如此也说不定。"

唉，怎么感觉活像又市又活了过来呢？百介搓了搓掩埋在皱纹下的眼角说道。

"不过，经过那东京警视厅的巡查大人一番搜查，想必古冢妖魂寻仇的传说也将就此戛然而止。那陷阱，想必也就此失效了吧。"

百介眯起双眼，低声说了一句：

"御行奉为——"

铃——此时，又闻风铃响起。

山男

偶于深山出没

身高两丈有余

其形如鬼

猎师等遭逢此怪无须奔逃

略事请托

便可劳其为己担柴

甚以其怪力为傲

一

许久以前，有山男栖息于高山。山男虽有个男字，但并非常人，而是山神、山精，亦是山怪。山男等同于山。因此，山男无须穿衣、无须言语、亦无须干活。捕鸟食鱼，以草树蔽体，于深山幽谷间四处游走，便足可存活。

乡民对其极为畏惧，山民当然更是如此。

凡常人对山皆怀畏惧之念。

山予人诸多恩泽，却也可能取人性命。同时，亦是禁忌魔域。山位处现世与来世交接之境，乃两界间之幽世。

故此，山男即为魔物之一。人人对山男畏惧不已，视之为威胁世人营生之妖物。

没错，山男亦被视为畜生。既不语、亦不书，毕竟非人。赤裸毛身、力强脚快，是个盖世冲天的巨人。其形宛如兽类，故人人视之为野蛮猛兽。

不过，某日山男纳闷，难道自己真为野兽，而非常人？

应非如此。自己应是广受敬畏膜拜之神祇，哪是掳人吞噬的畜生？思及此，山男由衷伤悲，甚感孤寂。

于是，山男深感自己一丝不挂游走于山谷之间，其实是何其卑微。

此时，似乎感觉有点冷，山男为自己制衣，亦习得人语，开始与常人往来。

但如此一来，不知不觉间，山男发现自己已不再是山，而是成了常人。最后，也就如常人般死去。

二

据传相州箱根有山男出没。浑身赤裸，以树叶树皮蔽体。居于深山中，以捕捉赤腹鱼为业。逢有市集，便前去同乡民购米。与人亲近，未曾闹事，除与人交易外少有言语，事毕即刻返回山中。曾有人循其足迹追之，但中途为绝壁所阻，无道路可行，只能任其如鸟般飞去，终未能觅得其居处。据传，小田原城主曾下令山男若加害于人，必以火枪等击之，故未曾引发事端。

此乃津村淙庵所著《谭海》中的一节，笹村与次郎说明道。

"这津村淙庵是何许人？"仓田正马问，"是个名人吗？这名字我怎么没听说过。名字听来虽煞有介事，但既然连听也没听说过，就不觉得有什么好佩服的了。大概是我自己无知吧。咱们这位一等巡查大人，想必听说过这号人物吧？"

"当然听说过。"

面对这突如其来的揶揄，一等巡查矢作剑之进倒是毫不动摇。不愧是东京警视厅内唯一通晓古籍的名人。

"津村淙庵是位歌人。出身京都，居于传马町，曾担任佐竹侯^①之御用达^②。""佐竹侯？那不就是秋田藩了？"一脸胡子的惣兵卫问道。

维新后，举国上下日益洋化，但惣兵卫却未顺应时潮，至今依然一副粗犷无礼的武士模样。

"这我可就不懂了。既然是歌人，这册名叫《谭海》的书中理应有些诗歌才是。但方才那段，怎么听来丝毫不像诗歌？"

"此书并非歌集，"与次郎解释道，"而是将当时的异国传说、世间传闻集结成册的书籍，可说是册见闻随录吧。"

也就是民间故事吧，正马揶揄道。

---

①秋田藩藩主，江户时代的外样大名。
②拥有出入幕府、寺庙神社、大名及公家宅邸进行买卖特权的商人。

正马这人和惣兵卫正好相反，时常摆出一副仿佛忘了自己是个日本人的态度。但不管他再怎么把自己当洋鬼子，长相还是一副大和民族的模样，身躯既没特别高，鼻子也没特别挺。

"所谓当时，是指何时？"

"应是在安永至宽政之间吧。收录这则记述的第八卷，想必是在天明年间写成的。"

"那不是近百年前的事了？"正马说道，"不过，至少要比上回那则故事更近些。你们怎么老是找来这种老故事？活像把剃掉的胡子塞进怀里珍藏似的。"

"你难道不知什么叫温故知新？"

惣兵卫竟然罕见地为与次郎撑起腰。

通常，与次郎与剑之进、惣兵卫与正马对凡事的看法多属对立，尤其对此类奇闻异事的见解更是南辕北辙。总之，平时惣兵卫与正马便有如明治军与幕府军，两人一碰头便难免起争执。

"你老爱卖弄些洋学，满口文明开化什么的，但也不过是空有一身异国行头，哪懂得什么道理。我虽不爱听这类鬼怪故事，亦不赞成怪力乱神，但一看到你这种嘲弄我国的态度，也要起一肚子火。"

"我哪儿卖弄洋学了？不过是认为这记述过于古老罢了。噢，虽说古老，但可曾嫌它哪儿不好了？我每回都不禁质疑，为何你们爱拿这种老掉牙的怪奇故事来佐证？矢作这回碰上的案件，毕竟是发生在现代的事啊。"

"当然是发生在现代的事。"剑之进说道，"在下是个巡查，可不是学者。"

"但近日，大家不是称你为神鬼巡查吗？"惣兵卫哈哈大笑道，"不赖嘛，这诨名应该正合你意吧。"

闻言，剑之进一脸不悦。

拜两国火球案与池袋蛇村冢案，接连被《东京日日新闻》及《东京插图新闻》报导所赐，一等巡查矢作剑之进俨然被塑造成了一个专责解决妖异事件的官差。

"这下再怎么抚弄你那把胡子，也讨不回你的威严了。想不到你这奉行所内最无能的蠢才，也能成为驱魔除妖的专家，这下可出人头地了。真是可喜可贺，可喜可贺呀。"

"别再瞎起哄了。"与次郎制止道，"惣兵卫，把揶揄自己的友人当有趣，难道这就是你所谓的武士风骨？"

不，我可是诚心诚意地在向他致贺哪，惣兵卫苦笑道。"我可没把这当笑话。玩笑一场，你也就别当真了。总之，这类事我也曾听说过，就把它说了出来，请你大人大量，快快息怒吧。是关于山什么的事吧？没错，是山男。"他咳了一声清清喉咙，接着开口说道，"有个到我道场习武的家伙，曾是前高田藩的藩士。大家也知道，高田藩地处越后那边，是个山深雪丰之地。黑姬、妙高均是当地的险峻山岭。"

不仅是辖内有山，与次郎等人总认为整个高田藩均位处山地。

"当地冬季天候严寒，需要大量柴薪方能度日，因此入山捡柴就成了重要的差事。不过，越后一带的居民均遵循一个铁则，那就是若于山中遭逢鬼怪，均不得与他人议论。"

"噢？"

闻言，与次郎向前探出了身子。

惣兵卫极少提及这类故事。不，不光是惣兵卫，时下这类故事已鲜少有人提及，如今大家净谈论些新鲜的、未来的事物。不仅是正马，若是谈起过于古老的故事，一般人多要语带批评，以顺应时潮。如今仍将谈论这类传闻怪谈视为趣事的，大概仅剩药研堀的老隐士一白翁一人了。

不过，即使仅是传闻或捏造的故事，听人亲口叙述毕竟是趣事一桩。

至少与次郎将之视为一件趣事。旁人或许要斥为捏造或迷信，但与次郎依然深受这类天马行空的巷说吸引。

惣兵卫又咳了一声。"至于道出山中经历怪事者，究竟会遭到什么样的灾厄，就连我那位门生也不知道。总之，对此类无谓风说感到恐惧，是件愚蠢至极的事，我可不相信那类迷信。反正这门生如今已非藩士，我也就毫不客气地对他下令，今后不许再谈论这种事。"

"为何要如此命令？"剑之进一脸嫌恶地说道，"你未免也太野蛮了吧？相信这类传说，实与信仰神佛无异。难道武士道会强逼人舍弃虔诚信仰？若是如此，不就代表这种武道才是真正跟不上时代的老古董？"

根本就是五十步笑百步呀，正马笑道。

"有什么好笑的？"

"信仰之道与剑术之道，不是五十步笑百步吗？"

"这是哪门子傻话？虽然时代变迁、幕府崩解，日本男儿的壮志仍不曾改变分毫。尊崇尚武之道，有哪儿跟不上时代了？新政府虽禁止贩卖粗俗的咒术行头，但可没禁止学武习剑哦。"

"四年前不是才禁止了复仇嘛。当时的禁令上也载明，复仇乃以私事侵犯公权之举，故须禁之。"

听了剑之进这番话，惣兵卫使劲咳了一声，说道：

"看来咱们这位胆小如鼠的巡查大人，大概是以为剑道仅是用来伤人、杀人的，未免也太没见识了吧？剑道之修行，讲究的是精神之修养；尚武之人，也必须力求品行端正。武士道可不是建立在畏惧迷信上的。总之，我这番论调绝非强词夺理，就连我那位门生亦有同感。"

算了算了，有话就快说吧，剑之进说道。

"那门生表示，曾听闻有人捡柴时遇见山男。"

"他可是亲眼瞧见？"

"不，这并非我那门生的亲身体验，但仍是个值得一闻的奇谈。似乎是我那门生的某个同辈看见的，而且，似乎还与那东西有所交流。"

"与山男交流？"

就连正马也哑口无言了。

目击妖物或为其施法所惑一类事件或许时有所闻，但与其有过沟通，可就不寻常了。

"此人曾与山男有所交流？"

"那东西究竟是何物，也不知该如何形容。根据此人所述，那山怪是个高逾六尺的庞然大物，肤色黝黑，浑身红毛，腰缠树叶以蔽体。据说，那山怪当时是前来取暖的。"

"那东西可懂人话？"

"据说大体还听得懂，但似乎无法开口言语，仅能发出牛马嘶鸣般的叫声，看来无意加害于人。那门生的同辈表示，只要自己在山中小屋生火取暖，此山怪便不时现身。既然想取暖，代表其可能畏寒，以草木蔽体，可见其亦知羞耻，此山怪表示，自己并不想赤身裸体，至少也该在身上披件兽皮……"

"噢？"剑之进惊呼，"这的确神奇，就连我也没听过这种事。难道此人曾与山怪有过一番交谈？"

"交谈或许没有，但那山怪似乎有办法与人沟通。那个或许该称作山男的妖怪如此表示后，翌日晚间便猎来两头羚羊。门生的同辈为其剥下羊皮，山男见之甚喜。后来，山男又以藤蔓巧妙地制作了衣裳穿上，并为其猎来熊或兔等充当谢礼。门生同辈为表赞许，传授其防止兽皮萎缩之法，甚至馈赠山刀为礼。大概就是这样一个故事。"

"噢。"剑之进一脸益发惊叹的神情，"这故事果真神奇。不过，这山男可是个人？"这位一等巡查一脸严肃地问道。

"应该……不是个人吧？"

"听懂人语，又貌似人形，应是人才对吧？"

"这有什么稀奇？只要长时间与人相处，家畜禽兽也能听懂人语。狗听见人唤名字，不也会摇尾凑近。依我之见，那山怪有可能是近似狒狒或猿猴一类的畜生。"

世上可能有高达六尺的猿猴吗？剑之进转头望向后方问道。

"当然有。"正马说道，"南蛮就有猿猴，和牛差不多大小。猿猴种类繁多，你们最熟悉的《和汉三才图会》中，不也记载了不少。笹村，你说是不是？"

猿猴种类的确不少。

"上回查证时，的确曾浏览过此书，但如今多已不复记忆。不过，在下亦知南蛮有不少怪异的猿猴，诸如长臂猿、猩猩。"

"当然有呀。"正马说道，"留洋期间，我曾翻阅博物志，看过不少怪异猿猴的图画。我国幅员狭小，而且落后。真有什么至今仍未发现的神秘兽类栖息山中，亦不足为奇。"

"那么——山男算是兽类？"

"我可没说得如此斩钉截铁。不过，猿猴属于高等兽类。笑人愚笨时，不是常以比猴子还蠢为比喻？反过来看，也就代表猴子并不比人蠢多少。耍猴戏这句话，亦出自猿猴好模仿人类举止的习性。此外，巨大猿猴的传说亦是多不胜数。岩见重太郎驱除的狒狒，不也是一种猿猴？这笹村应该最清楚吧。"

每当碰上这类愚昧的巷说，正马总是不忘揶揄与次郎一番。剑之进望向与次郎，意气消沉地吐了一口气说道：

"越后那故事中的山怪，是否同样不过是只猿猴？难不成山男这种东西，只不过是只畜生？"

"且慢且慢。若是猿猴，理应生有一身毛才是吧？"惣兵卫打岔道。

"身上有没有毛又如何？有谁说那妖物是个秃头了？"

"不不，仔细想想吧，有哪种猿猴是浑身赤裸的？凡是兽类，身上均应覆有体毛。即便真有浑身无毛的猿猴，哪可能既懂得人语、又懂得制衣蔽体？畜生毕竟是畜生，即便脑袋再聪明，也不会干这种事。即便懂得模仿人的举止，也不可能乖乖听人说话。若真有这种事，岂不笑掉人的大牙？"

"你言下之意是……"剑之进问道，"既非猿、亦非人，那么，这种东西可就是如假包换的山中妖物了。惣兵卫，你不是一向不相信世上有妖怪这种东西吗？"

"世上的确没有妖怪。"

"那么，我还真想弄懂你这番话的真意。山男究竟是人、兽，还是妖物？瞧你们七嘴八舌的，至今仍没听到半个解答。问此物是否为人，你们便答是兽。问是否为兽，你们又说不是。问是否为妖物，你们又说世上没这种东西。为何就没人能给个斩钉截铁的答案？"

"反正这东西究竟为何，根本无关紧要。"正马吊儿郎当地说道，"管是叫山男还是海男，谁在意究竟是人还是兽？"

"当然在意。若是兽类,便可恣意击杀。但若是人,便不可轻易诛之;反之,则可裁之以法。而倘若是妖物……"

"就会把你吓得屁滚尿流了是吧?"惣兵卫再次高声笑道。

剑之进再也沉不住气了。"混账东西!咱们即便是好友,开玩笑也得有个限度。看来,非得让你瞧瞧侮辱官差会有什么样的后果不可。"

"好了好了,"与次郎制止道,"少安毋躁,剑之进。岂值得为这山男起如此争执?惣兵卫,不是都要你别再这么揶揄人了?都一把年纪了,还是这副焦躁德行。至于正马,你说的我们也不是不能理解,但既然知道这些道理,何不以你那些舶来的知识好好为剑之进解惑?不管你对此事如何嗤之以鼻,既然坐拥这些知识,何不给我们一个解释?"

"大家瞧瞧,笹村今天还真是有精神呀。"正马说道,"我的解释其实很简单。不分古今东西,妖怪这种东西都不曾存在过,这道理你们应该也再清楚不过。关于这点,如同咱们这位武家师父所言,即便在幕府时代,也仅有不懂事的娃儿会相信这种东西。涩谷,你说是不是?"

惣兵卫颔首说道:"谁都知道鬼怪这种东西从前便是编出来吓唬妇孺的。自古识学问者,从心底就不会相信妖怪什么的。"

"那么,这山男究竟是……"

"若非类似猿猴的兽类,便是人吧。再者,各地传说中的山男,也不见得全都是同一个东西。不过是有人将之当成山怪或妖魔,情况才会变得如此复杂难解。将未知的猿猴与人混为一谈,便是无知。涩谷所言不假,既无体毛又通晓人语,足以证明这东西是人无误。"

"果真——是人?"

"还有什么好怀疑的?"正马一脸不解地扭曲着脸孔说道,"不是人会是什么?矢作,还有笹村,你们俩一辈子都住在这狭小的岛国,想必是想不透吧。咱们这世界其实无比辽阔,国家众多,国与国可是相连的。一国之外,尚有邻国。"

本国不也是如此?剑之进回道。"州与藩不也是相连的。"

"瞧你这蠢才。不管是纪州还是艺州,住的人不都是一个样?可分得出谁是从哪儿来的？但世界上的民族可就是形形色色了，大海另一头的诸多国家，人民可悉数是在异邦民族的包围下生息的。"

"就是所谓的南蛮、东夷、北狄、西戎吗？这些指的不都是包围国土四方的蛮族？"剑之进一脸认真地说道。

那是中国才有的说法，正马回答。

还真是四面楚歌呀，剑之进与惣兵卫挖苦道。

"喂，这可是笹村要我说，我才辛辛苦苦费这番唇舌解释的，换来的竟是你们这么一阵揶揄。我谈的可不是什么四面楚歌、吴越同舟。不管是大唐还是大清，不都和咱们日本的州差不了多少？我指的是更不一样的国家。说得明白点——这辽阔的世上有着众多语言不通、长相不同、肤色迥异的民族，有些甚至连自己的国家都没有。"

"何谓连自己的国家都没有？"

"就这个意思呀。"被剑之进如此一问，正马回答，"有些民族并不定居一地，过的是四处放浪的日子。亦有些是因与其他民族作战失利，而被驱离自己的土地。无土地便无法建国，人口过少亦无法建国。其中甚至不乏被驱出故里，被迫深入山林生息者。"

"山林……"

"没错。"

"和战败的武者潜身山中可是同样的道理？"

"要更为严重才是吧。若要打个比方，应是好比黑船排山倒海而来，数万甚至数十万异国人上岸占领日本，国人多半惨遭屠杀，硕果仅存者只得避居深山。"

岂可容这种事发生？惣兵卫忿忿不平地起身喝道。

"蠢才，我不过是打个比方罢了。总之，史上的确不乏外来者入侵，人民只得徐徐移居山岳地带的例子。异国高峰不少，可不像咱们的黑姬、妙高、富士、浅间这类矮峰。"

"混、混账，竟敢瞧不起灵峰富士？"

闻言，惣兵卫更是一脸愤慨。

"想不到你还没息怒哪。我可没瞧不起,只是山矮就是矮,还能怎么形容?国外的高山可是有两三座,不,甚至十座富士摞起来么高,光是抬头仰望脖子就疼了。"

瞧你吹嘘成这副德行,可曾亲眼瞧见过?惣兵卫依然一脸不悦地说道。

不过,正马这番吹嘘可是听得与次郎格外心动,脑海里不由得开始勾勒起足可遮天的高山景致。

"这哪儿是吹嘘?在海的另一头,如此高山根本是稀松平常,甚至有些民族,就在这些高山上生息呢。"

"那又如何?"惣兵卫不耐烦地发牢骚道,"瞧你这般拐弯抹角的,有话就明说。"

"还不是因为你们老是瞎起哄,我才无法好好把话给说清楚。总之,大家不妨假设有个原本定居某地的民族,遭蒙另一语言习俗迥异、甚至相貌也截然不同的民族压迫。原本的住民被入侵者逐出平地,被迫潜入山中。"

"假设有什么用?正马,你该不会是打算说,那些像战败武士的家伙含恨而死,化成了山中的妖怪吧?喂喂,这是哪门子洋学?可真要笑掉我们的大牙了。"

"蠢才,我才不似你这个使剑的跟不上时代,哪可能如此幼稚。别以为大家都和你一样无知。好吧,涩谷,先前说的并没什么了不起,重头戏还在后头。大家认为这些入侵者后来都做些什么?依常理,应是将原本的居民驱逐殆尽,并在这块土地上建国。是吧?"

"应是如此。"

"那么,假设这群人所建的国,又为来自他国的入侵者所灭。"

"这回的入侵者,并非被赶入山中那伙人?"

"没错。"被与次郎这么一问,正马回答,"而后,这回的入侵者,想必又要在这块土地上建国。不过,这些家伙丝毫不知,此处曾有居民为前一国所灭,被迫迁居山中一事。这下——"

"结果会是如何?"

"我正打算问大家结果会是如何。"

"想必会大吃一惊吧。"剑之进说道,"都已经将这座山视为自己的领地了,却在山中发现一个从未见过的民族,怎么可能不大吃一惊。"

"那么,山中居民又会如何?"

"这——"

"或许又得再度四处窜逃,觅地藏身。大家说是不是?"

想必——应是如此吧,与次郎心想。

语言不通,习俗迥异,双方碰上时就连简单的沟通也无法进行,更无从判断对方是否心怀敌意。

如此一来——

依常理,的确是另觅他处藏身较为稳当。

"假设这种事发生几回,毕竟山上同样是自国的领土,山下百姓依然会入驻山区伐木筑屋。如此一来,为避免遭入山者发现,山中居民不是得迁居他处,就是得更朝山顶逃,再不就是得开始穴居藏身。总之,两种文化绝不可能产生任何交流。"

如此,山上居民就被人视为妖怪了,正马说道。

"还真是难懂呀。"惣兵卫纳闷道,"与次郎,你可听得懂?"

"有什么好不懂的?"与次郎回答,"虽不知该如何解释清楚,总之就是文化与环境的不同,让两个民族仅能看见彼此的影子。即便双方成员有所接触,彼此也无法将对方视为和自己同样的人,总认为那种地方不适合人居,当然绝无可能有人出没。如此一来,双方便仅能以神怪之说解释这种接触——"

"大致上就是这么回事。"正马说道,"看来笹村也开始懂点道理了。唐土毕竟幅员辽阔,州府、部族本就多如繁星。因此,这种事多到不胜枚举。少数民族若不是遭人迫害、歧视或驱离,便是为其他民族同化而消失。到头来留下的,就只剩这么些神怪故事吧。"

"喂,"剑之进打岔道,"感谢你劳神解释了这么多,但咱们谈的是发生在这岛国上的事,可不是什么异国少数民族的故事。总之,方才正马你自己不也说了,我国是个幅员狭小的边陲岛国,住在岛上的仅有大和一个民族。"

"我可没这么说。"

正马罕见地端正了坐姿。这家伙平日总仗着自己一身洋装，以为如此仪态便可不拘小节。

"我的本意，其实是批评这种岛国根性。锁国时代早成过去，我国如今亟需放眼海外，借镜诸国。的确，咱们这国家看似由单一民族构成，但其实这不过是个表象罢了。大家说是不是？"

"这和咱们稍早谈的哪有什么关系？"

"我对先民历史的了解虽然匮乏，但我国的确也曾住过某些文化迥异的民族。大家难道不知咱们这岛国上，也曾有过一些不为国法束缚、祭祀不同神祇、因循不同习俗生息的民族？"

"想必你指的是土蜘蛛或虾夷、熊袭什么的，那已是神话时代的事，都不知过了好几百年了。"

"虾夷之地如今不是仍有原住民居住？据说这些人说的话和咱们不同呢。琉球国的住民也有和咱们不同的语言与习俗。文化迥异的住民残留山中，哪儿有什么好稀奇的？"

"果真没什么好稀奇的？"

与次郎不由得开始漫不经心地想象起来。

那山男究竟是人，还是猴？

"若是猴，便只能任由他去。但若是人，不就得为他想个法子了？如今乃文明开化之世，士农工商均不再有贵贱之别。"

"华族、士族与平民可是还有分别哩。"

"如今武士都放下了刀，平民不仅能冠姓，连骑马的禁令都解除了。但那山男——若真是个人，不就成了个无户籍、无居所，甚至没有衣物蔽体的可怜人？"

"你认为他该受到保护？"

"也不知是否该说是保护。我仅认为，不该再让一个人不谙言语、衣不蔽体、未受丝毫文化熏陶。日本将成为文明国家，若他是个人，只要住在这岛上，便应视同国民。而对国民施以教育、供其过上文明国民应有的生活，难道不是国家的义务？此人既是开化国家之一员，不就也有干活当差的义务？"

"噢。"

剑之进双手抱胸，沉默不语。

"怎么了，矢作？难不成……有谁委托你去捕捉那山男，才让你如此烦恼？若是只野兽，大可杀之，但若是个人，可就不能这么办。而若是个妖怪，根本连捉也别想捉了。这该不会是你如此烦心的理由？"

是不是？正马逼问道。

"非也——此事并非如此单纯。"

剑之进一脸烦恼地扭曲着眉毛，低头抚弄着脸上的胡子。

"其实，是有个女人为山男生下了娃儿。"

"娃儿？"惣兵卫惊呼道，"喂喂，这位巡查大人。我可不想为了揶揄你再次惹与次郎生气，但你当真相信这种胡言乱语，还为此烦恼不已？"

"谁说这是胡言乱语了？"

"难道不是吗？若那山男是只猿猴，根本不可能与人生育。世上哪有人兽之间能产下娃儿这等傻事？若此事当真，不就证明那山男根本就是个人了？"

"听来并不是个人。"

"不是个人？方才咱们这满脑子洋人学问的公子哥不也费尽唇舌解释过了，不论过的是什么样的生活，人就是人，兽就是兽，人与兽是不可能生出娃儿的。"

若是个妖怪，又会如何？

"要我说几次你才听得懂？世上根本就没有妖、妖怪这种东西。"

"好了好了，我并不是不懂。的确你们说的都不无道理。世上或许没有妖怪，反之，或许可能真有未为人发现的猿猴或文化不同的民族。不过，一个高逾六尺，浑身覆毛，虽听得懂人话但无法言语，能徒手将猪撕裂生食的东西——究竟该是兽，还是人？难道视之为妖怪真的错了吗？"

众人悉数静默了下来。

三

此事发生在武藏野的一个村落。

发端乃村内有一大户人家的独生女突告失踪。失踪者是居住在野方村的农民蒲生茂助之长女阿稻。三年前的明治六年冬季，阿稻突然失去了踪迹。

蒲生茂助乃野方村最富裕的农家，除了米、麦、萝卜之外，亦栽种甘薯及马铃薯等作物，据说其靠将作物贩卖至府内，赚了不少银两。原本就是坐拥大片农地的农家，维新后除务农外，还投入当地盛行的荞麦制粉业，辛勤耕耘下又累积了更为庞大的财富。

茂助的成功秘诀在于驭人有方。坐拥广大农地，若只懂得默默耕稻，算不上什么才干。欲有效利用土地，需要善用技术与人才。而茂助总能不计身份地征得所需的人才，并适才适所地加以使用。工匠、商人，甚至身份更为低贱者，茂助均愿不分贵贱地加以雇用，平等待之，并将每人分配至最能发挥其专才之处。

采此新颖手法，可谓符合四民同权时代之潮流。商人擅长数银两，工匠擅长制造器物，庄稼汉则擅长耕地。至于其他差事，茂助认为即便是无身份者，日久也应能胜任。

茂助生性和蔼，深谙待人之道，不分受雇者与主顾，对其均是景仰有加，让他得以顺利买卖交易，一切均运作得十分顺畅。

不过，亦有不少人对茂助的做法感到不满。那不仅是出于忌妒。茂助不优先雇用同乡的作风，或许也招来不少反感。

这种反感或许是出自众人对身份低贱者根深蒂固的歧视。尤其对茂助将小屋供其雇用的长吏非人①身份者或居无定所者居住一事，众人的反应最为强烈。即便如今国民之间已无大名、下人之别，但多数人依旧因循幕府时代的

---

①长吏为江户时代管辖贱民的头目；非人为江户时代幕藩体制下最下层的贱民，依法不得从事生产性的工作，由非人头管辖，通常负责监狱、刑场的杂务或靠低等民俗技艺等为生。

风习。雇用町人或许尚能容忍，但怎能雇用原本连个身份也没有的贱民？虽无人明显抱怨，但世间的排斥气氛已是十分明显。

就某种意义而言，众人的排斥也是理所当然。毕竟维新至今仍未满十年，此类歧视风气当然尚未消褪。

明治四年八月，太政官颁布了一条法令。

废秽人非人等称，尔后其身份职业均等同平民。

其条文内容如下：

废秽人非人等称，均编民籍，其身份职业均等同平民，罢地租蠲免制。

如此一来，原本备受藐视、其身份为社会所唾弃者，也欢天喜地地与农民、城内百姓同样成了平民。欲定居什么样的地方、从事什么样的职业、与什么人成婚，均为其个人自由——太政官是如此说的。

欢迎这道法令者有之，强硬反对者亦有之。即便如此，新政府仍得以继解放城内百姓后，进一步解放了饱受藐视的阶级，表面上废除了身份歧视。

不过，成效也仅止于表面上。

如此一来，的确达成了四民平等，士农工商等世袭阶级之别是消失了，但并不代表人们的生活真起了什么变化。庄稼汉仍种稻，工匠仍制作器物，商人仍进行买卖。除此之外，又能如何？

即便消弭了身份差异，职业毕竟无法说换就换。不管标榜如何自由、如何文明，人们仍得仰赖原本的谋生手段糊口。在此情况下，贫困者依然一贫如洗。

不过，即便一贫如洗，能干活糊口者还算得上幸运。维新后，某些阶层不仅失去了身份，甚至还失去了维生的手段。这些阶层，即为最高位的武士，以及较最低位更卑微的贱民。

武士与贱民两种身份，本身即为职业。

武士们倒还好。即便已非统治阶层，但至少还有些许积蓄，并能识字书写，亦有宅邸可居住。再者，这阶层还比任何人都懂得卖弄身段耀武扬威。

被统称为贱民者，可就办不到了。这等人才真是一无所有。

在幕府时代，这类人的生计尚不及维新后严峻。虽为身份制度摒弃，但这些人至少还持有正规身份之外的身份，诸如长吏非人、乞胸猿饲①等。在幕府时代，这些也堪称身份，同时亦是这等人的职业。

但维新后，这类人连这些身份也遭剥夺。取而代之的，是他们取得了户籍。

但这并不代表他们就被授与了财产与差事。别说是授与，甚至是遭到了剥夺。分配给这等人的差事，几乎可说是任何人都干得来的。

神佛分家、废佛毁释②等政策，更是助长了这股风潮。就连诸如山伏修行者等宗教人物，也完全断了生计。乞丐、愿人坊主③、与鸟追④，亦悉数成了一无所有的失业者。

除此之外——

虽已无职，但户籍仍在。既有户籍，便须缴纳税金。即便遇上的是穷人，税吏讨起税来依然是毫不宽待。总之，这刚推行的新制度其实颇为扭曲，个中藏有众多瑕疵。

自此，这些人的生计变得益形困顿。成为平民后，贱民阶层一口气成了一无所有的贫民，日子反而过得更不自由。除了极少数，这些人不得不迁入各种凶险之处，被迫在较原本更为恶劣的居处与条件下并肩讨生计。

茂助似乎是毫无歧见，不，甚至可说是积极地雇用了这类人等。至于他的本意究竟是不忍见这些人饱受饥寒折磨，还是出于以更为低廉的酬劳雇人的盘算，则不得而知。

不怀好意的乡亲们，似乎多半认为理由为后者。但即便如此，受雇者对

---

① 乞胸为在民家门前或寺内、广场等地借表演乞讨的杂耍艺人；猿饲则为以训练猿猴，并携其赴各地巡回表演为生的街头艺人。

② 明治维新后，日本强力鼓吹神道，颁布神佛分离令。

③ 江户时代剃发素服、挨户行乞的伪僧。

④ 常见于江户的艺人，又名女太夫。多为非人妻女出身，于正月施胭脂着华服，头戴编笠，至店家或民宅门口弹奏三弦吟唱乞讨。

茂助仍满怀感激。虽然饱受抨击诽谤，至少茂助没有任何从事不正当买卖之实。

即便如此惹人忌妒，蒲生茂助并不是个招人怨恨的人。

该年冬季，茂助之女遭到神隐①。

事发时，阿稻年方十八。当时，茂助除农业与制粉业，经营范围还扩及酱油酿造，正打算大规模振兴事业。隔邻的中野村已有人着手从事味噌酱油的酿造事业。鉴于此，茂助起了同当地酱油业者攀亲家的念头，而且女儿已到了适婚的年纪。

碰巧，茂助在北国觅得了合适的对象，双方亲事谈得十分顺利。当然，事业合作的谈判也大有进展。

正值此时——事发前不久，茂助周遭起了一阵骚动，似乎是手下的碾粉工人间发生了摩擦。

由于茂助不以姓氏出身，而是以人品作为雇用的基准，并按工作分量支付薪酬，因此手下雇员中，既有来自山区的，亦有来自城镇的。甚至不乏来自他国者。如此一来，即便茂助本人并不抱持任何歧见，雇员之间仍不时要起龃龉。

这起摩擦起因不详。

起初不过是双方持续言语冲突，后来某方按耐不住而出手，局势随即越演越烈。如此一来，原本不相干的局外人也纷纷开始介入，随着助势的人越来越多，局面终于演变成了一场激烈争执。

此时，正值银座的红砖街落成。

这场争端虽曾一度平息，但双方怒火并未熄尽，事后依然争执不休。随着规模一再扩大，最后终于演变成连当地的地痞流氓都纷纷加入的大暴动。

对此事最感困扰的，莫过于茂助本人。

手下雇员停工，乡里抱怨连连。茂助虽曾极力劝阻，以防事态惊动官府，但任何努力均于事无补。到头来，只得由警保寮派出捕亡方②，方得以平息暴动。

---

①指人突然失踪，古人认为是神或妖怪所为。
②警保寮在明治初期的警察制度中隶属于司法省，掌管全国警察，捕亡方即捕吏。

或许是贱民废止令接连引起暴动和起义，当局对此等事件丝毫不敢大意。最后，共有五人负伤，八人被捕。

茂助也受到严厉谴责，被迫支付罚款。再加上来自邻近乡镇的强烈抗议，逼得茂助不仅连掀起事端者，就连其他甫晋身平民者，皆得悉数解雇。

到头来，这场暴动让原本几已谈定的亲事也就此告吹。毕竟在此情势下，成亲的气氛早已烟消云散，对方也在不知不觉间疏远。

茂助也只能感叹无缘，就连原本盘算的新商计也因此被迫放弃。

就在此时，家中千金突然失踪。

当时由于人手不足，家中成员都很忙碌，就连阿稻也得帮忙照料家事。当日，阿稻也是打一大清早便忙个不停，后来出门打水，就此失去踪影。直到傍晚，家人才发现阿稻失踪。

第二日、第三日，阿稻均未返家。

究竟是落河溺水，抑或遭人诱拐？三日过后，此事在村中掀起一阵骚动。

众人纷纷将暴动之事抛诸脑后。毕竟茂助原本就不是个恶人，一家还是自幕府时代延续至今的望族。至于其女阿稻，更是众人公认的温柔姑娘。于是全村悉数动员，鸣钟击鼓入山寻人。

此时，亦有不少人推测阿稻或许是为难忍婚事告吹之苦而寻短。若是如此，曾助势起哄的村民亦难卸其责。

搜索持续了三日三夜，但阿稻依然行迹杳然。

"未料某日，阿稻却突然返家。"剑之进说道。

"而且是在三年之后？"惣兵卫问道。

"没错，正是在三年之后。阿稻返家，乃是四五日前的事。"

"三年岁月并不算短，若要解释成迷了路当然牵强，怎么看都像是遭人诱拐或离家出走，在他处生活多年。"

"或许真是如此吧。"剑之进回应道，但似乎语带几分犹豫。

"是否真是如此？"

"实情还不得而知。总之，阿稻是带了个娃儿回来的。"

话毕，剑之进一脸别扭地抚弄着胡子。

“是谁生的娃儿？”正马问道。

“当然是阿稻生的。”

“不，我问的是，生父是何许人？”

“这还用说，当然就是山男。”剑之进语带不悦地回答。

“别瞎说。”

“我哪儿是瞎说？困扰我的正是此事。”

“这就真教人不解了。在过去的三年里，那姑娘究竟上哪儿去了？她又不是不能言语，为何失踪三年突然返家，却又……”

正确说来，阿稻并未返家，而是被收容于比野方更为偏远的高尾山麓一带的村外某处。

据传，当时阿稻背着娃儿，在尚未开道的难行之处游荡。当时她浑身龌龊，衣衫褴褛。当地居民见状忧其安危，便唤其止步，并收容照料。

据说阿稻当时的惨像教人不忍卒睹。她腰部以上披着一件以藤蔓束绑、无从判断原色的破布，脚下连草鞋也没穿。她用一块看似布巾的东西背负娃儿，唯一的行头便是几条似乎用来充当娃儿褓褓的破布。

秋季山区寒气逼人，冻得她手脚满是皲裂。

不论问及什么，阿稻姑娘都闭口不语。被问及姓名、住处，均不愿开口作答。

但这姑娘似乎并非不能言语，也不是精神异常。照料起娃儿来依然是手脚利落，亦会出声哄弄，同时也会哺乳。

不过，这姑娘显然已有数日未曾进食，无论娃儿如何吸吮，都吸不出多少乳汁。再者，这娃儿也并非强褓婴孩，而是营养匮乏导致发育不良，虽体格看似甫出生不久，应该已不是哺乳的年龄。

即便如此，一尝到母乳的滋味，娃儿还是停止了哭泣，姑娘也露出了常人应有的神情。但其他时候，她总是眼神涣散，一副心不在焉的模样。依照料者所言，她看起来仿佛着了魔似的。但为其送上饭菜，又懂得彬彬有礼地低头用餐。

据传，如此过了两三日，直至第三天，姑娘才终于开口致谢，并誓言绝不忘此大恩大德。不过，姑娘依然不愿报上名字，问当时欲前往何方，便摇头不答，亦坚决不愿透露其出身，仅坚持不宜继续如此受人照料。

这下，村里的官员只得出面劝阻，告诉她若是如此只身离去，极可能是死路一条。

经过一番好言相劝，姑娘终于坦承自己即为野方村蒲生茂助的长女。

闻讯，茂助未感欣喜而是大惊，连忙赶去探视，见这姑娘确为自己的生女阿稻无误。离散三年的父女，这下终得重逢，但是——

"未料，却添了个外孙？"正马摩挲着下巴说道。

"没错。而且还看见母子俩都骨瘦如柴。据说茂助见状，感觉两人仿佛是教狐狸抓去了似的。"

"又拿狐狸来比喻了？"惣兵卫笑道，"可真像咱们剑之进的作风呀。可惜咱们现在谈的不是狐狸，而是山男什么的。不过，那姑娘可供述了些什么？"

"供述？"

"没错，也就是关于那山男。也不知那东西是否像天狗，而那姑娘是否成了那东西的禁脔？"

"禁脔……也不知是否该如此形容。"

也不知是何故，阿稻起初似乎无法流畅言语，不仅话说得极少，内容还毫无要领，听得茂助完全无法理解。她仅说她曾居于山中，并与山民为伴。不仅如此，话中还夹杂着不少从未听过的词汇，常教人听不懂究竟她想说什么。

问娃儿叫什么名，也仅直唤与太、与太，似乎娃儿就叫这名字。

眼看丝毫理不出头绪，茂助便向收容母女的村民们致谢，支付了充裕的礼金，领着阿稻和与太回到野方。

接下来，茂助试着以和缓的语气在供阿稻浸浴或食用滋养时，一点一点向阿稻询问原委。但阿稻的记忆混乱依然，仅记得曾外出打水，然后又开始语无伦次了。一会儿说什么鳖助，一会儿又说什么间师①如何如何，一会儿又

---

①鳖助，指以捕龟或鳖为生的贱民；间师，指四处流浪讨生活的阅历丰富之人。

提到什么筑屋产子，教人听了丈二和尚摸不着头脑。

经过数日执拗询问，依然问不出一个究竟，茂助再也无计可施，只得请求阿稻至少说出娃儿的爹是何许人。

阿稻闻言，旋即陷入一阵错乱。一个身材高大的汉子，一丝不挂，硕大无朋，浑身覆毛，怕死人了，怕死人了。

虽仍听不出所以然，但看来似乎有个浑身赤裸的彪形大汉以蛮力掳走阿稻并加以凌辱，让她怀了这个娃儿。

问起这汉子个头有多大，阿稻便夸张地张开双臂，表示要比屋子还要大。同时还供述其力大无穷，就连猪或熊也能徒手扯裂。

经过半日，阿稻方才冷静下来。

"个头真有那么大？"正马语带狐疑地说道，"这还真是教人难以采信呀。涩谷，你觉得如何？"

"形容一个大汉身高六尺，不过是个比喻。再者，秋冬山中至为严寒，浑身赤裸绝无可能活命。大家不妨想想方才我提起的那门生述说的故事，即便是山怪，不也想为驱寒而就火取暖、穿挂兽皮？再者，若那东西是个人，应无可能徒手将猪或熊扯裂。"

"那东西可懂得食牛马？"

不知何故，剑之进一脸恨意地交互瞪着对比鲜明的豪杰与假洋鬼子朋友。

"有人认为食用牛肉火锅一类的肉食，是文明开化后的产物。但烹调各种肉类的餐馆什么的，在府内从幕府时代就有了。山区的猎户，不也频繁食用自己捕获的兽类？"

"吃或许吃，但也不至于撕裂吧？"

的确有理。

与次郎认为不论怎么看，剑之进所述这袭击阿稻的汉子绝对是个怪物，不可能是个人。

"这东西绝对是兽类。"正马说道，"应是什么新种的猿猴。据说南蛮就有狞猛巨大的猿猴，还能同狮子一决雌雄哩。"

"猿猴会袭击女人？"

"谁说不会？"

"若为果腹而袭人，倒还能理解。但若是强奸，可就教人难以接受了，更何况还让这姑娘怀了娃儿。"

"这当然不可能。"正马斩钉截铁地回道，"我指的并非这种事。我只是质疑这姑娘会不会是在山中遭到猿猴袭击，惊吓之余失了心智，将所有记忆搅和在一块了。"

"你的意思是娃儿的爹另有其人？"惣兵卫问道。

"每个娃儿都注定有爹，人的爹当然还是人。"

"原来如此。想必你推测的是这么回事吧？这姑娘遭前所未见的巨猿袭击，虽保住了性命，却失了心智，一时间什么都忘记了。徘徊山中时，又遭无赖施暴凌辱，便怀了这个娃儿——"

"且慢且慢。"剑之进打岔道，"大家别忘了，阿稻并非在山中，而是在家附近失踪的。若是在山中，或许遭罕见兽类袭击还说得通，但阿稻可是自农家至水井打水途中失踪的。若依你们的推测，那只巨猿不就是在其家附近徘徊了？但没有任何乡民看见那种东西呀。"

"打水途中——难道不能稍稍绕道山中？"

"自野方至高尾山麓，凭一个女人家，走个一整天也走不到。一个小姑娘信步游走，哪里走得了那么远？"

有理，正马这下也闭上了嘴。

"阿稻所言虽虚实难辨，但总不能放任不管。茂助便与众村民商量，认为应找出那山男加以驱除。既然生得出娃儿，代表山男应是个人，若非兽类，总不能任由百姓放枪狙杀。若其真有施暴、掳人、监禁之嫌疑，应将其活捉并裁之以法。这就得由吾等官宪来承担了。"

"只要当那东西是个妖物不就得了？"与次郎说道，"虽不知实情为何，既然其女业已归返，外孙亦安然无恙，茂助理应已无任何不满，不至于劳师动众地请警视厅的巡查大人出勤。就告知他，东京警视厅之职务乃维护江户府之治安，而非驱除魑魅魍魉，除妖之务应委由他人为之。虽知此事不易甘心隐忍，但也只能奉劝茂助大事化小，日后更加谨慎度日便可。"

闻言，剑之进神情愈发气馁地回道："但如此一来，那娃儿……"

"娃儿怎么了？"

"与太这娃儿不就成了妖物的私生子？"这位巡查大人说道。

"娃儿本无罪，总之得为他办个户籍。若日后须与人一同营生，少了个身份可就——"

没个身份的确不妥。如今社稷表面上虽宣称四民平等，但阶级歧视依然根深蒂固。若让这娃儿烙上妖怪私生子的印记，他人对其必将多所顾忌。

这山男究竟是人、是兽、还是妖？

"总之，非得有个结论不可。"

剑之进双手直朝脸颊上摩挲，将原本梳理得整整齐齐的胡子搓得杂乱不堪。为何非得有个结论不可？惣兵卫问道。

"定个缉捕方针当然是当务之急。若是常人所为，吾等便不得不究办。既然有女人遭勾引、强暴，当然须提出告诉，岂能坐视此等凶嫌于山野中逍遥法外。即便真如正马推测，乃野蛮兽类所为，也会对村民造成威胁，必得尽速入山猎捕驱逐。况且……"

"你怎么老是钻不出这死胡同？"正马打断剑之进这番话说道，"就别再钻牛角尖了。矢作，如此下去，根本成不了任何事。不消说，那姑娘说的铁定是一派谎言，不过是为了隐瞒娃儿生父的身份罢了。难道不是如此？"

一派谎言——难道阿稻的叙述果真不是实情？与次郎暗自纳闷。

剑之进高声感叹道："不过—有些事也让我颇感质疑。"

什么事？三人异口同声地问道。

"首先，方才不是提及，在阿稻失踪前不久，该地曾起过争端？"

"就是那场贱民的暴动？"

惣兵卫这么一说，剑之进随即严词纠正道："蠢才，如今凡人皆为平民，别再随口说出贱民这个字眼。思虑欠周这四个字，形容的正是像你这等莽夫。总之当时那起争端，正确说来，应是持长吏身份者与非此身份者之间的纠纷。"

非此身份者，指的可是庄稼百姓？

"不是庄稼百姓，而是连这身份都称不上的人。既非弹左卫门①所辖，亦不为非人头①所支配。既无身份，亦不知出身地，乃身份完全不详的居无定所者。当时，人称这伙人为山窝。"

怎么从没听说过？惣兵卫说道。

与次郎倒是听说过。

"这字眼指的，可是一伙四处漂泊、靠捕猎鱼龟或编制簸箕贩卖的转场者②？"

"真是转场者吗？不过这些人的确是以这类手段营生。"

"不就是些在各地搭建简单的小屋，生活在里面的人？"

"似乎如此。由于这等人浪迹全国各地，常于野地或山林中生活，教人无法掌握其真貌。只是，既然这些人也居于国内，便与吾等同为平民。既为国民，便得设法向其争税，而且其中又有不少作奸犯科之恶徒，新政府实不宜轻易纵放。"

"其中也有这类恶徒？"

"没错。问题就出在茂助雇用了几名山窝。"

原来，剑之进口中的山窝，以及惣兵卫口中的贱民，曾一同在茂助手下谋职。

这两种人有什么不同？正马问道。

"当然不同。"

"果真是不一样的人？"

"应该有所不同。"

"是这些人自己声称和对方有所不同吧？"惣兵卫说道，"事实上还不都是一个样。"

"这么想就错了。"与次郎说道，"看来你仍是以鄙视的眼光看待这些人呀，惣兵卫。"

"我可没分毫鄙视的意思，但……"

---

①弹左卫门为江户时代非人身份者之首，非人头则为管辖非人之官员。
②指居无定所、四处漂泊的人。

话至此，惣兵卫突然罕见地闭上了嘴。

"看来你果真带着鄙视眼光呀，涩谷。难道你不知在洋人眼中，不管是武士、公家①、城内百姓还是庄稼汉，咱们国家每个人看起来都不过是穿了衣裳的猴子？"

惣兵卫闻言，面上旋即泛起一阵不悦。

"你瞧，听到这点你不也光火了？或许我真是个只懂得偏袒洋人的假洋鬼子，但听到洋人说这种话，同样会感到不悦，因为听得出洋人根本是将我国斥为蛮邦，因此也分不出不同身份者有何差别。山民、长吏与非人虽同样无身份，但毕竟有别。"

原来正马有时也懂得说些道理。与次郎心想。

"记得转场者并不隶属于任何组织或互助会，是吗？"

"没错，与次郎。就我所知，山窝虽好结伙营生，但既无组织，亦无头目。也不知经纬究竟如何，几名山窝得以蒙混进茂助那儿谋职。而且据说那起争端的起因正是阿稻。"

竟是为了那姑娘？

"可是为了争风吃醋？"惣兵卫问道，"但当时不是正在谈那姑娘的婚事？"

"的确如此。冲突的真正起因并不是双方为了那姑娘争风吃醋而小题大作，其实是愚蠢至极。据传数名山窝中，有一名叫平左的小伙子，对阿稻甚为钟情。此事平左本人既未承认，亦未否认，结果引起对方不满。平左一方认为若是受茂助斥责还说得过去，但岂容另一伙人责骂……反正，此事不过是个引子。"剑之进说道，"真正的肇因其实更为根深蒂固。总之，双方就这么起了冲突。"

"因此全被解雇了？"

"没错，茂助因此将双方人马悉数解雇。当时平左便笑称，既然已坏了规矩，留在村里也不会有什么好事，如今又是孑然一身，不如回山上去。留

---

①在朝廷中供职的官员总称。

下这番话，他就这么离去了。"

"回山上去？"

"那么，那姑娘又怎么想？"惣兵卫问道，"对那叫平左还是什么的小伙子是否也起了情愫？"

"这想必是没有。阿稻和平左似乎连话也没说过。不过对阿稻有遐想的，似乎不仅限于受雇于茂助者。毕竟那姑娘性情温和，有个同乡百姓对其亦是倾心不已。"

原来这姑娘还是个美人呀，正马揶揄道。

"似乎如此。此人便是暴动时向茂助提出抗议的村内总代之子，好像叫山野金六。金六对阿稻颇为迷恋，未料竟然死了。"

"是怎么死的？"

"唉，是在入山搜寻神隐的阿稻时丧命的。之前我也提过，村民们忧心自己也得为阿稻的失踪负责，因此动员全村寻人。金六在天明前便打头阵入山，却遭尖刃刺杀，而且丧命之处还是距离村子十分遥远的高尾山麓。"

话毕，剑之进再度摩挲起自己的脸颊。

四

听完剑之进的叙述，药研堀的老隐士一白翁竟然满脸哀伤。随后，老人将视线移向坐在身旁的小夜。这不厌其烦照料老人生活的姑娘，通常在送上茶或点心后便会返回主屋。但不知何故，这回她依然坐在老人身旁。

与次郎不禁忧心老人身体是否欠安。

该不会是有哪儿不舒服吧？与次郎心想。那张皱纹满布的枯瘦脸庞，平时干枯得教人几乎难以辨识其面色，这回却不知何故，显得异常悲伤。

其他三人似乎没发现任何异常。只是由于今日小夜也在场，剑之进说起话来语调较平时生硬了些，正马的姿势也较往常端正许多，就连惣兵卫的卤莽性子也收敛了不少。

原来大伙儿对小夜都是如此倾心呀，与次郎心想。

"山男？"老人以一如往常的悠然口吻说道，"山这东西的确可畏。"

大伙儿一如往常地聚集在九十九庵这座小屋内。与次郎一行四人经过一番毫无结论的议论，到头来还是只能造访此处。

敢问是如何可畏？惣兵卫问道。

"当然可畏。想必惣兵卫这般豪杰，必要声称世上一切均不足畏。但山可是人力无法驾驭的，不管是剑术之道或儒学之理，碰上山都无可奈何。山是个生灵，其中又蕴藏草木、虫兽、苔藓等诸多生灵。山中没有任何东西不是活的，树上土里均有虫蝼，溪涧之中亦有鱼龟。即便一座小山，亦是众多生命之汇集。"

"有理。"正马附和道，"山中的确没有东西不是活的。"

"当然没有。即便是一具死骸，亦有虫藏匿其中啃食，也会生出苔藓杂草。而山最值得敬畏的，便是不须任何外力帮助便得以存续。"

"不须外力帮助？此言何意？"

"少了山，村民将无法存活。因河水冷暖、风向均将随之改变，土地亦将随之干枯。"

真会如此？惣兵卫质疑道。

"当然如此。"老人回答，"有了山，村民方能营生。但少了村民，对山根本是不痛不痒。山可是由蕴藏其中的诸多生命汇聚而成的巨大生灵，人若入山，便等同于潜入生灵之脏腑，不是被视为异物遭其排除，便是被视为其生命的一部分而遭同化。山总是强逼人二者择一，绝不作任何妥协。"

"排除或同化？"这道理与次郎多少能理解。

"虽遭强逼，但要人简单做出抉择可非易事。"老人说道，"因此，人置身山中时，不时会有种左右摇摆、不知如何是好的感觉。一方面是难以适应的不安，另一方面则是受到保护的安心，同时也感觉到一股获得解脱的欢喜，以及一股遭受禁锢的忧郁。这难道不可畏？"

"还真是个生死交界之境呀。"

"说得好。"听到与次郎如此喃喃自语，老人终于面露笑容说道，"的确是个生死交界之境。"

因此，山被人视为禁忌。

"山这东西万万不可以言语或行动妄加侮蔑。"

"我方才提及的门生曾说，自己家乡也有这规则哩。"惣兵卫说道。

"噢，惣兵卫先生所述，应是发生在越后。记得老夫也读过相同的记述。"

"相同的记述？"

"是的。出处乃撰于文化九年之《北越奇谈》，作者是名叫橘昆仑的隐士。其中的卷四之十，便载有与惣兵卫口中的山男故事完全相同的记述。记得该记述中亦曾提及禁忌一事。上自奉行，下至樵夫，均说若于山中小屋遭遇任何怪事，切不可对人提及。"

"北越？那应是同一个地方哩。"

"的确是同一个地方。虽身份不详，但看来这昆仑亦如老夫一般，对新奇事物极感兴趣，还曾前往山女栖息之洞窟探勘。"

除了山男，还有山女？正马问道。

惣兵卫笑道："既然有雄的，当然也有雌的。老隐士，您说是不是？"

"不知是否该以雌雄称之。依老夫所见，昆仑似乎未将其视为兽类。"

"那么，难道认为那东西是人？"

"记得昆仑曾于文中解释，人虽视山男山女为鬼神，然其真貌不过是栖息于山中之自然人种，仅因未曾学习而无法言语，不谙制衣之术而衣不蔽体，至今仍依循夷地五十年前之风俗，故极为愚钝不智，宜授其人道，促其开化。"

"那么山男实为原始先民？"剑之进如此追问。

但老人仅是叹息一声，并转头望向小夜。过了半晌，他才如此回答："或许如此概括有失允当。根据诸多记载妖物之书卷所述，山中妖物其实形形色色，名叫山童者，每逢夏日便下山化为河童。另有名叫山都者，则为见越入道之别称。"

"见越入道？"惣兵卫高喊道，"这不是玩具绘中那颈子拉得老长的傻东西？"

"是的。在江户一带或许是如此描绘，但这东西本为出没于路旁的妖物。人在小道上走着走着，便可能遇上这种东西。看似是个小和尚，却会越变越高。"

老隐士朝天花板缓缓抬头。惣兵卫与正马也随他抬起了头。

剑之进痛苦地望着两人傻愣愣地伸得长长的颈子，开口问道："所以，这东西也是个妖怪？既然能改变形体大小，有违天地万物之常理，理应属于妖魔鬼怪一类。"

"且慢。"正马终于止住了抬头的动作，开口打岔道，"切勿妄下结论。老隐士应无此意，不过是据其周游列国时的见闻，陈述乡间曾有此类奇异现象，而人如此称呼此类妖物，仅此而已。"

"是的，的确如正马先生所言。不过，对这形体可变化的妖怪的称呼因地而异，有人谓之伸上，亦有人称之为高坊主，但就老夫搜集的传闻看来，见越似乎是最常听到的称呼。后来，这传闻传至江户，为戏作者青睐。颈子伸长，想必是黄表纸等插画为表现其身高变化采用的技法。欲以插画呈现东西越变越大，通常以颈子伸长来表现，玩具绘中常见的呈现方式便是一例。被视为与山都为同物者，应是个秃头大汉。"

"将两者视为同物者，是何许人？"

"此人名叫寺岛良安。"

"此人可是《和汉三才图会》的作者？"

"没错，没错。"老人颔首道，"良安以《本草纲目》等为范例，将兽类分为寓类与怪类。"

"两者有何区别？"

"噢，寓为似人之兽类，怪则为似人之妖。由于书中介绍略嫌紊乱，故区分或许不易，但大抵而言，猿猴属寓类，山都则属怪类。不过，这区分似乎仍稍嫌暧昧。"

"何处暧昧？"

"噢，猕猴、果然、猱等，的确属于猿猴一类，但猩猩或狒狒等，则是两类皆可。山精、山童、魃、彭侯等，则确实属于妖物一类，但论及木客、野女、山丈、山姑……"

"那么，山男呢？"剑之进终于敏感起来，"敢问山男又该属哪类？"

"很遗憾，这可能与各位原本的想象略有出入。山男应为单足、脚跟反转、仅有三指、习于扣门行乞的妖物，与山精同属独脚山怪一类。"

"独脚山怪？"

"是的。书中记载一如惣兵卫先生方才所述，似山精之妖物者雄为山丈，雌为山姑。林罗山等人亦曾比对汉籍与日文之名称，但看来并非易事。称其为与山男同音之山丈者，亦为罗山。此妖物之叙述载于书中'多识编'，其中不乏独脚鬼项目，看来将汉籍译成日文果非易事。但毕竟承袭《和汉三才图会》与《山海经》等古籍之影响，罗山之成果不过是踏循古籍所编。此书所载之山男，与各位言及之山男似非同物。较为近似者，应为书中之野女或木客。"

"敢问这野女是否为雌性——不，女性之山男？"

"这说法可真滑稽。"矢作和正马笑道，"就连这东西是男是女，都不知道了。"

老人也以沙哑嗓音笑道："寺岛安良参阅《本草纲目》，记载野女栖息于日南国，俱为雌而无雄。"

"这未免也太奇怪了。"剑之进纳闷，"若是如此，岂能生育？"

"故此妖习于结伴求夫，凡遇男子必掳之，并强求与之交合，藉此生育繁衍。"

"不过，老隐士，这东西能算猿猴吗？"

"虽与往昔故事中之山姥颇为近似，但据良安推测，此妖应属猩猩一类。"

"若属兽类，此类古怪故事便是罗织的吧？"正马以犹如揶揄古人无知的口吻说道。

"不尽然。"这位博学的和蔼老人轻轻松松地推翻了这假洋鬼子的推论，"书中记载这野女通体白皙，想必意指其浑身无毛，且披散一头黄发。虽不着衣襦，但自腰至膝围有兽皮。如此扮相岂是猿猴？"

剑之进缓缓转头望向惣兵卫问道：

"惣兵卫，老隐士所言的确不假，世上岂有无毛的猿猴？即便真有，也不可能懂得以兽皮蔽体吧。"

"的确有理。"这生得一脸胡子的勇夫也只能一脸茫然地回道，"如此看来，这东西的确不是猿猴一类。肌肤白皙，一头黄发，听来活像是个红毛洋人。"

"有理。"正马附和道，"记得日南国与中国比邻，是不是？"

"没错。"老人回答，"论及正确地理，恕老夫所学不精。不过越国一带应不属西洋。"

"的确是东洋无误。不过，西洋确有掳男交合以为生育的女部族。产下的若是男娃儿则杀之，仅将女娃儿抚育成人。此习俗与书中所述，似乎颇为近似。"

难不成是这女部族迁徙到东洋来了？惣兵卫妄下了个荒唐的揣测。

"不不。"老人摇头说道，"毕竟东西相距甚遥，或许不宜妄下如此结论。不过诚如各位所言，此妖若须与人结合方能生育，想必便是人了。传说中虽不乏妖魔或兽类与人产子之说，实际上理应无此可能。由此看来，这野女想必是与人极为近似的东西。"

"方才，老夫不也提及某与野女近似，名叫木客之妖物？"老人继续说道，"此妖乃载于唐土宋代所撰《幽明录》。《本草纲目》则记述其属栖息于南方山中之狒狒一类，但不知何故，头形与人完全相同，语言亦与人语一致。"

"这东西能言语？"

"似乎如此。"老人回答，"根据书中所载，此妖居于岩壁间，死后入棺下葬，不时也与乡民交易。论这交易，想必是以其猎得的东西换取乡民的某些物品。一题为《合璧故事》之古籍，甚至记载木客尚能吟此诗：酒尽君莫沽，壶倾我当发。城市多嚣尘，还山弄明月。唉，坐拥如此文采却身为山怪，着实可惜。"

"且慢。"正马说道，"老隐士，倘若颜面、躯体乃至言语均与人相同，还拥有如此文思，不就证明这东西虽栖身之处与常人有异，但终究是个人？"

"的确。仅其手脚指甲长如钩这点与常人有异。"

"指甲？"剑之进纳闷地问，"是否因不懂修剪，才放任指甲生长？"

"或许仅是如此。但此妖毕竟'非人'，或许指甲长度亦与人有异。老夫推测，此妖身形应颇为硕大。山男之身躯，不也是硕大无朋？"

"你说呢？"老人向小夜问道。但小夜仅回答对此一无所知。

"理应是个硕大无朋的东西。《甲子夜话》中，亦有关于山男的记述。不知与次郎先生是否读过？"

"噢？"

读是读过。

"载于卷五十四《骏番杂记》开头之处。"

"噢，可就是足迹那则？"

虽然依稀记得，但与次郎已想不起那是否真是一则山男的故事，仅含糊地回了一句。

"没错，正是那则足迹的故事。"老人立刻颔首说道，"此事发生于骏河的安倍郡腰越村。文中记载其足迹长达三尺，足迹间步伐宽度约达九尺，亦有载岔路、小河均能一脚跨越，看来应是个庞然大物。文中称此足迹之主为山男，偶尔可发现其粪便。由于山男常以铃竹为食，故粪便中常见竹叶。"

步伐宽度约达九尺？剑之进复诵道，同时以两眼目测榻榻米边缘，接着便叹了口气，同意其果真是硕大无朋。

"真教人无法想象。"

"还真是难以置信呀。"正马说道，"这不就同象一般大了？不，比象还庞大哩。"

"不过，作者松浦静山于信州户隐一带，遇一声称曾目睹三尺足迹之庄稼汉。行至丰后高田时，亦听闻有人曾与身高约达两丈之山伏或和尚擦身而过。"

"两丈？"众人异口同声高喊，"果真高大呀。"

"的确是硕大无朋。静山亦有言，此妖行来亦是震天响。"

由此看来，此妖"果真非人"，老人笑道。

"既似人，又非人？"言毕，正马望向惣兵卫。

惚兵卫则望向剑之进说道："而且，亦非猿猴？"

"这下子还真不知是什么东西了。"正马耸耸肩说道，"若身躯真是如此庞大，此妖不仅非人非猴，恐怕还非世间生灵。老隐士，您说是不是？犹记老隐士曾同吾等提及巨鳐一事，看来海中生灵确能长成庞然巨体。异国书籍中，亦载有比船只更长的乌贼或海蛇等庞然大物。但论及陆上生灵，最巨大者应属象吧？"

"象可有小山那么大？"过时的武士问道。"也没到这程度。"假洋鬼子回答，"虽大过马，但小于鲸。"

"咱们这回谈的是山男，可不是象。"剑之进先是瞪了两人一眼，接着又转头问老人，"不过，老隐士，这松浦静山的记述可值得相信？"

"这可就难说了。毕竟静山所撰并非自身所见，不过是据听闻之事加以记述。"

"那么并不值得相信？看来，其中可能有夸张或误判吧。"

"不，这也不一定。说来，老夫一如静山，也曾亲自向自称曾目睹山男者探听其经历，并不认为这些人捏造事实，或有任何误判。总之，巷说就是这么回事。骏河之邻国远州等地，亦有不少关于山男之传说。秋叶一带，亦有山男身躯极为庞大之说。"

言及至此，老人眯起了双眼。此乃其回溯自身经历时常有的神情。

追忆往昔时，老人神情中虽带着愉悦，却也有着几分失落。

毕竟度过的人生尚不及老人一半，与次郎当然无法理解其复杂境遇。但每回见到老人如此神情，还是不禁试图测度其心境，并隐约感觉有朝一日，同样的神情或许也将在自己脸上浮现。

果真有两丈高？正马问道。

"噢，想必没那么高，但至少远高过六尺。有樵夫声称个头较小的，就有约莫六尺高。"

"小夜，请让一让。"老人朝小夜唤道。只见他自背后那塞满了东西的防雨窗套中掏出数册记事簿，眯起双眼浏览书皮上的文字，接着便自其中取出一册。

"找到了……远州秋叶山男骚扰村民记事。"

"听来的确有趣。"剑之进端正了坐姿问道,"这记事,可是老隐士亲耳听来的?"

"是的。但与其说是亲耳听来的,其实是老夫前往远州时……"

难不成是当时的亲身经历?与次郎按捺不住地探出身子问道。

"不不,遗憾的是当年老夫没能亲眼瞧见。不过是行至该处时,碰巧经历那场骚动罢了……噢,有了有了。老夫曾有记载,此山男似乎属木客一类,不仅与村民偶有往来交易,嗜酒之习性亦与木客相同。但不同于唐土之同类,此山男乃一文盲,且生性粗野。此记述乃与稍早提及的木客故事比照后所撰。"

"与村民作何种往来?"

"秋叶之山男不仅无同类眷属,住处亦常不为人知,若于山中遇此妖,只消略事请求,便可代人肩负重物至山麓,似乎是为夸示其无穷怪力。"

"听来与人似乎颇为友好?"

"似乎是如此……虽不见得个个都如此友善,总之不至于袭人,反而颇乐于助人。受其帮助后,若支付银两以为酬劳,此妖必不愿收取,但若是酒,便会欢喜地收下豪饮。总之,此妖似乎嗜酒如命。虽不通晓人语,但只消以手势与之沟通,轻而易举便可达意。"

"噢。"剑之进问道,"那么,老隐士认为这山男究竟是……"

"当时,老夫亦不认为这是个人。当然亦非猿猴一类,也非所谓的妖怪,而是某种由山气凝聚而成之物。"

"山气?"

"但这东西不是引起了一阵骚动吗?"正马说道,"老隐士方才不是说过,自己曾经历那场骚动?"

"噢,的确算是一场骚动。当时,有个姑娘为这山男所掳,不过后来也平安归返。至于惨遭这山男杀害者……"

"什、什么?"这下轮到剑之进探出身子了,"这东西掳走了个姑娘?"

"人后来倒是回来了。"

"那么，遭杀害的是什么人？"

"是数名出外搜寻遭掳姑娘者。"

"老、老隐士，这……"

"没错没错，与各位所述之事的确十分相似。"老人频频颔首，先是望向小夜，又转头望向庭院，过了半晌，方才再度开口，"不过还是略有不同。"

"有、有哪儿不同？一个姑娘遭山男掳走，事后又平安归返。但前去寻人之男丁却惨遭杀害，岂不是完全相同？"

"但时代不同。"老人说道。

"时代或许不同，但发生的事可是一模一样。此外，这并非传闻或古籍中的记述，而是老隐士的亲身经历，不是吗？"

"没错，确为老夫的亲身见闻，但……"话已至此，老人却突然支吾起来，并罕见地向小夜征询道："小夜，这该如何解释？"

"还能如何解释？"

"唉……"这下子，一白翁宛如仰望见越入道的巨大身躯般抬起头，又仿佛自言自语般喃喃说道，"这到底该如何是好？不知那诈术师会怎么做？"

"恳请老隐士务必告知详情。"一等巡查剑之进磕头央求道。

闻言，老人勉为其难地翻开了记事簿。

五

该从何说起呢。唉，也记不得那究竟是何时的事。

当时，老夫一如往常，再度贸然决定出外云游。各位猜猜这回同行者是谁？

没错，正是御行又市先生，以及——对了，傀儡师小右卫门先生。一行三人结伴自上方返回江户。

是的。犹记老夫也曾向各位提及泉州那场天火一事，是不是？与小右卫门先生同行，也就只有这么一回。

当时，吾等先是在大之一文字屋会合。至于沿途都到过哪些地方，如今已记不太清楚了。这记事簿中或许有所记载，但恐怕没依造访时间之先后顺序记述。总之，吾等一行人并未一路沿东海道而行。虽记不得当年是如何绕路的，但总之一再绕道，四处造访，途中抵达了远州。接着，便于日坂、挂川一带滞留约一个月。

是的，当时心情颇为舒畅。

又市先生是个撒符御行，沿途不忘做些买卖。同行的吾等亦无须赶路。总之老夫酷爱奇闻异事，性好搜集各类怪谈巷说，听闻任何传言均不愿放过。至于小右卫门先生，想必是百无聊赖，只能上山伐木，雕制人偶。

当时我曾打探与山男相关的传闻。有位大夫就居住于吾等投宿之客栈不远处。我便向其打听。当时正好出了那桩事，众人均议论纷纷。

某日，老夫听闻客栈门外一阵鼓噪，便出门观望，见一腿部负伤者蹲坐门前。此人名曰俣藏，来自距客栈不远处山间一名叫白鞍村的村落。

略事打听后，方才得知村内有人急须救治，故遣此人前来迎接大夫。由于途中一路疾行，一不留神坠入谷底，腿部为树根所绊，因而挫伤。

理所当然，俣藏央求大夫尽速赶往村落诊治病人。此事当然要办，但此时必须先医好俣藏的腿。因此，大夫便为其诊疗，发现俣藏的腿断了。

这可就奇怪了。腿都断了，俣藏究竟是如何来到此处的？毕竟断腿在平地都无法前进半步。坠落断崖绝壁如屏风般耸立的谷底，岂有可能赶到大夫门前？即便是个没负伤的人，也无法自谷底攀上绝壁。这等事即便是拼了老命，也绝无可能办到。毕竟就连路也走不成了。

惊讶之余，大夫便询问俣藏是如何来到此处的。结果俣藏说出了一件怪事。

坠落谷底后，俣藏完全无法脱身。此时突然有一巨人现身，将他挟抱腋下，犹如山中兽类般身手矫健地攀上高耸的绝壁，将他带到了大夫门前。抵达后，巨人旋即消失无踪。

俣藏还声称，其身高达八九尺。

没错，这就是那山男。

此事当然引得众人议论纷纷。

俣藏表示这东西虽是个山怪，但毕竟是自己的救命恩人，总得赠个礼以为回报，便以小竹筒盛装上等好酒返回山谷。山男果真就在那儿，而且据说还有两个。两个身高都直冲云霄的巨人，一见到酒便欢欣豪饮，饮毕旋即又消失无踪。

后来此事传了开来，在该地变得无人不知。老夫亦是向那位大夫打听来的。

没错，这当然是个善举，而且还是个了不得的善举。樵夫亦曾告诉老夫，山男会为人搬运伐下的木头，或挪开倒下的树干，虽力大无穷，但生性和善，亦乐于助人。

不过，山男并不通晓人语，亦不知其生于何地、死于何处，就连于何处栖息都无人知晓。

当然，这山怪并不只懂得行善。再怎么说，山男终究是山男。山岳既可能予人功德，亦可能使人畏惧。山男亦如是。

是的。

自是无法以人伦常理判断。

其实，山男时有粗暴之举。或许是其乃山气幻化为人形使然。

没错，的确是发生了一桩骇人惨事。

远州当地有一布匹盘商，名叫桧屋，是家历史悠久的老店。该店的少东家夫妇某日入山，从此行踪不明。据传，那是老夫抵达该地前一年发生的事。

这位少东家其实是个赘婿，是该店的掌柜。此人原本不过是个小厮，由于干活勤奋卖力，终获店家拔擢为掌柜。店主对其至为赏识，便招其为赘婿以传承家业。

这少东家乃生于前述之白鞍村。没错，正是俣藏先生所居之村落。其母仍居于该村。

某日，少东家突然接获其母病笃之通报。起初，他认为自己得照料繁忙店务，不宜为此返乡。但桧屋的前店主——此时已是个隐士，坚称行孝较金钱买卖更重要，吁其偕妻返乡探视生母。

唉。

如今，少东家已是堂堂店主，前店主便遣小厮两名同行随侍。店务则委由业已引退之前店主与其同父异母之弟共同照料。

岂料两人竟未能抵达村落，但店方对此毫不知情，以为夫妇二人已安然返乡。

过了十日，两人犹未归返，亦未遣任何人前来通报。店内之大掌柜，即前店主之弟，为此震怒不已，认为即便是为了尽孝返乡，如此藐视店务，实令人难以容忍。

据传，大掌柜甚至痛斥少东家终究是个山间贱民，想必是思乡情切而拒绝归返。

此时，白鞍村差人前来通报，告知少东家之母业已病逝。临终前曾等候多日，终不得见其子。

闻言，桧屋陷入一阵骚动。毕竟少东家一行人早于十日前便已上路。虽路途遥远，不出两日应可抵达。这下子，店方连忙召集村众入山寻人。

唉。

人当然是没找着，因此众人开始谣传，一行人或许已为山男所杀。

据传，有人于峭壁上发现同行小厮之衣物。任何常人，均不可能将衣物挂到峭壁上头。况且发现衣物处并非崖下，而是耸立于道路旁的绝壁，看来绝非小厮坠落山谷时脱落。若非刻意攀上断崖，绝不可能将衣物挂上该处。

没错，众人见此，便推论一行人是激怒了山男，而为其所杀。山男力大无穷，只手便能擎起巨木。若遭其袭击，以常人之力，绝无可能安然脱身。

唉。

前店主为此伤痛不已。劝夫妻俩返乡尽孝，本是出自一片美意，孰料却因此失去了个好女婿、以及视同掌上明珠的独生千金。

老夫抵达该地时，前店主仍为此事终日悲叹，观之着实教人于心不忍。

没错没错。年少时的老夫完全不知天高地厚，一听见任何关乎妖怪之风闻，哪儿管当事人如何伤悲，均欲前去求其叙述事发经纬。

是的，老夫当然与当事人会了面。桧屋之前店主和三郎与其弟义助，两人都见着了。记得这记事簿中应有记载。

总之，先是俣藏，接下来又得以听取桧屋老爷的陈述，同时听到如此丰富的体验，还真是少有的好运气。打听完后，老夫便决定上白鞍村一趟。

　　是的，当时老夫可真是爱看热闹呀。诚如各位所言，老夫总是禁不住想凑个热闹，因此每回都还碰上危险。

　　老夫立刻安排了向导带路，并有又市先生同行，记得应是老夫邀来的。

　　那处绝壁果然是高耸入云。但以山道而言，只要留神避免失足，路倒还算得上好走。想必当时一行人绝未攀上绝壁，亦未绕道入山。

　　是的，正是如此。果然让大伙找着了——从一年前便行踪不明的少东家之妻，即桧屋的独生千金千代小姐。

　　噢，为人寻获时，小姐正是剑之进先生提及的野方姑娘那副模样，看起来活像个山女，衣衫褴褛，不擅言语，眼神空洞茫然，看来活像是乱了心智、失了魂魄。只见小姐呆然伫立林间，起初大伙都没认出那就是桧屋老爷之女。为众人带路者乃俣藏的表弟，名叫伍作。此人率先发现小姐，立即高呼：那不是桧屋的千代小姐吗？众人闻言，连忙试图将小姐带回白鞍村，但小姐却逃开了，也不知是在畏惧什么，只见其慌忙逃入山中。有人试图追上去，但为他人劝阻：如此匆忙入山，恐遭不测。

　　此言的确不假。就连熟悉山道的俣藏，赶起路来依然失足坠谷。如老夫这种半吊子，当然就更不消说了。况且，山男也不一定永远乐于助人。

　　唉。

　　俣藏虽然获救，少东家却命丧山男之手。众人只得先返回驿站，通报桧屋老爷。老爷闻讯，震惊不已。那神情老夫至今依然清楚记得，与其说是欣喜，不如说是吓得呆若木鸡。这也是无可奈何。

　　众人立刻决定次日一早就入山寻人。老夫也获准同行。

　　噢，老夫是派不上什么用场，但据传又市先生的纸符颇为灵验，当时于驿站中已颇有人望，因此众人便邀其同行，以助一行降妖除魔。

　　是的，果真是一场大骚动。自前夜便升起篝火，亦召来数名擅武术者，场面宛如武将即将出阵。翌日清早，众人出发入山，一行约有三十人，再加上接获伍作先生通报、自白鞍村出发协助寻人的村民，入山者共约五十名。

唉。

就在搜索开始后不久,咚!山中突然传出一声巨响。是的,老夫也听见了,亲耳听见的,而且听得清清楚楚。接下来,又接连传出数声咚咚巨响,声声惊天动地。噢,老夫绝没听错。山中偶有天狗倒或空木返,但当时的声响绝对不同。众人被吓得魂飞魄散。

是的,当然骇人。在山中听见此等巨响,较在村中要来得骇人好几倍。想必仅有听过的人,才能体会那竟有多吓人。但前店主已是如此伤悲,寻人要务也不能就此打住。

此时,又市先生终于挺身为众人鼓舞士气。只见其举起一纸据称有烧退百魔之效的陀罗尼符,"御行奉为——"铃,先是摇了一声铃,接着又昭告,此怪声乃吉兆也,实不足畏。造此等巨响者绝非禽兽,而是山怪,想必循巨响传来处寻索,必可寻获店家千金。

众人便鼓起勇气上路。

这回,一行人循常人难行之兽道攀上绝壁。孰知此道却被踩踏得十分坚实,仿佛常有人自此走过。

众人攀至断崖上方,见茂密树林中竟有一座洞窟,而就在其中⋯⋯

不不,当然没立刻进去。一行人惊见树龄似有数百年的巨木坍倒于洞窟前,将入口牢牢阻塞。而且并非只有一棵,而是仿佛被镰刀砍倒似的数棵彼此堆叠,看来绝非常人所为。同时,每棵树都是即便集数名樵夫之力,亦无法于一日内伐倒的擎天巨木。

是的,稍早的巨响想必就是这些巨木倒下的声音。

见状,吾等个个感到毛骨悚然。巨木棵棵硕大无朋,即便集众人之力,亦无法移除。

此时,又市先生自巨木间的缝隙朝内窥探,惊见洞窟中竟有一牢房,千代小姐正被禁锢其中。

人果真在此处。

此外,巨木下⋯⋯

唉。

巨木下竟然压着义助，以及自白鞍村前来的两名村民。是的，三人全被压个正着，当场毙命。为如此巨木所压，就连尸骸都无法移出。

看来，义助与两名前来协助寻人的白鞍村民，似乎早众人一步发现此洞窟，并试图入内营救千代小姐，却在此时遇害。而晚来一步的吾等，则在又市先生的符咒庇护下逃过此劫。

是的，看来应是如此。

六

"看来的确是妖物所为。"剑之进说道，"否则要砍倒如此巨木，绝非常人所能为，不是吗？"

"想必是如此。老夫出发前夜曾与义助会过面。如今义助为巨木所压，可见树应是当天晨间坍倒的。但这些树一如老夫先前所言——"

"均是集数名樵夫之力亦无法伐倒的擎天巨木？"

"没错，"老人颔首说道，"唉，三人之死状，还真是教人不忍卒睹。"

"正马，你曾说这东西非人亦非兽。是不是？"

"没错。"正马回应道，"的确，如此听来，这东西似乎已非早期先民或新种猿猴所能解释。虽不愿用上妖怪这字眼，但这下子也不得不承认这山男应是某种超越人知的怪物。涩谷，你认为如何？"

原本就板着脸的剑之进，这下子更是蹙起了眉头。

"虽然的确不可解，但既然老隐士稍早所言并非虚构，而是事实陈述，在下也不得不承认这东西确为妖物。噢，山男，山男，便等同于山——现在，在下似乎稍能理解老隐士这句话的个中含意。看来如此遭遇，果真是不得与他人议论。"

三人都一脸心服口服地静默下来。不过不知何故，与次郎依然感到无法释怀。通常听完老隐士的一番解释，自己也会随三人一同心悦诚服地告辞离去。但这回总感觉有哪儿不大对劲。

真正原因乃是一白翁的神情。老人脸上一片哀戚，说起话来语调也较平日沉重，仿佛欲直言不讳，却欲言又止，今日的心境似乎不大平静。

老人默默地合上了记事簿，似乎在犹豫什么。小夜目不转睛地窥探老人的神情，与次郎也察觉小夜这视线有些不寻常。

"这回的案件……"剑之进率先打破了沉默，"这回野方村发生的案件，似乎也该朝同样的方向推察。看来野方村蒲生氏之女阿稻是为此类山魔所袭，因此丧失了心智。"

"别再作这类无谓的推测了。"惣兵卫接下话茬，"或许，山的确是神之圣域，凡常人皆不宜近之。总之，既然这姑娘都平安归返了，此事也无须再深究。咱们这位一等巡查殿下，依我之见，就这么向那叫茂助什么的人解释吧。"

剑之进抚弄着胡子，正欲点头同意，未料，小夜突然开口说道："这道理哪说得通？"

闻言，三人个个瞠目结舌，就连与次郎也不例外。

"可有哪儿说不通？"

"当然说不通。老隐士，山峦之气或许能作弄人，但女人家岂有可能因遇上山气而受孕？那姑娘都带了个娃儿回来了，况且还出了人命。"

"这是没错……但老隐士陈述的事件中，不也同样有人丢了性命？"

"但这些人可不是死于刀下。"小夜语带悲戚地说道。

闻言，老人以同样悲怆的眼神望向小夜。

"敢问那名叫山野金六先生的死者，可是让刀刃砍死的？"

"也不知是否该说是砍死的……"

"还是该说刺死的？"

"的确是刺死的。但小夜小姐……"

"难道死者身上的刀伤，与小刀、短刀或菜刀等普通刀刃造成的伤有所不同？"

"没错。"剑之进先是犹豫了半晌，接着才回答，"那伤怎么看都不像是单刃刀造成的。而是如西洋剑般双刃之……"

"那是山铙。"小夜说道。

"山铙?"

"是山民用的双刃刀。"

"山民指的可是山男?"

"不,是常人。"小夜说道,"山男不懂得使用工具,更遑论习于携刀。那越后的故事不也说,山男猎获兽类后,不懂得如何剥兽皮?严寒之日,亦不懂得生火御寒。虽谙人语,懂人性,或许并不尽然愚昧,但山男是绝不使用文明器物的。毕竟山男并非常人,乃等同于山。老隐士,你说是不是?"

"的确如此。"老人先是望着小夜,过了半晌才如此回答,"但是……"

"不。这桩事件,绝不宜与老隐士稍早所述的往事混为一谈。看来这回的案子,是非得查个水落石出不可。毕竟都生了个娃儿,总得查出谁是娃儿的爹吧?"小夜说道。

"好吧。"过了半晌,老人方才开口喊道,"剑之进先生。"

"是。"剑之进诚惶诚恐地回道。

"敢问,死者金六先生,对这位阿稻小姐是否颇为迷恋?"

"似乎是为其神魂颠倒。他之所以率先质疑茂助,也有蓄意破坏阿稻小姐婚事之嫌。"

"金六先生之居处,是否与茂助先生的宅邸相距不远?"

"的确是。"

"金六先生与高尾山,是否有什么地缘关系?"

"地缘关系?噢,金六为药王院的信徒,似乎曾频繁前往高尾山参拜。敢问这与案情可有任何关系?"

"那么,看来是错不了。"老人向小夜使了个眼色。小夜也点了点头。老人说道:"那六尺巨汉的真面目极有可能就是金六先生。"

"绝、绝无可能!山野金六的确身躯壮硕,但绝不至于有六尺高,顶多和惣兵卫差不了多少。"

"但阿稻小姐个头可就小了,是不是?"小夜问道。

"是的,蒲生家的阿稻小姐,个子的确不大。"

"那么，倘若个子不大的阿稻小姐遭一名如惣兵卫先生般身躯壮硕的巨汉——奴家仅是打个比方——遭其按倒，小姐会认为自己碰上了什么？"

"在下岂可能干这种事？"惣兵卫满面通红地抗议道。

"奴家不过是举个例。各位认为，阿稻小姐难道不会误判，自己是被一个硕大无朋、力大无穷的东西按倒的？"

"的确有此可能。"正马说道，"一个娇小的姑娘让这么个粗暴的怪物按倒，简直活像遭狮子或熊袭击似的。"

一个身材高大的汉子，一丝不挂，硕大无朋，浑身覆毛，身长应逾六尺，看似浑身是毛。应能徒手将猪撕裂。

"看来这姑娘并未说谎。"

不过是未客观陈述事实罢了。阿稻主观认定自己似乎看到了这么个东西，只因——

"阿稻小姐当时必定惊骇不已，想必是恐慌得什么都忘得一干二净，才会以为自己看到了这么个东西，并对此深信不疑。"

"且慢。老隐士，那么，这名叫金六者究竟是……"

"虽纯属臆测，但答案应该无他。想必这金六先生趁阿稻小姐出外打水时劫走了她。"

"劫、劫走了阿稻小姐？"剑之进惊声高喊，"金六劫走了阿稻？这……"话没说完，他旋即咳了一声以保威严，并改为严谨的口气说道，"金六可是头一个志愿加入寻找阿稻的队伍，并率先入山的。还等不及天亮，就较任何人都早一步动身……"

"这举止不是反而很奇怪吗？"正马放松原本端正的坐姿说道，"说不定正是为了避免遭人怀疑，才这么做的哩。"

"但、但是，可有任何证据？"

"没错，证据的确没有。不过这下子我倒想问了，剑之进先生，金六先生的遗骸是在哪儿被找着的？"

"应该是在高尾山麓附近。"

"他走得可真远呀。村民们全都集中在野方一带寻人，为何唯独他一人到了距离如此遥远的地方？"

"想必是因较众人更早出发寻人……"

"距离的确太远了。"惣兵卫说道，"仔细想想，这还真不是边寻人边走就能走到的距离，怎么看都像是赶路直行而至的。"

"没错。金六先生想必是趁夜带出阿稻小姐，押着小姐一路赶到了高尾一带。"

"带出小姐……从哪儿带出？"

"应是原本囚禁阿稻小姐之处。动员全村寻人，必定会搜遍村落周遭。若是人被找到，可就赔了夫人又折兵了。或许是因此，方想到将人迁往偏远的高尾一带，以保无虞。"

"囚禁？难道金六将阿稻关了起来？"

"或许吧。想必金六先生曾将掳来的阿稻小姐囚禁于距村落不远处，也许是附近的小屋什么的。这纯属老夫的推测。人都掳来了，总不能将之藏于村内。即使藏得再好，只怕不出多久便要被人发现。"

"的确有理。不过囚禁一个人岂不得大费周章？"

"区区一名弱女子，只消花点银两，雇用两三名无赖加以监视，应该就能应付了。"

"如此一说，确实有理。"

"再者，当时遭茂助先生解雇的暴民，或许尚有数人滞留村内。再怎么说都是遭雇主放逐，其中必不乏对茂助怀恨在心者。"

"如、如此说来……原来是这样，看来迷恋阿稻的山窝成了帮凶？"

"绝无可能。"小夜开口说道，"山民虽被视为贱民，但毕竟也和咱们一样是人，绝无可能残暴不仁得将自己钟情的女人加以囚禁、亵玩。"

帮凶应是另有其人，或许是来自与山民起冲突的那帮人。小夜又补了这么一句。

"或许真如小夜小姐所言，这推论较说得通。"惣兵卫抱起胳膊，一脸严肃地说道，"一切均是金六因求爱未果犯下的暴行，帮凶则为对茂助怀恨在心的家伙。如此推测，一切就解释得通了。"

"是的。或许这纯属老夫个人想象，但眼见众人决定入山寻人，金六先生想必被吓出一身冷汗。依常理，寻人者常于夜间聚集，并于次日清晨动身，毕竟人于夜间难以行动。因此，金六先生便率先志愿加入，并佯装较他人更早动身，趁夜将阿稻小姐给带了出去。"

"为何不委由监视的无赖代劳？既然人都雇来了，就吩咐他们将小姐带走，好让自己留在村子附近。如此安排岂不是不易遭人起疑吗？"

"不不。"老人挥手否定道，"若是等到次日清晨，衣衫褴褛之人强押个姑娘，在光天化日之下想必引人侧目。若是遭人盘查，这些人想必立刻会供出自己的名字。为了谨慎起见，金六才决定独自押人。"

真是独自押人？正马问道。

老人回答：

"从死者仅有金六先生一人推测，应是如此。他之所以选择高尾，除了熟悉路径、距离村落遥远外，或许可借口参拜药王院频繁往来，亦是考虑之一。"

若未入山，便不至于发生这桩惨祸了，一白翁语带悲戚地感叹道。

"山中可有什么东西？"剑之进问道。

"山中有山民。"小夜说道，"矢作大人称之为山窝，这两个字其实是个蔑称。此类流连旷野、睡卧桥下、不为土地国政所缚者自古便有，今亦如是。亦有人唤彼等作转场者、世间师、间师或间太，某些地方则以鳖助称之。总之，名称可谓形形色色。"

"鳖助？间师？"

这正是阿稻当时语无伦次地脱口说出的字眼。剑之进转头望向与次郎，只见与次郎两眼圆睁。

"如此说来……"

"陪同阿稻小姐生活了一段时日的，原来是世间师呀。"

"难、难道是平左？"剑之进握紧了拳头说道，"山窝……不，世间师平左遭茂助解雇后，宣称将返回山中便告离去。这山，或许就是高尾山。如此看来……"

眼见剑之进沉默下来，小夜把话接了下去："有此一说，世间师乃傀儡师之后裔，且终生不下山。"虽偶有人落户定居，但定居一地者似乎极为罕见。平日四处漂泊，以制箕或捕猎鱼龟贩卖营生，不属任何一藩、任何一村，亦不受长吏头或非人头管辖，此类山民完全被排除于士农工商之外，就此点而言，看似与其他贱民无异，但亦与幕府毫无关系，且不为土地束缚，其实较其他贱民更无身份。世间师如赌徒般无主从之分，彼此以仅同族者通晓之暗语沟通，且谨守山民之铁则度日。"

"山民之铁则？"

"即山中生活所须遵从之规矩。由于世间师无主从之分，因四处为家而无地盘可据，故彼此间之信义便相形重要。"

有理，正马说道。

"一如奴家先前所述，彼等习于佩戴名叫山铊的双刃刀。一说此刀乃仿天丛云剑而制，但无从确认此说真伪。除此之外，亦有自在钩等独特工具。"

"那么凶器即为此刀？如此看来……"

"还真教人遗憾。看来杀害金六先生之凶手，正是这位平左。"小夜说道。

"小夜。"老人短促地喊了一声制止。

"不，老隐士，此案就是这么回事。昔日的世间师如今亦已是平民，既然犯了罪，理应受到制裁。遵照山民铁则便可营生的时代已成过去，如今……"

"山已不复存在。"小夜说道。

"没错。"老人一脸悲戚地低声说道。

"山已不复存在？"

"是的。"

"不过……"惣兵卫问道，"这个叫平左的为何要杀金六？难道仅为争风吃醋，山民就要下此毒手？未免也太小题大作了吧？"

"想必是目睹了金六先生的罪行吧。"老人说道，"依老夫推测，金六先生让阿稻小姐昏厥后，便将她装入袋中，或以其他手段悄悄搬运至他处，抑或秘密将她监禁。或许当时，阿稻小姐的心智便已陷入错乱。将人带入山后，金六先生这才开始盘算该如何是好，毕竟事前未曾作过任何筹划。"

"想必是如此。"惣兵卫蹙眉说道，"看来是被逼到绝境了。"

"他或许那时才想出了什么对策。但发现自己置身山中，阿稻小姐想必曾惊呼求援。结果……"

"就让平左看见了？"

"平左先生对阿稻小姐素有好感，眼见情况如此，当然要出手相救。"

"当然得出手相救。"惣兵卫忿忿不平地说道，"原来是这么回事。眼见如此卑劣行径，堂堂男子汉岂能放任不管？"

"但万万不可杀人。"小夜说道。

闻言，惣兵卫也乖乖闭上了嘴。

"不论在什么时代，平左先生均不应下手杀人，何况明治法律已明定即便有仇，亦不得取人性命。不管是山民还是乡民，如今已无高低贵贱之分，亦应同受法律管辖。既然如此，不管有任何理由，杀人均是应受制裁之重罪。"

"小夜所言有理。"老人说道，"剑之进先生，世间师，即先生称之为山窝者，如今仍广为人所误解，想必往后也将如此，但今后的确不应再有此类歧见。只因其曾为贱民，便认为其穷凶恶极，只因其缺乏身份，便断定其罪孽深重，此类歧见实属愚昧。绝不可论断凡为山窝者，均为为非作歹之徒。但为平等起见，凡人只要犯了罪，便得受法律制裁。不管曾贵为大名者，或慈悲为怀之出家法师，只要杀了人，便得依法治罪，贱民亦应循此道理。遗憾的是，看来这位平左先生，的确曾为救助阿稻小姐而杀了人。"老人语带惋惜。

"但、但是，老隐士，如此说来，阿稻带回的娃儿不就是平左的……"

"不。依老夫之见，娃儿应是金六先生之子。各位想想，平左先生为救出小姐已不惜杀人，岂有对其凌辱之理？即便其对小姐心仪已久，两人也未曾有过任何往来，阿稻小姐就连平左先生的长相也不认得。即便再如何喜欢，似乎也不宜有所表示。平左先生乃一明理君子，即便遭解雇，归返山间前亦无任何抱怨或不平，岂可能狠心对身心俱伤的意中人下此毒手？"

"那么，当时阿稻已是有孕在身？"

"或许正是由于发现小姐已有身孕，平左先生才决定不将小姐送回茂助先生家。虽仅止于推测，但老夫认为，阿稻小姐当时想必已是不醒人事。"

"因此，平左先生才加以照护，并助其产子育儿？"

"在山中，山民凡事都办得来。"小夜说道，"不过，这已是往昔的事了。"她又补上一句。

"接下来，就看剑之进先生如何裁量了。"

老人说完，便略带悲戚地低头望向腿上的记事簿。

七

三日后，笹村与次郎独自前来造访一白翁，即山冈百介。数日来，百介颇为烦心，对是否面见这突如其来的访客，似乎也稍有踌躇。

百介叫住前来通报的小夜，吐露了自己的困扰。小夜闻言，眯起一对细长凤眼笑道："百介老爷还在苦恼吗？"

"苦恼？老夫可没有……"

"那诈术师果真厉害。"小夜说道，"该怎么说呢。奴家不过是好奇，值此明治治世，倘若又市先生依然安在，碰上野方这桩案子，不知将如何处置？"

绝不伤及无辜，以慰藉止人之悲，以平静镇人之怒，虽顾彼必将失此，顾此又将失彼，双方不可兼顾乃世间常情，但这诈术师总能求个此彼两全。

遇上此事，又市将罗织什么样的谎？将布置什么样的局？又将如何收拾局面？

一个是为人劫掳、遭淫成孕并因此丧失心智的姑娘，一个是毫不知情、满心期待与爱女重逢的老父，一个是不惜杀人以营救心仪对象并助其产子育儿的漂泊浪民。既要服膺天道伦常，亦要促成众人和解。又市若奉托处理此事，不知将做何安排？

百介绞尽脑汁，也得不到一个答案。

"老夫既未苦恼，亦无心仿效那诈术师布什么局，不过是再次忆起又市先生罢了。"

"换成又市先生，想必也将如此处置吧？毕竟时代不同了。"小夜嫣然笑道。

面对这教人看不出年纪的姑娘，百介不由得别过头去。

小夜的笑容，正是如此教人难以招架。

"时代……不同了？"

"百介先生想必也清楚，妖怪乃依附乡土、时代而生。只消换个场所与时世，便毫无用武之地。御行又市既是个驱妖之人，值此时世，想必也将以相应之道处置。"小夜说道。

如此说来，山男又该作何解释？

"与次郎先生想必是来征询些意见的。老爷若是一脸愁容，可就有失体面了。奴家这就请先生进来。"小夜语调快活地说道，接着便步出了小屋。

紧接着，一脸无精打采的笹村与次郎便垂头丧气地走了进来。只见其神情要比百介更为苦闷，仿佛进门前曾碰了什么钉子。

"首先，有件事得先向老隐士报告。"与次郎彬彬有礼地低头致意，接着便开口说道，"数日前，吾等曾就山男一案前来叨扰。幸有一等巡查矢作剑之进的英断，该案已获得完满解决。"

"业已……完满解决？"

"是的，大致上堪称完满。"

究竟是如何结案的？百介兴味津津地洗耳聆听。

"首先，为避免村民知情，剑之进秘密地调查了死者山野金六的背景。"

"噢。"

"曾留洋的正马一向坚称，任何推论均需确切佐证，实际上确是如此。毕竟巡查之职务并非捕人，而是搜查。倒是据说东京警视厅将于年内撤废，由内务省新设的警视局取而代之。故此，往后办案须采更为进步的近代化方针……"

"原来是这样。"闻言，百介由衷佩服，"不过，即便这推论的确不假，事发至今毕竟已过了三年，不知是否仍有证据残存？"

"人能移动，但物可不能。少了主人之屋宇或器物，不管经过多少岁月，仍将残留原处。经过一番搜查，剑之进终于找到了疑似曾监禁阿稻的小屋。"

"竟然找到了这种东西？"

"距野方村约半里的林中有一空屋。说是空屋，其实是栋破旧倾颓的老屋子。有人证明，昔日金六曾于屋内聚集周遭之乞食博奕。入屋后，见其内有草席、绳子以及褴褛被褥。此外，亦发现疑似阿稻出外汲水时所用的桶子和为阿稻小姐所有的发梳。"

"发梳？"

"事后向茂助先生出示发梳，证明其确为阿稻失踪时插于发上之物。此发梳乃阿稻的祖母，即茂助先生之母的遗物，故绝无可能认错。此外……"

"还有其他证物？"百介问道。

"是的。上述证据顶多能证明阿稻曾于该处遭人监禁，还不够充分。"

有理。光凭这些，尚不足以证明金六确曾涉案。

"因此，剑之进又自野方行至高尾，一路细心搜证。虽听得些许消息，但皆非决定性证词。不过行至高尾山麓时，终于获得了不动如山的铁证。"

"敢问这铁证是……"

"即于高尾山麓某不显眼处的一座炭窑觅得证人一名。该制炭夫清楚记得，当天天色未明，金六曾领着一名模样怪异的姑娘前来。金六似乎不识这名制炭夫，但制炭夫曾旅居野方，对金六的背景颇为熟悉。金六谎称自己来自江户，今女伴身体欠安，望能暂时寄宿一阵。"

"这……"

"制炭者见其中似有蹊跷，便回绝了金六的要求。据说当时那姑娘的眼神怎么看都甚为古怪。果然如老隐士推测，阿稻已完全丧失心智。不仅无法言语，连动也不大动。大概正因如此，金六才起了将之她委托由陌生人照料的傻念头。遭拒后，金六便朝深山而去。这座炭窑与金六遗体发现处近在咫尺。"

原来调查果真有效。百介不禁由衷佩服。

"至于金六究竟是死于何人之手，至今仍未能判明，但关于他涉案，几乎可说罪证确凿。接下来，就是妖怪巡查矢作剑之进的大活跃了。"与次郎说道，"搜得足够罪证后，剑之进召来全体村民，以强硬语气宣布：维新至今已近十载，尚有人对山男之说信以为真，着实可笑。我国业已文明开化，若有人胆敢散播此类言论，本官将视其为刻意蛊惑人心的不法之徒，即刻逮捕投狱。"

"此言未免过于偏激。村民没有要求他驱除山男或将之逮捕？"

"众人对此毫无异议。"

"毫无异议？"

"是的，毕竟仅有少数村民相信山男的确存在。"

"仅少数相信？"

"是的，多为半信半疑。不，应说无任何人相信较为妥当。"

"是吗？但……"

"其实村民不过是期待有人做些什么罢了。什么人都好，只要能清楚地说些什么就行。听见巡查大人如此训斥，村民们便温顺起来。噢，这温顺绝非慑于威压，而是出于安心。"

或许真是如此。这与又市当年的做法还真是大同小异。

"如此安抚村民后，剑之进便秘密召来茂助先生与为吉先生——此人乃金六之父，并向两人告知真相。两人起初又是愤怒又是啜泣，但最后终于达成和解。剑之进如此解释：既然千金已平安归返，茂助先生应感欣慰。而为吉先生亦应以其子之行状为耻，并为真相不为外人所知而感激。此外，他还奉劝两人仔细端详阿稻带回的娃儿，毕竟对两人而言，这娃儿都是自家的长孙。"

原来如此。果真是个绝妙安排。

"此外，剑之进又表示，金六所为乃极恶非道，实难纵容，然其既已遭天谴夺命，即便将其罪行公诸于世，亦是无人可罚。不难想象此事若为外人所知，仅是徒增茂助父女之苦，对娃儿的将来亦极为不利。稚儿本无知，其父所犯之罪，绝不应殃及与太。故此，本官决意不再过问金六之罪。不过，无论理由为何，杀害金六者毕竟犯了杀人大罪。本官将视金六之死为别案，以彻底调查、逮捕凶手为第一要务。"

"说得果真得体。"

小夜为两人送来了茶。与次郎的陈述教百介听得入神，完全没注意有人拉开拉门进来。

"如此安排双方可能接受？"

见小夜为自己送上茶，与次郎诚惶诚恐地致谢。

"闻言，茂助先生与为吉先生便握手言和，表示将视彼此为亲戚，茂助还将与太纳为养子，此事就此完满解决。唉，最可怜的莫过于阿稻。她的心智随静养日渐恢复，也开始忆起诸多往事。不难想见——全面忆起此事真相时，她将会有多辛苦。"与次郎说道，"但值此现代，凡人均应学会克服此类障碍。"

"没错。"百介啜饮着热茶，望向小夜说道："事实真相，果然不出小夜所料。"看来已无须忧心。

"唉，如今已是汝等的时代了。"百介说道。

但与次郎似乎没听出这句话的含意，仅是交互望着百介与小夜致谢："若非承蒙老隐士与小夜小姐指点迷津，此案还真不知该如何解决。"

"为什么这么说？"

"若应村众要求入山猎捕山男，注定不会有任何成果，又不能单纯斥之为迷信而不予经办。况且，倘若教众人产生栖息山中、新获得身份的平民乃危险暴民的曲解，对山民展开迫害，事态可就严重了。"

"这万万不可。"小夜毅然决然地说道。

"当然是万万不可。总之，这还得承蒙小夜小姐向我们的巡查大人谏言。虽然放眼所见，一切皆已物换星移，但直至今日，依然难脱幕府时代的诸多旧习。不过，剑之进亦曾坦陈，欲逮捕世间师平左恐非易事。毕竟对吾等而言，山仍为难以踏足之禁地。"

的确是如此，百介心想。他常感在这国家，山业已褪去神秘面纱。除了那是较平地更高的地势以外，山已不再有任何意义。倘若有任何人认为山依然神秘，那或许不过是此人的愿望或幻想。而愿望、幻想除了遮蔽现实，并无其他效用。

今后，山将仅是个现实的逃避处。百介如此预测，也为此感到失落。失去原有的神秘后，山将仅是平凡的大自然。到了最后，就连这点仅存的意义也终将流失。

老隐士！与次郎一声唤醒了百介。

百介缓缓抬起头来。

"实不相瞒，对此案经过一番思索后，在下发现了几件事。不知是否可就这些发现，向老隐士请教？若有冒犯，还请老隐士多多包涵。"与次郎突然彬彬有礼地问道。

"发现了什么事？"

"噢，在下并无分毫质问老隐士之意。倘若老隐士认为不便响应，便仅须聆听，无须作答。"

笹村大爷为何如此多礼？小夜笑着问道。

"噢，只是担心这些问题或许要挑起老隐士的怒气。"屋内虽冷，与次郎竟是满头大汗。

"这点切勿挂心。"百介说道，"就连老夫自己，也无法想象自己会动怒。"

"好的。"与次郎自怀中掏出手巾，拭去了额头上的汗水，"在下欲征询的，乃是关于那远州奇案的二三事。"

"远州一案？并非这回的案子？"

"是的。接下来将陈述的，不过是在下自身的想象，还请老隐士切勿为此动怒。在下推测，杀害桧屋少东家与小厮并监禁其千金的凶手是否并非山男，而是前店主同父异母的弟弟义助？"

"噢？"

百介闻言，大吃一惊。但还没能回上一句，与次郎便继续询问道：

"此外，应是有人刻意伐倒巨木，将义助一伙人一网打尽，不，杀戮殆尽。应是有人计划寻仇，意图置义助一行人于死地。"

"噢，这……先生据何作此推论？"百介暂不作答，而先如此询问。

"根据老隐士所述，众人甫动身入山，旋即听见巨木倒塌的轰然巨响。过后，便没再听见任何巨响。如此擎天巨木，绝不可能无声倒塌。入山者乃朝巨木倒塌的方向前进，应无愈是接近却不复听闻任何声响之理。依此推测，众人听见的应是洞口处的巨木倒塌时的声响。至于义助先生一行人悉数为巨木所压，代表他们于众人入山时便已早一步抵达那里。即他们必是较任何人都早动身，且不循蜿蜒山道，直朝洞窟而行。如此推测，是否有理？"

"这……的确有理。"

"若是于天明时动身尚能解释，若是于黎明前，未免不大自然。虽然亦有可能在摸黑前行中偶然抵达事发地点，但那里无路通行，且为巨木所压者亦不只义助一人，还有自白鞍村出发的两名男丁。"

"的确如此。"

"这一切未免过于巧合。义助与两名男丁自不同地点出发，行经路径亦截然不同，双方竟会同时抵达那里，仿佛一事前便曾有约。不过，当年不似今日有电报可用，亦无其他联络手段，双方欲相约于一地会合，应是困难至极。如此一来，答案仅有一个。"

"敢问这答案是什么？"

"两名白鞍村民原本便在洞窟前，义助则是火速赶往那里。待义助抵达，巨木便立刻倒塌。"

"若是如此，巨木又是何人伐倒的？"

"当然是有人事先埋伏在那里，况且又市先生又知那洞窟位于何处。故在下推测，依常理，即便听闻震天巨响，常人亦不至于联想遭神隐的姑娘必是置身巨响传出之处。当时因有又市先生引导，众人才深信不疑地赶往那里。"

"那么又市先生事前便已知情？"

"在下的确认为其早已知情。再加上千代小姐于前日突然现身，在下推测这应是个规模庞大的局。千代小姐本已失踪多时，竟于当时突然现身，或许是小姐得以假某种手段自囚身之处脱身，抑或是遇上素不相识的御行或旅人而惊惧逃离。既然成功逃脱，若是径直返回故里，或徘徊山野之间，或许还不难理解，但小姐竟返回原本遭囚的洞窟，这难道不奇怪？"

"原来是这样。"

仿佛水坝溃堤，与次郎心中似乎累积了千言万语。百介尚在摸索该如何把话说完，与次郎便迫不及待地继续说道：

"虽无法确定俣藏先生为山男所救一事是否属实，但依此看来，桧屋一家遭逢的悲剧，应是义助认定自身家产为小厮出身的赘婿所夺，为争回店家经营权而策划的阴谋。至于因山男之说而起的骚动，则为那位诈术师为反制此阴谋而精心策划的复仇之举。"

"若是如此，巨木又是何人伐倒的？"

"应是小右卫门先生吧。"与次郎回答，"巨木是如何倒的，在下无从判断。但老隐士曾提及自抵达远州后，小右卫门先生便常于山中伐木。虽然老隐士试图避免详细描述此人所为，但昔日曾提及其乃一技艺高超的傀儡师，亦是执江户黑暗世界牛耳的不法之徒，原本既似武士，又似樵夫。因此在下推断，小右卫门先生于山中洞窟寻获遭囚的千代小姐，接受了小姐的请托。"

"什么样的请托？"

"即为夫婿及随行小厮复仇。"

不，还不仅止于此。义助甚至试图杀害业已引退的前店主，即其同父异母的哥哥，同时还盘算待收拾掉哥哥后，再佯装找到了千代小姐，并将之迎回故里。

对千代这侄女，义助本就心怀邪念，因此决意留其活口，将其囚禁，不仅凌辱其躯，甚至持续威胁若欲保命，便得听命行事。若不对外说出真相，佯装自己曾为山男所掳，便保证将供其依原有身份度日。

真是个手段卑鄙的交易。

所谓依原有身份度日，实指成为义助之禁脔。当然，两人表面上无法结为连理，但仍可以少东家遗孀与店务监护人的名目，掩人耳目继续私通。若胆敢拒绝，便会终生遭囚于此深山洞窟，供义助凌辱亵玩。

真相的确不得张扬。若为外人所知，不仅店家商誉将因此受损，为叔父所欺的千代亦将终生为此蒙羞。故对外求助以图将义助绳之以法，实在是有百害而无一利。唯有设局取胜，方为可行之道。

又市之所以让千代一度逃出洞窟，一方面是为了怂恿村民入山，另一方面则是为了诱出义助的帮凶。又市推测义助必有同伙相助，且那些帮手应是来自白鞍村。

每日均有人为千代送一次饭菜。送饭者是两名千代从未见过的男子，从行头打扮看来，似是在山中讨生活。依地缘判断，自白鞍村出发是最适合送饭到洞窟的路径。

因此，又市委托白鞍村民中最值得信赖者，即俣藏的表兄弟伍作，扮演千代的目击者。归来后，又安排伍作于村中放点风声。村中若有义助的帮凶，听闻风声必会前去察看牢笼是否遭损毁。

又市的计策果然奏效，就连义助也诱了出来。

"接下来便使用了火药。"百介坦白道。

小夜惊讶地望向百介。

"百介老爷——"

"火药？"与次郎反问道。

"小右卫门先生是操弄火药的高手。他的故乡，即北林城山那座比城还大的巨岩，便是他轰塌的。"百介说道。

"这……"

"既然连一座山都能夷平，伐倒五六株巨木当然轻而易举。"

"原、原来老隐士从头到尾都知情。"

"与次郎先生欲询问的，应是老夫是否曾担任这桩杀人案的帮凶。是不是？"

"不不，这……"与次郎顿时哑口无言。

"先生无须如此惊慌。唉，在如今这时代，这当然是犯罪——不不，即便在当时，杀人亦是应惩之罪。又市先生虽未亲自下手，但毕竟是前科累累的不法之徒，小右卫门先生之手早已数度沾染血腥。至于老夫，当然应以同罪论处。"百介说道。

"同罪论处？这……老隐士言重了。"与次郎颓丧地垂下头说道。"无须在意，本该如此。"百介说道，"倒是——先生是如何理出这推论的？"

"不过是将妖怪自事件中剔除。"

"剔除？"

"是的。野方一案只消将山男自案情中剔除，便不难理出真相。在下于是思及若是如此，远州一案似乎也可依法泡制。若无山男之说，远州一案绝无可能成立。不过，在下突然质疑，这会不会仅是出精心设计的骗局，便朝此方向推论。"

"噢噢。"百介数度额首称许。的确，果真如此。

"没错。若是将山男自全案经纬中剔除，剩下的不过是常人的犯罪。寻仇——实乃假替天行道之名进行的杀戮罪行。不不，只要杀了人，哪怕有再正当的大义名分，也站不住脚。不管为了什么理由，凡人都无权夺取他人性命。老夫认为，即便为了祖国正义，亦不该行任何杀戮。"

此乃世人应遵循之道。

"小夜，果真如你所说哩。"百介说道。换成又市先生，想必也将如此处置。值此时世，想必也将以相应之道应对。

"奴家可说过什么？"小夜刻意装傻道。

"不管为了什么理由，杀人均是应惩之罪。触犯此罪，便应裁之以法。此乃世间之常规。"

堂堂正正必遇阻碍，违背伦常则愈陷愈深，故取旁门左道悄然度之，以巧计道破如梦浮世，参透尘世人间，一切孽障随之消解，独留怪异巷说传世。

铃——

一声铃响在百介脑海中响起，这铃声如此微弱，听来让人感觉如梦似幻。

"年轻人……果真令人钦羡呀。"百介由衷地认为。从今往后，就是与次郎与小夜等人的时代了。

百介望向窗外。只见冷冽的天际一片雪白。

"凡人均要不断成长，国家与文化也应是如此。因此，当世绝对要较任何时代都来得美好。只可惜……妖怪已不再有半点用处了。"百介喃喃说道。

"妖怪已不再有半点用处？"

"没错，的确如惣兵卫或正马先生所言，妖怪业已过时，不再有任何用处。"

只是，这想法还是教百介略感一丝失落。

绝无此事。未料，与次郎如此说道。

也不知此言究竟何意，但为了掩饰心中寂寥，百介又开口说道："不过老夫至今依然坚信，俣藏先生曾遇嗜酒山男一事的确属实。"

闻言，小夜笑道：百介老爷，那当然是真的。

五位光

此鷺官拜五位

故得此名

逢夜便放光明

使其周遭光亮如昼

一

往昔,帝曾行幸至神泉苑,突然惊见池边有一人影。回神后,帝定睛凝视,细看半晌,方察觉此影非人,而是一庞然青鹭。帝遂命一官拜六位者捕之。

接获敕令,此官拜六位者立即着手捕鹭,但甚难捕得。无论悄然逼近或作势威吓,此鹭均能敏捷逃脱。

帝既已下此敕令,即便无法捕得,此官拜六位者依然竭力尝试,丝毫不敢懈怠。但不论以何法诱捕,此鹭均能矫健脱逃。

官拜六位者只得向此鹭宣告:吾人乃奉帝命行事。吾帝既已降令,汝应遵令受擒。

闻言,此鹭立刻静止不动,并宛如自投罗网般自行走近官拜六位者,温顺就擒。

捕获此鹭后,官拜六位者将之献帝。惊讶之余,帝大为感动。此鹭虽不愿遵从官拜六位者之命,却愿服从帝命,令帝深感其虽为禽兽,但必是地位崇高。

故此,帝即宣布:朕将赐此鹭五位之官。

此鹭就此得五位鹭之名。

五位乃获准升殿之位阶,有此官位者,可入清凉殿与殿上间^①。

虽说此五位鹭可于暗夜泛光,但绝非鬼气逼人之妖光,而是彰显其崇高

————————

①清凉殿是京都御所内殿舍之一,天皇在此处理日常政务。殿上间位于清凉殿南侧,为官员等候天皇接见之所,一般官拜五位以上有资格上殿。

身份之威光。此光绝非怪异魔性之火，而是至为尊贵之光。

二

松杉茂林中，偶见大小与蹴鞠相仿之火或升或降，但触民宅亦不引火酿灾。有人云其乃泊于树梢之苍鹭，每逢其羽随风飘逸，便发出如火焰之明光，滨海人家多谓此为鹭火。

然而，若于暗夜中逆抚猫毛，毛之末端亦可因摩擦而起火光，由此可见，羽、毛遇风飘逸即能发光，若非于暗夜便不得见。

"此乃《见寒话》中之一节。"笹村与次郎说道。

"此书是什么人写的？"闻言，近日新设立并改变名称的东京警视局本署的名巡查矢作剑之进问道。

"著者名叫来椒堂仙鼠。"

"怎么没听过这个名字？是个俳人吗？"

"这我也不清楚，但此人似乎曾任甲府城勤番[①]，本名为野田市右卫门成方。"

"甲府城勤番？"剑之进抚弄着胡子说道，"似乎有点微妙。"

哪儿微妙了？与次郎问道。

"剑之进，你难道不认为有点奇怪？"

"有哪儿奇怪？只是这官衔听来似乎不低不高罢了。"

"不过，甲府藩代代均为亲藩[②]，废藩后甲府国被纳为天领，即幕府的直辖地。这甲府勤番支配，应是老中直属之下属，远国奉行[③]之首吧？"

那是勤番支配吧？剑之进说道。

"不知这位野田究竟是不是支配？这甲府勤番，其实和负责警护府内的

---

① 属老中管辖，负责甲府城的警备工作。
② 德川家族近亲中成为大名的人。
③ 配属于江户以外的幕府直辖天领，负责当地政务。

棒突没多大差别，反正都不过是小普请组，称不上要职。或许仅和与力或同心差不多。"

"与力至少也比你这巡查大人要来得高。在幕府时代，你也不过是个同心。该不会连这都不记得了吧？"

如今，剑之进虽是个蓄胡提剑的英挺巡查，但维新前也不过是个黑纹白衣、配刀而无须穿和服裙裤的见习同心罢了。

"这与我的出身有什么关系？"剑之进说道，"现在谈的，是此人所言究竟值不值得采信。"

"凭身份官衔来度量人之信用？这可一点也不像咱们剑之进的作风哪。难道官位大了，人就会成这副德行？"

并非如此，剑之进一脸不服，放松原本端正的坐姿说道："绝非如此，但……还真不知该如何解释。"

"这就别在意了。倒是，若是如此……稍早提及的《耳囊》，你认为又是如何？"与次郎问道，"著此书之根岸镇卫，可是曾任佐渡奉行与南町奉行等要职的重臣。同时还是个旗本，论出身、论家世，均是无可挑剔。"

不，也不是挑剔的问题。剑之进双手抱胸喃喃自语，一副心神不宁的神情。

"不过是个旗本罢了，论俸禄，旗本也不过千石吧？"

"不过是个旗本？别忘了你这同心仅有三十二人扶持，和旗本根本无法相提并论。"

"所以我不是说了，拿我来比较根本毫无意义。倒是那《耳囊》的内容，怎么听都像是虚构。再说一遍听听吧。"

闻言，与次郎便开始朗读《耳囊》。

文化二年秋。一四谷居民于夜间赶路，见一身着白衣者行于前。仔细端详，其自腰下均不得见。此时，此幽魂转头后望，只见似有一巨目泛光。此人扑前杀之，见其实为一庞大五位鹭，遂肩负归返，招来友人烹煮食之。捕幽魂而食，纯为一无稽巷说。

"此乃《卷七之捕幽魂烹煮食之》。"

"这标题！"剑之进一脸不以为然地说道，"听来活像个相声故事哩。"

"这哪儿是相声故事？文末还严谨地评注其纯为一无稽巷说哩。镇卫殿下眼见捕幽灵而食之说如此荒诞却广为流传，故为文记述其颠末，哪里是在说相声？"

"这我理解。"

无法理解的，是你这家伙的态度。原本默不吭声的惣兵卫，以仿佛蛤蟆被大板车轧死似的嗓音说道。只见他一脸犹如百年前的山贼般的神情，看起来着实吓人。"一下子是鹭，一下子是眼睛放光什么的，你成天挑这些东西来装神弄鬼，总是听得我们一头雾水。"

惣兵卫所言的确有理。被誉为妖怪巡查的剑之进，每逢碰上不可解的怪异案件，便要召来友人征询意见。但至今也靠这伙友人，接二连三解决了两国火球事件、池袋村蛇冢事件以及野方村山男事件等不可思议的奇案，并因此威名远播。不过，这妖怪巡查召来众人时，契机总是如此暧昧，开头多半绝口不提这回究竟碰上了什么样的案件或到底有哪儿费人疑猜。

剑之进每回提的问题都同样荒诞无稽。诸如鬼火是否能引火，蛇能活多少年，或山男究竟是人是兽，大致上都是些神鬼玄学。虽然到头来都能发现这些问题背后只不过是合理案情，但大抵都是以这类怪谈起头。

这回的问题则是青鹭这种鸟究竟会不会发光，是否听说过这鸟会幻化成人，以及信州一带是否有此类传说。

这些问题如此令人狐疑，却又完全不得要领。

"大致上……"惣兵卫说道，"关于怪火，上回碰上那桩火球事件时，咱们不是已讨论了良久？当时正马那假洋鬼子还说了一番大道理。哎，当时他说什么来着？"

你指的可是电气？与次郎为他解围。

"没错，世上就是有这种叫作电什么的东西。稍早与次郎朗读的那篇甲府勤番所撰的记述上不也提了？逆抚猫毛便能见光，可见羽毛一类的东西原本就会发光。"

是吗？剑之进语带质疑地应道。

"你这蠢官差还在怀疑些什么？《耳囊》中那篇记述不也提到了同样的事？"

"两者不甚相同吧？"这位巡查大人说道，"《耳囊》中可是有幽灵的。"

你这蠢货！惣兵卫怒斥。或许他无意动怒，但这武士后代的嗓门就是这么大。

"喂，剑之进，看来与次郎朗读那篇记述时，你根本就没听清楚。里头仅提及某人逮住这东西煮来吃，有哪儿提到有幽灵出现了？"

"但那只鹭……"

"可没说化成了幽灵呀。看来你是不知道，鹭其实有形形色色，其中有些大得惊人。再者，名为青鹭者，其实也非真的是青色。夜道昏暗，如今虽有瓦斯灯可照明，但你应该也知道，文化二年的四谷不比今日的银座，入夜后铁定是一片黑暗。"

"用不着你说，这我当然知道。"剑之进说道，但话里不带一丝霸气。通常碰上这种情况，剑之进说起话来总像与人吵架似的，这回却毫无这等气魄。

"若如先前所言，鹭真能发光，夜里看来应为白光，否则怎么可能教人瞧见？总之，在伸手不见五指的夜道上，想必活像个硕大的白色物体。"

"记述中不是提及那东西有一目泛光？"

"那眼肯定要比躯体更为光亮。好吧，倘若真有幽灵，为何仅有一只眼？"

"这……"

"难不成你要说，那东西就是名曰一目小僧的妖怪？"惣兵卫语带揶揄地说道，"那不过是妇孺读物中的幻想图画罢了，哪儿可能真有那种东西？瞧你还真是蠢得可笑呀，都要教人笑掉大牙了。"他放声大笑。

"哪儿可笑了？"

"噢，瞧你这般愚蠢，难道还不可笑？与次郎也解释过了，作者曾表明那则故事不过是则巷说传闻。试问，有谁比听完后还把那事当真的你要来得滑稽？"

"谁把那事当真了？我不是说听来活像个相声故事，不值采信？"

"就是说呀。作者原本仅打算说个相声，为何你就是没听懂？"

"谁说我不懂了？"

"那就该相信这位作者。你不是怀疑这作者的出身吗？此人曾任奉行，可是位聪明的贤者，就连巷说也能写得妙趣横生。文化二年的江户，上至奉行大人，下至爱说常论短的百姓，都没一个相信鬼怪或幽灵这类传闻。总之，狐火烧尽见枯芒①，作者不过是在揶揄有人把这东西煮来吃，还真是件了不起的大事呀。"

"你不信？"

"当然不信。这故事叙述的不过是某人看见了一个庞大的白色东西，扑杀后发现原来是只青鹭，便煮来吃了，并无任何神怪之处。只是在发现这东西原来是只鸟前，将之误判为幽灵罢了。此外，也曾见其似有一目泛光。此文之本意，其实是记述这些误判如何使此事传为笑谈而已。"

"作者果真将之视为笑谈？"

"当然是。要不怎会冠上'捕幽魂烹煮食之'这种玩笑似的标题？若非视为笑谈，此文被冠上的应是'青鹭成妖'或'误视青鹭为妖物'一类的标题才是。"

"即作者认为鹭鸟的确能发光？"

想不到剑之进竟然如此单纯。

惣兵卫活像扑了个空似的，一脸不悦地望向与次郎。

"你可知这是否属实？毕竟我是没瞧见过。"

"秦鼎的《一宵话》有云，海中之火，悉数为鱼类之光，俗称之火球，则为蟾蜍所幻化之飞天妖物。此外，凡青鹭、山鸟、雉鸡等，于夜间飞行时皆可发光。"

"皆可发光？"

真有此可能？这下子，惣兵卫突然纳闷起来。

"虽难断言这些东西无法发光，有时似乎也真能发光，但皆能发光这说

_____

①江户中期著名俳人与谢芜村的名句。

279

法是否属实，可就不得而知了。毕竟我一次也没瞧见过。"

"鸟在入夜后应该无法飞吧？"惣兵卫说道，"鸟不是夜盲吗？"

"枭倒是能飞。"

"但枭可不会发光。"

"这回的话题与枭何干？"剑之进打断了这场无谓的争议，说道，"羽毛为何能生电，这道理我并不懂。说老实话，毕竟连猫也没养过，毛究竟如何发光，我也完全无从想象。当时将那火球解释成类似雷电的东西，我还听得懂，但鹭鸟发的究竟是什么光，就无法理解了。难不成是类似光藓的东西？"

"或许是反射吧？"惣兵卫说道，"好比雉鸡什么的碰上日照，会发出耀眼光彩。鹭鸟那东西或许也能在漆黑夜里反射月光。"

"漆黑的夜里哪儿来的月光？"与次郎说道，"总之，我认为这应该不是灯火般的火光，或许不过是形容鸟光，或俗称鸟火，即飞行时鸟尾拖曳的火光，据说即便是停下时，看起来也像是起火燃烧似的。会不会只是这个意思？"

"那叫电气什么的，是否也会发光？"

这么一问，大伙全都回不上话了。

"正马那家伙虽然可恶，但这类舶来的知识，除他之外还真是无人能问。虽不知他说的究竟是真是假。那家伙一说起洋人的好，便像在自吹自擂似的说个没完。倒是——"

正马今天怎么不在？惣兵卫左右张望。其实张望本是多余，大伙一如往常聚集在与次郎租来的住处，房内狭窄得根本无须转头。

"该不会是吃坏了肚子吧？"

是我没找他来，剑之进回答道。

仓田正马这位曾留过洋的假洋鬼子，亦是此三人的狐朋狗友之一，经常前来同大伙讨论此类异事。

"为何没找他来？那家伙不是比谁都闲吗？噢，难不成你不想再听到那家伙揶揄你落伍、迷信什么的？"

"你这心情，我多少也能理解。"惣兵卫说道，"那家伙的确惹人厌。唉，认识他这么久，我也是看在武士的情面上，才同他打交道的，否则看那家伙没有半点日本男儿的风范，早就同他一刀两断了。"

没找他来，并不是为了这个，剑之进怅然若失地说道。

"那是为了什么？亏那家伙还是个幕臣之后，却从头到尾一副洋鬼子德行，而且那浑蛋还从不干活，真是荒谬至极。"

"与他不干活、或是个假洋鬼子也毫无关系。问题在于他是个旗本的次男，而且父亲还曾在幕府担任要职。"

那到底是为了什么？剑之进问完便扭起嘴角。

"那么，究竟是为了什么理由？"同样猜不透的与次郎问道，"该不会是有什么内幕吧？"

"官宪岂能有任何内幕？身为人民的楷模，我可是凡事力求光明磊落。"

"那为何不把理由说清楚？"这下就连与次郎也沉不住气了，"别说是咱们这位使剑的老粗，你这个巡查大人说话的模样，就连我听了都禁不住想抱怨。先是鹭鸟如何如何，接下来又是信州如何如何，只懂得向大家抛出谜题，就算特地为你找来史料，你也对作者的身份百般拘泥。"

你提的哪儿是信州的故事？惣兵卫揶揄道。

"这也是无可奈何。我并非学者，不过是个贸易公司的职员，怎么可能找到完全符合的史料？但即使再不精通，我也特地找来了《里见寒话》中的这则记述。不过是认为既然信州与甲州相邻，至少算是较为接近——"

"我知道我知道。"剑之进打断与次郎这番话搪塞道，"我并无任何抱怨，对你这番心意也由衷感谢。"

"是吗？但瞧你一脸不悦，抛出个谜要我们猜，都已经够让人头疼了，还频频抱怨人家身份如何、家世如何，一会儿说人不值得信任，一会儿又说故事不值得采信。现在又批评幕臣如何如何，教人听得丈二和尚摸不着头脑，完全不知你究竟想问些什么。"

"一点也没错。"惣兵卫颔首说道，"若存心隐瞒，就别来找我们商量。若要商量，就不要有任何隐瞒。若是一开始就把话说明白，大家不都省事？贸易公司或许有假可放，但我这种武士可不能如此吊儿郎当。为了帮你个忙，今天我也是特地抛下道场公务来这儿的。"

"喂，你一个门生都没有，在道场或这里，根本没任何差别吧？"

谁说我没门生？惣兵卫回嘴时虽面带不悦，但并未积极辩驳，因为与次郎所言的确是事实。惣兵卫曾向山冈铁舟习剑，是个武艺高强的豪杰，如今于猿乐町主持一个道场传授剑术。但当下并不时兴习剑，道场门可罗雀。

去年为止虽仍有寥寥数名门生，但到了今年就完全绝迹了。正马曾如是说。

众人沉默了半晌。

"其实……"剑之进沉着脸打破了沉默，低声说道，"这回是受一位宫大人所托。"

"宫、宫大人？可是指官军？"

"这位大人曾为公卿贵族。噢，如今已改称华族了。而且还是东久世卿的同辈，曾官拜国事御用挂与国事参政①，是个货真价实的大人物。"

"东、东久世？"惣兵卫惊呼道，"可是那官拜侍、侍从长的东久世卿？"

"据说这位大人曾与东久世卿一同为尊王攘夷运动效力，故维新后得以从政，曾历任多项要职。如今业已自政界引退，不再过问国政。"

"究竟是何方神圣？"

"乃由良公房卿。"

"由良？"惣兵卫再次失声大喊。

"我原本不想言明，就是怕你这家伙大声嚷嚷。"

"真是的。此人不就大名是鼎鼎的由良公笃之父吗？"

"由良公笃又是什么人？"

与次郎从未听说过这号人物。他完全不了解任何华族和士族，对新政府的一切亦是一无所知。虽听说过太政大臣三实美或右大臣岩仓具视这些名字，但被问及左大臣是何人，就答不上来了。这并不是因为他对此类人物毫无兴趣，而是忙于应付生活，根本无暇他顾。

再者，与次郎满脑子依然是幕府时代的观念。他并非对这些阶层有多熟

---

①国事御用挂是由宫内省任命的官员，负责以自身经验或专门知识侍奉皇室。国事参政是江户时代辅佐大名执政的家老别称。

悉，但仍无法接受公卿与大名如今皆称华族。即便理性上接受了这事实，感觉上还是认为两者有所区别。

这由良公笃是个什么样的人物？与次郎问惣兵卫。

"是个儒学者。"

"儒学者？不是个公家吗？"

"是个公家又如何？儒学哪儿有分公家武士的？即便贵为天子，也得学习儒学哩。"

"是吗？"

与次郎还以为儒学是武士的学问。

"由良公笃乃前年以二十二岁的弱冠之年开办名叫孝悌塾之私塾的秀才儒者，甚至被部分人誉为林罗山再世。昌平黉①出身者对此人亦是赞誉有加，据说还收有不少异国门生哩。"

"异国门生？异国人也要学儒学？据说儒学最发达的是中国与朝鲜，为何要专程到日本来学？"

是洋人呀，惣兵卫说道。

"洋人也学儒学？"

"真理本就不分东西。由良生性勤勉好学，曾积极学习洋文，据说造诣颇深。法兰西人什么的，儒学还研习得颇为认真哩。"

你可真清楚呀，剑之进说道。

"因为我有门生在他的私塾研习。"

"哈哈，原来你的门生是被抢到那儿去了？"

"谁说是被抢走的？"听见与次郎如此挖苦，惣兵卫不悦地把头一别，驳斥道，"剑道亦是为人之道。我不过是见时下的年轻人普遍修养匮乏，将门生送到那儿读点《论语》罢了。"

听他这番强辩，正马若是在场，肯定要痛骂他一顿，两人必定会吵起架来。幸好与次郎无意同这满脸胡子的莽汉争辩，仅将这番强辩当耳边风。

---

①昌平坂学问所的别称，江户时期学校，曾为日本儒学教育的最高学府。

即便如此——

"原来这位秀才儒者的父亲是个尊王攘夷有功的华族大人呀。如此大人物，怎么会找上咱们的一等巡查矢作剑之进？"

这就是问题所在，剑之进一脸愁容地说道："似乎是去年在报纸上读到那则关于火球事件的报道。"

"这等大人物，也会读那种荒诞无稽的小报？"

"总之就是读了。该怎么说呢，此人似乎对怪火颇感兴趣。"

"怪火？可是指鸟火？"

"正确说来，是对鸟和火感兴趣。此人年少时，似乎曾经历过与鹭鸟和妖火有关的事。但由良家代代尊崇儒学，不语怪力乱神乃其家风。故长年以来，对此事只得三缄其口。"

"现在却听到了你这妖怪巡查的名声？"

"当时，《东京日日新闻》的记者邀我进行访谈，我便以一白翁讲述的内容为基础予以答复。谁知事后，当时未有记者在场的报社却拿这则故事来开玩笑，有的报道佐以带有人脸的火球和与我酷似的巡查格斗的插图，有的将我的姓氏矢作篡改为萩①，有的甚至胡乱将我的名字写成与萩正兵卫什么的。"

这下了哪儿有人认得出报道中的是谁？惣兵卫说道。

"那么，"与次郎切回正题问道，"这位大人物问了你什么？"

剑之进闻言，立刻板起脸来，一个劲摩挲胡子。

三

天保年间。

算来已是四五十年前的往事了。大概就是那阵子。由良公房卿之所以不记得事发何时，当然是因记忆不甚明了。当时的他不过是个三四岁的娃儿。

---

①取其谐音。矢作读作 yahagi，萩读作 hagi。

记得当时两眼所见，是一片山中景色。

至于是哪座山，可就不确定了。只是不知何故，印象中那里地势似乎不低。不过，那倒也不是林木苍苍的深山景色，而是片一望无际的桦木林。当时日照是强是弱虽不复记忆，但依稀记得并不是个阴暗无光的白昼。举头仰望，辽阔的天际虽不见星辰，但也不是一片漆黑。

或许是黄昏时分吧。

当时似乎还听见了潺潺水声，但记不得是否看见了河川，水流听来也并不湍急。如今想来，当地或许有涌泉或湿地。

总之在印象中，那里似乎是片高地上的湿地。

最不可思议的，是光。记忆中，年幼的公房卿浑身发着光，抱着公房卿的女人亦如是。

这倒是记得十分清楚。但那光不似油灯照明，并不耀眼。抱着自己的女人和自己的躯体发出的，是宛如戏里的樟脑火，或飞萤尾端般朦胧的光。

公房卿记得自己被抱在女人怀中。

此女十分惨白。至于是何处惨白，可就难以形容了。也不记得赋予自己这种印象的，究竟是女人的脸色还是衣装。公房卿仅表示女人浑身惨白且发着光，自己的躯体亦如此。

当时，公房卿被温柔地抱在女人纤细的臂弯里，紧抓着她的单层和服。手中那柔软布料的感触至今仍能不时自记忆中唤起，却不记得女人肌肤带有丝毫体温或气味。

在此之前的一切均不复记忆，所有记忆都是自此突然开始。至于如此经过了多少时间，印象亦十分暧昧。

后来，有个男人现身。也不知是惊讶还是惶恐，男人一见到女人便畏惧得直打战，恭恭敬敬地低头跪拜。

被抱在女人怀中的公房卿低头俯视着跪在满地泥巴中的男人。

两人说了几句话，不知都说了些什么。公房卿什么也记不得。或许不该说是记不得，而是当时的他还是个稚龄娃儿，听不大懂成人的话。

男人虽满身泥泞，但也不敢起身，女人则不断向他说着什么。唯一清楚记得的，是女人的嗓音清脆，宛如铃响。

也不知过了多久，女人将公房卿递给男人。男人的衣装质地干燥粗糙，带着一股麝香般的气味。

公房卿一被抱进男人怀中，就听见一阵铃声响起。紧接着，他又听见一阵震耳欲聋的振翅声，连忙转头望去，只见一头硕大无朋的青鹭，正在一望无际的夜空中翱翔。不一会儿，鹭便带着磷光般的光芒消失在澄澈的夜空中。

男人紧紧抱着公房卿，紧得连指头都要掐进他的肉里。此男——

"便是由良胤房，即公房卿之父。"剑之进说道。

"公、公房卿之父？真是出乎意料。"

这故事听来还真是含糊。

"那么，当时抱着公房卿的女人，又是何方神圣？"

这我也不知道，剑之进一脸纳闷地回答。

"应是母亲或奶妈吧？"惣兵卫说道，"都抱着娃儿了，还会是什么人？"

"不，看来并非如此。其母当年业已亡故，自此描述中亦不难确定，此女绝非奶妈或奴婢。"

"何以如此肯定？"

"若是奶妈，胤房卿何必对其低头？当时他可是整副身子跪在烂泥巴里，叩头叩得满脸泥泞哩。"

"这……"与次郎试着拼凑出一个解释，"或许是为了央求那女人将娃儿还给他？"

"央求？你这意思是公房卿原本被什么人绑架了？"

"傲视天下的公家向个奴婢——噢，还不知道是否是个奴婢，总之，堂堂大汉向个女子平身低头，甚至不惜跪拜苦苦央求，应是为了确保爱子的安全吧。"

有道理。

"我没想到能如此解释。"剑之进说道，"若将之解释成一个绑架娃儿的女人将娃儿归还其父，这情况就多少能理解了。"

"且慢且慢。"惣兵卫打断两人的对话,"喂,这推测未免也太直截了当了吧?"

瞧他一脸惊讶,看来是无法接受两人的推论。

"若是不知抱走娃儿的男人是谁,也就没什么好说。但剑之进,你也说过他是公房卿之父。若是其父……"

"公房卿哪儿可能问不出女人是何许人?"惣兵卫拍腿说道,"试着思考吧。不管这奇妙回忆是如何朦胧模糊,不管当事人当年是如何年幼无知,若有心追究,总有机会问出个真相吧?仅需稍事询问其父那女人究竟为何人,不就能得到答案?若其父回答不知,或许便代表当事人记错了。若是知道,理应据实回答。即便事发至今已过了四十年,也不代表毫无机会查个水落石出。难不成是当事人自己没问?还是其父也在事发不久后便辞世?"

"据说曾询问过,但其父拒不作答。"话毕,剑之进伸手将鬓发拨齐。

"这可就离奇了。"惣兵卫脸色益发不悦地说道,"为何拒不作答?"

这我哪儿知道?剑之进回答。

"不知道?你这回答未免也太离奇了吧?拒不作答——听来活像是此地无银三百两。还是其父已承认的确有过这件事?"

"公房卿表示自己曾数度询问,但每回被问及此事,胤房卿都是一脸愁容,并严斥万万不得问及此事。"

"不得问及此事?"

亦即,此事的确曾发生过?惣兵卫自袖口伸出毛发茂盛的胳臂,环抱胸前说道。时值隆冬,这莽汉随意露出肌肤却毫不在意,直教人为他打一身寒战。

"但再怎么说,人化身成鸟,振翅飞离这等事,听来只会教人笑掉大牙,岂还需要为此争论?这故事的确怪异,但这状况要来得更为怪异哩。"

"总之,有只会发光的鹭鸟就是了。"与次郎打断惣兵卫嘶哑的嗓音说道。

惣兵卫接下来要说的,想必颇为有理。但与次郎并不想听这类道理。

一个抱着娃儿的女人在某个不知名的高原湿地化为发光的飞禽振翅而去——与次郎整个脑袋已为这幻想般的场景占据。

"没错。"剑之进说道,"有个女人化为发光飞鹭,飞上天际扬长而去。

总而言之，与次郎稍早为咱们朗读的《里见寒话》与《耳囊》，都是极为有趣的故事。不过，这该怎么说呢……"

"的确，这些故事都不足采信。"

这下子裙裤的下摆都卷了起来的惣兵卫说道：

"原来如此呀。若是出自华族出身者之手，史料或许就值得采信。我也能体会你为何不打算让那幕府要人之子一同商议。不过，剑之进，你实在太杞人忧天了。"

"我哪儿杞人忧天了？可别忘了，正马之父曾是个佐幕派的急先锋。对他而言，朝廷可是……"

"但不是早就退隐了？"惣兵卫这莽汉回嘴道，"不管原本是个老中还是旗本，这些幕府时代的官衔，如今哪儿还有什么影响力？武士的气魄可不是来自官衔哪。剑之进，仔细想想吧，德川的御三家如今不也都成了华族？诸侯大名与殿上人早已没什么区别。真不知那以洋鬼子自居的败家子，在这年头还有什么好神气的。即使今天把他找来，也没什么大不了吧？"他突然低下身子，一脸恶意地说道，"剑之进，想必你也是这么想的吧？"

"怎么想？"

"就是——没这种事。想必正因你如此认为，才会感觉与次郎朗读的内容令人质疑。是不是？"

"这……"

剑之进无法回嘴。因为真的教他说中了。

"你打心底认为此事不足采信，但若推测这些纯属捏造，便等同于认为公房卿所言不实。虽令人难以置信，你也没胆轻易斥华族所言为无稽，因此才会如此犹豫。我说的没错吧？"

话毕，惣兵卫不由得放声大笑。

"不过，若连公房卿本人都不相信，怎么可能找上你这傻子商议？毕竟公房卿与其子均为鼎鼎大名的儒学者，岂有可能胡乱谈鬼论神？"

"但这可是公房卿自己叙述的。"

"那不就代表是他记错了？"惣兵卫说道，"毕竟那不过是个幼子的经历。

被递交给父亲时，或许背后正巧有乌鸦飞过。从这叙述的说法听来，的确像是那女人化成了飞鹭，但这种事怎么可能发生？"

的确不可能发生。但，即使如此……

"为何又提到信州？"与次郎问道，"剑之进，记得稍早你曾问到信州什么的。难不成这件事与信州有什么关系？"

"正是在信州发生的。"

"何以见得？"

"其实，这故事并非到此为止。"剑之进搔头说道。原本经过细心整理的头发，就这么让他抓得一团乱。"若仅到此为止，即便是我，也会认为是公房卿记错了。若非记错，我也会认为或许是公房卿自己误判或看走了眼，要不就是他自己的幻想。"

"反正不管怎么看，此事都像误判或幻想。"

"不过，事情并非这么简单。"话毕，剑之进便紧紧抿起了嘴。

"事情并非这么简单？"

"没错。由良家极为富裕，公房卿时常出外畅游。不过，并非所有公家自幕府时代就经济宽裕，而如今的公卿与华族，日子甚至较当时更为严峻。有些甚至因生活过于拮据，积欠了终生无法偿尽的债务。这全都是被迫废止家业使然。"

家业大概是些什么？与次郎问道。

"一言以蔽之，华族的家业，大致上就是些知识或艺术、工艺方面的能力。家家都有诸如琵琶、蹴鞠或解析考据《古今和歌集》一类的传承，得以靠传授这类技艺糊口。除此之外，还有发放检定资格等权利，即诸如授与检校位阶一类的认可权。"

"是吗？"

这些事与次郎还是头一回听说。

"噢，原来座头为了争取检校位阶前往京都，就是为了这个？"

"如今应该不同了。成为检校需要相当高的费用，故座头个个都得拼了老命存银两，只为向公家大人缴纳认可费。"

"原来如此。那么这位由良大人也是个检校？"

"不，并非如此。公家的糊口方式其实是家家不同。由良公房虽出自儒学世家，但据说年少时较之儒学，对神道、国史、地志等学问更感兴趣。曾如菅江真澄般周游诸国，亦曾如林罗山般四处探听宗教祭祀的由来或传承。虽然平日多忙，大概也走不了多远。但其实……"

"其实什么？你就别再卖关子了。"惣兵卫催促道。

剑之进神情益发严肃地说道："事过二十年后，公房卿曾亲自造访信浓。"

"终于提到信浓了。"

"最初便提过了，"剑之进说道，"当时，公房卿于信浓发现了那地方。"

"什么地方？"

"不说你们也猜得着。"

"难不成是他被那女人交给他父亲的地方？"

"噢？"惣兵卫失声喊道，"他找、找到那地方了？"

"似乎是的。而且在那里，他又见到了那暌违二十年的青鹭。"

"指的可是那只鸟？"

"是化为鸟的女人。"剑之进说道，"公房卿见到了那女人，而她也以鹭鸟自称。"

闻言，与次郎不禁倒抽了一口凉气。

四

翌日午后，与次郎只身造访药研堀。当日天气晴朗，但颇带寒意。

除了与一辆疾驱而去的人力车和一个小伙计所推的三泣车①擦身而过，沿途连一个人影也没瞧见。或许是适逢旧历新年，四下一片静悄悄的，全城居民仿佛都消失了。

---

①手推车的一种。年幼的学徒可能因工作辛劳或饭碗被抢而泣，车轮也发出哭泣的声响，故得此名。

在巷子中拐了几个弯，一片江户风情时映入眼帘。药研堀隐士一白翁的居所九十九庵，便坐落于这片江户景致中。

门前可见小夜正勤快地洒水打扫。朝她打了声招呼，小夜便笑着回答："噢，与次郎先生，今天也是一个人来？"

"是的。近日大伙儿老是凑不齐，但也无须硬凑齐不是？若是每回都像蚂蚁似的成群结队来这儿凑热闹，未免也太叨扰了。老隐士在吗？"

"当然在。"小夜面带益发灿烂的笑容回道，"奴家总劝他老人家趁着还走得动，若要身体安泰，偶尔也该出门走走，但他就是不听劝。就连警告他老眼昏花，别再读那么多书，也一样。"她继续说道，"不管是碰上盂兰盆节还是新年，也不肯换个行头。根本不谙酒性，却一过年就频吃甜嘴，一点也不懂得应景，真是没劲呀。"

老人家也过旧历年吗？与次郎问道。这下子倒是想起年初来访时，似乎曾看到屋内饰有镜饼①。但小夜回答老人家并不热衷过旧历年。

虽然多年前便已改用阳历，但坊间依然难以适应。吊儿郎当度日的与次郎虽不觉得有多大不同，但有些人就是计较。直到如今，仍有不少老年人凭旧历过日子。

"老爷改变得倒是挺快。"小夜说道，"老归老，但心境可是年轻得很。"

"敢问，老隐士可是名叫百介——山冈百介？"

"哎呀。"闻言，小夜一对凤眼睁得斗大。

见状，与次郎略感尴尬，这下子还真不知该如何解释。

"噢，在下无意打探老人家的出身。只不过，在下曾为北林藩士，正是基于这一因缘，方有幸进出贵府，故此……"

"先生是循了许多法子，探出了我们家老爷的出身？"

"不，在下不过是稍稍浏览了敝藩的藩史罢了。北林藩为一小藩，历史甚为短浅。五代藩主北林景治世中曾有撼动全藩的大骚动。藩史有载，当时有一江户百姓，为拯救敝藩四处奔走，并载有此人姓名。"

---

① 日本民间正月供神的圆形年糕，一般为一大一小叠放。

小夜闻言，蹙了蹙优雅的细眉，这神情看得与次郎一阵意乱情迷。

"噢，若老、老隐士不愿张扬，就当在、在下不知情吧。对老、老隐士的任何秘密，在下均无意打探。"

"哎呀，这哪儿是什么秘密？"小夜以手掩嘴，开怀笑道，"此事虽没什么好自夸的，但也不是什么见不得人的勾当不是？老爷绝非有意隐瞒，不过是生性不好张扬，经年保持缄默，如今也不知该如何说起罢了。老爷和孩童根本没什么两样。"

"和孩童没两样？"

"与次郎先生何尝不是？"

"在、在下？"

"先生与百介老爷，眼神完全一样。百介老爷自己也常说，先生和年少时的自己颇为神似哩。"

小夜，小夜。此时突然传来老人的一阵呼喊。"是。"虽然笑开了的嘴依然合不上，小夜还是睁开双眼应了一声。

可是有谁来了？老人问道。

好一阵子不见各位来访，瞧他老人家正寂寞呢，小夜回头说道，接着才用洪亮的嗓音朝老人回道："是与次郎先生。"

接下来，与次郎便照例被领到了小屋中。

老人依旧身穿墨染的工作服与灰色的和服外衣，蜷身的坐姿让他的身形看起来仿佛更为瘦小。屋内陈设看似一片寒意，但里头倒还算得上暖和。老人抬起头来，一脸和蔼地问道："就先生一个人来？"

"是的。矢作巡查有公务缠身，稍晚才能赶来。"

"噢？可是又遇上了什么怪异案件？"

"也称不上什么怪异案件，或许该说是个怪异的咨询罢。"

为何大伙儿没有一开始就上这儿来？与次郎不禁懊悔。他即便使出浑身解数，只怕也变不出几个花样，但一白翁可就是个通晓古今东西之奇谭巷说的高人了。不仅相关书卷收藏甚丰，还曾亲自周游诸国搜集奇闻怪谈。无须任何思索调阅，便能凭记忆陈述相似的故事或引经据典作出傍证，并给出合理解释。

即便如此，与次郎一伙人遇上此类异事时，总是想到该先造访老人家，而是四人聚在一起，作一番无谓议论。待陷入死胡同，才想到前来造访。

或许是因众人认为此类怪谈不过是捏造的故事，大多都无关紧要。

不，或许凡事都得求个合理解释的惣兵卫与正马，以及天生酷好议论这类不可思议之奇事的剑之进，才会为此感到后悔。相较之下，与次郎不过是爱凑凑热闹罢了。

与次郎向老人陈述了由良公房卿一事。话没说完，他便注意到老人的神情起了变化。自其枯瘦容貌察觉些微情绪起伏虽非易事，但近日与次郎对此似乎多少变得敏感了些。

山中异界之怪诞回忆——与次郎小心翼翼据实禀报，力求避免佐以任何润饰。说到女人幻化为鹭鸟振翅飞离时，剑之进终于赶到。

果不其然！一脸紧绷的剑之进唐突地喊道。

"什么东西果不其然？也没事先打声招呼，便闯进来大声嚷嚷，难道不怕吓到老人家？"

噢，失敬失敬。剑之进并拢双膝，向老人低头致意。

"那么，与次郎，你说到哪儿了？"

"我正在向老人家陈述公房卿儿时的怪诞回忆。倒是你方才那句果不其然，指的究竟是什么？"

"果不其然……那东西，果然是姑获鸟。"剑之进说道。

"姑获鸟？"

"没错。据说乃难产身亡之女化成的妖物，想必你也听说过。"

"是听说过，但此事与这妖怪有什么关连？"

"你怎么会想不通？那女人就是姑获鸟。试着想想姑获鸟会干些什么事吧。"

会求人抱抱其怀中的娃儿，老人说道。

"没错。此妖常现身柳树下或河岸边，逢人路过便求人抱抱其娃儿。常人见之多半惊惶逃离，但接下娃儿者……"

便能得神力，是不是？一白翁再次答道。

"没错。老隐士果然无所不知。相传有胆量抱下此娃儿者，便能获得神力或财富。"

"况且，尚有孤姑获鸟之真面目即为青鹭一说。"

没错没错，诚如老隐士所言，剑之进额首说道。

"且慢且慢。剑之进，我可不像惣兵卫或正马，碰上任何事都要质疑是否合情合理。但听到你将这东西指为姑获鸟，我还是无法全盘相信。再说若是如此，当时的公房卿不就成了这妖物硬要人抱的娃儿了？"

正是如此，剑之进回答。

"正是如此？"

"昔日还真有类似的流言蜚语。"

"流言蜚语？"

"没错。往昔的确曾有意图中伤的流言说公房卿并非人子，而是魔物之子。"

"什么？这未免也太夸张了。"

"不是说了这是个中伤了吗？"话毕，剑之进抚弄着胡子咳了一声，继续说道，"现实中当然不可能有这种事，否则还得了？这点道理，我至少还懂。方才不也说过那不过是流言蜚语？与次郎，可要学着把话听清楚呀。这不过是出于忌妒而造的谣罢了。公家大人毕竟也是人，忌妒之心当然也有。记得我也说过，许多公卿过的是清贫节俭的日子，尤其是如今，大半都活得颇为拮据。但公房卿他……"

"常出外云游？"

"没错。若非富人，这可是办不到的，总之家境颇为富裕。由良家既非摄家，亦非清华家或大臣家①，而是江户时代方才成家的新家，于平堂上家中层级并不高，但也不知何故，日子竟能过得如此阔绰。如此一来，当然会招人忌妒、中伤了。"

---

①摄家、清华家和大臣家地位由高到低。

"所以，这不过是恶意中伤？"

"当然是恶意中伤。"剑之进瞪着与次郎说道，"否则还会是什么？但毕竟无风不起浪。"

"那公房卿真是魔、魔物之子？"

"喂，如此胡言乱语，岂不失敬？"剑之进语带怒气地斥责道，"竟敢如此污蔑华族大人，你这家伙脑袋可真是简单。若是如此，这流言岂不就是事实，而非谣言了？总之，试着想想以下两点。一是由良家坐拥财富，二是据传家中富贵乃是公房卿招来的。"

"公房卿招来的？"

"至少外人都认为由良家是从公房卿出生后才开始坐拥万贯家财的。虽不知这究竟是虚是实，但从那时起，由良家的确富裕起来。"

有多富裕？老人突然问道。

"这……其实也称不上富可敌国，不过是在公家多半过得三餐不继时，由良家仍能确保衣食无虞罢了。"

"原来是这样。"老人颔首问道，"那么，如今又是怎么回事？"

"如今……似乎便颇为清苦了。"这巡查面有难色地说道，"公房卿有多位弟弟。其父过世时，公房卿并未继承所有家产，而是与兄弟共同配分。公房卿原本便清心寡欲，其子公笃开设私塾时，亦曾援以不少的经费。此外，公房卿四年前添了第五子，公笃亦于去年添了一个娃儿。"

"子与孙相继诞生？不过这第五子，岂不是开设私塾的公笃大人的弟弟？"

同为兄弟，年龄岂不是颇有差距？与次郎惊叹道。

"想必差个十八九岁吧。"剑之进说道，"总之，该怎么说呢。俗话有云穷人多子孙，日子过得想必是颇为清苦。不过，毕竟私塾颇受好评，与其他公卿华族相较，至少算得上衣食无缺。据说居于府内的华族大人们，负债总额业已高达两百万，有些华族甚至倾家荡产，都无法清偿债务哩。"

"那么，由良大人如今是否仍节俭度日？"

"想必是的。日前，在下曾与其面会，方才发现此人竟如此和善。原本还以为既是华族，应是个拘泥形式的人哩。据说若非本人谦虚禅让，否则早已于新政府中任高职了。依常理，这等人物应不会与卑微如在下者随意交谈。"

有理，老人两眼茫然地说道。看这眼神，似是又忆起了什么。

"公房卿如今是什么岁数？"

"据说是四十九岁。"

"已是四十九岁了？"一白翁语带感叹地说完，又数度额首，"噢，竟然打了这么个岔，还请多多包涵。剑之进先生，这故事还没说完吧？"

"是的，老隐士果然明察秋毫。"剑之进先如此奉承，接着又朝与次郎瞟了一眼，方才继续说，"在下曾言及公房卿有多位弟弟。不过，其母似乎是一生下公房卿便告别世界。弟弟们皆为……套用市井小民的说法，皆为其父之后妻所生。公房卿之母是个门当户对的公卿千金，两家至今仍有基于亲戚关系的往来。噢，此事似乎仅能靠市井小民的说法解释。不过……"

"可有什么问题？"

"公房卿这亲生母亲和娘家似乎颇为疏远。出于好奇，在下曾稍事查探，却发现别说是其母的出身，甚至连是否真有此人都无法证实。"

"或许因为她并非公家出身？"

"这在下就不知道了。"剑之进说道，"这可不同于调查神乐艺伎的出身。既然无人犯罪，便无法名正言顺地深入探查。不过也查出了个朦胧的轮廓。首先，公房卿之母并未留下任何与其出身有关的记录，至少绝非以胤房卿正室的身份享尽天年。而由良家开始变得阔绰，似乎是在公房卿出生之后。此两点，便成了公房卿乃魔物之子这一谣言的根源。"

"不无可能。"一白翁语带悲戚地说道，"看来这位公房卿，日子过得并不幸福哩。"

这番话的语气与其说是同情，不如说是带着歉意。从老人的语气中，与次郎听出了一股微妙的激动。

"但也不知此类中伤是否传进本人耳里。"剑之进说道，"总而言之，此类不祥传言的确有此事实为依据。不，虽说是事实，也不知这究竟是否属实。

由良家的财源与其母的出身，自胤良卿辞世后，皆无从探查。但这背景与公房卿记忆中的这桩往事似有某些微妙的契合。"

"比如呢？"

嗓音虽嘶哑，但老人这问题还是问得魄力十足，吓得剑之进连忙端正坐姿。

"诸……诸如公房卿乃当地出身卑微、但颇具财力的乡士之女与胤房卿所生。若是如此，按常理双方不可能结为连理，毕竟由良家至今仍属华族，非门当户对者联姻，于幕府时代更是不可能获得允许。因此，公房卿可能是个落胤，即俗话所说的私生子。不过……"

"不过什么？"

"若胤房卿当年不希望结果如此，情况又将如何？虽无法娶此女为妻，但有可能求此女留下两人的骨肉。"

原来那场面也能如此解释。抱着娃儿的，是公房卿的生母。父亲胤房卿则为两人无法成婚向其致歉，并求其让予两人所生的骨肉。这解释的确不无道理。

"如此解释，或许有位高权重者以淫威胁迫之嫌，但维新前对非门当户对者是如何严苛，绝非今日之风气能比。或许对其母娘家而言，此乃值得感激莫名的恩情也说不定。"

"因此方向由良家提供经济援助？"与次郎如此说道。

剑之进随即回答："这的确说得通。也就是一个原本身份卑微的庶子，教有头有脸的世家纳为嫡子。虽不知在如今世道会被如何看待，但依四十多年前的眼光看来，世人可就要认为其中必有蹊跷了。毕竟这公家家境贫寒，为了子孙的生计着想，当然是能为其准备些银两最好。况且对胤房卿而言，妻子身故后添了个娃儿总是不大得体，只得赶紧为娃儿定个身份。"

切勿凭臆测论断，一白翁以罕见的严厉语调说道。

"是。"剑之进仿佛胡须下开了个大洞似的，惊讶得应声后连嘴也合不上。

"对不住、对不住。"老人突然又恢复了原本的和蔼语气，"老夫虽知剑之进先生并无恶意，但仍认为此事不宜以臆测推敲断之。即便事实真是如此，有些事终究是不宜道论，尤其与生死相关之事最是如此。老夫也是出于一片关心，方才如此奉劝。"

"对不住，在下的确过于轻率了。"剑之进致歉道，"但……"

剑之进先生，老人说道。

"是。"

"公房卿找上先生，是为了什么样的请托？"

"噢。"即使天气不热，剑之进依然频频拭汗，"这……当然是向在下询问鹭鸟是否能幻化为人、可否发光等事。"

"原来如此。不过，先生稍早得到的答案，岂不是丝毫没回答这些问题？"

"这……"

的确如此。

与次郎与剑之进不过是以绝无可能发生这等事为前提，进行一番议论推理。两人均认为不可能之事，必有某种可以解释的内幕，或是此奇妙记忆中，必有某种特殊隐情。

两人仅针对此隐情作了一番推论，不过是试着将种种状况重新排列一番罢了。但是……

"想必大人想听的，并非这类答案吧？"

"这……想必如此。"剑之进低下头回道。

"再者，老夫虽不知详情如何，但毕竟是与大人自身及其父相关之事，想必剑之进先生于如此短时间内查证的结果，公房卿自身均已知晓。但即便如此，大人仍欲解明自己那体验究竟为何，是不是？"

"或许……的确如此。"

"鹭鸟是否真有可能幻化为人或大放光明，想必两位先生一开始便未将此可能性纳入考虑。既已作如是想，剑之进先生只消回答大人鹭鸟绝无可能幻化为人，亦无可能大放光明，一切纯属大人误判，不就成了？"

此言果真是一针见血。

自始至终，公房卿均未提及调查此事的目的，以助其确认出身。他亦未表示欲澄清该女究竟是何人或当时是个什么样的场面。

"果真不能幻化？"不知何故，与次郎突然打岔问道，"鹭鸟绝无可能幻化，这是否真为正解？"

"这……"老人眯起周遭皱纹满布的双眼说道，"应无此可能。这应是大人自身的误判没错，但若以误判解释此事，则当年将公房卿抱在怀中的女人，便是个有血有肉的常人了。"

原来如此。

这下事情开始带点现实味了，老人继续说道：

"若是常人，便得追究此女究竟是何许人、为何作如此举止。那样一来，必将重蹈如剑之进先生方才那番无益推论、荒唐臆测之覆辙。对此，老夫不敢苟同。"

"那、那么……"剑之进抬起头，挑高眉毛说道，"老隐士可是认为，毋宁将之视为妖物较为妥当？"

"如此一来，大人岂不就成了妖物之子？值此文明开化之世，此类身份必将遭人歧视。相反，昔日世人对此可就包容得多。毕竟古时有此身份者可能扮演两种角色，可惜，如今其中一种业已不复存在。只不过，即便该女果真为鹭鸟所化，也不至于对公房卿如今的立场造成任何威胁。"

的确不至于造成威胁，剑之进说道。

"若是如此，只消再向大人提及与次郎先生搜来的《里见寒话》及《耳囊》等，以补述自古便有鹭鸟可发光亦可幻化为人的说法，似乎更为妥当。"

一如往常，一白翁这番见解听得与次郎由衷佩服。

倘若事实真是如此，若公房卿长久以来都如此认为，或许这番解释最为恰当。即便认为此情况有失合理而加以否定也无法将这记忆消除。即使真是幻视、幻听，对本人而言依然是段真实的记忆。或许援引与此记忆雷同之例作一番解释，方为上策。

但是，还真是俗气呀。原来所谓文明开化，就是如此俗气？与次郎心想。

容老夫再为两位添些史料吧，老人说道，接着便朝小夜招呼了一声。老人住处史料藏书甚丰，此类文献想必不少。

"不过……"但小夜拉开拉门的同时，剑之进却开口喃喃说道。

"怎么了？"老人略带惊讶地望向这位巡查大人。

"在下认为老隐士所言，的确至为合理。但若是如此，二十年后，那件事又该作何解释？"

"啊！"与次郎失声喊道。竟然忘了还有这么回事。

二十年后又发生了什么事？老人问道。但不知何故，他抬头张望的却是同样一脸纳闷的小夜。

二十年后，大人又与该女重逢，剑之进回答。

五

信浓国位处深山之中。当时，公房卿正自京都下镰仓，循上道经相模行至武藏上野，朝信浓国盐田庄而行。

据传，盐田庄乃北条义政隐栖之地。

原本是为尽览《古今和歌集》中歌咏的浅间山而踏上这段旅程，但途中兴致却被吸引到其他地方去了。公房卿乃文官家系出身，再加上家中又以儒学为业，自幼便对地方志、历史和宗教信仰怀有浓厚兴趣。

抵达盐田庄稍事逗留后，年少的公房卿复沿千曲川而行。虽说是旅行，但按其公家身份，不难想见应非声势浩大的大名旅行，沿途过的想必也是以石为枕、以地为床的日子。

公房卿告知巡查，抵达松原一带时，也不知是何故，自己突然想入山走走，因此便披荆斩棘，踏入了无路可走的山中。他还表示，也不知此山为何名。

甲斐信浓山峦众多，来自他国者，根本无从分辨。但自出山后便行至诹访分析，应是蓼科山或天狗岳等自巨石山巅进入的山。

公房卿沿途斩草拨木，循兽道而行，走了好一段后，视野豁然开朗。原来他尚未下山，但此处似是一片湿地。积水处处可见，草木岩水亦不见任何雕凿痕迹，看来应是一片人迹未至的荒地。与其说是山中，毋宁像是天涯海角才可见到的景致。

公房卿当时作如此感想。他就那么茫然眺望了半晌，直到夕阳西下。周遭先是徐徐转为茶褐色，待西方天际化为一片通红，夜幕也随之低垂。就在此时，在这片黄昏景致中，公房卿突然忆起那遗忘经年的情景。发光的女子、发光的鸟，伏跪于地上的父亲——思及此处，他不由得失声呐喊。

这也是理所当然，与次郎心想。常言三岁看大、七岁看老，三四岁的娃儿已具备完整人性。自那时起便占据脑海一隅的长年记忆，突如现实景色般浮现眼前，岂不教人惊讶？

而且，还是如此偶然。

试着想象公房卿当时的心境，与次郎不由一阵头晕目眩。不知那感觉是犹如进入一幅锦绘中神游，还是犹如遇见读本中的人物？

想必是场难忘的奇遇。

不过，这不仅是场奇遇。公房卿踏入这片荒地四处观望。理所当然，当时的场所与情景在记忆中已不复鲜明。但无论如何，还是该仔细确认一番。

或许，那只不过是误判吧？与次郎心想。毕竟看起来相似的地方多不胜数，除非有什么特征，否则生在哪儿的草木，看上去都是一个样子。

公房卿在这片黄昏下的湿地上徘徊，但接下来映入眼帘的东西看得他瞬间浑身僵硬。不仅一步也走不得，仿佛是让鬼压住了似的，连呼吸也停了。

在渐趋昏暗的荒地另一头，竟有一片蓝光，看上去既非火焰，也不是某种反射。只见那光有如戏里的樟脑火般，闪现出蓝白相间的颜色。

和当时一样——出于直觉，公房卿如此心想。他指的当然是儿时见到的女人和鹭鸟所发的光。

光里出现了两个人影，一个发着蓝白色的光芒，另一个则是从头到脚一片漆黑。漆黑的人影静悄悄地走向动弹不得的公房卿，低头深深鞠了个躬，接着便报上名字："——在下乃熊野权现之仆佣，名叫八咫鸦。"

此时，湿地已为浓浓黑夜笼罩，而这八咫鸦更是漆黑得有如浑身涂了墨。

八咫鸦又说道："这位即是远自太古便定居此处的青鹭。"

"吾乃奉侍谏访大神的南方鹭。"发着光的是个女人的身影，而且正是当年那女人。

自此时起，公房卿对自己的记忆便无半点存疑。他亦向剑之进表示，即使已是二十多年前的往事，女人当时的面容，对他来说至今仍记忆犹新。

当时四下已是一片黑暗，名为八咫鸦的男子虽是一片漆黑，女人却绽放着蓝白光芒，容貌也被映照得一清二楚。

至于被问及此女人生得是什么模样，公房卿仅表示不知该如何以言语形容，但就是能清晰忆起。

“与大人阔别多年，”八咫鸦说道，“今见公房大人长得如此健壮，在下甚感欣慰。只不过大人实不宜前来此地。”他说，“此处有其他神明驻居。大人既已于安居他界，便万万不该踏足此地。”

铃——话毕，八咫鸦便摇了一声铃。听见铃响，原本加诸自己身躯的束缚顿时解开，公房卿立刻不省人事地倒向地面。只是在晕厥前的一瞬间，他再次看见了那只朝夜空飞去的发光青鹭，于辽阔的夜空中渐行渐远。

清醒时，公房卿发现自己竟然倒卧于杖突山麓一名为舟渡石的巨岩旁。此后，公房卿便终止旅程，打道回府。

听完剑之进这番陈述，老人先是沉默了半晌。端坐老人身旁的小夜也同样闭口不语。

“敢问此事究竟该如何解释？”剑之进诚惶诚恐地询问道。

老人闭着双眼，抬起头来说道：“此人以八咫鸦自称？”

“是的。请问其中可有什么玄机？”

“不、不。”老人虽如此回答，嗓音中却透露出些许不安，“这是何时的事？”

“噢，距今已有二十几年，算来应是安政年间的事了。在下虽不甚明了，但当时公房卿已有二十二三岁。若是三四岁的娃儿，或许还可能看走了眼，可到这岁数，想必应不至于误判。”

“的确不至于误判。”

“果真如此？但……”

这八咫鸦的确存在，老人说道。

"的确存在？敢问老隐士此言何意？"剑之进探出身子问道。

就在此时，突然传来一声巨响。紧接着，与次郎又听见一阵咒骂，最后才听出那熟悉的嘶哑嗓音。咒骂中起初只夹杂着几声咆哮，最后竟变成了粗话连篇的怒骂。

"这不是惣兵卫的声音吗？"

错不了，此时传来的正是那莽汉的怒骂声。剑之进说完正欲起身，还没来得及站稳，又听见了正马的哀号。

正马这次的声音听起来还颇为凄惨。

"不、不好了，矢作、笹村，你们俩若是在屋内，赶紧出来吧。"

请两位在此静候。话毕，剑之进便弯低身子拉开拉门，火速冲出门外。与次郎则是朝老人与小夜各望了一眼，紧接着便追了上去。

只见一身洋装的正马倒坐玄关前。

"喂，你在这儿做什么？出了什么事？"

"哪、哪儿有什么事？我上笹村租屋处，发现里头没人，心想可能是到这儿来了，便雇了人力车赶来，却看到你正朝这儿走。当时我便打算跟在后头，看看你在打什么主意。想不到你竟如此狡猾，打、打算瞒着我抢先一步。"

"我问的可不是这件事！"剑之进一把捆起正马的衣襟说道。

"少、少安毋躁，除了我，还有其他人也在跟踪你们俩呢。发现了这几个家伙，我紧张得赶紧折回去，把涩谷这家伙找来。"

"有人跟踪我们俩？"

剑之进松开了手，正马随即摔到在地。

"喂，别随便把我朝地上扔好吗？没错，有人在跟踪你这毫无警觉的一等巡查。待我载着涩谷赶回来时，已不见你的踪影，便到这儿来瞧瞧。原本以为小夜小姐或许在家，未料朝矮树丛内一探……"

"便望见这两个家伙躲在园内窃听你们在屋内的议论。"这时，突然有个如雷的大嗓门把话接了下去。

只见用带子束着和服袖子、头系头巾、一脸凶相宛若山贼的惣兵卫，正扭着两名看似文弱书生的男子的脖子，大刺刺地站在巷子里头。

这还真是个难得一见的场面。

"瞧这两个傻子，竟然有胆袭击我惣兵卫，等下辈子再说吧。"

此话一点也不假。只要稍稍认识惣兵卫的，想必都会这么想。常人若不是疯了，理应无胆攻击他这怪物。看来，两人还真是错过了一场好戏。

话毕，这莽汉得意地哈哈大笑。这景象还真像报上或锦绘中的插图呀，与次郎心想。

就擒的两名男子不住哀号。其中一个额头上肿了个斗大的包，另一个则是鼻血淌个不止，看来两人都被狠狠揍了一顿。

那穿洋装的家伙怎么样了？正马揉着腰问道。

"那家伙一看到我这张脸，就一溜烟地像只兔子般逃了。你难道没盯着他？"

"谁想盯着那野蛮的家伙！"

"哼，瞧你孬得像什么似的。难道坐视恶汉逃逸是西洋文化的常情？未免也太没用了把。倒是这两个家伙，不仅无勇无谋，想不到还如此不经打。"

正马还没来得及反驳，眉毛吊得丈高的剑之进便朝惣兵卫走去，抬起一个书生的下巴。被他挑上的，是淌着鼻血的那个。

"混账东西，胆敢跟踪我，目的何在？"

这书生一看到剑之进的神情，脸色旋即转为一片惨白。虽然从与次郎的位置无法瞧见，但不难推测这平日一脸安详的巡查大人，此时的神情想必十分吓人。

书生未回答只言片语，任凭鼻血一路朝下巴淌。

"混账东西，我可是个一等巡查，还不快给我从实招来？看来你还真是个大胆狂徒呀。跟踪官宪原本就是大不敬，更何况潜入他人庭园、窥探屋中景况，更是法理难容。看来该当场将你绳之以法，方为上策。"

话毕，剑之进放开此人的下巴，掏出了捕绳。

惣兵卫也于此时松手。谁知那额头上肿了个包的男人竟然逮住这空隙，朝惣兵卫使劲一撞。淌鼻血的则一把将剑之进推开，没命地狂奔起来。

"给我站住！"

剑之进正欲追上去，却让惣兵卫一把拉住。

"且慢，且慢。"

"放、放手！难道要坐视他们俩逃逸？"

放走他们俩有什么关系？惣兵卫说道。

"什、什么？就这么放走他们俩？惣兵卫，你难道是疯了？"

少安毋躁，惣兵卫说道。两人的反应竟与平日完全相反，剑之进一脸迷惑地问道：

"惣兵卫，这情况怎么能让人不激动？不是连你自己都被他们俩打了？"

"虽是他们俩先动的手，但动粗的可是我。剑之进，这等小喽啰，逮回去也没什么用处。既然是我动的粗，他们对我的攻击便不能算数。此外，即便他们俩真的跟踪过你，也没任何证据可以证明。倘若真要治罪，也只有两人潜入庭园窥探一项，这哪儿是什么大罪？又不是偷窥年轻姑娘入浴，在屋内的可是个又枯又瘦的老爷子呀。"

小夜小姐不也在屋内？正马说道。

"但是没在入浴或如厕时遭这两人偷窥吧？再者，他们俩不过是小喽啰，反正也不可能知悉多少内情。再怎么逼供，也套不出什么话来。"

"话、话虽如此，但惣兵卫……"

话虽如此……剑之进转头望向与次郎，欲言又止地再度嘀咕道。

"总之，此事不值得在意。这些家伙的身份，我大抵猜得出。"话毕，莽汉解下了头巾。

"喂，你若是信口开河，小心我斩了你。"

"我怎么信口开河了？若我记得没错，那两人应是孝悌塾的塾生。"

"孝悌塾？可就是你日前提及的……那孝悌塾？"正马一脸惊讶地问道。

"没错，正是那家。"

"涩谷，你怎么认得出？"

"当然认得出。我曾见过被我逮着的那两个家伙，逃跑了的那张脸孔也记得清清楚楚。若有需要，随时都能将他们逮回来。"

"孝悌塾？"剑之进高声惊呼，"那不正是公房卿的公子开设的私塾吗？"

"名叫孝悌塾者，仅此一处。"惣兵卫说道，"的确为由良卿之子开设的私塾。那些家伙曾来我道场劝诱门生，长相我当然记得清清楚楚。道场如今门可罗雀，就是那些家伙害的。"

看来惣兵卫的门生果然是教那家私塾抢走了。

"不过，那孝悌塾的塾生为何要跟踪剑之进，并潜入九十九庵窥探？"

"这还用说？想必是为了瞧瞧你这与塾主的父亲大人有关的妖怪巡查大人，究竟在探查些什么吧。"

话毕，惣兵卫豪迈地哈哈大笑起来。

六

三日后的夜里，与次郎再度造访九十九庵。除了有事得向老隐士报告，他也亟欲厘清某些质疑。被那莽汉大闹一场后，公房卿一案已被搅和得模糊不清了。

与次郎在玄关打了声招呼，小夜随即现身，表示老人家正在等候他到来。

一如往常，老人正蜷缩着身子窝在小屋内。为两人奉上茶后，小夜便恭恭敬敬地坐到老人身旁。

与次郎略显不知所措，一时想不到该从何说起，好不容易才鼓起勇气。但还没来得及说出口，老人便抢先一步询问情况如何了。

"情况如何？敢问老隐士是指……"

"当然是指上回那几个暴徒一事。"

"噢，原来是指那件事。我们那使剑的所言不假，那几人果然是孝悌塾的塾生。"

"果然如惣兵卫先生所言？"

"是的。这回果真教他说中了。逃逸者是个叫山形的士族，与塾长由良公笃原为同门，两人曾一同师事某位儒者，算是公笃的学弟。如今他成为公笃的弟子，于塾内担任番头。"

总之，那几个人即为公房卿之子的门下弟子？那么此举的动机究竟为何？一白翁问道。

"这惣兵卫也质问清楚了。"

"质问？难不成惣兵卫先生是……"

"老隐士想必会认为，由于门生为私塾所夺，惣兵卫心怀积怨，故对其施以一番拷问，实则不然。不，或许这使剑的天生一脸凶相，只要是与人面对面质问，看来大都像在逼问。据说当时惣兵卫仅向塾生们表示，自己将同东京警视局本署说，保证绝不问其罪，借此要求塾生们供出真相。"

这简直是昔日地回擅长采取的手段，与次郎心想。惣兵卫虽认为自己一味示好，但在塾生眼里，这种质问法恐怕更为凶险。

"塾生此举，乃出于对其师由良之忠诚。其实，公笃的祖父，即公房卿之父胤房卿，临终时曾有一番遗言。"

"遗言？"

"其实也不全然是遗言。"与次郎更正道，"胤房卿自维新前便卧病在床，后于明治二年辞世。临终前，他几乎都处于梦呓状态，故此或许算不上是遗言。"

吾人终获至宝，亦获至福。吾之至宝，汝等务必珍视之。临终前，公家不断重复着这番话。

"胤房卿当时已是意识朦胧，就连看见家人长相也认不出，往事今事均混杂一气，故无人认真看待此言。但当时年方十六的公笃却记得清清楚楚，并长年对此耿耿于怀。"

"对此耿耿于怀？"

"是的。儒家对父兄之言，较常人更为尊崇。据说由良家对此的要求，也较武家更为严格。胤房卿虽已退隐，但毕竟是家长公房卿之父，公笃也自幼便对自己身为长子，终将继承家嗣深有自觉，故即便是祖父临终前一番呓语，也丝毫不敢轻视。"

至宝。

公笃曾向其父询问此事，但公房卿亦表示不知情。公笃判断祖父应未曾向父亲提及此事，便就此展开调查。但到头来，他什么也没查到。此事竟未有任何记录留存。不过——

"胤房卿辞世后，公房卿便以此为契机，从此不再过问政事，并与众弟平均分配本就不多的遗产，待家产打理妥当，便自京都迁入府内。当然，日子是较从前清苦，但公房卿似乎生性清心寡欲，丝毫不以俭朴度日为苦。或许正因其为人如此，众弟均不吝惜，援助供养。毕竟遗产虽少，公房卿仍有平均分配之恩。一家兄弟于维新前平分家产，改朝换代后纷纷自行创业，个个也是事业有成。"

"公房卿可有自行创业？"

"华族本不谙商道，经商失败的例子可谓多不胜数。相传近畿一带的土地开垦事业损失至为惨重，便是一例。据传公房卿对此亦有听闻，故未起经商之念。对此，其子公笃氏亦深表赞同，只因其深信重德淡利、择名誉而弃实益方为正道。但是，他虽支持父亲不涉商途，仍对某事心怀不满。"

"敢问是对何事不满？"

"其实，公笃曾遭人嘲讽。"

"是遭何人嘲讽？"

"即公房卿的幺弟，官衔公胤，名叫山形。公胤创立一商社，据说获利甚丰。但此人平日言辞似乎颇为刻薄。"

言辞颇为刻薄？老人问道。

"个人认为，其言应无恶意。毕竟他从不吝于援助兄长，还曾于公房卿之五子三岁时将其纳为养子，看来兄弟间应无任何不睦。但不知何故，与公笃就是合不来。"

"是怎么个嘲讽法？"

"据说此人当时曾对公笃表示，到头来，本家之兄反而得靠分家后的弟弟资助生活。就在下听来，此言的确不无道理，言下之意，想必是暗喻正因如此，你更该勤奋干活，挣钱糊口。但公笃似乎不作此解。正是冲着这番话，方才开设了孝悌塾。"

"看来是不愿仅为糊口，亦不愿受欲望驱策而卑屈干活，故决意以学问立命？"

"的确如此。"与次郎答道，"可惜，此心愿实难顺遂。"

"敢问是何故？"

"开办私塾挣不了多少银两。愈是清高傲骨，愈是无利可图。惣兵卫的道场毫不清高，故只消聚集附近孩童一同挥几下棍子，便可稍稍赚取横财。还能上警视局本署，毛遂自荐地指导剑术。若是不成，亦可找个路口挥刀卖艺，也算得上是挣得了几个子儿的技艺。但教授儒学的孝悌塾，不过个供人学习孝悌忠信、礼义廉耻等圣人君子之道的场所。"

的确，儒学者多是两袖清风，老人说道。

"没错。开办私塾亦需资金。虽然生意兴隆，但总得靠借贷方能周转。若不仰赖亲人资助，随时可能断炊。但既已开始营运，再加上广获好评，总不能潦草结束。"

"得顾及体面？"

"想必是如此。"

还真是麻烦呀，小夜感叹道。

"故此，公笃便开始打起那财宝的主意。不过那名曰山形的番头表示，公笃并非为一饱私欲独占侵吞，而是欲以这笔财富偿还亲人借贷，并免费招收门生。总之公笃先生打的，其实是这种如意算盘。"

"话虽如此，但可知那财宝藏于何处？"小夜一脸诧异地问道。

"当然不知。不过这下子……"

"可是忆起了公房卿那奇妙的回忆？"老人以至为悲伤的口吻说道，接着便转头望向小夜。

"正是如此。公房卿此前未曾向其子透露此事，长年将之藏于心中。儒学者常言，子不语怪力乱神，但或许是年事已高，抑或是卸下要职，导致其心智耗弱……"

"人若是上了年纪……"一白翁抬起皱纹满布的脸，语带感叹地说道，"昨日的数目就变多了。明日一到，今日也就成了昨日。后天一到，明日也会成为昨日。待大后天一到，今日、明日也就变得毫无分别。同理，人只要活个几十年，昔日的一切也就变得毫无分别。往昔的回忆与昨日的记忆，随时可能混为一谈。故此，较为鲜明、较为诱人的记忆，也较易使人忆起，浮沉于脑海中的悉数是此类回忆。也唯有在此类回忆中，方能找出自己曾存活于世的证据。"

这种心境，与次郎似乎稍稍能理解，但仍无从体会。

"想必是如此。"与次郎以温和的口吻附和道，"总之，某日公房卿于画报上读到去年的火球事件，上头载有我们这位妖怪巡查大人，滔滔不绝地大谈自老隐士这儿听来的古今怪火奇闻，就连鸟火之说，也现学现卖地说了出来。阅后，公房卿难以按捺心中那潜藏已久的疑惑，便向其子提及此事。但公笃毕竟是个坚贞的儒学者，当然不可能相信此类怪事，仅以三言两语搪塞过去。由于迟迟理不出头绪，公房卿只得托人造访我们这位上了报、对妖怪造诣深厚的一等巡查矢作剑之进商谈。"

当时与剑之进联络者似乎就是山形。但山形并未亲自与剑之进会面，不过是受疏于世事的公房卿之托，安排会面的相关事宜罢了。

安排妥当后，山形突然感觉其中似有蹊跷。堂堂华族，竟私下与警视局本署的一等巡查面会，究竟是为了谈些什么？难不成就是那财宝之事？

"因此，便起了跟踪的念头？"

"是的。再加上事后，剑之进又多方调查由良家的历史，更让此人起疑。"

不仅是由良家的历史，剑之进就连前代家主胤房卿的经历与公房卿的身世都查了，岂可能不教人起疑？更遑论剑之进还曾多方询问此事与信州有何关连。

"毕竟在表面上，信浓与由良家毫无关系，此番调查当然启人疑窦，故此，山形便决定跟踪剑之进。眼见我们这位巡查大人对有人尾随浑然不察，分明一无所获，却还匆匆忙忙赶赴此处，想必是查获了什么线索，便耳贴拉门，屏气凝神地逐句窃听吾等言谈，但由于过于专注，为火眼金睛的正马所察，又为我们那粗野剑客所捕。"

"此举颇为无礼……"话没说完，与次郎又连忙更正道，"噢，虽然无礼，但个中并无恶意，动机纯然是为助其师公笃摆脱困境。至于这是仁是忠，小弟才疏学浅，就无从分辨了。"

"原来是这样。"老人颔首问道，"那么，公笃先生是否已知悉此事？"

"是的。山形表示，已告知其师财宝藏于何处。自信州上田溯千曲川岸而下，至松原一带，自一巨石山巅入一山——应为蓼科山或天狗岳，财宝即藏于山中某一湿地。"

"噢。不过，山形先生是否曾告知其师，这是自何处打听来的？"

"似乎是谎称无意间从公房卿与剑之进的言谈中听来的。"

"儒者也会撒谎？"

"是的。重信义乃儒者之本分。倘若跟踪、窃听一事为师所察，重者恐有遭破门之虞，更遑论其质疑的对象竟是师兄兼恩师公笃之父。山形怀疑公笃之父或许知悉藏宝处的线索，只是佯装毫不知情。"

"此人是认为公房卿对其子都刻意隐瞒？"

"欲欺敌，必先欺己。山形似乎认为公房卿打的是这等主意。他之所以将家产平均配分予其弟，并非出于清心寡欲，不过是为了安抚亲人的伪装，并私下盘算日后再找出财宝独占。为此，必须佯装对财宝毫不知情，当然也不可为其子知悉。"

"原来如此。但听闻此事，公笃有何反应？该不会褒奖山形做得好吧？"

"听闻此事后，公笃大为震怒。"

"是吗？"

"是的，不过这番举措可谓出于一片好意，想必公笃应不至于严厉训斥。但山形仍甚感惶恐，故此不住哭求惣兵卫切勿将实情告知其师。对山形而言，遭破门似乎比遭官宪逮捕更为恐怖。"

"原来是这样。"老人说道，矮小的身躯似乎稍有动摇，"看来这理由，公笃应该听不进去吧？"

关于这点——

"似乎也不至于如此。"与次郎说道，"听闻此事，据说公笃认为其父并非有所隐瞒，而是真不知情。亦即公笃判断公房卿从未认为那记忆与财宝之间有任何关联。"

"噢？"闻言，老人皱起雪白的双眉，"那么听闻弟子这番禀报，公笃是否认为真有这笔财宝？"

"或许如此。但是否如此认为，可有任何关系？"

"这下子可麻烦了。"老人说道，"根本没有什么财宝。"

"没有？"

老人神情略带失落地笑道："那地方什么也没有。当时没有，如今也没有。"

"老隐士此言何意？"

"实不相瞒，老夫当时也在场，就藏身桦树林中，亲眼目睹胤房卿抱回年幼的公房卿除老夫之外，又市先生也在场。"老人，也就是山冈百介说道。

"又市先生？难不成……"

"没错。那不过是一场局。"

果然如此。与次郎不禁咽下一口唾沫。"敢、敢问那究竟是一场什么样的……"

或许不宜如此深究？

"先生果真爱追究呀。"百介老人目不转睛地端详了与次郎半晌，接着才说道，"老夫年少时，也如先生一样，老是两眼圆睁地向人询问，对一切都深感迷惑。即便如今已是个来日无多的老翁，依然如此。故先生这心境，老夫完全能理解。关于此事……"

老人合上双眼，开始陈述。

七

那次应是老夫参与的最后一场局。唉。

事后，又市先生似乎又参与了某件规模庞大的差事，从此自老夫眼前消失。由此推论，那应是北林那桩大事件事发四年后的事了。

没错，剑之进先生日前所作的推测大抵都说中了，真不愧是位明察秋毫的慧眼巡查。但那番推论是否悉数言中，可就另当别论了。其中仍有些许误判。遗漏的，是与胤房卿相恋的姑娘的出身。事实上，胤房卿的对象并非什么地方乡士之女。

是的，那是一场门不当、户不对的爱恋。不过，其实也可说是一场谋略。唉，除此之外，实在找不到更妥当的言辞形容。

乍看之下，我国如今已是个统一国家，但骨子里并非如此。一如前回老夫曾提及的山民，仍有不少不受朝廷或幕府管束的居民，于国境之内生息。他们为数虽少，亦不乏崇拜与朝廷祭祀的神明有别的神祇者。例如诹访一带祭祀的古神，至今仍不乏人信仰。只消细心追查便可发现，此类古神仍为数众多。

是的。倘若一地祭祀的神明与他处有别，就某种意义而言，便算得上是另一国家。但随着融合、摩擦与吸收，骨干可能随之掏空，或以各种形式妥协变化，然而其中可能仍有部分坚持拒绝妥协。

在此类拒绝妥协者中，有曾与朝廷结下深仇大恨者。而我国祭祀神明之大宗，乃天子是也。故此，朝敌这一字眼听似指涉幕府军，但亦泛指自古便与朝廷有旧仇旧恨者。这类朝敌，或有部分依然存在。

不，不，老夫所指并非如此晚近。例如出云之神，不是曾有让国天孙之传说？此一传说，可上溯神话时代。

没错，这已是远古时代的故事，但的确不乏坚持此类神明争斗，誓不退让者。曾有某一部族，试图向天子寻仇。此事之发端，即肇因于此。

什么？是否如此严重？

噢，严重或许称不上。不过人之行止，于任何时代均是大同小异，神明亦是如此。总之，请姑且相信真有此部族存在。

当年，正值行将改朝换代之时。噢，距维新萌芽虽仍有三十年，但的确称得上是巨变前夕。各地动乱频仍，硝烟四起。幕府政权之基础业已开始动摇，想必已不难看出。

先生对此有所质疑？不过，当年的确如此。与次郎先生年岁尚轻，或许无从体会。

与次郎先生毕竟生于幕末，长于幕末，想必难以想象曾有长治久安、天下太平之世。老夫则是于安定治世中渡过人生前半，能亲身经历改朝换代，原来根本无从想象。但后半生可就不同了。这感觉，活像原本立足的船上，倾刻间竟化为船底。总之，脚下与大海仅一板之隔，随时可能倾覆倒转。

或许为数尚少，但已有部分百姓预测，幕府或有可能倒台。如此一来，亦不难想象坐镇京都的天子届时或可能成为倒幕之盟主。但对老夫曾于稍早提及的对天子怀恨在心者而言，这绝非好事。

没错，正是如此。此部族想必认为，待幕府倾覆，天子随王政复古取回政权，将为时已晚。不趁此时放手一搏，更待何时？

唉。此事之发端，即此部族将一位姑娘送入宫中，试图取天子的性命。谁知这姑娘竟……没错，竟与胤房卿……两人之间竟萌生爱苗，一切便因此变得错综复杂。

这姑娘原本的盘算，想必是欲利用胤房卿接近天子。但不知不觉间，却对胤房卿动了真情，甚至还怀了胤房卿的骨肉。

是的，正是如此。

总而言之，这下也顾不得对方是敌，自己是奸细，毕竟两人原本就是门不当、户不对。这姑娘只得偷偷将娃儿生下，产后便自京都销声匿迹。

自始至终均不知实情的胤房卿，当然对此女的突然消失感到大惑不解，仅能以门不当、户不对徒留遗憾解释，教胤房卿悲伤得难以自已。唉，或许是思恋有之，愧疚亦有之。除此之外，胤房卿还是个少见的热爱孩儿的爹。他多方搜寻，也找不着人。但哪儿可能找得着？

找了三年依旧一无所获，胤房卿便决定透过出入其宅邸的座头，委托江户的诈术师代为寻人，并用尽一切手段筹措一笔银两。这座头，正是公家大人与又市先生等无宿人的沟通桥梁。自此，又市先生便奉托搜寻此女与娃儿的下落。

又市先生神通广大，原本就不乏各种探听管道，消息自然灵通，不出多久便找到了。唉，找到时却发现——

没错。又市先生发现，将这姑娘送入宫中的，竟是个意图行刺天子的部族，而且还不是个单纯的朝敌。

当然不单纯。这部族对天子怀的宿怨，绝非仅仅一两百年的旧仇，而是自神话时代持续至今，始终无法消弭的深仇大恨。

经过一番调查，又市先生发现那姑娘携子返回了故里。这部族习于漂泊度日，总是迁徙于群山之间，当时正于距京都不远处的葛城山一带落脚。不出多久，这诈术师便找到了这部族的踪迹。不论是修行者、卖铁商人、转场者、毛坊主、钵叩①还是巡回山猫，都常与又市先生互通有无。

这姑娘人是回去了，但坚不透露娃儿是和谁生下的，仅谎称于道路上遭人玷辱成孕，出于孩儿无罪而不忍堕胎，只得辜负族人所托，未能建功便提前折返。

唉，若是供出真相，娃儿的性命注定不保。

对情郎、族人均得隐瞒真相，想来也真是无奈。为此，诈术师想出了一个妙计。没错，便是依其惯用手段设局。

是的，这回的局，仍是将一切佯装成妖物所为，以图圆满解决此事。遗憾的是，这回却出了点岔子。

噢，并非又市先生有了什么闪失，而是那部族起了内哄。不，不，以内哄两字形容似乎有失妥当。其实，是部族内主张持续出手的激进一派与主张静待时机成熟的稳健一派起了争执。好比忠臣藏举行赤穗城开城评议，不也分裂成了寻仇与殉死两派？此时，这姑娘为激进派怀疑，经过一番诘问，终究还是将真相全盘托出。只因娃儿衣上，印有由良家之家纹。

没错，事情便因此败露。这娃儿原来是京都公家的私生子。

真相败露后，这可怜的姑娘便惨遭杀害。如此下场，可真是凄惨呀。

唉。

幸好娃儿保住了一命。不，或许族人认为这娃儿迟早派得上用场，打算借子胁迫胤房卿供其摆布。唉，事实上，那姑娘并非遭到肃清，而是拷打者出手过重，方才导致其殒命。

唉。这些族人本非恶徒，不过是对其信念深信不疑，导致出手过重而已。

---

①敲钵诵经或演出念佛舞以换取布施的僧侣。

但不管有什么大义名分，杀人毕竟是杀人。

这下，事态已是刻不容缓。故此，又市先生便设了一个可同时欺瞒双方的局。

又市先生先是邀来幻术师德次郎，成功骗过众族人。

是如何骗过的？就是让又市先生扮演神明。说来还真是不敬。又市先生这惯以护符擤鼻、以经文拭手的无信仰之徒，这下竟化身成神明。

没错，正是这部族祭祀的神祇。此神名曰建御名方，即让国神话中的大国主命之子。对了，诹访神社亦祭有此神。

不过，此名叫南方众之部族，祭祀建御名方的方式似乎与他处有别。据传，此部族供奉的神体，乃建御名方的头骨。

又市先生向此部族下谕道：本神乃建御名方，凡祭本神者，必洗耳恭听，同族相争，至为愚昧。何况以同族之血玷污大地，更是大不敬。为此，本神将赐罚汝等。

没错，这神明大为震怒。首先，又市先生向杀了姑娘的一伙人说道：尽搜吾骨。即这神明表示，自己的尸骨分葬诸国，这伙人须前往各地探寻挖掘，将之悉数搜齐。

噢？神明可有骨头？

问得好。依常理，当然是没有。不过，此部族宣称自己供有此神之头骨，当然深信除此之外，尚有其他骨头流散他处。

不过，又市先生这命令绝非空穴来风。方才老夫亦曾提及，又市先生与诸国山民均有联系，或许曾听说此部族确有类似传说。总而言之，唯有藉此，方得以将立场较为强硬者驱至远方。

闻言，这伙人立刻上路。毕竟大家都听见了神明亲口降谕，只消将骨头凑齐，神明便可重返人世。

这假神谕的目的，实乃抑制过于激进的行动。较之取天子性命，先将骨头凑齐方为当务之急。反正这些骨头怎么可能真找得到？更遑论得悉数凑齐。但较之冒搏命之险草率复仇，先行搜骨听来似乎要稳当许多。

没错。毕竟神明已亲自言明，只要成功搜齐神骨，自己便将复活代族人复仇。这提议听来当然是较为可靠。

接下来，又市先生又向剩余的族人表示：汝等必以牺牲供奉本神。须赴本神之圣地，奉上生人献祭，并驻留该地，静待悉数搜齐之神骨归返。事成之后，本神将重返现世，再度治理此国江山。

言中提及的牺牲得是个娃儿，即年幼的公房卿。至于圣地，没错，正是信州之深山。

族人对这番神谕当然深信不疑。南方众自信州抬轿将公房卿送过一山又一山，最终抵达了蓼科山。当时，阿银小姐已在那里等候。

是的，这回阿银小姐扮演的是个神差，即御先。没错，即南方鹭。

族人当然相信，毕竟神谕中已告知将有神差于该处等候。

这下子，阿银小姐便恭恭敬敬地将那牺牲，也就是公房卿给抢了回来。

南方众随后于附近山中落脚，等候神骨到临。

另一方面——唉，至今想来，此事依然教老夫直打寒战。其实又市先生竟……唉，竟也欺骗了天子，想来还真是胆大包天。

某夜，又市先生扮为神明，降临天子寝居。噢，此时用的当然亦是幻术。这假神明对天子降了如下神谕：于巽之方角。有一失子之公卿。藏其子者非鬼，乃栖于信州蓼科山中一尊贵神鹭是也。此鹭呈人女之形，抱有一儿。若向此鹭讨回此儿，待其长成，必将助皇室一臂之力。

此番神谕，仿佛是预言德川之天下即将倾覆，锦之御旗①将再度翻腾。

这还真是个瞒天大谎，难道不是吗？

不过，老夫方才亦曾提及，幕府统治之基础，已因改革、饥馑与地震而有所动摇，这倒是千真万确。但依当时之时局判断，若是不分青红皂白宣扬倒幕思想，人头随时可能落地。故此，这番神谕听来极其实在，绝不似胡言乱语。

随后，天子便暗中颁布了公告。

但朝廷始终找不到这么个公卿。这也是理所当然，毕竟由良家尽力隐瞒

---

①朝廷军的军旗，上有金色太阳和银色月亮的图案。

此事，抵死不愿招认。不过，又市先生对此当然也有所算计。

这下，便轮到老夫出场了。不、不，老夫可不擅长作戏，当时亦不过一身平素打扮。

是的。老夫动身造访由良宅邸，自称乃诈术师之仆役。噢，这点倒是与实情相符。当时，老夫向胤房卿通报道：大人欲寻之女，并非凡间常人，乃尊贵之天人是也。

老夫所言，均依又市先生事前嘱咐。老夫亦表示，此天人业已回返天界，但天神也为大人思子之情所动，故将遣一神鹭降临信浓山中，将公子归还大人。

唉。这简直是一派胡言，常人怎么可能采信？但胤房卿闻言，却是深信不疑。毕竟曾见天子发布的公告，而老夫所言场所等，均与该公告内容相符——信浓山中、神鹭、娃儿。而该公告仅于暗地里流布，老夫这般贱民，理应无缘听闻此事。不过，那公告实等同于由老夫这一介贱民发布。

唉。

听闻老夫所言，胤房卿深陷苦恼。但毕竟对天子不得有所欺瞒，故也仅能做好遭斥责之觉悟，将实情全盘托出。谁知，天子并未加以谴责，反而龙心大悦。毕竟胤房卿所言与该神谕完全相符。

天子立刻遣两三名随从，悄悄伴由良大人赶往信浓。噢，此行虽无须保密，但背后毕竟不乏倒幕之动机。当年，双方表面上毕竟得维持良好关系。之后的三十年间，幕府与朝廷均能相安无事。皇女降嫁德川家，也是多年后的文久二年的事了。

没错。接下来所发生的，悉数如先生所知。

当然，老夫亦得以与一行人同行。当时又市先生业已抵达蓼科山山麓一带，看来一切均已布置就绪。

噢，当然需要安排老夫这个向导。可别忘了其中毕竟有玄机。

总之，该处果然与公房卿的叙述吻合，与其说是个神圣之地，将之形容为天涯海角更恰当。

在一片辽阔荒地中，只见一女浑身发光，手抱一名稚子。见状，胤房卿与诸随从个个看得瞠目结舌。这也是理所当然，毕竟此景是如此怪异。

没错，该女正是阿银小姐所扮。当时不过是穿上涂有颜料的单衣。唉，若不如此，看来便不过是个常人。欲让人信之不疑，非得有所准备不可。

随从欲上前一探究竟，但被又市先生制止住了，仅催促胤房卿只身上前。没错，这也是料到将有随从同行，而于事前安排的戏码。

黄昏时刻的深山荒地，一女大放青光，一公家于其跟前伏首跪拜。自远处观之，这的确不似人世间的光景。

当时阿银小姐对胤房卿说了些什么？这老夫可就不知了。当时老夫是一句也没听见。不过对胤房卿而言，对方是天人遣来的高贵神鹭，再加上自己又是奉敕命前来，怎不伏首跪拜？

在阿银小姐将娃儿递予胤房卿时，又市先生摇了一声铃。

御行奉为。

是的，这句老夫可是听见了。当时四下一片静寂，再加上原本全神贯注地想听听阿银小姐究竟在说些什么，这下子心神当然被又市先生吸引了过去。那时，那铃声听来是如此响亮，就连胤房卿都不禁回头。

眨眼间，阿银小姐迅速藏身，换成一只硕大鹭鸟振翅高飞。是一只焕发青光的鹭鸟，大家都瞧见了。

没错，这当然是事先布置的。阿银小姐身后掘有一穴，而事触治平就藏身其中。治平先生是个驯兽高人，不过也不记得是在此事的翌年还是两年后，就辞世了。

一闻铃声，阿银小姐便朝穴内纵身一躲。没错，正是如此。不过是人鹭交换罢了。

鹭鸟的羽毛上抹有发光颜料。刻意使其发光，是为了让随从们均能清楚瞧见鹭鸟飞离的身影，同时也让一行人认为这只飞鹭就是阿银小姐幻化而成的。

没错。谜底一揭，就毫不稀奇了，但对众在场者而言，这绝对是人世间不可见的异象。毕竟众人均知天子曾收到神谕，大伙当然认为这光景与神谕果然相符，岂容人不信？

治平先生曾言，越是瞒天的大谎，越是不易教人拆穿。毕竟这场局设定之大，就连天子都卷入其中，岂容众人不信？

只见胤房卿抱着娃儿，朝天际仰望了好一阵。其实就连包括老夫在内的所有人，均抬头目送鹭鸟飞离。

不、不，老夫之所以如此，不过是为这局设计得如此巧妙感到由衷佩服。至于随从们，则是个个看得浑身打战。

观毕，胤房卿这才走了回来，向又市先生诚恳致谢：感谢师父大恩大德。此儿确为吾子无误。

唉。这安排是如此天衣无缝，就连娃儿穿的，都是绣有由良家纹的衣裳。

毕竟已事过三年，凭娃儿的长相根本无从判别真伪。不过这娃儿真是胤房卿的骨肉便是了。

事后，胤房卿平安归返。

没错，诚如先生推测，全事经纬被严加保密，未曾留下任何记录。岂可能记载这种事？别说是正史，就连野史也不可能。并非因此事荒诞无稽，只消仔细阅览，不难察觉就连官方正史中，亦充斥不少荒诞记述。只因其中蕴藏倒幕动机，故非得彻底保密不可。仅有坊间传言残存，即巷说是也。

没错，即那指公房卿实为妖魔之子的巷说。可见人言是何其可畏。唉。

不过，公房卿受到至为亲切的呵护。胤房卿原本就是个惜儿的爹，应该是个善心之人。想必正是出于这点，又市先生才设计了这么个局。若非如此，结局可就不堪设想了。

噢？那笔财产在何处？先生可是指那笔财宝？事实上……压根就没什么财宝。

事后，由良大人的确过起安泰的日子。这并非因由良家获得了什么财富，不过是因朝廷自此对公房卿关照备至使然。毕竟此儿乃天女之子，待其长成，必将助皇室一臂之力。

没错、没错，正是这道理。

是否有实际支援，这老夫可就不得而知了，但看来应是获得了特别礼遇。总之，真相既已完全保密，详情自是无从知晓。既受特别礼遇，想必遭嫉亦是在所难免。先生说是不是？毕竟无人能得知由良家获此礼遇的理由，恶意揣测当然难止。

唉。总而言之，所谓财宝，即公房卿是也。

八

听闻百介的陈述，与次郎露出一脸复杂神情。这神情看似心服，但似乎又有那么点古怪。问他是怎么了，与次郎这才有气无力地回答道："如此看来，公笃完全是误判了。"

"正是如此。总而言之，此事中压根没什么财宝。若硬要说有，或许也仅有滞留附近的南方众视为珍宝的建御名方头颅算得上，而且还不知那东西是否真的存在。毕竟已是数百年前的往事了，那头颅是否真的传自当时，老夫也无从得知。"

"唉。"与次郎再度叹息道，"这故事未免也太……"

"没错，的确是荒诞无稽。不过，当年对众当事者而言，可是千真万确。至于出外搜寻剩余骨片的族人事后究竟如何，虽不认为真有那么些骨片，老夫倒是颇为在意。"

又市先生可真是个罪人哪，百介说道，看来他真的如此认为。

"骨片想必是没有。"与次郎说道，"即便真有那些遗留自神话时代的骨片，想必百分之九十九是赝品。在下通常什么都信，但真有神明遗骨这种事，想信也是无从。不过，老隐士，又市先生的预言果真是言中了。到头来，公房卿在推动尊王攘夷上可是居功甚伟呢。"

"真是如此？"百介可不这么认为。

对政事，公房卿根本毫无兴趣。百介认为，不过是因奇特的出身，使众人对其寄予超乎必要的厚望，到头来被迫居此位职罢了。较之家格、立场均大同小异的东久世通禧卿的耀眼活跃，公房卿未曾有任何引人侧目的建树。文久三年的政变时，以东久世卿为首的七位公家曾遭罢黜并贬居长州，唯独公房卿未蒙此难。

王政复古后，原遭罢黜的七卿迅速归返中央，开始着手施政。不过由良卿既未追随，亦未有任何耀眼表现，教人感觉不过是淡泊地尽一己之职守。维新后，便立刻自政界抽身。

弃现实而择想念，弃未来而择过去，弃此岸而择彼岸。据说公房卿好云游，亦酷爱阅览书卷。如此个性，想必丝毫不适合从政。

百介感觉公房卿与自己似有几分相似之处。而在与次郎身上，百介也嗅到了同样的味道。

"实情老夫并不清楚。"百介说道。

"不清楚？"

"是的。毕竟有太多真相，外人无从得知。"

"此言的确有理。"与次郎说道，"唉，只能说此人命运实属奇特。公房卿虽有个超乎常理的出身，本人对此却毫不知情。知情者仅有……"

"仅老夫、先生以及……又市。"

且慢，与次郎伸手制止了老隐士把话说完。

"怎么了？"

"公房卿于二十年后再次造访蓼科山，遇上的八咫鸦与青鹭究竟是……"

"噢。"

在下名叫八咫鸦——那正是又市。即自百介眼前销声匿迹的御行又市。

自蓼科归返后，又市又设了个规模宏大的局，并于北林城山目睹御灯小右卫门之死，接着便自百介眼前消失了。临行前，他易名为八咫鸦。

又市自此音信途绝。百介亦不再云游，从此定居江户，规矩度日。

那正是又市先生呀。话毕，旋即潸然泪下。

"是又市先生？但老隐士，都已过了二十年，何必又……"

"又市先生就是如此为人。"百介说道，"凡是自己曾经办的差事，都会一路办到底。又市先生就是这么个性子。想必二十年来，仍不忘时时关注公房卿的动向。稍早亦曾提及，助又市一臂之力者甚众。无身份者、山民、水民，皆愿助这诈术师——不，助八咫鸦一臂之力。"

"那么，公房卿长年受其监视？"

"这并非监视。"

没错，这岂是监视？

"毋宁说是关切，或许较为妥当。"

"关切？"

"是的。与次郎先生，有时凭一张纸头、一番唇舌，便能完全改变某人的一生。又市这诈术师经办的差事，多属此道。因此既须有所觉悟，亦须彻底尽责。有时一句无心之言，或未经思索的举动，便能轻易判人生死。而又市先生也深谙这道理。但老夫对此，便一向甚为轻率。总而言之，既然设局塑造了公房卿的出身……"

"的确，若无老隐士与又市先生这般居中调度，公房卿的人生想必将截然不同。"

"没错。故对又市先生而言，自己既已插手，倘若此人步入不幸，这差事便等同于失败。在顾此便要失彼、教人束手无策的形势中，寻个法子做到两全其美，使一切获得完满解决，乃是诈术师这行的行规。"

"因此长年保持关切？"

想必是长年关切。

"看来应是如此。倘若真相为南方众知悉，不难想见一族恐有加害公房卿之虞。对此，实在不得不有所防范。"

没错。又市最不乐见，不，甚至该说是最为恐惧的，便是自己经办的差事有了闪失而致人丧命。

"这纯属老夫个人推测，又市先生应是听闻公房卿出游信州，旋即动身追赶其后。毕竟，难保不会发生什么意外。"

"但老隐士，信州不是没有任何东西？"

"是的，财宝是没有，但有些人。"

"可是指南方众？"

"没错。当时，南方众或许正滞留于公房卿旅途中的某处。任谁都不乐见公房卿与其有所接触。噢，山民通常不与百姓交流，但公房卿这趟旅途可是有点……"

有点敏感？与次郎问道。

当然敏感。个中道理百介清楚，他原以为与次郎也猜得着。

"到头来，公房卿果然还是入了山。虽未遇上南方众，但还是寻到了当年事发之处。"

"原来如此。倘若于该处忆及什么而开始探查，可就不妙了。"

"没错。一旦动手探查，绝对能查出什么。如此一来，真相恐将大白，现实将随之沦为谎言，当年一场骗局便形同虚设。若无法彻底隐瞒真相，诈术师的妙计便不过是个平凡谎言。欲将谎言化为现实，唯有一路欺瞒到底。"

总之，人生在世，本是伤悲。故此，又市决意——

"因此，便决意再次设一场神鹭的局？"

"没错。如此一来，公房卿便不至于再有任何质疑。事实上从那回后，公房卿便不再四处云游了。"

一如自己，百介心想。

"当时，仍是又市先生扮神鸦，阿银小姐扮神鹭？"

"这老夫就无从得知了。"话毕，百介垂下了视线。

又市当时尚在人世，至少也活到了二十几年前。而直到那时，又市仍一如往昔——难不成又市也曾在暗中关切百介？

看来，这诈术师是一点也没变。

若是如此，或许直至今日，又市仍在暗中关切着自己？百介抬起头来，眼神茫然地举目仰望。"小夜小姐。"他接着又唤了一声，"第二回的神鹭，或许正是你娘扮的呢。"

的确有此可能，小夜低声回答。

与次郎没再追问下去，仅以柔和的语调应和道：原来如此。

风神

乘风四处飘游

遇人

便口吐黄风

遭此风吹拂者

必患伤寒

一

　　昔日，曾有种名叫百物语的游戏。也不知是什么人开始的，总之好论鬼神者和好事之徒常以此作乐。

　　既是游戏，应是好玩有趣、让人愉快，但这游戏似乎不仅是愉快而已，同时还有些骇人。

　　这百物语，乃是由与会者在一夜之间说完一百则骇人、奇妙的鬼怪故事的怪谈会。但不仅如此。相传，在讲完第一百则鬼怪故事后，将发生某种异象。故此，这百物语其实是个为制造异象而行的骇人咒术。

　　至于是何种异象，及其发生的原因和理由，均无从探究。

　　既为异象，必是超乎人知。凡人无从干预，亦无从理解。总之，行百物语之目的，便是以人自身之力制造异象。

　　古人常言，谈鬼见鬼。以人自身之力制造异象，招来灾厄，唤醒妖物，即为行百物语之目的。只不过这异象究竟为何，招来的究竟是何种妖物，始终无人知晓。

　　有人云，将有鬼怪现身。亦有人云，将有亡魂到来。更有人云，将有灾厄降临，恐将夺人性命。即便是与会者之亲友，亦难逃此诅咒波及。但论及真相，始终无人能知。

　　有人云，既是游戏，或许无人真正说到最后一则。亦有人云，即便说到最后一则，也多因心生恐惧而中途打住。更有人云，说完最后一则后，与会者悉数命丧黄泉。不过这些说法，也仅止于言传臆测。

总之，真相从未有人知晓。

随着时代物换星移，世人开始认为，此类言传纯属无稽。百物语自此不复流行。

某日，几位贤人智者群聚，聊得天南地北。聊着聊着，渐渐触及了鬼怪话题。言谈议论间，忽有一人提议，何不探探昔日曾流行一时的百物语传说是否属实，借此瞧瞧是否真能制造异象，若真有，又是什么样的异象。

这倒是个试胆良机，众人便相约择日再聚，依传说法式行百物语。

这法式并不困难。众人在一月色昏暗之夜齐聚一堂，于一盏青纸灯笼内插入百支灯芯，点燃幽幽灯火。待灯火将房内染成一片阴蓝，在座者便开始轮流叙述奇闻怪谈。有的奇妙，有的可怖。

一则话毕，便拔除一支灯芯。又一则话毕，复拔除一支灯芯。房内本就青光笼罩，随灯芯减少，益显昏暗。

众人从心底对此传说嗤之以鼻，无一信此游戏将起异象。不论说多少则，也绝无可能发生任何怪事。世间本无鬼神，更毋论光是谈鬼论妖，便可能引发异象。众人虽明白这道理，但心中仍存疑虑。

怪谈若非虚构，便是远古往事。即便真曾发生，或乃叙述者亲眼所见、亲耳所闻，均仅为此人之经历。听来或许骇人，但毕竟事不关己。一切全看叙述者如何描述。话术即诈术，不管多可怖，虚构故事毕竟非真。

不过，倘若真起异象，可就不再是事不关己。故此，每个与会者不仅心怀几分疑虑，亦有几分畏惧。

最后，黑夜将尽，房内变得更加昏暗，幽幽明月仅存一丝光明。

最后一人终于说完第一百则故事。

突有一阵轻风吹起，还没来得及拔除，最后一支灯芯便被这阵轻风吹熄。

如此而已。众人静候片刻，依然不见任何异象。与会者先是一阵泄气，接着痛骂声此起彼伏，纷纷抱怨此说果真是荒诞迷信，信此说者真是愚蠢至极，如此期待竟扑了个空，让人为心怀疑虑感到汗颜。

不过，房内本是密不透风，这阵风究竟自何处吹来？最后一支灯芯为何碰巧于说完百则时熄灭？

众人认为不过是轻风一阵，既不可怖，亦不扰人，算不上什么异象。起这阵风纯粹出于偶然。无人察觉其中实有蹊跷。

这阵风，乃是风神所吹。

自此，神鬼悉数离去，不复降临人世。故如今不论叙述多少怪谈，均无从招来任何鬼神。

二

延享初年，厩桥之御城内有青年武士轮值守夜。一夜天降大雨，诸士群聚一处，聊起怪谈。内有一名叫中原忠太夫者，为人胆大果敢，与在座先辈论及世上究竟有无鬼神，久久不得结论，便提议不如趁今夜阴雨，以所谓百物语测度是否会有妖怪现身。闻此提议，年轻气盛的诸士纷纷同意。众人便以青纸覆灯口，置于五房外之大书院内，旁立一镜。灯内依传说规矩插有灯芯百支，话毕一则，拔除灯芯一支，先取镜观己颜，便可退下。因不可点灯，其间五房一片漆黑。众人便依此法进退。

"且慢。"剑之进打岔道，"与次郎，这是份什么样的文献？"

"什么样的？此言何意？"

"文献不也是林林总总？"这位巡查捻着添了几分威严的胡子说道，"可知这份究竟是虚构的故事，还是随笔什么的？"

不就是怪谈吗？与次郎回答。再怎么追究下去，也是毫无意义。

管他是谁叙述的、谁听了记下的，还是何时于什么样的情况下写成的，只要冠上一个怪字，这记述也就不值采信了。

与次郎心想，不管是正史还是野史，加上个怪字，必定是出于某种理由。姑且不论这是个什么样的理由，或许是事情本身怪异——不怪异怎么成？也或许是为顾及作者或读者的体面什么的，才刻意冠上了这么个字眼。否则不管是巨木迸裂还是坟冢鸣动，其实均可视其不足为奇。为了不被人遗忘此事而冠上个怪字，在任何情况下想必都有个大义名分。但营造这大义名分的背景，是会随着时代改变的。

因此，一桩怪事为何被描述成怪谈，常教人难解。

如此一来，事情就真的显得怪了。

故此，此类记述悉数被归类为怪谈。令惣兵卫一笑置之、令正马嗤之以鼻、令剑之进烦恼不已的怪谈。

"虽说是怪谈……"剑之进果然又蹙起眉头，鼓起鼻翼。

"怪谈就是怪谈。"与次郎正言厉色地说道，"这记述是否值得采信、是否正确无误也就无须过问了。怪谈就是怪谈，是某人杜撰的怪异、离奇故事，总之，不过是供人消遣的闲书。论详情我虽不清楚，但从《怪谈老杖》这书名看来，应是册如假包换的怪谈，一册搜集诸国奇闻异事的书卷。"

"这老杖是什么意思？"

"第一卷的第一则故事叫杖灵，序文提及书名就是依这则故事起的。根据序文，这册书是从丰后一名叫逍遥轩太郎者生前撰写的文章中挑出奇闻异事编纂而成，此类记述的真伪当然无从查证。据传，本书作者为一名叫平秩东作的戏作者，乃太田南亩之友，于其殁后由南亩出版本书。这平秩既非大名，亦非僧侣，生前是个从事烟草生意的百姓。"

"瞧你说得滔滔不绝的。"惣兵卫说道，"和往常的你根本是判若两人哪。"

"没这回事，不过是事先将你们可能要询问的事说个明白罢了。要不碰上你这几个一听到鬼神就斥之为迷信的大师父，和坚称怪力乱神不符合科学道理的洋学究，哪儿招架得住？更何况咱们这位巡查大人，近日连作者的出身都要斤斤计较。"

见与次郎望向自己，剑之进一脸仿佛吞下生蛋的古怪神情说道："本、本官同你们聊这些事绝非出于好奇，乃是为了打压犯罪，以求社稷祥和。故此……"

"好了好了。"正马打断他这番辩解说道，"谁想听这种事后说明？矢作，咱们不是从你当上巡查前，就常这么聚在一块儿谈这些事吗？借着和我们私下闲聊，教你碰巧解决了几桩案子，戏语成真竟也换来功成名就。看来是尝过几回甜头，这下又打算再如法炮制一番？"

只懂得守株待兔，是成不了事的，一身洋装的假洋鬼子视线中带着冷冷的揶揄，语带不屑地说道。这番话倒是抓到了剑之进的痛处，让他敢怒不敢言。

惣兵卫原本只是被这巡查大人的一脸尴尬逗得开心不已，这下也开口说道："或许树下是没兔子，但可有幽灵哪。瞧你连点武艺也耍不来，却能立下几回大功。别忘了报纸给你的赞誉，该分一半给我们才是。总之……"他将一张山贼似的脸孔凑向剑之进说道，"这回你不是来办案的，不过是纯粹找我们聊聊怪谈罢了。与次郎，是不是？"

没错。这回大伙聊的是怪谈，而且是百物语。剑之进向与次郎等人提出的新难题，是百物语正确的进行法式。

"我还没把话说完呢。"这当官差的一脸困窘地抗议道，"上回我之所以如此在意史料出处，乃是出于对当事人身份的考虑。"

托你的福，我还被当成个局外人哩，正马说道。

"我不是向你道过歉了？其实我也并非打算将你排除在外，不过是为了顾及当事人的观感，也担心若有什么闪失，恐有连累你父亲之虞。毕竟双方都是有头有脸的大人物，总不宜让任何一方感到不快。"

"即便有什么闪失，也不会有任何连累。家父早已退隐，哪儿有什么好担心的？"

"你就别再絮叨了。"剑之进哭丧着脸说道，"因此，即便这回的事件也与华族有关，还不是把你也邀来了？你就行行好饶了我罢。你瞧，方才与次郎朗诵这则史料时，我可是一个碴也没找过。毕竟与次郎都为我张罗了，也不好辜负他这番好意。"

"这还是得看平时吧。"惣兵卫说道，"每回与次郎费尽千辛万苦找来的史料，不总是被你们几个挑剔得体无完肤？这口气与次郎哪儿咽得下？与次郎，你说是不是？"这莽汉高声说。

闻言，与次郎并没表示同意，神情反而显得有点胆怯。惣兵卫这番话听似褒奖，实则揶揄。剑之进的确爱抱怨，但较之这老爱挑与次郎毛病的使剑莽汉，还算温和。每说个什么，这家伙总要驳斥一番。较之另外两人，不擅争辩的与次郎或许较不起眼，但受的揶揄可不比其他人少。

"再说，剑之进，这怪谈什么的，不就是你最擅长的东西吗？听你总是满口百物语、百物语的，现在这不就是吗？正马，你说是不是？"惣兵卫转个头继续说道："虽然记得不太清楚，但你们俩似乎常提到这百物语吧？什么诸国、近世，还有什么太平、评判的。这些可都是书名？"

"没错。"剑之进回答道，"这些全是书名。除了《百物语评判》稍稍特殊点，其他几本的内容可谓大同小异。由此看来，百物语一类的著作，在往昔似乎曾流行过一段时期。"

听到剑之进这番话，正马讶异地摩挲着下巴说道："既然这些东西你全都读过，如今为何还须打听？真是教人不解呀。"

有理有理，惣兵卫额首附和道。

"看来你们是不知道，这些冠有百物语三字的著作，是依百物语的体裁编纂成的，不过是搜集一百则故事凑成的书卷罢了。"

"不全然是一百则。"与次郎纠正道，"凑足一百则的，仅有《诸国百物语》一部。其他书卷均不满百则。这个'百'字……"

"不过是形容为数众多罢了？"正马说道，"这下子我明白了。此百非一百、两百的百，而是酒乃百药之长的百，古谚中常以百形容为数众多。由此看来，只要是集多则怪谈编纂而成的书卷，悉数称为百物语。"

"不仅限于怪谈。"与次郎认为正马这番话大抵正确，但剑之进似乎总要挑挑这假洋鬼子的语病，"亦不乏名为百物语，但内容与怪谈无关的著作。例如艳笑谭和福德谭便属于此类。"

"是有这类例子。"与次郎罕见地插话道，"但我倒认为这些例子，均是以怪谈为起源的。先是有百物语这类陈述怪谈的聚会，接着有了模仿其形式的书卷，集复数怪谈编纂而成的百物语书卷蔚为流行后，方才有人为揶揄此现象，而取百物语书卷的体裁著书。"

或许真是如此，剑之进说道，但语气似乎带点不服气。

"这回剑之进想弄清楚的，就是这源头，即百物语怪谈会的正式法式。为此，不管读再多百物语书卷，想必也是毫无帮助。故此……"

"不过是个试胆游戏吧？"惣兵卫说道，"哪儿还有什么法式？"

"想必应该有。"不知何故，正马这次竟不同意惣兵卫的看法，"不分古今东西，这类东西想必都得依某种正式的法子执行。若没订个规矩，让大家恣意发挥，只怕该有趣的东西也将变得无趣，该可怖的东西也将变得不可怖了。不过这道理，像你这等莽汉，或许无法理解就是了。"

"的确无法理解。"惣兵卫面带不悦地回道，"这我当然能体谅。不过矢作、笹村，你们俩有个坏习惯，总爱谈仅自己懂的事，别总是将我们俩拒之千里好不好？你们是说百物语书卷是模仿百物语写成的，故并非关于百物语本身的记述？"

不，也有些百物语书卷是以百物语相关的怪谈编纂而成的。剑之进说道，但还没说完，就被与次郎伸手制止了。再这么解释下去，只怕情况会变得更为复杂。

"剑之进，别自己把话题扯远了。正马所言的确不假，即便仅是套用百物语的形式，书卷所载的毕竟还是怪谈吧？"

"与次郎，这可是代表书中一切均为杜撰？"

"要说杜撰……其实大都宣称此事属实，只不过这已是惯用方法，也难以判明几分是真、几分是假。总之，其中既有取自佛典汉籍者，亦有辗转听来的故事，但个个均宣称所载属实。"

"也就是完全不足采信？"

"既然每则陈述均不乏人指摘，是否属实的确堪疑。总之，此类故事多为吓人而撰，即使非空穴来风，亦已略经变更粉饰，甚至掺入些许警世劝善之说。"

"如此说来，方才朗诵的那则应该也是如此？"正马漫不经心地问道，"即便标题上没有百物语三字，方才那老爷杖什么的，毕竟也是则怪谈呀。"

是老杖，剑之进纠正道。

"标题叫什么都成，笹村想说的是，这毕竟也是则怪谈。既然是杜撰的故事，可就没什么价值了。"

"怎会没价值？"与次郎反驳道。

"难道有吗？"

"不论其中所述是什么样的情节，但文中记载的法式应是不变的。稍早剑之进亦曾提及，载有与百物语怪谈会相关的百物语书卷为数众多，只是内容多半大同小异。我介绍的不过是记载最为详细者罢了。"

"既然是杜撰的故事，谁能保证关于法式的记述并非虚构？"

"应该不至于。"

"是吗？"

未料通常有人附和，也不懂得加以争辩的与次郎，这回态度似乎强硬起来。或许是大感意外，正马怠惰的态度也略显收敛。

"笹村，为何不至于是虚构？"

"如此大费周章杜撰法式，并无助于将故事说得更吓人，只会使其显得更荒诞罢了。总之我个人认为，若故事纯属杜撰，其中关于法式的描述便益发值得采信。"

"何以如此认为？"

"这还需要解释？毕竟是怪谈，稍早我朗诵的记述中，亦提及说完百则故事后，将有骇人之异象发生，但若于其中穿插未曾有人听闻的法式，读来反而让人扫兴不是？倘若这结果原本就是家喻户晓，事后发生的异象才会显得骇人。你说是不是？"

言之有理。闻言，正马也乖乖服输。

"总之，根据这《老杖》中的记述，进行百物语时须立一镜，这点与其他记载有异。除此之外，就与其他著作中的大同小异了。容我举浅井了意的《伽婢子》中的记述为例。"

与次郎翻开下一册书卷。这是事先向药研堀的老隐士借来的。

"想必大家都听说过浅井了意大名鼎鼎的草双纸作家吧？《伽婢子》也是一册怪谈集，卷末有则《谈鬼招鬼》，据说是自五朝小说改编而来。"

他这次卖弄的，也是一白翁传授的知识。说是传授，充其量也不过是现学现卖。

与次郎开始朗诵道：

"自古相传，集众口述骇人奇闻百则，必将起骇人之事。百物语有其法式，须于月黑之夜点火燃灯，灯笼须罩以青纸，并插入灯芯百支，每述一则，便拔除灯芯一支，房内将随之渐暗，墙上仅存青纸之色映照。如此行之，终将招来骇人异事。"

"是没说到镜子。"惣兵卫说道，"仅提及青色灯笼。"

"没错。或许是因这《伽婢子》付梓于百物语书卷流行前不久，后来的书卷中的记述就多是大同小异了，几乎均提及须于青色灯笼中插入灯芯百支。噢，其中亦不乏每述一则，便须异地另行他事者。这与惣兵卫所提的试胆大会颇有异曲同工之妙。亦不乏述完九十九则，须开始饮酒作乐等玩笑性质者。不过以手续简化者为多，增添者则极为罕见。"

"唯有《老杖》提及须使用镜子？"

"少安毋躁，这儿还有一则记载。"

与次郎掏出了第三册书卷。不消说，这亦是一白翁的藏书。这四人聚在一起，通常总是理不出任何头绪。这种时候，便都要前去九十九庵造访。有鉴于此，与次郎这回便打算不妨先跑一趟，将史料借来。

这第三册是喜多村信节的《嬉游笑览》。根据一题为宗祖诸国物语的草子所载，越后曾有武士数十名群聚，依下述法式行百物语：众人聚于一间，闭门锁户，于灯笼内插入灯芯百支，并罩以青纸，以暗其光。在座者跪坐成圈，双手拇指相扣，并缚绳索以保不动。话完一则，便拔除灯芯一支。然众人虽拇指相缚，仍个个胆怯不已，幸至终未有异象发生。

"须两手相缚？听来还真是强人所难呀。"惣兵卫以嘶哑的嗓音说道，"那模样想必十分滑稽哩。几个老大不小的家伙凑在一块儿，两手相缚围成一个圈，轮流说故事，在昏暗的房内面面相觑……滑稽！真是太滑稽了！"他一脸啃了涩柿子的神情嘲讽道，"况且还闭门锁户。如此一来，岂不是连胆也试不来？"

何以试不来？与次郎问道。

"那你倒说说，如此一来，有哪儿可怖？"惣兵卫一脸质疑地反问道，"任何外人均无法进入房内，在座者又个个无法动弹。除了房内益渐昏暗，根本什么事也不会发生。若有人如此这般便要吓破胆，可就代表这家伙实在是胆小如鼠。连暗点都怕，岂不是连夜半都不敢离房如厕？或许这游戏的用意仅是用来挑出胆怯者哩。除此之外，实在看不出这游戏到底有哪儿有趣。"

"当然无趣呀。"正马笑道，"是为了吓人才齐聚一堂吧？唯有疯子，才会把这当有趣吧？此外，或许外人看来感觉滑稽，但若能设身处地想想受缚者本身的感受，可就不尽然如此了。总之，这房内的气氛想必颇不寻常。"

"不就是两手相缚、跪地而坐罢了？到底有哪儿可怖了？"

使剑的这么一嘀咕，假洋鬼子便耸耸肩说道：

"涩谷大概仅有遭奇袭或偷袭，才会感到可怖吧？比如突遭恶汉攻击，或遭大熊啃咬什么的。虽然话说没两句便要笑人胆小如鼠，但这家伙最怕的，正是这种直接的攻击。看来，这就是涩谷愚钝无脑的证据吧。"

你说什么？惣兵卫立起一侧膝盖怒吼道。

"瞧，又是这态度。你就是不懂什么叫文化，恐怖是得用神经去体会的，不是用躯体，是用神经。而你这家伙，根本就是缺乏神经。"正马继续揶揄道，"缺乏神经让你根本分不清这等微妙差异。想来你这野蛮人，凡事都只晓得分成明与暗，见天暗了就打算就寝，根本无法体会益渐昏暗这种微妙的感觉。"

胆敢愚弄我？惣兵卫气得面红耳赤，左手突然机敏地按向榻榻米上。这是取刀的动作，幸好房内并无大刀。

"看来是教我说中了。倒是矢作呀。"正马完全没将他那敏捷的身手放在眼里，径自转头望向剑之进问道："关于这百物语，我倒认为并没有什么严密规定的法式。"

对话突然回到正题，让原本冷眼旁观这场假洋鬼子与古代武士之争的剑之进被杀个措手不及，惊慌地回道："何、何以见得？"

"这听起来与其说是法式，毋宁说是演戏更恰当。"

"演戏？"

"就和歌舞伎的舞台布景没什么两样。我说咱们这巡查大人哪，人大抵都怕黑怕暗。听到这句话，或许咱们这位没神经的莽汉会逞强争辩黑暗哪有什么好怕的，但真正的黑暗，其实可怕得超乎想象。"

正马抚弄着头发说道。近日，这假洋鬼子为了整理发型，开始在脑门上抹油了。

"这道理不分古今东西，凡是人，心中对黑暗多少都怀有畏惧之心，绝无一人例外。不过，别说是咱们这位莽汉，每个人都要强称自己不畏黑暗。即使是伸手不见五指的暗夜，只要是成人，大抵都不至于无胆如厕。或许多少感到几分胆怯，也知道妖魔鬼怪不是什么好东西，却没有一个成人被黑暗吓得失禁。各位认为这是何故？"

"这还有什么混账理由……"

惣兵卫的粗话还没来得及脱口，正马又开始解释道：

"因为任何人都知道，不会有什么怪事发生。大家都意识到，日常生活中并不会遭遇什么惊人异象，故即便心中再胆怯，也能安然如厕。既不会撞见什么妖怪，便所前亦不会有熊或狼出没。咱们懂得在经验中学习，一路都是如此活过来的。而经验不足的孩儿尚不懂得这道理，对黑暗才会如此恐惧。"

说到这儿，正马额头一皱，抬起双眼望向剑之进继续说道：

"日复一日，咱们都在理所当然的道理中度日。若这理所当然突然改变，就会让人感到害怕。矢作，噢不，妖怪巡查大人，异象指的不就是令人难解的事吗？"

但若能在其中找出解释，便不再是异象了，剑之进回答。

"没错。故此，世上并无异象，仅有难解之事。世间异象，大多为人们不可解之事，除此之外者……"这一身洋装的家伙指着自己抚弄了老半天的脑袋，并以眼神示意道，"不是误判、误听就是误认。若非幻觉，便是幻视、幻听。身处异常状况时，人会误以为自己果真看见、听到了这等怪事，而且不会认为这值得质疑。故此……"

正马屈身向前，众人也纷纷随他朝前一凑。这光景看来甚是滑稽。

"大家想想，数人整齐围坐于闭门锁户的房内，本身就已不是个寻常光景，而且还是在宁静的深夜里。在场谈论的，是矢作和笹村酷爱的超乎现实之奇闻、骇人听闻之惨事或教人掩耳的因缘故事。这当然会让叙述者嗓音益发沉静，在座者也益发不语。"

就连正马，此时的声音也愈来愈小。其他人前倾的脸也几乎要碰到一块儿。

"除此之外，现场的灯火还益发昏暗，教人益发看不清周遭。"

正马罕见地露出一脸认真的神情，剑之进与惣兵卫也随之变得一脸严肃。

"到头来，连自己身边坐的是谁或轮到谁在说故事都变得难辨，仿佛自黄昏时刻进入黑夜时分，四下变得愈来愈黑、愈来愈暗。这下子……"

突然之间，正马的嗓门大了起来。

哇！惣兵卫被吓得失声大喊，与次郎也差点跳了起来。至于剑之进，则是凝神屏气，两眼圆睁。

"搞、搞什么鬼？是要把我们活活吓、吓死吗？"

"哈哈，果然让我吓到了吧？光凭这么点伎俩，就能把你们吓成这副德行。倘若咱们此时正来到百物语的结局，想必涩谷要被吓得屁滚尿流，矢作也会吓得坐不住了吧？笹村，你说是不是？"正马拍了拍与次郎的大腿，开怀大笑道，"也就是说，仅须进一步强调此时状况与平时不同便可。立镜和缚指，用意均是为此。但若没有规矩，玩起来也不尽兴，因此便有了这么个得说足一百则故事并逐一拔除灯芯的法式。"

"这可是个固定的规矩？"

不是每册书中均有提及？被剑之进这么一问，正马噘起嘴来回答道：

"叙述完百则故事便将现妖物或起异象什么的，反正怎么说都成，只要这说法变得脍炙人口便可以。如此一来，只要玩一场百物语，就能知道将发生什么，根本不须什么麻烦的说明。故此，这应算是个固定的规矩吧。"

话毕，正马露出了一个微笑，接着又嘀咕了一句：这房内倒是真闷热呀。便起身拉开拉门。

"原来是这样。"剑之进搓了搓下巴说道。如今他也罕见地心服口服。"那么，只要让过程看来像回事就行了，是不是？"

"果然是明察秋毫呀。"正马颤动着双颊说道，"看来似乎是要下雨了，难怪会这么闷。噢，总而言之，大概就是如此。是否真需要述完百则，我认为根本无关紧要。即使则则简短，一夜想必也难说完百则。说书人叙述的怪谈，有些不是长得一整晚也说不完？"

"正马，得述完百则，不是你自己说的吗？"惣兵卫使劲卷起裙裤下摆，"自己不久前才说过的话，难道现在就忘得一干二净了？"

"不、不。"正马挤眉说道，"定下百则这数目，不过是装个样子。既然要装得为数众多，当然得定个教人说不完的数目。若仅是五六则，不是不出多久便要说完了？"

"如此一来，便不足以形成你说的那让人感觉异常的环境？"

一方面是如此，但大抵不过是为了编个理由罢了，眼见剑之进如此认真思索，正马回答道。

"编个理由？"

"你想想吧。即便如此大费周章，到头来还是什么事也不会发生。即便是与会者个个使出浑身解数，将大伙儿的胆子都磨得如绢丝般细，但除非真的碰巧出了什么怪事，大抵什么也不会发生。就在大伙儿个个为妖物即将现身而胆战不已的当头，天也就亮了。如此一来，可就要如涩谷稍早所说，众人势必痛斥这游戏愚蠢无稽。故此，什么也没发生，乃因没述完百则使然，不就成了个好理由了？"

"原来是这么回事。"剑之进伸指戳了戳额头，接着又说道，"看来，非得乖乖述完百则不可呀。"

三

与次郎前去造访九十九庵。

直到半年前为止，均是四人偕同前去，但近日与次郎独自造访的次数益发频繁。一方面是矢作巡查公务多忙，再加上涩谷道场的门生略增，四人的时间难能凑上。但真正的理由，其实是与次郎宁可暗自只身造访。即便有时根本没什么事需要请教，也想走访一趟。

原本，与次郎每月都要前往那里一回。起初是伴上司同行，第二回起就是只身前往了。不过是递交少许银两的杂务，当然仅需一人便可办妥。

当时，与次郎还是头结发髻，腰际挂刀。每回他均在玄关前毕恭毕敬地低头致意，再递上一只纱布包袱。

真教人怀念。与次郎心想。不过，这并不表示他认为幕府时代要比现在来得好。或许，往昔就是这么一回事。不分好坏，凡是往昔均教人怀念。或许是因往昔仅存在于自己的心中或脑海里。记忆中的往昔均成了老故事，成了老故事的现实，就是往昔。

与次郎并无意再度佩刀，亦无意再剃月代①。剪断发髻后，他益发感觉结髻还真是个奇风异俗。但剃光的鬓发、遮到额头上的前发或变轻了的腰际，仍不时教人感觉不惯。每当与风铃小贩擦身而过，或眼见渠岸柳枝随风摇曳，这种感觉均可能油然而生。

教人忆起往昔的声响、气味与景色，均化为稀薄云烟于与次郎的回忆中萦绕，在刹那间形成一则又一则故事。但这些其实均为如今的声响、气味与景色，故形成的不过是虚构的故事罢了。

回忆中的往昔，想必净是虚构。因眼见或耳闻某事而自认为忆起往昔，也不过是错觉。即便如此——

或许正因如此，与次郎才想造访药研堀，好让自己融入此类往昔故事中。

看来夏日将至，与次郎心想，不过并非看见了任何分外带夏意的景物使然。巷弄中的泥色树影，嬉戏孩童的嬉笑喧哗。正是这些景致让他感觉夏日脚步逼近。但周遭其实看不出特别的季节变化，或许连这季节感，亦是虚构的错觉。

此时，他望见了熟悉的花草与树墙。但这熟悉的景致中，却添了几个不常见的东西。铁巨轮、黑布棚，以及马鞍般的座椅，此处竟然停放着人力车，而且还停了两台。这东西在浅草颇为常见，但在这一带可就希罕了。两名车夫坐在榆树下，悠闲地抽着烟杆儿。

有访客?

---

①男子将额头至头顶中央的头发剃掉。

人力车就停在九十九庵门外。虽然造访此处已有多年，但从没在这清幽住宅碰见过任何访客，让与次郎略感不知所措。

犹豫了半晌，与次郎终于决定绕道一旁。原本打算沿树墙绕向后门，但还没走到屋后，与次郎便停下了脚步。

他看见小夜正低头伫立在小巷中。

这姑娘目光敏锐，若是这距离，绝不可能没看见与次郎。她虽低着头，仍能明显看出正在注意着屋内。看来她对屋内情况虽然在意，却也不便进入。

这让与次郎更加困扰。

或许不过是自己多心，但总感觉个中似乎有某种复杂缘由。这下子与次郎也不敢如往常轻松上前致意，深感进退两难之余，只能抬头仰望天际，只见一只乌鸦从头上低空飞过。

与次郎先生。目送乌鸦飞去时，突然听闻如此喊声。虽然对方的嗓门不大，还是把与次郎吓得惊慌失措。

欢迎欢迎，小夜露出微微一笑，低声致意。

"今、今天有来客吗？"

"没错。很罕见吧？"

与次郎闻言，还真不知该回答是或不是。来者可是奴家的恩人哩，小夜先是手按树墙，伸长脖子朝内观望，接着才如此回答。

"恩人？"

"是的。倘若当年不是小屋中这位恩人出手相救，只怕奴家早已成了路旁的孤魂野鬼。"

"成、成了孤魂野鬼？敢问此言何意？"

为何说得如此骇人？

先生是否方便到那儿说个明白？眼见与次郎如此不知所措，小夜面带微笑地走向他说道。

"说、说个明白？"

"想必先生今天是来找百介老爷的，但看来老爷还得过个半刻才会有空。

倘若与次郎先生打算在此稍候……难道不能让奴家先招呼先生？"业已走到
与次郎身边的小夜说道。

"当然可以。但……"

"唉。这位恩人德高望重，来此造访也有好几人随行，庵内如此狭小，
让奴家实在是想待也待不得。说老实话，奴家本应留在屋内招呼来客，但如
此情况，实在尴尬。"小夜苦笑道。

的确，若同时有数人进入这栋小屋——虽然与次郎并不知道来者究竟是
何许人——的确是让人想待也待不得。这心情与次郎不难理解，不过……

"不过，来者难道不是小姐的恩人？"与次郎问道，"不留在里头招呼行
吗？"

"先生无须挂心。是百介老爷吩咐奴家出来的。"

"是老隐士吩咐的？"

小夜突然变得一脸失落，接着才低声回答："其实奴家并非老爷的远亲。"
话毕，又垂下了视线。

"是吗？噢，那么……"

"事实上，奴家乃世间师，即剑之进先生上回提及的山窝之女。"

"噢？"

听闻这番话，与次郎益发不知所措。原来是这么回事，难怪小夜对四处
漂泊者的生活方式知之甚详。

"直到八岁那年为止，奴家一直与母亲以山野为家，靠猎捕鱼龟度日，
但后来母亲亡故。母亲身亡时处在深山之中，奴家也不支倒地，几乎要危及
性命。"说着说着，小夜开始漫步。

"就在这节骨眼上，遇上了今日来访的这位恩人？"

"是的，正是如此。承蒙这位恩人善心收留，奴家才得以保住一命。后来，
这位恩人扶养了奴家约有半年之久。当时奴家年仅七八岁，再加上举目无亲，
实难独力营生。"

"后来，才被送到一白翁这儿来？"

"奴家当时携带的护身符中，有一纸戏作的版权页。就是这个。"话毕，

小夜自怀中掏出一个旧得发黑的护身符。

"戏作？"

"没错，作者乃菅丘李山。先生可认得这号人物？"

不认得。

原来就连博学多闻如与次郎先生也不认得？小夜开怀大笑。

"噢。在下自认并不博、博学多闻……"

"当然不可能认得。菅丘李山之李与百谐音，此名念法依序与介、冈、百、山同音，即山冈百介之化名。其实，就是百介老爷的笔名。"

"老、老隐士的笔名？"这还真让人大吃一惊。

"唉，就连与次郎先生都猜不出了，光凭这笔名，根本无从查证究竟是何许人。但版权页上这笔名旁，却还清楚载明'江户京桥生驹屋之山冈百介'。生驹屋乃江户首屈一指的蜡烛批发商，当年百介老爷正是这家商号的少东家。难道北林藩史上没有如此记载？"

"这……是否连老爷的出身都有载明……"

老实说，与次郎已经记不得了。

"即使如此载明，不过……"

光凭这几个字，收留小夜的恩人就能找着一白翁的居处？隐居于如此陋室，个头这般矮小的老人难道那么容易找到？

哎呀，当年生驹屋可好找了，小夜说道。

"噢？"

"维新前，生驹屋就坐落于新桥，只可惜如今已改了商号迁至乡间。当年，百介老爷也住在店内。直到收养了奴家，难再寄宿店内，方才迁至药研堀筑庵定居。"

"这样啊。"与次郎完全不知道原来还有这么段过去。

"那位恩人不过是为了知道奴家的出身，才找上老爷的。但百介老爷一听闻此事经纬，便执意要收养奴家。"

"当时，老爷就连奴家的面也没见过呢。"小夜继续说道，"从那时起，奴家便一直寄居在老爷身旁。但维新后，人人都得有个身份，百介老爷便将奴家申报为其兄之孙。其兄曾为八王子千人同心①，多年前便已亡故。其子于维新时加入幕军四处征战，不幸战殁北方，身后未留下任何子嗣，老爷便将奴家申报为庶子②。故此，奴家也勉强算得上是老爷的远亲，只不过毫无血缘关系就是了。"话及至此，小夜在路边一株榉树旁坐下。

"先生认为，老爷是为了什么收留奴家？"

"这……或许是老隐士与小姐的亡母相识？"

与次郎也在小夜身旁坐了下来。这才想到，自己就连小夜究竟多大年纪也不知道。虽然两人已有十年以上的交情。

巡回山猫——此时，小夜突然说出了这么个名字。

"噢，小姐指的，可是老隐士叙述往事时常提及的那位御行又市的同伴？"

曾扮过狐、扮过鹭，也曾扮过柳精，是个身份如谜的妖艳姑娘，一个常在故事中现身的奇女子。

自一白翁的叙述里，仅听得出这么多。巡回山猫是指边吟唱义太夫节边操弄傀儡演出的江湖艺人。由于从没观赏过这类演出，与次郎完全无从想象这是种什么样的技艺。

奴家之母，似乎就是阿银小姐之女。

闻言，与次郎一时无法会意。

"名叫阿蔺。"

"噢？且慢。小姐是如何……"

是如何知道亡母叫什么名的？毕竟已是陈年往事了，难不成……

"百介老爷坚称，护身符中那张纸片上的字，是又市先生写的。"

"又、又市先生写的？"

"是的。不过仅凭笔迹，或许尚不足以为证。除此之外……老爷还说过，奴家生得与外祖母简直是同一个模子刻出来的。"

①幕府时代职制之一，派驻武藏国多摩郡八王子的乡士集团，负责武藏国与甲斐国境之甲州口的警备与治安。
②日本旧民法中承认的私生子女。

雪白的肌肤，细长的双眼，标致的红唇，黝黑睫毛下的眼角还泛着一抹红。

与次郎不禁倒抽一口凉气。

"哎哟，先生别用这眼神直盯着奴家瞧行吗？活像是看见了什么妖怪似的。奴家是山冈小夜，可不是那巡回山猫呀。"

"这、这真是对不住……"

与次郎连忙将视线别开。这时他望见有人上了一辆人力车。此人身着灿烂豪华的袈裟。

"来客是位法师？"

"是的。是镰仓临济寺的高僧。"小夜说道。

与次郎回过头，只见小夜业已起身。自下方仰视她那小小的面庞，自细致的下巴掠过的阳光耀眼得让与次郎不由得眯起双眼，这才想起那位身穿炫目袈裟的僧侣想必就是小夜的恩人。

"小夜小姐这位恩人难道是位法师？"

"没错。名叫和田智弁，是个地位崇高的大寺高僧。"

就是此人？与次郎再次望向那位僧人。

"不，那位是和田智稔，乃收留奴家的高僧的外甥。后面那位在随从簇拥下现身的高龄法师才是和田智弁大人。"

后面果然有位穿着朴素但不失高贵的年迈僧人，前后左右均为年少的和尚包围，正准备踏上另外一辆人力车。

"小姐难道不该上前道别？"

"没事、没事。"小夜说道，"奴家和这位恩人的缘分算不上深，也仅让他收养了半年。"

果真如此？

目送众僧成列随行的两辆人力车离开小巷，药研堀这才恢复与次郎熟悉的光景。

来客甫离去，便有一瘦小人影现身。原来是一白翁。一身墨染工作服，剃得短短的白发，身躯矮小，仿佛一阵风便能将之吹得很远。

想必是出来送客的吧。老人先是回过头来，一看见两人，便转过身步履蹒跚地走了过来。

虽然还是那副枯瘦容貌，但老人今日的模样似乎有点不寻常。这时与次郎才想到自己几乎没见过老人步出屋外，甚至就连老人的站姿也没见过几回。平日，老人总是蜷着身子跪坐在小屋中的客厅内。或许正是因此，与次郎才感到有点不寻常。

一白翁在小夜面前驻足，也不知是何故，先是眼神悲戚地——至少在与次郎眼中是如此——朝这毫无血缘关系的远亲姑娘凝视了半晌，接着才以不大自然的祥和口吻说道：

"与次郎先生，欢迎欢迎。不知先生来访，抱歉让先生久候了。"

"不、不，扰您会客，还请老隐士多多包涵。"

"先生可是为了百物语来的？"老人说道，"不知老夫借给先生的书卷，是否派上了用场？"

与次郎正欲回答，却发现老人依然朝小夜定睛凝视。

若不介意，还请先生入屋详谈。这下子，一白翁方才低声说道。

四

噢？原来如此，先生果然独具慧眼。

没错，正是如此。百物语这东西，其实不过是出令人心生畏惧的戏。说是迷信，其实是符合道理的。原来与次郎先生也这么想？

诸位先生，尤其是惣兵卫先生，不时对正马先生陈述的西洋知识百般挑剔，但真理其实无东西之分。不仅如此，亦无古今之分。凡古人所言、古人所信者，皆不该以迷妄斥之。凡对古人合理之事，对今人亦是合理。也许说明或解释方式略有出入，但水往低处流这类道理，古时如此，如今亦然。即便到了异邦，亦不可能有任何不同。

只不过，主张所有西洋知识都崭新、正确，的确有待商榷。而但凡西洋知识均斥之为无稽，并视陈述者为假洋鬼子而不加理睬，亦是有失公允。不论是古是今，亦不论出自何人之口，凡真理者，均是正确无误。总而言之，所谓天然摄理，本就无可改变。

人伦世理，岂可能简单改变？

是的。

没错。应是神经过敏所致。

因此，一如正马先生所言，对真理无须过度拘泥于特定法式。只要效果相同，即便形式有异，亦属有效。

没错，只要原理相同，采任何法式，结果应是大同小异。但诚如正马先生所言，择一众人均可遵循的法则，的确重要。

即便不知正确法式，但百物语这东西应是广为人知。于夜中聚众陈述怪谈，而且须述足百则。房内益渐昏暗，述足百则将起异象。

噢，请容老夫更正，应是据传将起异象。没错，并非注定将起，而是据传将起。

正是如此。诚如惣兵卫先生所言，并不会起任何异象。仅是口头陈述，岂可能发生任何事？不过，就气氛与内心所感而言，与会者的确能产生某种仿佛有异象将起的心境。

没错，任何人均无例外。不过是为此而设的戏码。诚如正马先生所言，这规矩尽人皆知。在夜里渐暗的房内聆听接连不断的鬼怪故事，会带来何种情绪，想必任何人都不难想象。故此，老夫稍早表示这并非迷信，但就某种意义而言，百物语依然是个迷信。不，或许该说，是种借佯装迷信方能成立的戏码。

先生认为这道理实难理解？

是的。举例而言，若能确定述足百则将起异象，会是什么样的情况？若能证明述足百则将起不祥灾祸，将会如何？

没错，诚如先生所言，如此一来，任谁都无胆尝试，当然要敬而远之。

欲一窥可怖事物的好奇，绝非出自乐于遭逢危险、灾难或不幸的心境。观看令人厌恶、催人作呕、令人不忍卒睹之事物的欲望，绝非出于对令人产生不快之事物的喜爱。

无人乐于观看令人厌恶之物，亦无人乐于遭逢不幸之事。

凡为人者，皆知自己不想看见或遭逢某些事物。但若能确定不祥后果可以回避，出于好奇，仍可能放胆一试。

没错，绝对无人勇于直面不祥异象，顶多只敢偷窥一眼。先略事窥探，若不愿再观看下去，便能立刻停止。是的，得先确保安全，一窥可怖事物的好奇心方可能涌现。若无法确保安全，对此就该敬而远之，毕竟多一事不如少一事。

正是如此。若真能起异象，任何人均无胆尝试百物语。但若将起异象一说仅是传言，人们就可乐于尝试了。若气氛真的变得过于骇人，便可就此打住，以确保安全。故此，并无人知晓真相。不过，凡人通常认为此事绝无可能发生，毕竟此事毫不合理。但既然有此传说，便让人认为不妨一试。

此即老夫所指的佯装迷信。

就连古人，也理应知道进行百物语怪谈会绝不至于起任何异象。话虽如此，却仍有此传说，的确是暧昧不明。也不知究竟是虚是实，是夜是昼，是明是暗。

是的，正是如此模棱两可，宛如筑罗之海①。百物语就是这么回事。

故此，百物语书卷采用的手法，便是反此道而行。最初的百物语书卷乃是咄本②，即滑稽本。不、不，老夫并未将此类书卷借给先生。

没错，此类书内容多陈述幽魂现身或妖怪出没一类奇谭，再斥之为无稽一笑置之。亦即借世间绝无此事的态度，主动将模棱两可的百物语予以推翻，读者也得以宣泄心中郁闷。

没错，读来当然令人心神畅快。发现世上既无异象，亦无鬼怪，任谁当然都要安心大笑。

而接下来问世的，则是反此道而行的书卷。这可有趣了。即便无人尝试百物语，坊间怪力乱神的巷说依然不绝于耳。有人便煞有介事地将此类传说加以详实记载，佯装此类怪谈乃真有其事。不管此类故事是虚是实，皆拟史

①出现在日本中世文学作品中的假想海域，据传位处日本、朝鲜和中国之间。
②江户时代出版的笑话汇编读物。

实撰法加以记述。没错、没错，正如与次郎先生所言，若不如此撰述，读来可就不骇人了。有人便是采用此法，记述连篇百物语逸闻。

如此一来——是的，大致上便是如此。虽知世间绝无此事而欲一笑置之，但尝试百物语仍可能碰上令人不寒而栗的异象，甚至可能让人丢了性命。这传言究竟是真是假？若果真如此，结果将是如何？

噢，除此之外，此类书卷亦以百物语为题，可见体裁乃拟古传之百物语法式，仅是改口述为笔述，如此而已。

当然，进行百物语什么也不会发生。而此类书卷中的记述，也都难判真假。犹如摇摆于虚实之间，究竟是创作抑或实录，根本无关紧要。

没错，原来先生还记得，老夫欲出版者，即此类百物语书卷。此乃老夫长年之凤愿，不过……

是的，到头来还是没能如愿。多年间，老夫仅为生计随手写些人情故事、滑稽趣闻乃至无趣至极的谈情说爱故事，最后流于倦怠，索性封笔。唉。

年纪轻轻便过起退隐生活，二十几年后，才惊觉自己年事已高。如今，已是个如假包换的隐居者。

没错。老夫正是在年届花甲时封笔的。封笔后，老夫便窝身家中，以终日阅读自己年少时的怪异见闻或他人撰写的珍奇巷说为乐，一路活到了这把年纪。

是的，将自己所见所闻加以记载，便成了物语。一切物语均为虚构，绝非事实。而百物语——一如其名，亦是物语。没错，犹如于虚构与现实之间造出一模棱两可之场域。百物语即为以此为目的的咒术。

噢，或许有人视其为召唤妖物之法术。妖物这东西即便存在，亦是超越人智所能想象，绝非凭人之手便可操弄。故召唤妖物之手法，当然要被视为咒术。

不过，妖怪这东西亦属虚构。这道理在江户人人知晓，无人相信妖物果真存在。

或许这番话出人意料，但维新后，世人反倒较昔日更相信妖怪的确存在。虽然人人坚称鬼神之说纯属迷信，世上绝无妖怪幽魂，不过是疑心生暗鬼罢了。但这纯粹是因为若不如此坚决主张，便难以理解世上无鬼神一事。

往昔可不是如此，世间无鬼神的事实可是人人皆知。可是因古人较为诚实正直？是的，当然是较为纯朴。因此，方有荒野妖物皆止于箱根这句俗谚。江户人认为，唯有乡巴佬才相信世上真有鬼怪。但实际上，乡下百姓也和江户的城里人一样，不相信世上有这些个东西。

是的。老夫当然也不认为世上真有鬼怪。不过，多年前倒曾听闻又市先生说过以下这番话：世间生活本是悲苦，故此，人须欺骗自我，并于同时欺骗他人，方能安然度日。亦即世间一切本是谎言，若诚心相信这些谎言，人生终将出现破绽。

话虽如此，若斥万般谎言为虚假，悲伤痛楚又将使人痛不欲生。

是的。故此——又市先生表示，唯有虽知谎言非真，但又诚心信之，人方能安稳度日。虽置身五里雾中，双眼为谎言所蔽，但仍能遨游梦中。虽明了梦境非真，仍对其深信不疑，唯有如此活于梦中，人方能安然度日。

因此，妖物之说虽为谎言，但妖物的确存在。凡事仅需加以叙述，便将成为物语。百物语之用意，则为借叙述连篇物语，使诸事于现实与谎言之间往返流转。

没错，不仅是移转，尚须能回返。总之，若仅能将之移至他处，却无法将之迁返，将了无意义。毕竟，包袱不能总背在身上，终究得找个地方放下。

方才，老夫亦曾提及须先确保安全。百物语能在述至九十九则时及时打住，便可供人判定此说纯属虚构。没错，若是虚构，必不至于有什么异象发生。即便真有，亦是仅于人心，现实中绝不可能发生任何怪事。

是的。若不能如此，这便不再是个咒术。咒术之本意，乃供人自由操弄原属未知领域的事物。若仅能将事物移至他处却无法迁返，便称不上自由操弄。故此，百物语乃是将失败的可能性纳入考虑的咒术。这算得上是个极为合理的咒术。即便无法招来任何异象，也绝非失败。重要的，乃是如何执行。

没错、没错。故此，这回正马先生的判断，不愧是慧眼独具。

该怎么说呢？老夫年少时曾浪迹诸国，于梦与现实之间、夜与昼之间频频往返。不过想必是疲倦了吧。或许是对梦过于留恋，仅想于其间苟活。结果到头来，沦为仅于书卷之中苟活。

老夫不乐见百物语闭幕。不管述足百则是否将起异象，都不愿见其就此告终。故此，才试图将之加以保留。这便是老夫未出版百物语的理由。

只愿于物语之中频频流转，或许亦打算就此终老一生。想必就是如此。

自此，老夫便未曾离开江户。不，就连房门也几乎没踏出过半步。封笔后至收养小夜之间的那些年，老夫可是一步也没踏出过京桥店家内的小屋。唉，也不知是因自己生性胆小，还是不擅于做结论。

噢，就别再提老夫的事了，咱们回头谈谈百物语吧。唉。至于稍早提及的青纸灯笼及灯芯，两者应算标准规矩。而且还是源自江户的规矩，是江户的文化人所创的法式。

噢？不、不，这绝对称不上高尚的规矩。百物语这游戏，并非仅限于有教之士间流传。想必在乡间，也有类似的规矩。于炉火旁为孩儿说故事，不也有一夜不可说太多的规矩？没错，正是如此。

既然是说给孩儿听的，想必净是些虚构的娃儿故事。没错、没错，大抵是民间故事。在同一夜里叙述三则此类故事，亦被视为禁忌。

这类民间故事应该净是虚构的。如今这类故事叫什么来着？就是曲艺小剧场的舞台上演出的那些个……没错，就是咱家所说的……是的，就是人情咄、怪谈咄、芝居咄、落咄一类。

所谓落语，想必原意即遗落的故事。噢？是吗？事实上，落语也曾被称为民间故事。

噢？是吗？这可就是另一回事了。

正马先生数度表示是神经过敏使然，让剑之进先生想到了累之渊？

敢问这是何故？噢，叫作《真景累之渊》？这指的想必是《累之渊后日怪谈》吧？记得老夫曾听闻的是这个书名。噢？原来如此，这"真景"，原来是"神经"的谐音？这可真是滑稽呀。三游亭圆朝果然令人佩服。

唉，圆朝的演出，可真是精彩绝伦，老夫曾观赏过好几回。安政大地震前不久圆朝先生担纲压轴的那场演出，老夫也曾前去观赏。当年圆朝年岁尚轻，仍是个孩儿，故并未吸引多少看官，但老夫可是甚为喜爱。《累之渊后日怪谈》就是当年的创作。是的,内容与二代目圆生的《累草子》截然不同。当时可是博得了不少好评哩。

毕竟是怪谈,老夫当时可是引颈企盼。之后,圆朝先生又创作了诸如《镜之渊》等怪谈戏码,不愧是个实至名归的巨匠。

唉,老夫已有多年未造访寄席,对其近日又创了些什么戏码,可就一无知了。

维新后,圆朝先生益发受人欢迎,看在老夫这老戏迷眼里,一则欢欣,一则失落,毕竟有几分自身所好已非一己独有的感慨。唉。似乎真是如此,据传涩泽荣一先生亦是圆朝先生的戏迷。如此看来,圆朝先生似乎颇受学者贤人喜爱。至于老夫这种小人物,可就无足轻重了。

噢?圆朝先生曾办过百物语怪谈会?曾办过一回?是在前年吗?噢,原来是大前年的事了?

如此说来,似乎曾见过报上报道此事。记得圆朝先生搜集了不少幽灵画作,当日便是挂起其中数幅,当场办起了百物语。记得是在柳桥,是不是?没错,当然是大受欢迎。

剑之进先生可就是忆及这件事?那么,与圆朝先生是如何结识的?噢?由惣兵卫先生居中引荐?惣兵卫先生也看戏吗? 噢?原来是透过惣兵卫先生的师父山冈大人?

可是山冈铁舟大人?唉,老夫竟然忘了,惣兵卫先生的剑术乃山冈铁舟大人直传。噢?老夫当然听过,此人可是鼎鼎大名的幕末三舟之一哩。

噢?圆朝先生与山冈大人,是三舟中的另一人高桥泥舟牵线结识的?唉,还真是段奇缘呀。

山冈大人乃千代田开城的大功臣,如今官拜宫内大书记官。除剑术之外,也好钻研书道,汉学、禅学之造诣更是精深。噢,记得此人还曾兴建寺庙。就连谷中的全生庵,似乎亦为铁舟大人所建。

不过提到禅学,禅学与民间故事、山冈铁舟与三游亭圆朝,是如何撮合上的?这问题本身就活像个禅门问答,老夫完全无法参透。不过,记得圆朝先生对禅学亦颇有钻研。噢?圆朝先生曾向铁舟大人学禅?噢,这还真是让人吃惊，完全出乎老夫意料呀。

那叙述民间故事为何需要学禅？噢？圆朝先生曾应铁舟大人之邀演出桃太郎的故事，但结果不甚理想，挫折之余，便拜其为师，向其学禅？原来个中还有这番缘由。

那么，惣兵卫先生已同山冈大人商谈过？

噢，原来是这样。那么，此事若是由良卿起的头，想必不难向山冈大人交代。

噢，若是如此，敢问圆朝先生是否答应了？

噢，是吗？那可就太精彩了。想必结果将无可挑剔。

如此一来，各位将有幸见识到名闻天下的三游亭圆朝演出怪谈。如此机会，绝对是千载难逢，着实教老夫钦羡不已。

噢，先生说了什么？尚须一人在场驱邪？

这——

噢。且慢，且慢，与次郎先生，或许不妨邀一法师到场。老夫可为先生推荐一位高僧。

是的，斡旋之事尽管交给老夫。还请先生务必邀请这位高僧参与。

此外，可否请先生再帮老夫个忙？先生可愿听老夫详述？

五

此时，山冈百介的神情略显兴奋。也不知有几年没如此振奋过了。

纯粹是出于偶然。一连串的偶然，似乎催得百介整个人活了过来。

某天夜里，多年前的某天夜里，百介曾于北林领折口岳的山腰死过一回。

当然，这死指的并非丧命。当时的情况其实是有惊无险，百介不过是扭伤了脚。但即便如此，也不知是何故，事发前与事发后的百介完全判若两人。

对百介而言，那夜过后的自己，亦即如今的自己，仿佛不过是行尸走肉。相较之下，那夜之前的自己，才是活生生的自己。

御行又市——与又市一伙人共同度过的岁月，仅有短短数年。在百介浑浑噩噩持续至今的八十余年人生中，这区区数年可谓甚为短暂，甚至仅称得上是一眨眼的工夫。但在这一眨眼的工夫里，百介是活着的。

百介生于贫困武士家庭，出生后不久便被商家纳为养子。这种事在低阶武士家庭之间似乎是司空见惯，但百介生性不适经商，到头来既未继承家业，亦未觅得正职，不过是扮个作家糊口，浑浑噩噩地在诸国之间放浪，心中亦未曾有任何志向。

虽说过起退隐生活，但其家毕竟是江户城内首屈一指的大商家，即便有千万个不愿，也得照料百介的饮食起居。故此，百介根本不愁吃穿。无须为经商与人往来，让百介从未与人有什么深厚交情。再加上与谈情说爱毫无缘分，以及毫无任何坚持固执，百介可说是活得无忧无虑。

当时，百介就是如此无为地活着。不过是个一无是处、懒惰胆怯的窝囊废。既非武士，也非农人，亦非工匠，更不是和尚，活得虽然毫无目的，但终究是活着。

与又市就是在那段日子里相遇的，犹记是在越后的深山里。当时，又市在一栋山屋内——

没错，这永远忘不了。初次相遇那日，又市也玩起了百物语。不过，那实为又市设下的一场巧局。

在顾此失彼、让人束手无策的形势中，寻个法子做到两全其美，使一切获得完满解决，便是又市赖以糊口的手段。

凭其三寸不烂之舌，以欺瞒、诓骗、吹捧、煽动将对手捧上天，接着再以威胁、利诱、阿谀、奉承翻弄各种言说，此乃诈术师这诨名的由来。只要又市鼓动唇舌要一番诈，便能打通关节，融通八方。没错，又市正是个借罗织谎言操弄昏暗世间、以装神弄鬼为业的御行。

跟随着他，百介就这么亲身见识种种妖怪是如何诞生的，有时甚至还成了又市的帮手。只不过——又市是个被剔除于士农工商等身份之外的角色，阿银、治平与德次郎亦是如此。

这些人牢牢地活在与百介截然不同的世界里。百介则不然。他是个毫无自觉，仅在两个世界交界处游荡的人物，本身就是筑罗之海。

这就是百介终生未出版百物语的真正理由。在与又市一行人共度的短暂时期里，百介自身就是个百物语。每当见识到又市一行人如何在自己眼前设局，感觉犹如在模棱两可的筑罗大海两岸之间摆荡，异象就在其中接二连三地显现。这些异象充分印证了魔乃生自人心的道理。

故此，百介曾数度考虑前往另一头的世界，但终究没能如愿。毕竟无论如何，百介都只能是这一头的住民，这已是无可改变的事实。跨越这条线，需要莫大的觉悟，而胆怯如百介者，根本做不出这种觉悟。

事实就是如此，百介就是这样懦弱的窝囊废。

或许又市一行人自百介眼前销声匿迹，为的就是让迷迷糊糊的百介参透这个道理。即便如此，百介还是过了好一阵子才想通。

接下来，就在那晚。在折口岳的山腰，百介亲眼目睹了两个人的死状。那两人的死竟是如此了无意义。消极、固执，又让人伤悲。

其中一人是这一头的住民，另一人则是另一头的住民。目送两人死去的，正是八咫鸦与青鹭，即又市与阿银。

此乃天狗是也。又市虽宣称死去的是天狗，但本意想必是向糊里糊涂地现身、碰巧撞见这场壮烈死斗的傻子百介询问：你可有胆如此送死？你可有这种觉悟？

不，想必又市从一开始，便不断询问百介这个问题。不管活在白昼还是黑夜，每个人终究要走到同一终点。堂堂正正必遇阻碍，违背伦常则愈陷愈深。兽径艰险，隘道难行，你是打算挑哪条路走？

这问题，百介也无法回答。只不过又市一伙所走的路，自己想必走不来。这是百介仅有的体悟。

虽然无法定下心来在白昼的世界里规矩度日，但百介也十分确信自己无法在黑夜的世界中存活。这下百介，不，毋宁说是原本的百介，就在此时死去，但新生的百介却终究无法诞生。

既未摸索，亦未能获得新生，百介就如此浑浑噩噩地过了四十年。除了认为如此也没什么大不了，他也深感自己根本是别无他法。

时代瞬息万变。后来，世间于喧嚣中发生剧变，原本稳如泰山的幕府土崩瓦解，武士农夫不再有别的时代随之降临。不过，这对本非武士农夫的百介而言，根本事不关己。

毋宁说，对百介而言，真正的大事，其实是小夜的出现。

对如今的百介而言，小夜是个无人能取代的稀世珍宝。因为小夜就是百介曾经活着的明证。百介感到自己真正活着的唯一一段岁月，也就是与又市一伙一同度过的岁月。小夜的存在，比什么都能证明那段岁月绝非虚构。对如今也不知究竟该算生还是死，不，应说是仿佛死了，却仍在苟延残喘的百介而言，小夜是个最珍贵的宝物。

百介收养小夜，是维新前不久的事。

犹记笹村与次郎开始奉北林藩之命定期造访百介，乃是吉原发生大规模火灾那年的事。若百介记得没错，当时应是庆应二年。买下药研堀这栋小屋是在前一年，而和田智弁差云水造访位于京桥的生驹屋，则是在更早一年。依此推论，百介收养小夜乃是元治元年，即大政奉还前三年。

当时，百介终日蛰居店内小屋中，过着足不出户的日子。突有高僧差云水来访，听闻缘由，百介心中困惑不已。

差遣云水的高僧名叫智弁禅师，乃临济寺贯首①，在镰仓禅界是号极具威望的大人号。云水表示此人不仅禅学造诣极深，亦是个书画与造园的名人，常为搜集庭石走访山野。

百介完全听不出自己与这号人物究竟有何关联，起初并未严肃看待此事。反正不过是他人之事，根本事不关己。

智弁禅师于该年春造访京都时，奉人委托规划庭园，故前往山科一带搜寻庭石。于跋山涉水途中，智弁禅师发现了——不是石头，而是一具腐朽女尸，以及一个濒死女童。此濒死女童即为小夜，而女尸即为其母阿蔺。

事后，智弁禅师亲口告知百介，当时他眼见两人并排而卧，原本以为俱已死亡。或许是该女先断了气，束手无策的女童继其后死于衰弱。禅师当时

_____

① 日本佛教各宗的总寺院和各大寺院首领的称谓。

似乎曾如此判断，理由是女尸业已腐朽多日，看来死亡至今已有十日以上。不过衣装虽然残破不堪，浑身亦伤痕满布，颇教人不忍卒睹，但看来死亡后似乎曾有人将其遗体略加整饰，不仅卧姿工整，双手交叠于胸口，胸上还摆着形状怪异的刀刃。

百介原本也不知这刀刃究竟为何物，但日后根据小夜所述，方知此乃转场者特有的双刃刀，名叫山铊。

至于女童，则是宛如守护该具遗体般俯卧一旁。

或许这对母女是在凶险山路上遭难，母亲死了，女童不知如何是好，仅能紧守其母遗骸，最终衰竭而死。禅师如此推测，百介也认为听似合理。

若是如此，还真让人感伤。若女童愿意抛下其母遗骸，或许尚有可能获救。最惹人怜的，是女童还懂得整饰其母遗体，并守在一旁哀悼。禅师满怀感伤，扶起女童身躯使其仰躺，结果竟发现女童仍有微弱脉搏。

禅师一行赶紧背起女童下山，火速赶往附近由总寺院管辖下的分寺。禅师取消了一切行程，待小夜恢复神智为止，一直随侍在侧悉心照料。

后来，禅师自小夜口中听说了其母惨遭杀害的经纬。原来，小夜母女在山中遇袭，小夜当场失去了意识。待苏醒时，遍寻不着母亲的身影。她没吃没喝地找了三天三夜，才在第四天发现其母让人不忍卒睹的遗骸。

毕竟只是个不满十岁的娃儿，光是将其母遗骸略加整饰，便已耗尽了浑身气力。饥饿、疲惫与伤悲已将小夜折腾得无法动弹。

闻言，禅师连忙上奉行所通报。不过，即使通报者是个名闻天下的高僧，官府并未认真调查此案。理由有二。

其一，小夜母女乃漂泊山民，既非非人，亦非乞胸，更不属于任何集团，也无身份可供调查。如此一来，岂不是欲调查也无从？

其二，现场已无遗体。救起小夜后，满腔慈悲的禅师又将其母遗体运回寺院，恭行法事，诵经凭吊。

原本以为此女若非死于意外，便是亡于饥病。一片好心，反而误了事。

禅师挟小夜的证词，数度请求官府缉凶，到头来还是未获理睬。官府应是认为年方八岁的娃儿所述乃童言童语，不值得采信。说来，小夜的证词的确含糊不清，但硬是要一衰弱不堪的年幼稚女把话说得条理分明，根本是强人所难。

智弁禅师为此忿忿不平，试图同所司代等高官多方交涉，但依然无法说动官府。

在禅师悉心照料下，小夜在半月后恢复健康。或许是有感于缘分，或许是有感于责任，智弁禅师携小夜返回镰仓。后来，禅师自小夜挂在颈上的亡母遗物，即脏污不堪的护身符中，发现了一张陈旧的纸片。起初，这纸片让禅师大惑不解。理应是举目无亲的世间师稚女的护身符中，竟有这么张载有某人姓名居所的纸片，个中缘由，当然让人难以理解。更何况所载之居所竟然位于江户，还是个知名的大商家。

一时似乎误判，此人或许是稚女的生父。

故此，禅师才特地遣使通报。想必是认为倘若稚女真是此人所生，总不能知情不报。由纸片上的姓名判断，此人应非武士，不过是个普通百姓。虽然身份依旧对不上，但总不至于酿成家产之争。想来，这也是个理所当然的判断。

后来，百介终于明白云水来访的本意。只因见到云水递出一张纸片，竟是百介头一册付梓的书卷的版权页。百介大为震惊，更在自己的笔名旁看见如下补述：江户京桥生驹屋之山冈百介。这下子，他更是惊愕不已。

百介已有数十载未踏出江户半步，亦从未与任何女子有过往来，更遑论有任何机会与山民接触。眼见别说是笔名，就连自己的本名都载于纸片上，当然是大为震惊。当年，就连生驹屋百介这名字，都没几个人听说过。当年任职于店内者亦已悉数退隐，如今就连职员都无人听说过百介这名字，更何况山冈乃自己被纳为养子前的旧姓。这究竟是怎么回事？

难道自己是被狐狸精捉弄了？百介仔细端详起这张纸片。只见一角还有如此记述：此人堪足信赖，若逢穷途末路，宜投靠之。鸦。

鸦？这不就是又市？这应是又市写的。百介如此判断。

这是一个局。错不了。倘若是又市写的，绝对是一个局。再者，纸片还写有投靠两字。记忆中，又市从未托付百介任何事，孰料这回……

详情恕难告知，但老夫与此稚女确是有缘，必将肩下养育之责，百介如此回答。

　　云水原本以为纸片上的人物必是小夜生父，但眼见缓缓步出屋外的竟是个老态龙钟的老头，而且也没打听详情，便坚称愿收养稚女，似乎极为震惊。

　　总之，老夫将收养此稚女，愿立刻遣轿或马迎之。听闻百介语气如此坚决，云水表示自己应先归返，待与禅师商谈后再行联络。

　　犹记当日云水离去后，百介更是坐立难安。都活到这把年纪了，竟还接连数夜难以成眠。一想到又市对自己有所托付，心中自是兴奋莫名。送走那两位天狗后已过数十载，万万想不到事隔多年，自己竟然又和又市有了牵连，这简直是个晴天霹雳。

　　这究竟是个什么样的局？又市究竟要让百介做些什么？

　　半个月后，和田智弁禅师亲自带着小夜来到生驹屋。看见这随禅师前来的小姑娘的模样，百介终于知道是怎么回事。

　　小夜生得和阿银一模一样。惨遭杀害的阿蔺，想必就是阿银之女。而又市所写的那张纸片，原本应是为了阿蔺而写。至于阿蔺与又市是什么关系，根本无从得知，即便试图厘清，也注定是白费工夫。不过，倘若阿蔺真是阿银之女，和又市就多有牵连了。又市曾将记有百介住所的纸片交给阿银之女，以备有什么万一时有人可投靠，的确不无可能。

　　百介当场号啕大哭，并向智弁禅师陈述了一切缘由。听闻这番解释，禅师便将小夜托给了百介。从此，百介便在小夜相伴下过活，至今已有十三四年了。

　　为此，百介迁出店内小屋赴外结庵，过起了仅有两人的日子。他教授小夜读写，将之视为己出扶养。长得愈大，小夜的容貌也益发酷似阿银。不过小夜依然是小夜，而非阿银。但小夜毕竟是阿银曾活在这世上的证据。而对百介而言，与小夜一同生活，也是个证明自己与阿银、又市度过的那段时日绝非虚构想象、乃是千真万确的明证。

　　如今，相隔十数年。和田禅师再度造访百介。这些年里，双方虽曾数度书信往来，但百介一度也未与禅师照过面。百介一切依旧，可禅师的地位已是益发显赫，与其面会也变得益发困难。虽然身份制度业已废撤，但人人仍得在自己的世界里过活，而百介与和田智弁正是活在两个截然不同的世界里。故此禅师的突然造访着实让百介大吃一惊。听闻来访用意后，百介更是惊讶得无法自已。

禅师表示，业已寻获杀害小夜生母的嫌犯。起初，百介深感难以置信，但禅师却断言绝对错不了。消息乃得自一任职于新政府的下级官员，此人于幕府时代曾任萨摩的密探。据此人所言，杀害小夜之母阿蔺者，乃一与其同为萨摩密探者，名叫国枝喜左卫门。

所谓密探者，并非仅担任探子或奸细，有时也得充当执行暗杀的刺客。

不，或许他们干的根本称不上暗杀。在那年头，杀人有时根本是稀松平常的活儿。当然，当年杀人亦非合法，大多得以重罪论处。但也有不少人挟着自以为是的大义名分，肆无忌惮地大开杀戒。

不管是为了什么豪情壮志，杀人毕竟是法理难容的野蛮行为。不过，即便真有个有志之士，残杀山民之女怎么可能是为了什么大义名分？

所言甚是，听完百介这番分析，禅师亦深表赞同，经过一番审思，复开口说道：

据传这喜左卫门不仅对女色异常执着，还有难抑冲动的怪癖。一旦燃起怒气，立刻变得失去理智。遇女抵抗，不仅挟蛮力淫之，还要胡乱挥刀伤之。向禅师吐露实情者，亦不知该如何制止同伴逸离常规的行为，心中满是烦恼沉痛。

果真确定是此人所为？百介问道。

"绝对无误。"禅师回答，"论时期、场所，俱属吻合，必能断言喜左卫门正是真凶。"

维新后，有不少萨摩藩和长州藩出身的藩士为新政府登用，其中亦不乏曾干过密探一类差事者，但据传喜左卫门执意辞谢。

大政奉还后，喜左卫门便出家为僧。见此，此曾任密探的下级官员方向禅师询问，曾频频行无益之杀生者若是得度修行，是否也可能成为圣人。

或许，算得上是悔悟吧，禅师说道。

如今，喜左卫门已成名闻天下的高僧。禅师表示虽宗派有别，亦曾听闻此人名声。关东一带相传，此僧法力甚为高强，加持祈祷至为灵验。

喜左卫门，今名国枝慧岳，于千住某真言宗寺院院担任住持。"不过，明知此人正是真凶，亦无法将之绳之以法。"禅师语带遗憾地说道，"毕竟此人一切犯行，均已是陈年往事。"

就连当年的奉行所都不愿意查证，如今的警察更是不可能展开调查。即便想查，已无证据可寻。就算几名证人指证历历，本人也不可能据实认罪。不，即便本人坦承无讳，亦无法将之逮捕治罪。如今欲报此仇，亦是无从。

即便如此，禅师仍认为应向百介通报此事。

如今，小夜已出落得亭亭玉立，过着平稳宁静的生活，知晓此事，已是了无意义。虽知此举或许是画蛇添足，仅能于小康生活中徒增怨念，但既已厘清实情，仍欲让百介知晓，否则心中绝难踏实，高僧语带悲怆地说道。

闻言，百介诚心致谢。

虽非出自内心，仍表示天网恢恢，疏而不漏，世间一切均难逃因果报应，若此人果为真凶，终将有恶报降临其身。

百介亦表示，倘若真如禅师所言，此人不敌罪孽苛责，出于惭愧而立志出家，或许便无须再深究。

但这绝非肺腑之言。若是放任真凶逍遥法外，百介绝难苟同。想必那张写有若逢穷途末路可投靠百介的纸片，原本是又市为阿蔺所写。借此，又市悄悄将阿蔺托付给百介。倘若禅师所言属实，阿蔺乃死于慧岳之手，则此人既是杀害小夜之母、亦是杀害阿银之女的真凶。

若是如此，究竟该如何是好？百介无意诛杀此人，即便杀了慧岳，也是于事无补。既无法让阿蔺复生，小夜亦不可能为此欢喜。但放纵凶手逍遥法外，着实让人难以甘心。

最终，百介思及一则妙计。

"偶然"帮了百介一把。这下，百介又委托偶然来访的与次郎代为张罗。一如又市委托百介时从未多作解释，百介这回也未向与次郎说明任何缘由。

六

为筹办百物语怪谈会而造访剑之进者，乃青鹭事件的中心人物由良公房卿。不，实为其子，即儒学者由良公笃。但若欲更进一步追本溯源，或许该说是其门下的众门生。

不久前，公笃开办的私塾曾有过如此问答：

孔子曾云子不语怪力乱神，敢问塾长对神佛是什么见解？

世间本多奇事，怪异巷说所在多有，但人世间究竟有无鬼神？

理所当然，公笃氏给众门生的回答，是对怪异巷说必不深究，对鬼神必敬而远之，探究有无鬼神，乃无为之举。此外，神即理，佛即慈悲，理与慈悲即便不假神佛二字，亦可论之，若以此二字论之，必失论旨而离世理。此举实与弃神无异。

孰料众门生虽接受了对神佛的这番解释，但仍有人坚称世间必有妖怪。

俗云有教无类，知名私塾本就弟子众多，其中或有优秀人才，但亦不乏平庸之辈。若有一人起个头，必有两三人起哄附和，不是据传哪儿有妖怪出没，便是据说哪个人撞见了幽魂。

公笃虽苦口婆心地秉理否定，但仍有门生坚持不愿信服。不巧的是，此门生乃某企业的少东家，公笃创办私塾时，曾拜其父斥巨资大力资助，故欲斥此门生之言实属无稽，亦是难为。

于是，此门生便提议，不妨确认世间是否真无妖怪。此提议虽幼稚荒诞，却足以让名闻天下的孝悌塾塾长苦恼不已。

后来，此门生进一步提议，有一名叫百物语的游戏，不妨尽可能依相传之法式行之，看看是否真有异象发生。这提议与其说是疯狂，毋宁说是愚蠢，想必让公笃至感难堪。

总之不过是个迷信，试之也无妨，问题出在正确法式无一人知晓。既欲检证，便非得正确执行不可。故此，公笃便央求其父公房卿，代为向妖怪巡查矢作剑之进询问。

"不过，还真是让人不解呀。"

背靠道场壁龛双手抱胸、盘腿而坐的惣兵卫高声说道。他正在位于神乐坂的涩谷道场中和与次郎相对而坐。

"老隐士打的是什么主意，我完全猜不透。想到老隐士的为人、个性，似乎隐瞒了什么。这提议虽有趣，行任何事亦均宜含蓄委婉，但谈的既然是怪谈，我倒是认为无须如此谨慎。若过度拘泥于理，反而变得不骇人了，不是吗？"

"老隐士的本意，我也猜不透。"

与次郎只能如此回答。毕竟一白翁这番委托，的确是有点儿让人丈二和尚摸不着头脑。若要谈百物语，最后一则还请留给老夫叙述——老人向与次郎如此请求。

"那么，计划呢？"惣兵卫问道，"不是全让三游亭来说？"

"不，一白翁也要说一些，故圆朝师父只须说一半就成。"

"一半？那就是五十则了。"

"五十则也不算少哩。想到师父平日多忙，即便是简短的故事，求其说个百则，想必也是强人所难。不难想象，这差事会有多累人。而且还得一路说到早晨，只怕会把师父累昏了。"

"不过，师父要比想象中来得和气得多哩。据说还表示若是山冈先生所托，别说是一百则，就算是两百则，也会两肋插刀，在所不辞。还恭恭敬敬地要求，这回可否不用三游亭这艺名，而是以本名出渊次郎吉的名义参加。"

"该不是被你这张脸吓着了吧？"

惣兵卫生得这副德行，即便不吭声也够吓人。

"怎么可能？"惣兵卫一脸茫然地否定道，"师父是曾说过我这长相吓人，但仅和我开个玩笑，要以我这长相编出一则怪谈罢了。"

"想必那会是一则十分吓人的怪谈。总而言之，要一人独自述足百则，的确是强人所难。随着这消息愈传愈广，除了咱们俩，届时还将有近二十人参加。只要每人说两则，就有四十则了。"

"由良公笃是不可能说的。"惣兵卫说道，"此类怪力乱神的胡言乱语，此人想必是连听都不想听。"

"不过，公笃依然得在场见证，毕竟整件事也是因其而起的。个人认为应由一白翁起个头，再由在座其他几人接下去，待圆朝师父说完后，最后再回到一白翁做个总结。"

"问题是，该在哪儿举行？"

起初的预定地便是这小小的道场，但一看到剑之进带来的参加者名册，惣兵卫便一口回绝了。始料未及的，是名册上几乎都是熟悉的姓氏，这才发现公笃的门生似乎都为名门之后，而且就连由良公房卿也将出席。若悉数是公卿华族，岂能让大家在这道场肮脏的地板上席地而坐？

此外，名册上还有几名不知从哪儿听到风声的好事之徒，似乎都是知名画家、戏曲作者、俳人等文化人，还夹杂几名报社记者。

报社记者乃是妖怪巡查那头的人脉。据说剑之进以不公开报道为条件，批准这些记者参与。

"爱凑热闹的家伙还真是多呀。"惣兵卫感叹道，"真不知道为何有人偏爱参加怪谈会什么的。难道真以为会有什么异象发生？"

"应是知道什么都不会发生，才想参加。"与次郎回答。这说法其实是自一白翁那儿学来的。

"若真会发生什么怪事，这些人哪可能有胆参加？"

"或许真是如此。不过，与次郎，孝悌塾那些门生又是怎么想的？"

"哪儿还会怎么想？想必是根本没什么想法。从名册看来，都是出自名门大户的少爷，不过是打算找个乐子消磨时间罢了。就连上私塾学习儒学，也仅是为了打发时间吧。"

这些家伙还真是惹人厌呀，惣兵卫抱怨道。与次郎也同意。

怪谈这东西，与次郎其实也爱听。断言世间绝无鬼神，未免过于无趣，有时感觉世上多少还是该有些谜。尽管这么想，他心底还是明白这类东西应该不存在。

世上绝无鬼神。总感觉若不心怀如此见解，便无法明辨万事万物。即便如此，人的判断毕竟扭曲，若不尽可能辨明一切，对一切均可能误判。如此一来，即便真见到了鬼神，只怕也难以判明。

的确惹人厌，与次郎也附和道。

"噢？想不到你也会如此抱怨？"

"当然要抱怨。惣兵卫，假设咱们坚信世上真有鬼神，也真有种种异象，对此想必就不至于有多少期待。毕竟人不可能撞见鬼神，异象也是百年难得一见。但倘若坚信世上无鬼神……"

"我明白了。若是坚信世上无鬼神，哪天遇上时可就要大惊失色了。是不是？原来你也同样惹人厌呀。"惣兵卫高声笑道。

此时，仿佛是为了让道场内回荡的粗野笑声传到外头似的，有人猛然拉开了木门。只见正马皱着眉头、怒气冲冲地站在门外。

"你们这两个家伙。人家为琐事在外东奔西跑，你们却在这儿谈笑风生。瞧你们笑得如此快活，到底是在谈些什么？"

"你这假洋鬼子，跑个三四米便要气喘如牛，哪儿可能东奔西跑？倒是场地定了没有？"

"定了。"正马环视着道场说道，"这地方如此难登大雅之堂，难不成要大伙坐这肮脏的地板上？"

"嫌脏就给我站着。说吧，会场将是何处？"

"赤坂一家料亭。家父是那儿的常客，趁他们当日公休，借他们店面一用。"

"哼，到头来还不是求你爹去借来的，还说什么东奔西跑哩。"

"也是费了一番苦心哪。正马挑个角落坐下说道，"要借个地方彻夜闲聊怪谈，有哪个大好人愿意无偿提供场地？就连家父这关都不好打通。他对公卿恨之入骨，就连由良卿的面子也派不上用场哩。"

"你是怎么向你爹解释的？"

"我可没任何隐瞒。有好事之徒欲聚众行百物语怪谈会，一个巡查朋友被迫担任干事，为此大感为难。与会者不乏名门大户，得找个适合的场地，以保体面。"

"原来还真是据实禀报。如此轻松便借到了一家料亭，有哪儿让你费苦心了？”

“我可是费得了好大一番工夫，才得到父亲的首肯哩。”正马噘嘴说道，“倒是圆朝真会来吗？”

“当然当然。不过是隐秘前来，你可别张扬出去……”

真的会来吗？惣兵卫还没来得及把话说完，突然听见一个不熟悉的嗓音如此问道。

木门再度敞开，此时站在门外的是三名蓄着胡须的男子。其中一个是剑之进，另外两人则是生面孔。一个戴眼镜、身形矮胖、看似书生的男子步伐轻盈地走进房内，语带兴奋地问三游亭圆朝是否真会到场。

“你、你是何许人？”

“噢，敝姓鬼原，于《假名读》担任记者。”

“假、假名读？那是什么东西？”

“就是假名垣鲁文创办的《假名读新闻》呀。”剑之进说道，“去年才将报名改成了这以平假名拼音的简称。这位则是《东京插图新闻》的印南。两人对怪谈均有浓厚兴趣，这回答应不撰写报道，只求参加。总之无须担心，这回的事保证不会张扬出去。但是……比起他们俩的嘴，你这大嗓门更让人担心哩。”

惣兵卫本想将口风一向不紧的正马好好训斥一顿，但看来自己的嗓门之大，就连房外都听得一清二楚。

“倒是与次郎。”剑之进也没坐下，便朝与次郎喊道。

“噢，一切均已备妥。灯笼都张罗好了，怪谈会的进程也大抵有了个腹案。接下来，仅须决定与会者陈述的顺序……”

“我没想问这个。”剑之进打断与次郎说道，“这两人均准备叙述多则怪谈，这点毋须担心。倒是一白翁不是指定将有一名在场驱邪的和尚？”

“可是指国枝慧岳法师？”

“没错。这慧岳……名声似乎不大好哩。”话毕，剑之进向鬼原使了个眼色。

“名声不大好？”

“没错。药研堀的老隐士为人谨慎，应不至于胡乱推荐人。唉，或许只是我多心，但据鬼原所言……"

此人至为危险，鬼原说道。

"危险？"

"表面上的风评的确不差，相传不仅擅长趋吉辟凶、加持祈祷，还能行医救人。但骨子里却是一见女色便淫心大起，还曾杀过好几个人哩。"

"杀、杀过人？"

"没错。"印南把话接下去说道，"平时十分正常，一旦兴奋起来，便会失去理智，不仅好挟蛮力奸淫施暴，遇女抵抗更是下手凶残，甚至还曾数度将人折磨致死。"

"为何没被绳之以法？"惣兵卫问道，"此等好色狂徒，若不绳之以法，岂有此理？这风声未免荒唐，想必是出于忌妒的诽谤中伤吧？"

"不，这绝非空穴来风。"话毕，鬼原在与次郎身旁坐了下来。这个身形矮胖的报社记者探出蓄着胡须的脸，低声说道："这法号慧岳的和尚，本是个萨摩藩士，维新前曾干过某些不宜公开的隐秘差事。依理，此人应能于新政府中任职，却弃此权利出家。"

"可是因这家伙握有政府的什么把柄？"

"似乎如此。噢，或许真正原因，并非此人挟政府把柄作什么要挟，而是这号人物的存在原本就不该公开，故难以做出妥适安排。"

"这可是真的？"

"我可不大相信。"惣兵卫一脸狐疑地说道，"干你们这行的本就是鬼话连篇，说这种话更是教人难以置信。正马，你说是不是？"

"不，或许真是如此。"正马说道，"家父尝言，如今的政府官员都是杀人凶手。唉，或许仅是丧家犬虚张声势，也不知此言是否值得采信，但即使仅采信一半，或许也是真有其事。毕竟胜者为王，败者为寇。"

"不过……倘若这是事实，一白翁为何要推荐这等角色？"

与次郎坦承自己着实猜不透，剑之进亦同意道：

"在下对老隐士亦极为信任。故此，宁信老隐士推举此人，个中必有一番道理。"

"你可是认为，老隐士心中或有什么盘算？"

"这无从得知。才疏学浅如在下者，怎么可能察知老隐士的心思？但倘若这传言的确属实，身为官宪，可不能视而不见。"

惣兵卫嗤鼻揶揄道："哼，你当的也是官差，还不和这人同样是新政府的走狗？"

"别这么损人。在下既非新政府的傀儡，亦不属萨摩长州派，至少还有明辨是非的风骨。别忘了在下亦是个……"

在下亦是个正义之士，剑之进似乎是这么说的，但两名报社记者却异口同声地把话接了下去："是个妖怪巡查，是不是？"

"别再这么称呼我。"

"大人，这称呼哪儿有什么好嫌的？试想，世上有哪个巡查有幸在好事之徒举办的百物语怪谈会上担任干事？"

这两个印报纸的说得好，惣兵卫高声大笑。

"对了，与次郎。"正马突然开口打断惣兵卫的刺耳笑声，说道，"今早你不是表示想到了什么点子？可是有什么企图？"

"没错，你不是说想到了什么计谋吗？"原本呆立的剑之进这下也坐了下来。

"又是企图又是计谋的，瞧你们说得还真难听。说老实话，也不是什么特别的点子。真的一点也不特别，不过是突然间的灵机一动罢了。听说由良公房卿也将与会时，我立刻想到，不妨开个小玩笑。"

"要说就说清楚。"惣兵卫厉斥道，"少学咱们这巡查大人卖关子。"

"噢，其实……不过是纳闷公房卿为何要参加这种聚会罢了。"

"这有什么好纳闷的？"

"对公房卿而言，此事有什么重要的？不过是其子与几名愚昧门生起的一场争执。再者，争论世上有无妖怪，议题本身也幼稚至极。不过，这都比不上真正召唤妖怪这主意来得荒谬。别说是公笃本人对此不以为然，就个人所知所闻判断，公房卿对此类争议应也是毫无兴趣，理应透过咱们这位妖怪巡查代其子打理便可。大家说是不是？"

"没错。"正马回答，"若不是公房卿出面，场面也不至于变得这么大。"

的确如此。将与会的文化人，想必悉数是公房卿邀来的。否则公笃对此必是提不起劲，对提振私塾名声想必也毫无帮助，理应不至于四处张扬。正马所言至为有理，把场面弄大的，理应就是公房卿。如今已是如此大阵仗，公笃即便想打住，也已是骑虎难下。

不过，与次郎怀疑最欲进行百物语的，其实是公房卿。上回的青鹭事件到头来得以平安落幕，虽有公笃的亲信出人意料的脱逸常轨之举，除此之外可谓一切平安。听取一白翁的建议后，剑之进仅告知公房卿，世间确有青鹭显灵之说。

当然，公房卿始终不知这场青鹭显灵的背后其实是御行又市一伙人所设的巧局。不，这真相就连剑之进等人也不晓得。知真相者，仅一白翁、小夜及与次郎三人。

也就是说，公房卿已相信世上真有鬼神，毕竟自身经历教他不得不信。故此，公房卿可能有意借此证明。世间是否真有超乎人知之鬼神，或是否真可能发生超乎人知之事。

与次郎如此判断，但或许只是他自己多心。

唯有虽知谎言非真，但又诚心信之，人方能安稳度日。虽置身五里雾中，双眼为谎言所蔽，但仍能遨游梦中。虽明了梦境非真，仍对其深信不疑，唯有如此活于梦中，人方能安然度日。据说御行又市曾如此说。那么，就让公房卿再做场梦吧，与次郎心想。

最初的青鹭化身乃巡回山猫阿银所扮，二十几年前的青鹭化身则为小夜之母。据说小夜与阿银貌似孪生，若是如此……

其实，真的没什么特别，与次郎再度搪塞道。

七

现场立起了一面素净的白屏风。

白屏风被染成一片青蓝，就连其上的阴影也呈深蓝色。在一片青蓝的房内，在座者也个个被映照得有如死人般惨白。

百物语的舞台，远比与次郎预想得更为骇人。

待关上每一扇房门，并将青灯笼点燃后，赤坂这家料亭房内已非人世光景。

上座坐着由良公卿，其子由良公笃紧邻其右，其左则是见证人兼驱邪法师国枝慧岳。一脸紧张地紧邻法师而坐的乃这回的干事，即妖怪巡查矢作剑之进，孝悌塾的六名塾生则面对庭院并排而坐。

于公笃身旁就座者，依序为戏曲作者桃井、俳人东田、本所围棋会所主鹿内、坂町药材批发商渡边和孝悌塾番头，吊儿郎当地歪坐最远处者，则为绘师河锅晓斋。

距离稍远处，还坐有《假名读》编辑记者鬼原保吾与《东京插图新闻》的印南市郎兵卫。

公房卿的正对面还设有供出渊次郎吉与三游亭圆朝就座的坐垫。坐垫旁，则坐着因驼背、蜷身而更显矮小的一白翁。

惣兵卫手持竹刀，伫立于面向房门外走道的屏风旁。圆朝与负责领圆朝进场的正马，想必就在纸门的另一头做准备。此外，坐在一白翁身旁的与次郎负责拔除灯芯。每说完一则，便由他趋身上前，自灯笼中拔去一支灯芯。

历经一番绞尽脑汁的推敲，与次郎一行人决定采最简单的法式。尽览书卷后，除置镜、缚指之外，还找到了诸如置刀以为驱邪和吊挂旧蚊帐等法式，但到头来，还是采信一白翁的说法，判断这些不过是装神弄鬼的虚招。只要有盏青灯笼便足够。

虽于此世却不似此世，虽点灯却不见光明，虽非白昼却不似夜晚，虽昏暗但亦非漆黑。如今，此处已成人间与他界、梦幻与现实、幽冥与现世间交叠的秘境。既非虚构，亦非事实。既非现在，亦非过去。

待一切准备就绪，太阳早已西下。将百支灯芯悉数点燃后，与次郎立刻自灯前退出。映照成一片青蓝的房间随着与次郎硕大蓝影的抖动歪扭摇晃。只见这蓝影逐一自安静就座、分不出是生是死的众与会者身上轻抚而过。

返回一白翁身边的座席后，与次郎隔着灯笼望向正对面的公房卿。在朦胧青光下，别说是神情，就连长相也难以明辨。即便是坐在自己身旁的老人，长相也变得难以辨识。此时在他看来，一白翁活像个一脸皱纹的怪物。

　　仿佛在等待与次郎就座，此时纸门突然打开，圆朝在正马引领下入场。这位身材消瘦、一对深邃的双眼皮、看似有点脾气的咄家，先是将坐垫往旁一拉，方才就座，接着便彬彬有礼地向大家低头致意。

　　"全来齐了。"剑之进说道。

　　一白翁微微颔首。"人云世间无鬼神。"老人突然开口说道，嗓音竟不似往常般嘶哑，"然，亦有人云世间有鬼神。也云议论鬼神，必将招来鬼神。今夜，吾等将循往昔之百物语法式，于一夜间述足百则鬼怪故事。老夫乃药研堀隐士一白翁，昔日曾浪迹诸国，如今已是垂垂老矣，仅能遗世独居。首先，将由老夫起个头，向诸位叙述昔日曾以这双蹒跚老腿亲临、以这对昏花老眼目睹、以这对重听老耳听闻之多则奇闻异事。"

　　四下一片静寂。

　　越后小豆洗水溺僧人致死、击杀八王子野铁炮怪人，甲斐之白藏主狐幻化为僧训诫猎民，小笠原之不死狐怪三度死而复生、伊豆巴之渊舞首事件、尾张之飞缘魔召唤火气、淡路岛芝卫门狸为犬所噬、濑户内之船幽灵震慑藩主、能登马饲长者吞噬活马、土佐七人御前肆虐害人、品川柳女夺取人子杀之、男鹿冲大鱼岛赤面惠比寿怪谭、京都帷子辻突现女尸、摄津天行坊大火焚毁代官所、远州山男掳人事件、池袋村蛇冢幽魂肆虐、老天狗随火柱升天事件……

　　一白翁以淡淡语气逐一叙述。虽不至于则则骇人，但无一不令人啧啧称奇。这些故事，与次郎大多曾听说过，还知悉其中几则怪谭的真相。虽然一旦了解个中经纬，便能明了一切不过是平凡无奇的诈术。但一旦被当成故事叙述，可就纷纷成了怪谈。

　　一白翁叙述的最后一则，便是五位鹭化身为女，泛光飞离一事。也不知是何故，与次郎开始紧张，频频注意公房卿的神色。但别说是脸孔，就连身躯也看不清。

与次郎业已拔除二十来支灯芯。唯一能听见的声响，仅有衣裳的摩擦声与微微的咳嗽声。房内变得愈发昏暗。

接下来，轮到了印南。印南佐以手势动作，叙述了几则采访时遭遇的奇事。由于内容多半未曾听闻，再加上说者描述得活灵活现，与次郎不禁听得入神，有时还被吓得不寒而栗。

印南说了十五则，与次郎也拔去了十五支灯芯。房内变得益发黑暗。此时看来，在座众人已是个个貌似亡者。自己看来想必也像个亡者，与次郎心想。

接下来，由鬼原接棒，叙述的均是取材自江户时代诸多随笔的怪谈。与次郎——不，想必剑之进亦如此，几乎悉数阅览过这些书卷，因此十分清楚大抵都是些什么样的故事。即便如此，聆听时仍感到一股莫名的恐惧。

或许是因鬼原的叙述颇为巧妙，带有热切的抑扬顿挫，但似乎不仅如此。此时，仿佛为一股看不见的力量压迫，房内空间让人感觉十分扭曲。也不知是因房内气氛不断紧绷，抑或空间密度不断浓缩，甚至可能是自己变得益发稀薄，让人连对些微动作也变得异常敏感。仿佛光是坐着，便要被一股气压扁。

鬼原同样叙述了十五则，与次郎也拔除了十五支灯芯。这下子，灯芯仅剩下一半。

即便还有一半，房内也几乎已是伸手不见五指，除了灯笼，可以说什么也看不见。每个人影都变得一片模糊，个个融入了青蓝的黑暗中。虽知众人仍端坐不动，但除此之外，一切均已无法判断。众人唯一能瞧见的，唯有坐在灯笼旁的与次郎朦胧的身影。

接下来，终于轮到圆朝出场。

不过，与次郎等人并未让与会者知道此人便是圆朝。刻意先藏身密室，待房内被染成一片青蓝后再引领入场，其实是为了不让众人察觉圆朝的身份。戴面具毕竟过于滑稽，故到头来仍安排圆朝以真面目出场。想必无人想到，这闻名天下的名士竟会在这等规模的聚会上现身。即便一旦开口，仍有暴露身份之虞，但终究好过招摇入场。倘若事前便知此人是圆朝，或许听者便要心怀欣赏名人献技的期待。若是如此，故事说来恐怕便不够骇人了。

敝姓出渊，来自汤岛，圆朝说道。接下来，便缓缓说起众人从未听闻的怪谈，果然巧妙，听来着实让人着迷。

与次郎回过神来，才赫然发现自己的脸已转向嗓音出处，就连身子都探了出去。听得正入神时，又突然被吓了一大跳，虽看不清其他人是什么模样，但想必他没什么差别。

叹息和吸鼻涕的声响同时传来，想必大家都是同样反应。将人诱入，又突然推出。将人钓起，又突然抛下。果真是个高人。故事内容和叙事技巧均属上乘，让与次郎由衷佩服。这果真是场豪华飨宴，他心想。

在圆朝高明技巧的带动下，房内原本就慑人的黑暗竟变得益发沉重。一字一句都让人感觉到一股无以名状，犹如双腿痉挛、肩头紧绷的压迫感。

说完一则，拔去一支灯芯。又完一则，再拔去一支灯芯。黑暗已将周围吞噬大半。如今房内境界已无可辨识，唯有话语传入众人耳里，这话语，竟化为明确实像。原来如此，原来人就是这么进入故事里的，原来得将古与今、今与古流转替换。

悉数说完后，与次郎小心翼翼地悄悄站起。第九十九则就此落幕。

八

接下来，就是第一百则了。

若吾等就此打住，各位便能保安泰，但今夜可不能如此。下面，就由不成材的老夫为各位作个总结。

现在已过丑时三刻，已是草木皆休眠、妖魔皆现身的时刻。述完这第一百则，是否真有异象将起？

若有任何异象，将由或许仍在座的法印① 国枝慧岳法师施法驱除。不过，自老夫所在之处，并无法看见法师。难不成法师业已离座？

房内已是如此漆黑，想必各位亦无法瞧见老夫的神情。好的，或许各位

---

① "法印大和尚位"的略语，是最高的僧位。

宜先确认与自己紧临而坐者是否依然在座。即便仍在座，也难知究竟是否仍为本人，不，甚至是否为人，想必也已难以确认。

如今，灯芯仅余一支，着实让人惶恐不安。那么，就由老夫为各位叙述一则风神的故事。此事发生于距今十三年前，不，或许是更早以前。老夫活到了这把岁数，实在是记不清了。总之，或许是更早以前的事。当时，有两名年轻的男子，胸怀豪情壮志。唉，年少时，每人均曾胸怀大志，待活到老夫这把年纪，可就要消磨殆尽了。

这大志并非赚进千万银两或尝遍天下珍馐，而是颠覆天下，创立富强新世。是的，这志向本是立意良善，男儿胸怀如此梦想，绝无任何不可。但壮志也可能成为扰人烦恼之源。倘若人过于渺小、志过于豪壮，压根无从实现。凡是人，仅能成就能力所及之事。心怀壮志有时也能让人达成原本难及的目标，但不可及之事终究是不可及。

总而言之，此二人亟欲一酬壮志，为此浪迹天涯，满脑子想的都是如何实现远大梦想。

某日，两人来到山科一带，于山中见一石雕神像，乃风神之像。两人向这石像许了个愿，祈求风神保佑，助己成就心中壮志。

唉。虔诚祈求一番后，两人离开了京都。接下来……噢，至此为止，尚未有任何不妥。毕竟，两人仅是祈求神佛佑己酬志，便离开了京都。

不过，各位认为到头来，两人都做了些什么？

竟是杀人。

没错，就是以刺客为职。唉，虽说为了巨大改革，些许牺牲在所难免，这本意可谓合理。不过凭两人的能耐，就只能干这等差事。毕竟人仅能成就能力所及之事。而这两人唯一能及的差事便是杀人。噢，不过要取人性命，可不是人人都下得了手。各位说是不是？

敢问在座的各位，可有谁曾杀过人？想必不曾有过吧？若有哪位曾干过，可就吓人了。

杀生乃天地难容之重罪，较任何罪都来得罪大恶极。而这重罪必将深植凶手心中，杀过人的记忆注定要侵蚀凶手的心灵。

即便如此，两人毕竟是为一酬壮志而举屠刀，大志能让人忘却心中痛楚。但不知不觉间，两人的心渐起变化。

唉。其中一人开始感觉空虚。尽管自己费尽浑身解数，狠下心挥刀斩人，却仍无法成就一己壮志。心生如此想法，也是理所当然。但至于另一人，可就不是如此了。此人开始纳闷，为成就壮志而杀，与恣意妄为的杀，哪有什么差异？哪有可为天下国家而杀，却不能为其他理由而杀的道理？或许无论如何，杀人总该有个大义名分。但若是如此，只要随手找个理由凑合，不就得了？

唉。

某天，两人于山腰袭击一名飞脚。此举乃是为了夺取飞脚所持之书状，想必是往昔人称密书一类的东西。其实两人仅须撞倒飞脚夺取信函，便可完事交差。毕竟飞脚的性命与书状的内容本就毫无关系。但当两人费了一番工夫，终于追上飞脚时，其中一人竟举刀一挥，从后肩斜砍下去，一刀便毙了这飞脚的命。另一人见状大惊，此行仅须夺取书状，何须取人性命？

他严斥同伴为何做无谓杀生，哪知对方竟如此回答：既是杀生，哪有有益、无谓之分？既是人命一条，哪有飞脚、武士之分？又哪有武士可杀，飞脚却不可杀之理？

听闻这番辩解，另一人本欲辩驳，孰料竟找不出任何理由。一如这同伴所言，杀生本属无益。不论是出于什么理由，杀生绝无有益之理。

两人就此决裂。一人径自下山，从此放下屠刀。另一人则遁入山中，杀害了一名无辜女子。

唉。此女不过是个碰巧路过的山民之女，还带着一名年方八岁的可爱女娃儿。两人碰巧行经飞脚丧命之处，这下子可就在劫难逃。

没错，此女当然是吓得魂飞魄散，更何况她还带了个娃儿。两人屏气潜藏，但终究还是被凶手寻获。事到如今，仅有遁逃山中一途。

穿越竹林，踩过藤蔓，此女抱着娃儿死命窜逃。山中本难行，尤其是连山路都没有的深山，一介弱女子跑起来当然连连跌撞，不仅衣裳被划得稀烂，手脚也伤得鲜血直流，尽管如此，此女仍拼命奔逃，毕竟背后有个提刀男子执拗追赶。

唉，最后还是被凶手追上了。讽刺的是，此女遇害处竟是那风神石像旁。

此时，此男已丧失理智，先是轻挥一刀，划破女子的衣带，衣裳随刀褪落。随后他便将浑身是血的女子压倒在地，当着号啕大哭的娃儿的面……唉，逞了兽欲。如此凶残，真是连畜生都不如。

泄欲后，男子便将女子乱刀斩死，并将娃儿推落悬崖。实在是禽兽不如。这时，突有一阵风吹起，风中还有个声音问道：为何如此残虐不仁？男子高声回道：反正横竖都得杀，下手前奸之为乐，有何不可？若未淫便杀，难道就是无罪？吾人曾发愿祈求酬志。今日此举，乃为酬志所为。若有任何不妥，尽管告知。然神明未作任何答复，因此事已是对此人的惩罚。

事后，此人将原有壮志悉数抛诸脑后，屡屡淫人、杀人，受害者不计其数。同伴有感自身罪孽深重，就此放下屠刀，心中苛责自此不再蓄积。但此人则是一见女子，便感到阵风吹拂。而眼前之女，悉数化为与当日奸杀于山中之女同一样貌。如此一来，除了将之奸杀，别无他法可忍。罪业与日俱增，终令此人无法承受。原本尚有壮志抚平心中痛楚，如今也早已忘得一干二净。虽然如此，每见年轻女子，仍感觉有轻风吹拂，熏心色欲亦随此涌现。

因此，即便精神、心灵早已残破不堪，此人仍仅能任凭这阵风恣意摆布。

九

话及至此，突然有阵风自众人背后吹入房内。随之而来的是一阵碰撞声，国枝慧岳突然站起身，高声嘶吼。他推倒了身旁的屏风，再度嘶吼起来，并转身大步向前踢倒青色灯笼，紧接着又朝百介的方向跑来。

这就成了，百介心想。想必慧岳，不，喜左卫门业已失去理智。

听见百介所述竟是自己的罪行，岂可能放过对这秘密知之甚详，并于众人面前加以暴露的百介？若是在普通状况下，或许仍能装傻赖账，但如今身处言语化为实像的百物语会场，况且适逢可能将故事化为现实的百物语的最后一则。

这下子，慧岳将杀了百介。若百介死于慧岳之手……

这就成了。

如此一来，慧岳必将遭逮捕，毕竟此时有内务省警视局的巡查在场。而与会的知名艺人、画家及华族若是目睹有人遇害，也绝无可能放任不管。

这就是百介的复仇。一场称不上高明的局，一则仅为激怒对方而罗织的拙劣故事。自己已是个枯瘦老头，只消一击，便注定命丧黄泉。

百介合上双眼，忆起自己见识的首出又市的局，也是场百物语。如此结局，是否能为阿蔺、阿银报一箭之仇？是否能抚平小夜的忿恨？

孰料，这一击竟迟迟没有降临。百介睁开双眼，望见大厅正中央有团黑影不住蠕动，同时还发出阵阵号泣：我错了，饶了我。

突然间，眼前被映照得一片雪白。回过头来，只见仓田正马手持蜡烛为自己照明。

百介眯起双眼重新转头，只见国枝慧岳已蹲在被踢毁的灯笼散落一地的大厅中央，脖子被涩谷惣兵卫牢牢掐着，而矢作剑之进也伫立一旁，望向他双手紧抱的脑袋。

"慧岳法师方才所说，可是实言？"

"饶了我，饶了我。确、确是实言。那老头所述也是句句实言。"

剑之进一脸困扰地说道："若是如此，在下必须将法师绳之以法。"

"绑、绑吧。要、要绑就快。我早已痛苦难当。若、若要承受如此折磨，还不如将我捉拿正法。拜、拜托大人为我定、定罪，好让我赎罪吧。"国枝慧岳紧抓着妖怪巡查的衣摆号泣道。

这是怎么回事？活像是被狐狸唬了，完全弄不清情况到底如何。百介赏了自己一个巴掌。完全料想不到这场理应玉石俱焚的局竟能顺利奏效。

不消说，百介这招乃是依又市的伎俩设下的陷阱，但事前仅能赶鸭子上架地仓促筹划，毫无可能如又市般布出精致的局。虽说惊天动地，但充其量不过是将经纬据实叙述，试图借此激怒对手自暴其罪罢了。

原本百介已作好在挑拨、激怒对方后旋即牺牲自我的准备，孰料竟逼得凶手惊惧惶恐、号啕大哭，还主动将一切全盘托出。难道有人在同时设了另一个局？

百介睁大双眼，环视房内。只见以圆朝为首的众人个个惊讶不已，由良公笃似乎也是一脸困惑。至于公房卿……

由良公房卿的神色，竟与其他人截然不同。只见他一脸镇静，两眼茫然地望向百介身后，也就是拉门另一侧。百介回过头，望见笹村与次郎正站在敞开的拉门外。

就在此时，百介听见微微一记铃响，接下来——御行奉为。

没错。当时，山冈百介的确听见了又市的嗓音。

十

"真是弄不懂。"惣兵卫说道，"那场百物语称得上圆满落幕吗？总感觉到头来变得一片混乱。与次郎，你有何看法？"

"虽是一片混乱，但也圆满落幕。"

至少，与次郎所设的局是圆满落幕。因此，理应认为这结果堪称成功。

"倒是，该怎么说呢，最后那异象，还是妖怪什么的，究竟有没有现身？"

"妖怪不是逮住了吗？一个连新政府也拿他束手无策的大恶棍，三两下就将罪状全盘托出、束手就擒。难道这称不上异象？"

惣兵卫敞开衣襟露出胸脯，手中不断扇扇子，嗤鼻哼了一声。正马一脸鄙视地看了他一眼，又开始翻阅起《东京插图新闻》。

"到头来，又成了咱们巡查大人的功劳了。虽不知里头究竟写些什么，但这回的事可又见报了。"

报上还真有绘有妖怪巡查立大功的锦绘,画的是个犹如弓削道镜^①般的凶

---

①奈良时代法相宗僧人，深得称德天皇宠幸，曾觊觎皇位，未果，后被贬。

恶僧人被一名巡查捆绑双手的光景，上头的标题则为"秘密怪谈会稀世杀人狂就法"。

"喂，制止那踢倒屏风朝庭院窜逃的臭和尚，还掐住他的脖子加以制伏的，可是我啊。剑之进那家伙不过是呆立一旁罢了。这幅恶徒遭捆绑图，画的应该是我才对。"

"这种事就别在意了。"正马漫不经心地说道，"到头来究竟是怎么回事，我依然没参透。"

"其实，乃因小夜小姐现身。"

"什么？"闻言，与次郎、假洋鬼子和过气武士异口同声地惊呼道，"小、小夜小姐现身？当时小夜小姐不是根本不在场吗？"

"在场。是我邀来的。"

"邀、邀来？为何要邀小姐来？"

"好让公房卿把梦做下去。"

没错，话完百则时现身的鬼怪，并不一定为恶。鬼怪虽超乎人知所能想象，但不尽然是骇人的。

与次郎推测公房卿欲举办这场百物语，或许是为了再见已不在人世的生母，即那青鹭的化身。孰料见过小夜这长相的，似乎不仅公房卿一人。

一白翁打的究竟是什么主意，与次郎无从得知。但从老人当时叙述的第一百则怪谈推测，当年奸杀小夜之母阿蔺的真凶，似乎就是国枝慧岳。想必正是因此，老人才吩咐与次郎邀请慧岳与会。至于邀来后打算如何处置，与次郎完全无法参透。

不过，老人语气平淡地叙述慧岳的罪状，而小夜就在故事行将结束时打开了拉门。门一开，风就吹进了房内。同时，慧岳也清楚瞧见自己当年杀害的女人竟然就伫立眼前。

这让慧岳吓得失声惊叫，并高声呼喊：这不就是我当年杀害的女人？他边呼喊着自己的罪行边往庭院窜逃，却为屏风旁的惣兵卫所阻，被其一跃而上制伏。

当时，正马手持蜡烛照亮了一白翁的脸孔，那表情与次郎至今仍记得清清楚楚。老人脸上是一副出乎意料的神色，看来事态发展超乎其预期。

说完这第一百则后，并未起任何异象。但至少其中几名与会者目睹了鬼怪现身。一人做了场梦，另一人则看见了绝望。

"但我还真是不解。"正马说道，"为何一见到小夜小姐现身，那和尚就要吐实？ 笹村，你该不是隐瞒了什么吧？"

"没错、没错。"惣兵卫也说道，"与次郎，近日你常单独行动，该不会是和小夜小姐……"

"没这回事。"与次郎苦笑道。有些事是万万不可透露的。"只要结局完满就成了。其他事又何须追究？"

"那和尚还真是大恶不赦呀。"正马说道。

可是杀过许多人？惣兵卫问道。

"不，实际能证明遭其毒手的，似乎仅有两人，但这乃是因为幕府时代的旧账业已无从追算。即便没杀，也诓骗、勒索、奸淫了无数人。据说其无边法力什么的，也全是靠诈术捏造的。"

原来如此。即便昔日的罪行将于今后逐一曝光，小夜之母一事也已无从追究。不仅因那已是前朝旧账，也因为阿蔺是个缺乏身份的转场者。不过，慧岳竟然就栽在这桩无从追查的罪业上头。

"真不知是为什么，"正马有气无力地说道，"咱们剑之进不过是个一遇事便找老隐士求援的蠢巡查，为何老是让他抢尽了风头？虽说让他上九十九庵也没什么好计较的。"他将报纸略折后塞入怀中，"倒是涩谷，到头来，孝悌塾那群家伙是如何看待这件事的？"

"据说众人均信服并无异象。"

"噢？"

"眼见什么怪事也没发生，未待公笃先生训谕讲评，众人便主动承认世间果然无鬼神，想来那些家伙还真是窝囊呀。那些蠢才，就连大名鼎鼎的圆朝都没认出来。"

果真是愚蠢至极。没脑袋的家伙就别学什么儒学了，该来学学剑道才是。惣兵卫说着，将榉木的树枝踢得老远。

一行人拐了个弯，进入小巷内。突然间，云层飘离，一道夏意盎然的阳光射了下来。

已是夏季了？与次郎心想。或许不过是心理作用使然。

不过才这么一想，竟然就传来阵阵蝉鸣。矮树墙已是近在眼前，可望见小夜正在庵前洒水。一瞧见与次郎一行人，小夜便抬起头来，露出一脸灿烂笑容。

"小夜小姐。"正马挥手致意道。

看来她变得更是开朗了。

"上回劳烦小姐熬夜至天明，真是辛苦了。"与次郎向小夜低头致意。

"该说声谢的是奴家。"小夜笑着说道，"还得感谢与次郎先生如此安排，让奴家得以一偿夙愿。不过……可千万别让百介老爷知道。"她突然凑向与次郎耳边低声说道。

"噢，百介先生尚不知情？"

"老爷当时背对纸门而坐，当然没察觉奴家也在场。"

"喂，与次郎，"惣兵卫打岔道，"你是在耍什么诈？为何要和小姐交头接耳？"

"噢？没什么、没什么。老隐士可是在小屋内？"为了避免误解，与次郎急忙抛开两人，遁入庵中。

屋内是一片漆黑。或许是因屋外过于明亮。门前与走道被阳光映照得一片雪白，看来夏日果真降临了。

铃，此时传来一阵风铃声。与次郎穿过走道，步向小屋，地板被踩得嘎嘎作响。在冬日，这声响听来干燥无味，此时却是如此柔和悦耳。不出五六步，与次郎便走到了小屋拉门前。

"老隐士在吗？与次郎求见。"

未传出任何回应。与次郎拉开了拉门。

堆积如山的书卷、尘埃与纸张的气味、再加上一股蔺草的香气，朴素狭小的屋内，一切一如往常。纸窗扇扇洞开，一道夏日艳阳射向地板，将榻榻米映照得异常明亮。

艳阳映照下，只见老人正横卧地上。

"老隐士，一白翁。"与次郎一脚踏入屋内。

艳阳洒了个头矮小的老人一身，身旁有一堆散乱的书卷簿册。只见身形枯瘦的老人在书册包围中闭目含笑，看起来活像个天真娃儿。

桌上摆着一只铃和一张纸片。看来是老人常在故事中提及的陀罗尼符。

"百、百介先生……"

但老人是动也不动。

山冈百介……竟然业已断气。

与次郎见状大惊。刹那间，突然瞥见洞开的纸窗外有个白色人影。但随着一阵轻风吹入窗内，白影旋即消失无踪。

【主要参考文献】

绘本百物语，桃山人，金花堂，一八四一年

旅与传说，岩崎美术社，一九七六至一九七八年

日本庶民生活史料集成，三一书房，一九六八至一九八四年

丛书江户文库，高田卫、原道生编，国书刊行会，一九八七至一九九二年

燕石十种，岩本活东子编，森铁三、野间光辰、朝仓响监修，中央公论社，一九八〇至一九八二年

未刊随笔百种，三田村鸢鱼编，中央公论社，一九七六至一九七八年

日本随笔大成，日本随笔大成编辑部，吉川弘文馆，一九七五至一九七九年

耳囊，根岸镇卫著，长谷川强校注，岩波文库，一九九一年

国史大辞典，国史大辞典编集委员会编，吉川弘文馆，一九七九至二〇〇二年

新日本古典文学大系，岩波书店，一九八九至二〇〇三年

新潮日本古典集成，新潮社，一九七六至一九八八年

竹原春泉绘本百物语，多田克己编，国书刊行会，一九九七年

图书在版编目（CIP）数据

后巷说百物语／〔日〕京极夏彦著；刘名扬译．—
海口：南海出版公司，2014.4
ISBN 978-7-5442-5086-3

Ⅰ．①后…　Ⅱ．①京…②刘…　Ⅲ．①长篇小说—日
本—现代　Ⅳ．① I313.45

中国版本图书馆 CIP 数据核字（2014）第 015657 号

著作权合同登记号　图字：30—2012—077
NOCHINO KOSETSU HYAKU-MONOGATARI
by KYOGOKU Natsuhiko
Copyright © 2003 KYOGOKU Natsuhiko
All Rights Reserved.
Originally published in Japan by KADOKAWA CORPORATION, Tokyo.
Chinese (in simplified character only) translation rights arranged with OSAWA OFFICE, Japan
through THE SAKAI AGENCY and BARDON-CHINESE MEDIA AGENCY.

后巷说百物语

〔日〕京极夏彦 著

刘名扬 译

出　　版　南海出版公司　　（0898）66568511
　　　　　海口市海秀中路 51 号星华大厦五楼　　邮编 570206
发　　行　新经典发行有限公司
　　　　　电话（010）68423599　　邮箱 editor@readinglife.com
经　　销　新华书店

责任编辑　张　苓
特邀编辑　史　诗
装帧设计　韩　笑
内文制作　王春雪

印　　刷　北京天宇万达印刷有限公司
开　　本　880 毫米 ×1230 毫米　1/32
印　　张　12.25
字　　数　356 千
版　　次　2014 年 4 月第 1 版
印　　次　2018 年 7 月第 14 次印刷
书　　号　ISBN 978-7-5442-5086-3
定　　价　39.50 元